古典詩歌研究彙刊

第四輯

龔鵬程 主編

第 15 冊

陸游蜀中詩歌研究

王曉雯 著

國家圖書館出版品預行編目資料

陸游蜀中詩歌研究／王曉雯 著 ── 初版 ── 台北縣永和市：花
木蘭文化出版社，2008〔民 97〕

目 4+242 面：17×24 公分
（古典詩歌研究彙刊 第四輯：第 15 冊）

ISBN 978-986-6657-45-0（精裝）
1.（宋）陸游 2. 宋詩 3. 詩評

851.4523   97012111

ISBN - 978-986-6657-45-0

9 789866 657450

古典詩歌研究彙刊
第四輯　第十五冊   ISBN：978-986-6657-45-0

陸游蜀中詩歌研究

作　　者　王曉雯
主　　編　龔鵬程
總 編 輯　杜潔祥
出　　版　花木蘭文化出版社
發 行 所　花木蘭文化出版社
發 行 人　高小娟
聯絡地址　台北縣永和市中正路五九五號七樓之三
　　　　　電話：02-2923-1455／傳真：02-2923-1452
電子信箱　sut81518@ms59.hinet.net
初　　版　2008 年 9 月
定　　價　第四輯 20 冊（精裝）新台幣 28,000 元

陸游蜀中詩歌研究

王曉雯 著

作者簡介

王曉雯，中國文化大學中文系、淡江大學中文所碩士班畢，現就讀東吳大學中文所博士班。碩士期間，隨業師陳文華教授研讀宋詩，提出《陸游蜀中詩歌研究》為學位論文。現隨業師成功大學王偉勇教授，從事詞學相關研究。目前以清人「論詞絕句」為研究主題，撰寫博士論文中。

提　　要

　　陸游作為南宋時期的代表詩人，其創作不論在思想內涵或藝術表現上皆取得了傑出的成就，並以其詩中傳遞堅貞不悔的憂國情懷而為後世所標舉，造就了愛國詩人的不朽定位。尤其入蜀後豐富的生活閱歷，更是導引詩人在創作道路上臻於成熟的關鍵時期。基於此一階段的轉折與重要性，本文擬以蜀中詩作為研究對象，期望通過歷史的、地理的、文學的諸多面向，進行多層次多角度的探索，彰顯陸游愛國精神的形塑過程，發揚蜀地山水人情的特殊風貌，表露詩歌審美效應的藝術構思，為陸游其人其詩的研究提供深化之可能。

　　論文研究章節進行如下：

　　第一章是為緒論。說明研究動機與目的，界定材料範圍，並進一步提出研究方法。

　　第二章旨在探究陸游入蜀的動機、過程以及客寓蜀地的生活經歷種種，一方面作動機的探究與旅途艱維的呈顯；另一方面則依循遷流輾轉的生活經歷與事件發展的過程，作歷史的陳述。

　　第三章分別就時代環境與地理風土進行背景之探究，並提列前代流寓蜀中的詩人，以明詩人承繼傳統與學習轉化的痕跡。最後通過陸游詩歌理論的提出，與其具體創作相互映證。

　　第四章進行詩文內涵之探討。以題材作為分判的基準，其中有著力描繪蜀中山水風物者；有呈顯生活情狀者；亦有詠懷抒情，流露強烈時代感懷的作品，另外專立寄贈酬和與尋訪送別一節，以期進一步瞭解詩人的交遊情形。

　　第五章從審美心理的角度切入，聯繫詩人生命情境的觀照，彰顯詩人用心經營的藝術成就。以蜀中詩作而言，不論是內涵上的意象經營，字句方面的修辭效果，以及對偶所產生的優美形式，均足見陸游為詩藝表現所貢獻的一己心力。

　　第六章則綜合內容與形式，探究此一時期詩歌風貌之呈顯，於詩人創作歷程所產生的積極影響，從而確立其愛國詩人之歷史定位。

　　第七章總結全文。綜合各面向之研究成果，期以彰顯本文研究之價值與意義。

目

次

第一章　緒　論

第一節　研究動機與目的

　　作為南宋四大家之一的陸游，其詩歌創作於當時即獲得很高的評價。如陳振孫云其：「詩為中興之冠」﹝註1﹞，而周必大則以為陸詩：「高處不減陳思王、李太白，其下猶伯仲岑參、劉禹錫」﹝註2﹞，並有「小李白」之稱﹝註3﹞。然而更多人以之比擬杜甫，如劉克莊曾謂：「放翁學力也，似杜甫。」﹝註4﹞尤其陸游中年入蜀後，對於同樣曾經流寓蜀地的杜甫，有了更深刻的體認，往後他離蜀東歸，刊刻詩集，楊萬里讀後有詩評曰：「重尋子美行程舊，盡拾靈均怨句新。」﹝註5﹞

〔註1〕　（宋）陳振孫《直齋書錄解題》卷十八。引自孔凡禮、齊治平編《古典文學研究資料彙編・陸游卷》（北京：中華書局出版，1965年2刷），頁58。

〔註2〕　（宋）周必大《周益國文忠公集・書稿》卷二〈與陸務觀書 淳熙九年〉。同上註引，頁15。

〔註3〕　（明）毛晉〈劍南詩稿跋〉云：「孝宗一日御華文閣，問周益公曰：『今代詩人，亦有如唐李太白者乎？』益公以放翁對，由是人竟呼為小太白。」同註1引，頁138。

〔註4〕　（宋）劉克莊《後村詩話》（台北：廣文書局，民國87年9月，《古今詩話叢編》本），前集卷二，頁15。

〔註5〕　楊萬里《誠齋詩集》卷二十二〈跋陸務觀劍南詩稿二首〉（其一）（上海：中華書局，民國25年，聚珍仿宋本），頁3下。

從「行程舊」看來，可知其所強調的，乃在兩人入蜀經歷的疊合，作用於詩歌創作的積極影響。值得注意的是，楊氏又同時指出了陸游與屈原的關係，具體來看，當中的聯繫亦由中年入蜀的生活體驗而來，是以陸游曾作詩自述：「束髮初學詩，妄意薄風雅。中年困憂患，聊欲希屈賈。」〔註6〕於是通過入蜀的生活道路，詩人在創作上逐漸地轉向楚騷精神發展。這說明著陸游對於自己早期師法江西詩派的作品並不滿意，亦曾進行深刻地反省：「我昔學詩未有得，殘餘未免從人乞。力屏氣餒心自知，妄取虛名有慚色。」〔註7〕而反省的基礎，正在於入蜀從戎後生活閱歷的豐富，隨之拓展了創作的視野，故而能跳脫江西藩籬，呈現嶄新的藝術風貌。

經由上述的說解，可以得出兩點啟示，其一說明了陸游曾轉益多師，從前代、近世詩人中汲取有益的經驗，融入一己創作，以樹立獨特的風格。此乃就陸游整體創作之歷程而得出的具體成就。其二則是蜀中經歷對於陸游在創作體會上所起到的積極影響，以及作用於藝術表現的深化效果；呈顯出此一階段的轉折與重要性。清代詩評家趙翼在《甌北詩話》中曾詳細論述陸詩風格的轉變：

> 放翁詩凡三變。宗派本出於杜，中年以後，則益自出機杼，盡其才而後止。……此可見其宗尚之正。故雖揯籠萬有，窮極工巧，而仍歸雅正，不落纖佻。此初境也。……是放翁詩之宏肆，自從戎巴、蜀而境界又一變。及乎晚年，則又造平淡，並從前求工見好之意亦盡消除，所謂「詩到無人愛處工」者，劉後村謂其「皮毛落盡」矣。此又詩之一

〔註6〕 錢仲聯校注《劍南詩稿校注》卷五十四〈入秋遊山賦詩略無闕日戲作五字七首識之以野店山橋送馬蹄爲韻〉（其一），冊六，頁3178。（上海：上海古籍出版社，1985年9月1版1刷）。本文凡引詩時皆用錢氏注本（簡稱《詩稿校注》），故其後僅標卷次、冊數、頁碼，不再另註出處。

〔註7〕 《詩稿校注》卷二十五〈九月一日夜讀詩稿有感走筆作歌〉，冊四，頁1802。

變也。〔註8〕

將陸游漫長的詩歌創作歷程加以概括爲前、中、後三個時期，而中年入蜀期間的作品風格「宏肆」，實位居陸游詩風轉折的關鍵地位，乃詩人藝術創作走向成熟的重要時期。未入蜀前，陸游對自身的評價尚處於一種抽象的期望階段，對未來前途的蠡測因一再面臨罷黜而顯得消沈低迷。入蜀之後，他的詩歌創作發生了明顯的變化，內容較早期典型強烈而富於情感，表達其恢復中原的理想〔註9〕，反映民間疾苦，從而形成了意涵充實、情感激烈、風格宏肆的詩歌特色。其中或追懷南鄭從軍，或思鄉悲老，或借花詠懷，或吟詠山水，雖然內容各異，卻又始終貫注著強烈的愛國精神，此種熾烈且源源不絕的愛國熱情，於中國文學史上實不多見，也因此確立了陸游作爲傑出愛國詩人的重要地位。此外，詩人灌注一己之熱情於巴山蜀水、人情風物的再三吟詠，亦在相當程度上豐富並保留了巴蜀特有的文化風貌。

是以蜀中困頓的生活、蜀地壯美的山水，自然地激發出陸游創作的詩情與才氣。從創作數量來看，《劍南詩稿》收錄入蜀前的詩作，自卷一〈別曾學士〉至卷二〈澗松〉爲止，共176首，而自卷二〈將赴官夔府書懷〉至卷九〈東日有歸書懷〉爲止，則有907首，即使不論入蜀途中的詩作，仍存845首，較之前期多出了好幾倍，展現出不同以往的創作才力。雖說《劍南詩稿》乃經陸游本人多次刪汰而編定，但就現象而言，亦反映了詩人對於蜀中詩作所持的肯定態度。

考之近代研究陸游的學者，或著重其生平經歷的論述，如劉維崇《陸游評傳》〔註10〕、張健《陸游》〔註11〕、朱東潤《陸游傳》〔註

〔註8〕（清）趙翼撰；霍松林、胡主佑校點《甌北詩話》（北京：人民文學出版社，1998年5月）卷六，頁78～79。

〔註9〕清人趙翼：「入蜀後在宣撫使王炎幕下，經臨南鄭，瞻望鄠、杜，志盛氣銳，真有唾手燕、雲之意，其詩之言恢復者，十之五六。」同上註，頁91。

〔註10〕劉維崇《陸游評傳》（台北：正中書局，民國68年9月台四版）。

〔註11〕張健《陸游》（台北：國家出版社，民國75年8月）。

〔註12〕朱東潤《陸游傳》（台北：華世出版社，民國73年2月初版）。

12）；或用心於整體詩作的呈顯，如李致洙《陸游詩研究》〔註13〕、
宋邦珍《陸游詩歌研究》〔註14〕；或有專就體類進行研究者，如康育
英《陸游紀遊詩研究》〔註15〕、莊桂英《陸游邊塞詩研究》〔註16〕。
凡此自是研究陸游的各種進路，惟蜀中詩歌以其關鍵的獨特地位，卻
未見專門而深入的探討，實爲一憾。有鑑於此，本文擬以蜀中詩作爲
研究對象，期望通過歷史的、地理的、文學的諸多面向，進行多層次
多角度的探索，彰顯陸游愛國精神的形塑過程，發揚蜀地山水人情的
特殊風貌，表露詩歌審美效應的藝術構思。爲陸游其人其詩的研究提
供深化之可能，是爲論文創作的動機與目的。

第二節　研究範圍與方法

　　研究範圍，以乾道六年（1170）冬作於夔州任內的〈雪中臥病在
告戲作〉（卷二）起，至淳熙五年（1178）離蜀東歸前作於成都的〈東
日有歸書懷〉（卷九），凡845首詩作爲主要研究對象。而入蜀前的書
懷以及入蜀過程的紀遊詩作，則併於「入蜀動機與過程」一節，與詩
人途中所著的《入蜀記》一書相互對照、印証，還原旅途概況，並呈
顯心境轉變。

　　在方法上，從「知人論世」的觀點出發，首先進行背景的研究，
考察足以影響陸游蜀中詩歌創作的直接或間接因素。詩歌作爲詩人表
情達意、傳遞心曲的手段，自不可能與作者個人遭際完全割裂、獨立
出來，是以陸游在蜀中的生活經歷，必然影響著創作上詩情、詩意的
展現；就另一層面而言，詩人的生活也同樣與所處的社會環境、時代
發展息息相關。故而背景之研究，可分爲詩人蜀中的生活經歷與時

〔註13〕李致洙《陸游詩研究》（台北：文史哲出版社，民國80年9月初版）。
〔註14〕宋邦珍《陸游詩歌研究》（高雄：國立高雄師範大學國文學研究所博
　　　士論文，民國89年6月）。
〔註15〕康育英《陸游紀遊詩研究》（台中：私立逢甲大學中國文學研究所碩
　　　士論文，民國88年6月）。
〔註16〕莊桂英《陸游邊塞詩研究》（台南：宏大出版社，民國86年10月）。

代、地理環境的整體氛圍兩方面進行。並從而聯繫文學發展的脈絡，在詩人自身是詩歌理論的提出；就歷史情境來看，則有前代傳統的激盪。凡此皆爲影響陸游蜀中詩歌創作的直接或間接因素。其次，考察蜀中詩作之文本，從題材內容的探索，豁顯內在精神之意涵；並以審美心理的角度切入，聯繫詩人生命情境的觀照，彰顯詩人用心經營的藝術成就。最後綜合內容與形式，探究此一時期詩歌風貌之呈顯，於詩人創作歷程所產生的積極影響，從而確立其愛國詩人之歷史定位。

第二章 陸游入蜀動機與蜀中生活

　　本章旨在探究陸游入蜀的動機、過程以及客寓蜀地的生活經歷種種，一方面作動機的探究與旅途艱難的呈顯，以《入蜀記》爲主要參考資料，並輔以是時所作的紀遊詩作，補充說明；另一方面則依循遷流輾轉的生活經歷與事件發展的過程，作歷史的陳述，以年譜、傳記等資料爲主，並引陸游之詩文創作，彼此相互參照，以期通過詩人個人遭際的觀照，聯繫詩中情感內涵的表現。

　　以下分爲入蜀動機與蜀中生活兩節論述之。

第一節　入蜀動機與過程

　　乾道五年十二月六日，陸游奉命以左奉議郎差通判夔州軍州事。然其時久病體弱，不堪遠行，故計畫於次年夏初啓程。〔註1〕在此之前，陸游已於故鄉山陰閒居四年之久。據《宋史》本傳記載：「言者論游交結臺諫，鼓唱是非，力說張浚用兵，免歸。」〔註2〕因此於乾

〔註1〕陸游《渭南文集》卷四十三《入蜀記》第一：「乾道五年十二月六日，得報差通判夔州。方久病，未堪遠行，謀以明年夏初離鄉里。」見楊家駱主編《陸放翁全集》(上)(台北：世界書局，民國79年11月五版)，頁264。以下凡引《渭南文集》(簡稱《文集》)，僅標卷次與頁碼，不另註出處。

〔註2〕(元)脫脫《宋史》(台北：洪氏出版社，民國64年)，卷三九五〈陸

道二年自隆興罷歸返里，即卜居鏡湖之三山。〔註3〕〈幽棲〉（其二）詩中自注：「乾道丙戌，始卜居鏡湖之三山。」〔註4〕此外，〈開東園路北至山腳因治路傍隙地雜值花草〉（其三）一詩亦云：「憶自南昌返故鄉，移家來就鏡湖涼。」〔註5〕鄉居生活的閒適自由，農村風土人物的樸實自然，令陸游倍感親切，因此有如〈游山西村〉、〈觀村童戲溪上〉、〈雨齋出游書事〉〔註6〕等閒適自然之作。陸游雖然安於這樣的生活，但就另一個角度來看，其罷官歸耕，乃因於銷骨的讒言，如〈霜月〉詩所云：「出仕讒銷骨，歸耕病滿身。」〔註7〕讒言刻骨的隱憂，疾病纏身的愁苦，使他難免有「平生志慕白雲鄉，俯仰人間每自傷」〔註8〕的喟嘆。加以無官即無俸，這使得陸游與家人在物質生活上顯得十分困窘，〈霜風〉〔註9〕詩云：

游傳〉，頁 12058。

〔註3〕 三山：《嘉泰會稽志》：「三山，在（山陰）縣西九里，地理家以爲與臥龍岡勢相連，今陸氏居之。嘗發地得吳永安、晉太康古磚，疑昔人嘗卜築，或嘗爲寺觀云。」《嘉慶山陰縣志》：「陸放翁宅，在三山，地名西村，宋寶謨閣待制陸游所居。（舊志）山在府城西九里鑒湖中，與徐瓶鼎峙（《於越新編》）有居室自記。」以上轉引自錢仲聯注語。《詩稿校注》，冊一，卷二，頁 125。

〔註4〕 《詩稿校注》，冊四，卷三十二，頁 2152。其中乾道丙戌即乾道二年。

〔註5〕 《詩稿校注》，冊五，卷四十四，頁 2738。

〔註6〕 《詩稿校注》卷一〈游山西村〉：「莫笑農家臘酒渾，豐年留客足雞豚。山重水複疑無路，柳暗花明又一村。簫鼓追隨春社近，衣冠簡樸古風存。從今若許閒乘月，挂杖無時夜叩門。」〈觀村童戲溪上〉：「雨餘溪水掠堤平，閒看村童戲晚晴。竹馬踉蹡衝淖去，紙鳶跋扈挾風鳴。三冬暫就儒生學（自注：村人惟冬三月遣兒童入小學），千耦還從父老耕。識字粗堪供賦役，不須辛苦慕公卿。」〈雨齋出遊書事〉：「十日苦雨一日晴，拂拭挂杖西村行。清溝冷冷流水細，好風習習吹衣輕。四鄰蛙生已閣閣，兩岸柳色爭青青。辛夷先開半委地，海棠獨立方傾城。春工遇物初不擇，亦秀燕麥開蕪菁。薺花如雪又爛熳，百草紅紫那知名。小魚誰取置池側，細柳穿頰危將烹。欣然買放寄吾意，草萊無地蘇疲氓。」冊一，頁 102、103、104。

〔註7〕 《詩稿校注》，冊一，卷一，頁 117。

〔註8〕 《詩稿校注》，冊一，卷一〈夜讀隱書有感〉，頁 106。

〔註9〕 《詩稿校注》，冊一，卷一，頁 113。

十月霜風吼屋邊，布裘未辦一銖綿。豈惟飢索鄰僧米，真
是寒無坐客氈。身老嘯歌悲永夜，家貧撐拄過凶年。丈夫
經此寧非福，破涕燈前一粲然。

道出了陸游此時貧寒交迫的現實景況。然而他畢竟有著豁達的心境，
因此最終能「破涕燈前一粲然」，將貧苦視為人生的一種歷練而轉悲
為喜。

宦途的失意，讓陸游不禁產生「仕宦螘窠夢，功名馬耳風」〔註
10〕的淡泊想法，也勸誡家人「外慕終無益，兒曹且力耕」〔註 11〕，
但放眼現實卻是「奉錢雖薄勝躬耕」〔註12〕，因此當夔州通判發表後，
曾自述：「貧不自支，食粥已逾於數月；幸非望及，彈冠忽佐於名州。」
〔註13〕惟此時因病休養，半年後方啟程赴任，行時「故時交友釀緡錢
以遣之」〔註14〕，亦見其窮途之一斑。

赴任前的陸游，心境顯然十分複雜，此由〈將赴官夔府書懷〉〔註
15〕一詩可窺知一二：

病夫喜山澤，抗志自年少。有時緣龜飢，妄出丐鶴料。
亦嘗廁朝紳，退懦每自笑。正如怯酒人，雖愛不敢釂。
一從南昌免，五歲嗟不調。朝廷每哀矜，幕府誤辟召。
終然斂孤跡，萬里遊絕徼。民風雜莫徭，封域近無詔。
淒涼黃魔宮，峭絕白帝廟。又嘗聞此邦，野陋可嘲誚。
通衢舞竹枝，譙門對山燒。浮生一夢耳，何者可慶弔？
但愁瘦累累，把鏡羞自照。

詩中表明，自己雖「喜山澤」，然由於「龜飢」，亦只得乞求「鶴料」。
自隆興免官至今，已近五年光景，所得卻僅是這一官萬里，並且又是
在「民風雜莫徭，封域近無詔」的夔州，雖說「浮生一夢耳，何者可

〔註10〕《詩稿校注》，冊一，卷一〈衰病〉（其一），頁112。
〔註11〕《詩稿校注》，冊一，卷一〈衰病〉（其二），頁113。
〔註12〕《詩稿校注》，冊一，卷二〈雪晴〉，頁179。
〔註13〕《文集》卷八〈通判夔州謝政府啟〉，頁411。
〔註14〕《文集》卷十三〈上虞丞相書〉，頁71。
〔註15〕《詩稿校注》，冊一，卷二，頁131。

慶弔」，但轉而念及當地居民頸下多生肉瘤〔註16〕，愁瘦累累羞自照的未來景況，又使他不禁發愁擔憂起來！然而陸游在對於個體生命哀感之同時，似乎仍念念不忘於國事，如作於入蜀途中的〈投梁參政〉〔註17〕一詩：

> 浮生無根株，志士惜浪死。雞鳴何預人，推枕中夕起。
> 游也本無奇，腰折百僚底。流離鬢成絲，悲咤淚如洗。
> 殘年走巴峽，辛苦爲斗米。遠衝三伏熱，前指九月水。
> 回首長安城，未忍便萬里。神詩叩東府，得拜求望履。
> 平生實易足，名幸污黃紙。但憂死無聞，功不掛青史。
> 頗聞匈奴亂，天意殄蛇豕，何時嫖姚師，大刷渭橋恥？
> 士各奮所長，儒生未宜鄙，復甄草軍書，不畏寒墮指。

其中雖有爲「斗米」生活所迫而遠行爲官的現實感嘆，然亦飽含著陸游亟欲建功立業、留名青史的壯志情懷，展現詩人跌宕起伏的複雜心境，以及從戎草檄，報國雪恥的愛國激情。由此看來，陸游入蜀爲官的動機，除了外在現實生活的要求，應當還有來自於內在家國情懷的使命感所驅使。

陸游雖然屢遭罷官，然其憂國憂民、不忘恢復的基本立場卻從未動搖。入蜀途中藉遊山探勘，分析地理形勢，而提出駐軍防備的建議，希冀主政者的留意。七月初至建康時云：

> 五日，……過龍灣，浪涌如山，望石頭山不甚高，然峭立江中，繚繞如垣墙。凡舟皆由此下至建康，故江左有變，必先固守石頭，眞控扼要地也。……七日早，……食巳，同登石頭，西望宣化渡及歷陽諸山，眞形勝之地。若異時定都建康，則石頭當仍爲關要。或以爲今都城徙而南，石頭雖守無益，蓋爲之思也。惟城既南徙，秦淮乃橫貫城中，

〔註16〕詩中自注：「夔民多癭，無者十才一二耳。」同上註。又范成大《吳船錄》記載：「峽江水性大惡，飮輒生癭，婦人尤多。」（台北：藝文印書館，《百部叢書集成》據知不足齋叢書，民國55年），卷下，頁6。

〔註17〕《詩稿校注》，冊一，卷二，頁135。

> 六朝立柵斷航之類，緩急不可復施。然大江天險，都城臨
> 之，金湯之勢，比六朝爲勝，豈必依淮爲固邪？〔註18〕

二十四日至池州，透過地理環境的分析，以爲此地乃軍事要地，不可
放鬆：

> 蓋南唐都金陵，故當塗、蕪湖、銅陵、繁昌、廣德、青陽
> 並江寧、上元、溧陽、溧水、句容凡十一縣，皆隸畿内。……
> 初，王師平南唐，命曹彬分兵自荊州順流東下，以樊若冰
> 爲鄉導，首克池州，然後能取蕪湖、當塗，駐軍采石，而
> 浮橋成。則池州今實要地，不可不備也。〔註19〕

從歷史經驗的教訓中，結合地理形勢的實際考察，充分展現了其少讀
兵書的洞見卓識，也體現出不論居處如何，其力圖恢復的立場始終堅
定不移。

　　然而陸游畢竟是個文人，更具體地說，他是個詩人，並以詩知名
當代〔註20〕。因此就詩歌創作的藝術層面而言，陸游此行應當亦有藉
江山之助以提高藝術創作水準的主觀意願。其〈巴東遇小雨〉（其二）
一詩中有云：「西行萬里亦何爲？卻就騷人乞棄遺。」〔註21〕便透露
出他此行對於充實詩歌藝術創作存在著一定程度的期許。誠如齊治平
所說：

> 陸游入蜀的動機，固然主要是由於生活所迫，但他又說到：
> 「西行萬里亦何爲？卻就騷人乞棄遺」，可見他也是有意要
> 藉江山之助以提高自己的創作水平的。這是詩人的主觀意
> 圖，他這個意圖很快地就和客觀實際結合起來了。在入蜀
> 的旅程中，他遊覽了山川名勝，憑弔了歷史古跡，觀察了
> 民情風俗，使他的眼界和心胸都開拓了不少；當然這些也

〔註18〕《文集》卷四十四《入蜀記》第二，頁271～272。
〔註19〕《文集》卷四十五《入蜀記》第三，頁278。
〔註20〕（宋）劉克莊《後村詩話》：「陸放翁少時調官臨安，得句云：『小樓
　　　　一夜聽春雨，深巷明朝賣杏花。』傳入禁中，思陵稱賞，由是知名。」
　　　　（台北：廣文書局，民國87年9月，《古今詩話叢編》本），前集卷
　　　　二，頁9。
〔註21〕《詩稿校注》，冊一，卷二，頁171。

　　默默無聲地幫助了他的詩歌創作。〔註22〕

陸游自己亦提出:「揮毫當得江山助,不到蕭湘豈有詩。」〔註23〕山
程水驛的實際遊歷與人生征途的眞實體驗,正足以啓發詩人內在蓬勃
的情思。陸游於入蜀途中飽覽綺麗風光、歷史陳跡,興之所至,觸景
生情,潑墨揮毫,撰作詩文,對於其文學創作,自當有一定的助益。
此外,並將沿途經歷見聞,排日作記,成《入蜀記》(共六卷)一書。
一方面以史學家的角度,考察沿岸重鎮的歷史地理、建制沿革;另一
方面,則從詩人的眼光,文學家的筆調,刻畫三峽的壯麗景色與兩岸
的人情風物。《四庫全書總目提要》給予其高度的評價:

> 游本工文,故於山川風土,敘述頗爲雅潔,而於考訂古蹟,
> 尤所留意。如丹陽皇業寺即史所謂皇基寺,避唐元宗諱而
> 改;李白詩所謂新豐酒者地在丹陽、鎮江之間,非長安之
> 新豐;甘露寺狠石、多景樓皆非故蹟;眞州迎鑾鎮乃徐溫
> 改名,非周世宗時所改;梅堯臣題瓜步祠詩,誤以魏太武
> 帝爲曹操;廣慧寺祭悟空禪師文石刻保大九年乃南唐元
> 宗,非後主;庾亮樓當在武昌,不應在江州;白居易詩及
> 張舜臣《南遷志》並相沿而誤,歐陽修詩『江上孤峰蔽綠
> 蘿』句,綠蘿乃溪名,非泛指藤蘿;宋玉宅在秭歸縣東,
> 舊有石刻,因避太守家諱毀之,皆足備輿圖之考證。他如
> 解杜甫詩長年三老字及攤錢字,解蘇軾詩「玉塔臥微瀾」
> 句,解南方以七月六日作七夕之由,辨《李白集》中《姑
> 孰十詠》、《歸來乎》、《笑矣乎》、《僧伽歌》、《懷素書歌》
> 諸篇,皆宋敏求所竄入,亦足廣見聞。其他搜尋金石,引
> 據詩文,以參證地理者,尤不可殫數,非他家行記徒流連
> 風景,記載瑣屑者比也!〔註24〕

〔註22〕 齊治平《陸游》,頁39。(台北:萬卷樓,民國82年1月初版一版)。
〔註23〕 《詩稿校注》,冊七,卷六十〈予使江西時以詩投政府丐湖湘一麾會
　　　　召還不果偶讀舊稿有感〉,頁3474。
〔註24〕 (清)永瑢等同撰《四庫全書總目提要》(台北:台灣商務印書館,
　　　　民國54年),卷五十八,頁1292。

翻開《入蜀記》，審視山水與人文之間的內在聯繫，可以發現幾乎無
一日無典故。或尋名人留蹤，或覓古人遺跡，或考詩文碑刻等，大量
的古事古語點綴著兩岸長江的山水風光，形成自然景觀與歷史人文彼
此交互的輝映，並呈顯出作者強烈的文化認同意識與家國情懷。其中
並詳記入蜀行程，茲歸納如下：

> （乾道六年）五月十八日，蕭山 → 二十一日，臨安府 →
> 六月五日，秀州 → 十日，平江府 → 十三日，常州 → 十
> 五日，丹陽 → 十七日，鎮江府 → 七月一日，眞州 → 五
> 日，建康府 → 十二日，太平州 → 十九日，蕪湖 → 二
> 十四日，池州 → 八月二日，江州 → 四日至九日，遊廬
> 山 → 十三日，富池 → 十八日，黃州 → 二十三日，鄂
> 州 → 九月一日，入沌 → 八日，出沌泛江 → 十四日，
> 公安 → 十八日，荊州 → 十月五日，宜都 → 六日，峽
> 州 → 十六日，歸州 → 二十一日，巴東 → 二十四日，
> 巫山 → 二十七日，夔州。

長江兩岸多名士遺跡，陸游一路踏訪、停靠憑弔，撫今追昔，感
慨萬千；或讚頌其積極奮鬥的精神，或慨嘆其仕宦經歷的挫折。行至
當塗，有詩弔李白，盛讚其才情與磊落胸襟，末以天地運行、無所偏
私的生命慨嘆作結。詩云：

> 飲似長鯨快吸川，思如渴驥湧奔泉。客從縣令初何有，醉忤
> 將軍亦偶然。駿馬名姬如昨日，斷碑喬木不知年。浮生今古
> 同歸此，回首桓公亦故阡。自注：桓溫冢亦在當塗。〔註25〕

到黃州，游東坡遺跡，寫景狀物載之甚詳：

> （八月）十九日早，游東坡。自州門而東，岡隴高下，至
> 東坡，則地勢平曠開豁。東起一隴頗高，有屋三間，一龜
> 頭，曰居士亭。亭下面南一堂，頗雄，四壁皆畫。雪堂中
> 有蘇公像，烏帽紫裘，橫按節杖，是爲雪堂。堂東大柳，
> 傳以爲公手植。正南有橋，牓曰小橋，以莫忘小橋流水之

〔註25〕《詩稿校注》，冊一，卷二〈弔李翰林墓〉，頁139。

句得名。其下初無渠澗，遇雨則有涓流耳。舊址片石布其
上，近輒增廣爲木橋，覆以一屋，頗敗人意。東一井曰暗
井，取蘇公詩中「走報暗井出」之句。泉寒熨齒，但不甚
甘。又有四望亭，正與雪堂相直。在高阜上，覽觀江山，
爲一郡之最，亭名見蘇公及張文潛集中。坡西竹林，古氏
故物，號南坡，今已殘伐無幾，地亦不在古氏矣。出城五
里，至安國寺，亦蘇公所嘗寓，兵火之餘，無復遺跡，惟
遶寺茂林啼鳥，以猶有當時氣象也。〔註26〕

於欣賞優美景物的同時，亦時時感受到江山的支離，注意到被兵火毀
壞的景觀，因而有「兵火之餘，無復遺跡，惟遶寺茂林啼鳥，以猶有
當時氣象也」之感，除呈現江山殘敗的傷懷景象，更隱約透露作者背
後所蘊藏的深重的憂患意識。

在黃州停留了一、兩日，繼續泛舟西行，經鄂州，九月過荊州（今
湖北江陵），此地爲戰國時楚故都郢，屈原曾作〈哀郢〉，悼念面臨危
亡的祖國，飽含無限哀傷之情。陸游至此，觸景生情之餘，慷慨悲歌，
以〈哀郢〉爲題，作詩二首，憑弔郢都，表達了對愛國詩人屈原的深
切懷念，並通過對屈原愛國精神的深刻理解與同情，寄託自己一片熾
熱的愛國情懷。詩云：

運接商周祚最長，北盟齊晉勢爭強。章華歌舞終蕭瑟，雲
夢風煙舊莽蒼。草合故宮惟燕起，盜穿荒冢有狐藏。離騷
未盡靈均恨，志士千秋淚滿裳。
荊州十月早春梅，祖歲眞同下阪輪。天地何心窮壯士？江
湖自古著羈臣。淋漓痛飲長亭暮，慷慨悲歌白髮新。欲弔
章華無處問，廢城霜露濕荊榛。〔註27〕

詩中透過盛衰興亡的今昔對比，抒發楚國故都江山依舊、人事蕭條
的感慨。而「離騷未盡靈均恨，志士千秋淚滿裳」，更是藉由對屈原
的思慕之情，表達詩人與屈原的共命之嘆。主張用兵而獲罪罷免的

〔註26〕《文集》卷四十六《入蜀記》第四，頁285。
〔註27〕《詩稿校注》，冊一，卷二〈哀郢〉，頁144～145。

陸游,與眾人皆醉我獨醒的屈原,因著不幸的遭遇而產生共鳴,而此種矢志不悔的精神一如陸游詞中所云:「零落成泥碾作塵,只有香如故。」〔註28〕

其後沿江水逆航,四十多天方達秭歸縣,其間曾訪宋玉故宅,見詩人遺跡為避官員名諱而將不保,殊為惋惜:

> (十月)十九日,……訪宋玉宅,在秭歸縣之東,今為酒家。舊有石刻宋玉宅三字,近以郡人避太守家諱,去之。或遂由此失傳,可惜也。〔註29〕

經巴東,謁寇萊公祠堂,登秋風亭。「秋風」之名,引起陸游心生惆悵,遂有流落天涯之嘆:

> (十月)二十一日,……晚泊巴東縣。江山雄麗,大勝秭歸。但井邑極於蕭條,邑中才百餘戶,自令廨而下,接茅茨,了無片瓦。……謁寇萊公祠堂,登秋風亭,下臨江山。是日重陽,微雪,天氣颶飄,復觀亭名,使人悵然,始有流落天涯之嘆。遂登雙柏堂、白雲亭。堂下舊有萊公所植柏,今已槁死。〔註30〕

謁寇準遺像,感念之餘並賦詩讚頌,藉以抒懷。詩云:

> 江上秋風宋玉悲,長官手自茸茅茨。人生窮達誰能料,蠟淚成堆又一時。
> 豪杰何心後世名,才高遇事即崢嶸。巴東詩句澶州策,信手拈來盡可驚。〔註31〕

面對這位獨排眾議,堅決抗擊遼國南侵,襄贊真宗至澶州親征的主戰宰相,陸游惺惺相惜,寄予崇高的讚頌。此外,並於寇準所著的《巴東集》作跋云:

> 予自乾道庚寅入蜀,至淳熙戊戌東歸,九年間兩過巴東,登秋風、白雲二亭,觀萊公手植檜,未嘗不悵然流涕,恨

〔註28〕《文集》卷四十九〈卜算子・詠梅〉,頁305。
〔註29〕《文集》卷四十八《入蜀記》第六,頁296~297。
〔註30〕《文集》卷四十八《入蜀記》卷六,頁297。
〔註31〕《詩稿校注》,冊一,卷二〈秋風亭拜寇萊公遺像〉,頁172~173。

古人之不可作也。〔註32〕

　　十月二十六日至瞿唐關，即唐故夔州，和白帝城相連。謁白帝廟。白帝廟祀公孫述，公孫述於西漢末年時起兵據蜀，東漢建武元年稱帝，自號白帝。建武十二年，光武帝遣大司馬吳漢兵臨成都，公孫述誓不投降，力戰而死。對於「力戰死社稷」的公孫述，陸游賦詩歌詠，予以高度評價。詩云：

> 曉入大溪口，是為瞿唐門。長江從蜀來，日夜東南奔。
> 兩山對崔嵬，勢如塞乾坤。峭壁空仰視，欲上不可捫。
> 禹功何巍巍，尚睹鐫鑿痕。天不生斯人，人皆化魚黿。
> 于時仲冬月，水各歸其源。灩澦屹中流，百尺呈孤根。
> 參差層顛屋，邦人祀公孫。力戰死社稷，宜享廟貌尊。
> 丈夫貴不撓，成敗何足論。我欲伐巨石，作碑累千言。
> 上陳躍馬壯，下斥乘驢昏。雖慚豪偉詞，尚慰雄傑魂。
> 君王昔玉食，何至歆雞豚。願言采芳蘭，舞歌薦清樽。
> 〔註33〕

詩中稱讚公孫述寧死不屈、戰死沙場的壯烈行徑，並對比蜀漢劉禪苟且偷生、屈節投降的愚昧昏庸。比之於當前政局，實則歌頌對敵人永不屈服、抗戰到底的主戰精神，並斥責南宋統治集團向金人卑躬屈膝、甘為臣虜的投降行為。詩人拳拳愛國之心及對王朝命運關切之情，躍然紙上。

　　次日抵夔州。自閏五月十八日離家，至今達任所，歷時五個多月，顯見當時交通之不便及旅途跋涉的艱難。雖則如此，在《入蜀記》的結尾，陸游並未著意鋪張，而只平靜地寫道：

> （十月）二十七日早，至夔州。州在山麓沙上，所謂魚復永安宮也。宮今為州倉，而州治在宮西北、甘夫人墓西南，景德中轉運使丁謂、薛顏所徙。比白帝頗平曠，然失關險，無復形勢。在瀼之西，故一曰瀼西。土人謂山間之流通江

〔註32〕《文集》卷二十八〈跋巴東集〉，頁172。
〔註33〕《詩稿校注》，冊一，卷二〈入瞿唐關登白帝廟〉，頁177。

者曰瀼云。州東南有八陣磧，孔明之遺跡，碎石行列如引

繩。每歲江漲，磧上水數十丈，比退，陣石如故。〔註34〕

所述亦及於前賢遺跡。當面對依然有著實戰意義的八卦陣，回想起那
位「鞠躬盡瘁死而後已」的偉大先人，或許此時的陸游更深刻地體認
到自己所擔負的重任，而這一切即將由蜀中的生活經歷展開。

第二節　蜀中生活經歷

陸游在蜀中的仕宦過程，從夔州通判起始，任滿後赴南鄭從戎，
其後因幕府解散而入成都，兩年內四易其任，先後代理過蜀州、嘉州、
榮州等地的地方官。淳熙二年初，受命參議成都戎幕，結束頻繁易任
的生活，在成都待了較長的時間，至淳熙五年春，奉召回京而離蜀東
歸。其概略的過程如此，以下則依夔州通判、南鄭從戎、四易其任、
成都參議四個時期，詳述其間生活經歷。

一、夔州通判，魂縈故鄉

夔州乃宋代行政區域川峽四路之一「夔州路」的治所，亦即今
日的奉節縣。〔註35〕夔州路為四川諸路中面積最大者，然就其自然
環境與經濟發展而言，實又相對落後於其他地區許多。據程民生研
究可知：

其境盡在群山之中，所謂『夔峽之間，大山深谷，土地磽确，
民居鮮少，事力貧薄，比東西川十不及一……稼穡艱難，最
為下下』（《性善堂稿》卷六〈重慶府到任條奏便民五事〉：『夔
路最為荒瘠，號為刀耕火種之地。雖遇豐歲，民間猶不免食
木根食。』（《文定集》卷四〈御筍問蜀中旱歉畫一回奏〉〉；
之所以刀耕火種，原因之一是土質甚劣。如施州（今湖北恩

〔註34〕　《文集》卷四十八《入蜀記》第六，頁298。
〔註35〕　（宋）王存《元豐九域志》：「夔州路，都督府，夔州雲安郡寧江軍
　　　　　節度，治奉節縣。」（台北：藝文印書館，《百部叢書集成》據清乾
　　　　　隆敕刊聚珍版叢書本，民國59年），卷八，頁20。

施）：「山崗砂石，不通牛犁，惟伐木燒畬以種五穀。」（《太平寰宇記（補闕）》卷一一九〈施州〉）該路的絕大部分地方還是原始洪荒，土地墾殖率很低，而且窮山惡水之間還彌漫著瘴氣。更糟的是由於山高，水源缺乏，在其路治所在地夔州（今四川奉節），連居民飲用水也很困難：「夔峽州郡，民間無井飲。夔州城中引三洞、三臂兩溪水分布之衢巷，貯以桐船木檻，年必一易，使汲者輸錢以治之。」（《長編》卷二五四，熙寧七年六月癸巳）實際上是居民買水飲用。飲用水尚且如此，遑論灌溉農田！〔註36〕

陸游在〈雲安集序〉中亦提及：「顧夔州雖號大府，而荒絕瘴癘，戶口寡少，曾不敵中州一下郡。」〔註37〕可見此地的荒僻落後，比之於江南故鄉的繁盛豐饒，眞有如天淵之別。加以其時淪落天涯、遠客他鄉的飄零之感，賦詩詠懷，故多思鄉悲老之作。如〈試院春晚〉〔註38〕詩云：

> 病思蕭條掩綠樽，閒坊寂歷鎖朱門。故人別久難尋夢，遠客愁多易斷魂。漫漫晚花吹漲岸，離離春草上宮垣。此生飄泊何時已，家在山陰水際村。

又如〈夜坐庭中〉〔註39〕一詩：

> 人靜風褰幔，更闌露泫衣。暗窗飢鼠齧，空廡冷螢飛。
> 歲月背人去，鄉閭何日歸？脫巾還感嘆，殘髮不勝稀。

感嘆欷歔之餘，並時憶及故鄉鏡湖的山水風物、美好景致，如〈初夏懷故山〉〔註40〕詩云：

> 鏡湖四月正清和，白塔紅橋小艇過。梅雨晴時插秧鼓，蘋風生處采菱歌。沈迷簿領吟哦少，淹泊蠻荒感慨多。誰謂吾廬六千里，眼中歷歷見漁蓑。

〔註36〕程民生《宋代地域經濟》（台北：雲龍出版社，2002 年 3 月初版第二刷），頁 39。

〔註37〕《文集》卷十四，頁 77。

〔註38〕《詩稿校注》，冊一，卷二，頁 187。

〔註39〕《詩稿校注》，冊一，卷二，頁 190。

〔註40〕《詩稿校注》，冊一，卷二，頁 190。

於是魂縈夢牽的故居時入詩人夢境，故云：「角聲喚覺東歸夢，十里平湖一草堂。」〔註41〕

當然陸游入蜀乃銜命赴任而來，在夔州，其繫銜爲左奉議郎通判軍州主管學事兼管內勸農事〔註42〕。對於農事，他提出了具體措施，以爲政府應「不縱掊克，不長囂訟，不傷爾力，不奪爾時」〔註43〕，創造良好的生產環境；而農民則應「毋爲惰遊，毋怠東作，毋失收斂，毋嫚蓋藏，勤以殖產，儉以足用」〔註44〕，如此方能「使公私之蓄，日以豐饒」〔註45〕。

到任後的第二年（乾道七年）正當解試之年，時游爲州考監試官，其間曾於試院爲詩十七首〔註46〕。長達一個多月的闈中生活，與家人暫時分離，使人愁苦難耐，不禁感嘆「鐘鼎山林俱不遂，聲名官職兩無多」〔註47〕，遂心生「只思歸去弄煙波」〔註48〕。

在任內，陸游實得上級官吏的器重，曾獲提名推薦，故有〈謝夔路監司列薦啓〉〔註49〕。然而作爲通判，每日繁多的文書工作，使他顯得十分忙碌，故云：「期會文書日日忙，偷閑聊得臥方床。」〔註50〕加以夔州當地的生活環境惡劣，瘴癘襲人，因而時常害病，這使得陸游不論在精神上或身體上都顯得蕭條不振，有詩云：

> 減盡腰圍白盡頭，經年作客向夔州。流離去國歸無日，瘴癘侵人病過秋。菊蕊殘時初把酒，雁行橫處更登樓。蜀江

〔註41〕《詩稿校注》，冊一，卷二〈林亭書事〉（其二），頁196。
〔註42〕《文集》卷十七〈王侍御生祠記〉文末繫銜爲「左奉議郎通判軍州主管學事兼管內勸農事」，頁100。
〔註43〕《文集》卷二十五〈夔州勸農文〉，頁148。
〔註44〕同上註。
〔註45〕同上註。
〔註46〕《詩稿校注》，冊一，卷二〈晚晴書事呈同舍〉。詩中自注：「以下十七首皆試院作」頁185。
〔註47〕《詩稿校注》，冊一，卷二〈自詠〉，頁188。
〔註48〕同上註。
〔註49〕《文集》卷八，頁43。
〔註50〕《詩稿校注》，冊一，卷二〈林亭書事〉（其二），頁196。

朝暮東南注，我獨胡爲淹此留？〔註51〕

「菊蕊殘時初把酒」，由於久病，他不得不放棄飲酒，病稍癒，遂又沈醉其中。此時的陸游或借酒澆愁，或因酒豪放。他思鄉時喝酒，「病瘧拋書帙，思鄉泥酒盃」〔註52〕；出遊時也喝酒，「清尊與悶都傾盡，倦馬和詩總勒回」〔註53〕。而其愛酒之深，甚至以爲：「傾家釀酒猶嫌少，入海求詩未厭深。」〔註54〕

除了飲酒，他也喜歡出遊，或訪古人遺跡，或登寺觀城樓，並作詩寫山川之美，抒懷古之情。其中最引動陸游文心詩情的，當屬亦曾客居夔府的唐代大詩人杜甫。杜甫之於陸游，除了是教人崇敬景仰的往輩先賢外，兩人一生遭遇和思想的諸多相似之處，使得陸游在情感心境上更加貼近杜甫，以之爲生不同時的異代知己。曾訪杜甫當年流寓的東屯故居，並爲文太息道：

> 少陵，天下士也，早遇明皇、肅宗，官爵雖不尊顯，而見知實深，蓋嘗慨然以稷卨自許。及落魄巴蜀，感漢昭烈諸葛丞相之事，屢見於詩，頓挫悲壯，反覆動人，其規模志意豈小哉！然去國寖久，諸公故人熟眂其窮，無肯出力。比至夔，客於柏中丞嚴明府之間，如九尺丈夫，俛首居小屋下，思一吐氣而不可得。余讀其詩，至「小臣議論絕，老病客殊方」之句，未嘗不流涕也。嗟夫！辭之悲乃至是乎？荊卿之歌，阮嗣宗之哭，不加於此矣。少陵非區區於仕進者，不勝愛君憂國之心，思少出所學佐天子，興貞觀開元之治，而身愈老，命愈大謬，坎壈且死，則其悲至此，亦無足怪也。〔註55〕

〔註51〕《詩稿校注》，冊一，卷二〈九月三十日登城門東望悵然有感〉。詩中自注：「病中久止酒，秋末方能少飲。」頁206。
〔註52〕《詩稿校注》，冊一，卷二〈登城〉，頁201。
〔註53〕《詩稿校注》，冊一，卷二〈十二月十九日晚巫山送客歸回望西寺小閣縹緲可愛遂與趙郭二教授同遊抵夜乃還楚鄉偶得長句呈二君〉。詩中自注：「是日所攜酒俱飲盡。」頁210。
〔註54〕《詩稿校注》，冊一，卷二〈別王伯高〉，頁208。
〔註55〕《文集》卷十七〈東屯高齋記〉，頁100。

文章雖在敘述杜甫不幸的際遇，實亦隱含著其自傷的況味，所謂「借他人之酒杯，澆自己之塊壘」耳。說杜甫「比至夔，客於柏中丞嚴明府之間，如九尺丈夫，俛首居小屋下，思一吐氣而不可得」，實際上也是感嘆自己通判夔州「伴人書紙尾」〔註56〕的不公平際遇。而自己少讀兵書、習射箭，不也一如少陵希冀「思少出所學佐天子，興貞觀開元之治」，而「非區區於仕進者」，其所憑藉的乃自己「一片丹心報天子」〔註57〕的「愛君憂國之心」。因此讀至杜詩的「小臣議論絕，老病客殊方」，思及自己遠離朝廷、病客他鄉，無法參與國家大計之時，自不免心有戚戚焉而慨然落淚了。

　　杜甫於大歷元年自成都到夔州，最初住在白帝城，復遷居瀼西，最後又移居東屯。惟白帝城及瀼西故址，因兵災變遷而茫無所有。陸游曾夜登白帝城，賦詩追懷少陵先生：

　　　　拾遺白髮有誰憐，零落歌詩遍兩川。人立飛樓今已矣，浪翻孤月尚依然。升沈自古無窮事，愚智同歸有限年。此意淒涼誰共語，夜闌鷗鷺起沙邊。〔註58〕

我們似乎難以從這首詩中清楚分辨屬於陸游的感情或杜甫的傷懷，兩位仕途蹭蹬的詩人，皆於羈旅天涯之時，在白帝城樓上傷心憑弔，苦恨著歲月蹉跎，報國無由〔註59〕。　在往後的蜀地生活，隨著與杜甫經歷的相似性增加，如兩人皆居蜀地有八、九年之久；同樣久居成都與夔州；且離蜀後多懷蜀地生活之作，凡此皆使得陸游不論在心境上或詩作上都逐年累月地更接近杜甫。然而陸游畢竟是陸游，其詩作仍在相當程度上展現出屬於自己的特色，誠如朱東潤先生所言：

〔註56〕《詩稿校注》，冊一，卷二〈自詠〉，頁188。
〔註57〕《詩稿校注》，冊一，卷四〈金錯刀行〉，頁361。
〔註58〕《詩稿校注》，冊一，卷二〈夜登白帝城樓有懷少陵先生〉，頁195。
〔註59〕杜甫曾作〈白帝城最高樓〉一詩：「城尖徑仄旌旆愁，獨立縹緲之飛樓。峽坼雲霾龍虎睡，江清日抱黿鼉游。扶桑西枝對斷石，弱水東影隨長流。杖藜嘆世者誰子？泣血迸空回白頭。」見（清）聖祖《御定全唐詩》（台北：台灣商務印書館，民國75年7月，《景印文淵閣四庫全書》本），冊一四二五，卷二二九，頁24。

他的遭遇，他的生活，逐年逐月地使他更接近於杜甫。可
是正因爲他是陸游而不是杜甫，所以他也不同於杜甫。他
的豪邁的氣魄，透過了他的蒼涼的詩句，他的詩正在逐年
逐月的變，而他的到達川中，正是突變的開始。〔註60〕

　　陸游在夔州的生活，便在繁忙的公務與苦悶的情緒中度過。然而
通判任期屆滿後，他竟連回家的路費都籌措不出，只好上書虞丞相〔註
61〕，直陳其困頓遭際，爲求一官以自活：

某行年四十有八，家世山陰，以貧悴逐祿於夔。其行也，
故時交友釀縋錢以遣之。峽中俸薄，某食指以百數，距受
代不數月，行李蕭然。因不能歸，歸又無所得食，一日祿
不繼，則無策矣。兒年三十，女二十，婚嫁尚未敢言也。
某而不爲窮，則天下無窮人。伏惟少賜動心，捐一官以祿
之，使粗可活，甚則使可具裝以歸，又望外則使可畢一、
二婚嫁。不賴其才，不藉其功，直以其窮可哀而已。〔註62〕

然而據于北山《陸游年譜》指出：「務觀與虞氏無交往，集中只此一
啓，未見反響。」〔註63〕所幸天不絕人，不久四川宣撫使王炎辟陸游
爲幕賓，官銜爲「左承議郎權四川宣撫使司幹辦公事兼檢法官」〔註
64〕。在此之前，王炎已曾於乾道五年宣撫四川〔註65〕之時召陸游入
幕，有啓致謝，雖云：「某敢不急裝俟命，破首爲期。運筆颯颯而草

〔註60〕朱東潤《陸游傳》（台北：華世出版社，民國73年2月初版），頁96。
〔註61〕虞丞相：即虞允文（1110～1174），字彬甫，隆州仁壽人。其生平事
　　　跡詳見楊萬里《誠齋集》（台北：台灣商務印書館，民國54年，《上
　　　海商務印書館縮印日本鈔宋本》），卷一二〇〈宋故左丞相節度使雍國
　　　公贈太師諡忠肅虞公神道碑〉，頁1065～1074；《宋史》，同註2，卷
　　　三八三本傳，頁11791～11800。
〔註62〕《文集》卷十三〈上虞丞相書〉，頁71。
〔註63〕于北山《陸游年譜》（增訂本）（上海：上海古籍出版社，1985年11
　　　月第1版），頁157。
〔註64〕《文集》卷十七〈靜鎮堂記〉文末繫銜，頁101。
〔註65〕《宋會要輯槁》（第八十一冊）〈職官〉四十一（上）：「（乾道）五年
　　　三月十九詔：王炎除四川宣撫使，依舊參知政事。」見楊家駱主編
　　　《宋會要輯本》（台北：世界書局，民國53年6月初版），冊七，頁
　　　3185。

軍書，才雖盡矣；持被刺刺而語婢子，心亦鄙之。尚力著於微勞，庶少伸於壯志。」〔註66〕卻因其後接獲朝廷通判任命，故終未赴王炎辟召。只是對於王炎的召請，陸游顯然眷念難忘，因此在夔州時又有〈上王宣撫啓〉〔註67〕，直陳欲赴幕府供職之情。

二、南鄭從戎，意氣風發

乾道八年正月，陸游獨自一人自夔州啓程赴任，於二月至閬中〔註68〕，三月抵漢中〔註69〕。其取道路徑由途中賦詩可以見出，歸納如下：

梁山 → 鄰山 → 鄰水 → 岳池 → 廣安 → 果州 → 閬中 → 利州 → 大安 → 金牛 → 南鄭〔註70〕

從夔州到漢中，路途雖不算遙遠，然須度群山，過棧道，行走起來十分艱難。尤其大安一帶沿嘉陵江，金牛以西是明皇幸蜀的古道，李白曾作詩云：「蜀道之難，難於上青天」〔註71〕所指即此。根據《漢中府志》記載：「（金牛）峽在州（寧羌）北五十里，連峰疊嶂，兩崖對立，壁立數百仞，幽邃通窄，僅容一人一騎。亂石嵯嵯，澗水湍激，為蜀道之最險。」〔註72〕可知道途艱維。而陸游晚年亦曾作詩追述蜀道艱難：

曩自白帝城，一馬獨入蜀。晝行多水湄，夜宿必山麓。
時聞木客嘯，常憂射工毒。蜿蜒蛇兩頭，蹢躅夔一足。
豈惟耳目駭，直恐性命促。稍歷葭萌西，遂出劍閣北。

〔註66〕《文集》卷八〈謝王宣撫啓〉，頁42。
〔註67〕《文集》卷八〈上王宣撫啓〉，頁43。
〔註68〕《詩稿校注》，冊一，卷三〈南池〉詩中有「二月櫻花滿閬中」之句，頁221。
〔註69〕《詩稿校注》，冊一，卷三〈金牛道中遇寒食〉點明節令，頁230。
〔註70〕參見《詩稿校注》，冊一，卷三〈飯三折舖舖在亂山中〉至〈山南行〉，共三十一首詩，頁211～232。
〔註71〕李白〈蜀道難〉。同註59，冊一四二四，卷一六二，頁2。
〔註72〕轉引自謝開雲〈陸游在漢中前期活動蹤跡考略〉，俞慈韻編輯《陸游論集》，（長春：吉林文史出版社，1987年11月第1版），頁294。

奴僵不敢訴，馬病猶盡力。我亦困人客，一日帶屢束。
〔註73〕

荒山野嶺，草木漫天，盡是毒蛇野獸出沒，尤其猛虎更使人心生畏懼，故途中有〈畏虎〉一詩，以爲：「心寒道上跡，魄碎茆葉低。常恐不自免，一死均豬雞。」〔註74〕旅途艱維至此，陸游卻仍保有其積極樂觀的一面，一如他在詩中所表現：

平生愛山每自歎，舉世但覺山可玩。皇天憐之足其願，著在荒山更何怨？南窮閩粵西蜀漢，馬蹄幾歷天下半。山橫水掩路欲斷，崔嵬可陟流可亂。春風桃李方漫漫，飛棧臨空又奇觀。但令身健能強飯，萬里只作遊山看。〔註75〕

一春客路厭風埃，小雨山行亦樂哉！危棧巧依青嶂出，飛花併下綠巖來。面前雲氣翔孤鳳，腳底江聲轉疾雷。堪笑書生輕性命，每逢險處更徘徊。〔註76〕

視萬里跋涉爲遊山玩水，且遇綺麗風光，即便身處險地亦徘徊觀賞不去，足見豁達胸懷。

陸游於暮春時節到達南鄭。南鄭在地理位置上十分重要，據《讀史方輿紀要》記載：「北瞰關中，南蔽巴蜀，東達襄鄧，西控秦隴，形勢最重。」〔註77〕以及《漢南郡志‧輿地志‧形勝》所云：「漢中府東接南郡，南接廣漢，西接隴右，北接秦州，秦蜀之巨鎮也。《廣輿記》曰：『前控三秦，後據兩蜀，左（右）通襄沔，一大都會。』」〔註78〕可知其處於如鎖鑰般的關鍵地位。于北山並指出：「宋王朝南渡後，南鄭更成爲西北國防前線，乃宋金必爭之地。紹興初曾陷敵手，

〔註73〕《詩稿校注》，冊六，卷四十九〈懷舊用昔人蜀道詩韻〉，頁 2946～2947。
〔註74〕《詩稿校注》，冊一，卷三，頁 213。
〔註75〕《詩稿校注》，冊一，卷三〈飯三折舖舖在亂山中〉，頁 211。
〔註76〕《詩稿校注》，冊一，卷三〈嘉川舖遇小雨景物尤奇〉，頁 228。
〔註77〕（清）顧祖禹《讀史方輿紀要》（台北：樂天出版社，民國 62 年），卷五十六〈陝西五〉，頁 2434。
〔註78〕轉引自于北山《陸游年譜》（增訂本），同註 63，頁 159。

兵燹荼毒，受災最重。經多年休息，整頓修茸，始漸改觀。」〔註79〕
而南宋有名的主戰派人物，如李綱、趙鼎、張浚等人，也都十分重視
關陝地區，視爲收復中原的根據地。〔註80〕《皇宋中興兩朝聖政》卷
六「建炎三年十月」條：

> 宣撫處置使張浚至興元，上奏曰：「竊見漢中實天下形勢之
> 地，號令中原，必基於此。願陛下早爲西行之謀，前控六
> 路之師，後據兩川之粟，左通荊襄之財，右出秦隴之馬，
> 天下大計，斯可定矣。」〔註81〕

他們都共同注意到了南鄭在地理位置上的重要性。而從中國實際的歷
史經驗來看，漢高祖劉邦就是以南鄭爲根據地，平定關中，打敗項羽
而一統天下。〔註82〕故陸游有詩云：「豈知高帝業，煌煌漢中起。」
〔註83〕凡此皆充分說明據此以恢復中原的可行性。在此之前，陸游的
眼光只侷限於江、淮一帶，現在經過實地的勘查，見漢中一帶平川沃
野、地勢險固、物產豐饒、民氣豪壯，加上歷史經驗的傳承，初到漢
中便寫了〈山南行〉〔註84〕一詩：

> 我行山南已三日，如繩大路東西出。平原沃野望不盡，麥
> 隴青青桑鬱鬱。地近函秦風俗豪，鞦韆蹴鞠分朋曹。首蓿
> 連雲馬蹄健，楊柳夾道車聲高。古來歷歷興亡處，舉目山

〔註79〕同註63，頁155～156。文中並引《續資治通鑑》卷一三〇之記載：「興
　　　元自兵亂以來，城內生荊棘，官民皆茅屋，而帑藏寓僧舍。自太尉
　　　楊政再爲帥，以次繕治，至是一新，戶口浸盛，如承平時矣。」
〔註80〕李綱認爲：「車駕巡幸之所，關中爲上」；趙鼎提出：「經營中原當自
　　　關中始；經營關中當自蜀始」；張浚曾說：「中興當自關陝始」。以上
　　　諸說分別見《宋史》卷三五八〈李綱傳〉；卷三六〇〈趙鼎傳〉；卷三
　　　六一〈張浚傳〉。同註2，頁11241；頁11285；頁11297。
〔註81〕不著撰人；趙鐵寒編《皇宋中興兩朝聖政》（台北：文海出版社，民
　　　國56年），卷六，頁664。
〔註82〕（漢）司馬遷著；瀧川龜太郎注考《史記會注考證》卷八〈高祖本
　　　紀〉：「（項羽）負約更立沛公爲漢王，王巴、蜀、漢中，都南鄭。」
　　　（台北：文史哲出版社，民國86年10月再版），頁163。
〔註83〕《詩稿校注》，冊一，卷三〈先主廟次唐貞觀中張儼詩韻〉，頁290。
〔註84〕《詩稿校注》，冊一，卷三，頁232。

川尚如故。將軍壇上冷雲低，丞相祠前春日暮。國家四紀
失中原，師出江淮未易吞。會看金鼓從天下，卻用關中作
本根。

而陸游早年主張遷都建康〔註85〕，迨至南鄭後又以都關中爲永久之
計，晚年有詩云：

雞犬相聞三萬里，遷都豈不有關中？廣陵南幸雄圖盡，淚
眼山河夕照紅。〔註86〕

南鄭的軍戎生活，使陸游主戰恢復的愛國意識再度煥發，澎湃激
昂且無以遏制，便是在這樣一種背景與心境之下，向王炎陳策：「以
爲經略中原，必自長安始；取長安，必自隴右始；當積粟練兵，有釁
則攻，無則守。」〔註87〕也就是說以漢中爲抗金的大後方，等待時機
成熟，自隴右出兵奪取長安，進而恢復中原之地。當然這樣的看法也
並非從陸游開始，先前幾位主戰派人物即有以關陝爲恢復中原根據地
的見解提出。只是從歷史的現實來看，這樣的想法最終並沒有見諸行
動。近代有研究者以爲這是因爲王炎並未採納陸游的建議〔註88〕，其
說應是從陸游晚年追憶南鄭從軍時所作詩歌中的兩句：「畫策雖工不
見用，悲詫哪復從軍樂！」〔註89〕與《逸稿》卷上〈自閔賦〉所云：

〔註85〕《文集》卷三〈上二府論都邑箚子〉：「某聞江左自吳以來，未有舍
建康他都者。」頁18。

〔註86〕《詩稿校注》，冊五，卷三十四〈感事〉（其一），頁2246。

〔註87〕同註2，頁12059。

〔註88〕如劉維崇《陸游評傳》指出：「……可是王炎沒有採納。這使陸游十
分失望，精神慢慢消沈下去，他痛恨當時一般的執政者，苟且偷安，
使戰馬老死槽櫪，志士虛捐年華，帝王偏安東南，河山永遠蒙羞。」
（台北：正中書局，民國68年9月台四版），頁60；于北山《陸游
年譜》：「（乾道八年壬辰四十八歲）……七月，爲王炎作《靜鎮堂記》，
望其恢復中原。並曾向其陳進取之策，炎不能用。」同註63，頁156；
歐小牧《陸游傳》：「……王炎對陸游的建議，也就不予採用了。陸
游於很多年以後，依然懊惱，在詩裡寫道：『畫策雖工不見用，悲詫
豈復從軍樂！』（《劍南詩稿》卷三十八《三山杜門作歌》之二）又
在《自閔賦》裡說：『畫策不見用分，寧鍾釜之是求！』（《文集·逸
稿》卷上）」（成都：成都出版社，1994年10月），頁98。

〔註89〕《詩稿校注》，冊五，卷三十八〈三山杜門作歌〉（其三），頁2455。

「登高以望兮慷慨涕流，畫冊不見用兮寧鍾釜之是求！」推測而來。誠然陸游的進取之策最終並未實現，因此晚年作詩慨嘆也屬人之常情，但若將原因直接歸諸於王炎未納進言，似乎又過於武斷，朱東潤先生對此提出不同見解，十分值得參考：

> 陸游畫策不爲王炎所用，固然是「不見用」，可是陸游、王炎共同的劃策，不爲南宋最高的統治者所用，也同樣是「不見用」。從「賓主相期意氣中」這一句，我們看不出王炎和陸游中間的衝突，而從陸游詩詞中的表現，到現在這一段時期中，他軍中的生活，應當說是歡樂的。〔註90〕

這個問題與王炎在宣撫四川時期所進行的軍事布置與政績建樹當有密切關係，我們可從中看出王炎與陸游的想法是否趨於一致。首先，王炎宣撫四川的任務，根據傅璇琮與孔凡禮兩位先生研究指出：

> 在今陝西南部、甘肅東部、四川北部布置防務，積蓄人力、物力，以圖進取。根據紹興和議、隆興和議，宋、金西段，以大散關爲界。上述地區乃對金鬥爭的前沿地區。〔註91〕

由此看來，王炎在四川的布置與陸游的看法大體是一致的，都是以抗金恢復作爲主導思想。而且朝廷在此時也有著恢復的企圖，準備有所作爲。乾道七年七月，除王炎樞密使，依前四川宣撫使〔註92〕，周必大《省齋文稿》卷十四〈王炎除樞密使御筆跋〉〔註93〕：

> 乾道七年七月二十六日，國忌假，薄暮，快行。忽宣鎖，既至，院御藥甘澤齋御札來，除王炎爲樞密使，依舊宣撫。又出方寸紙，載：「和將帥」、「足財用」及「招兵買馬」等事。傳旨云：晚，不及召對，令諭褒用炎之意。

可見王炎在四川的政績是有相當建樹的，而朝廷此時任命他爲國家最

〔註90〕同註60，頁121。
〔註91〕傅璇琮、孔凡禮〈陸游與王炎的漢中交游〉，《杭州師範學院學報》1995年9月第5期，頁2。
〔註92〕據《宋史‧宰輔表》。
〔註93〕（宋）周必大《文忠集》（省齋文稿）（台北：台灣商務印書館，王雲五主編四庫全書珍本，民國60年），卷十四〈王炎除樞密使御筆跋〉，頁8。

高的軍事長官，亦正表明有意加速恢復事業的步伐。從這樣的角度來看，陸游「畫策不見用」的問題似乎不在王炎身上，而在朝廷的政策趨向。

雖然遭遇挫折，此時的陸游，依舊滿懷著抗敵復國的激昂之情，置身於「朝看十萬閱武罷，暮馳三百巡邊行。馬蹄度隴霜聲急，士甲照日波光明」〔註94〕的軍事活動中。當時宋、金兩軍相持於渭水兩岸和大散關一帶，而這些前線的邊防要地，陸游都曾親臨巡行，並展現以身許國的慷慨情懷，賦詩云：「五丈原〔註95〕頭秋色新，當時許國欲忘身。長安之西過萬里，北斗以南惟一人。」〔註96〕因此即使大散關頭巡邊守備的軍旅生活如此艱苦，詩人報國忠心依然：

> 我昔從戎清渭側，散關嵯峨下臨賊。鐵衣上馬蹴堅冰，有時三日不火食。山蕎畬粟雜沙磣，黑黍黃穈如土色。飛霜掠面寒壓指，一寸赤心惟報國。〔註97〕

而且見到宋軍此時「千艘粟漕魚關北」〔註98〕、「閱兵金鼓震河渭」〔註99〕等積粟練兵的備戰狀態，陸游對這一切起了恢復有望的信心，故云：「大散關頭北望秦，自期談笑掃胡塵。」〔註100〕復國的決心顯得如此迫切，尤其解救北方淪陷的人民更是刻不容緩，在一次深入敵境、勘查敵情的行動中，陸游親見受金人統治下的南宋百姓，「憶昔從戎出渭濱，壺漿馬首泣遺民。」〔註101〕他們簞食壺漿以迎王師，

〔註94〕 《詩稿校注》，冊三，卷十八〈秋懷〉，頁1396～1397。
〔註95〕 五丈原：地處渭水南岸，今陝西郿縣西三十里，與岐山縣接界，原平如掌。從前諸葛亮據渭南和司馬懿交戰，曾屯兵於此，是重要的邊防要地。
〔註96〕 《詩稿校注》，冊四，卷三十三〈感昔〉（其二），頁2173。
〔註97〕 《詩稿校注》，冊三，卷十七〈江北莊取米到作飯香甚有感〉，頁1340。
〔註98〕 《詩稿校注》，冊四，卷二十三〈憶南鄭舊遊〉，頁1716。
〔註99〕 《詩稿校注》，冊三，卷二十一〈和周元吉右司過弊居追懷南鄭相從之作〉，頁1586。
〔註100〕 詩稿《詩稿校注》，冊六，卷四十八〈追憶征西幕中舊事〉（其一），頁2926。
〔註101〕 《詩稿校注》，冊五，卷三十六〈憶昔〉，頁2352。

叩馬而泣，訴說著所承受的壓迫。這樣悲壯的場面，深深地觸動了他的內心，即使戍隴而歸，他的心依舊牽繫著北方的遺民，懷想著他們正日夜盼望王師的到來：

> 憶昨王師戍隴回，遺民日夜望行台。不論夾道壺漿滿，洛筍河魴次第來。自注：在南鄭時，關中將吏有獻此二物者。〔註102〕

除了洛筍河魴以外，更有冒生命危險爲宋軍傳遞訊息者，〈昔日〉詩中自注：「長安將吏以申狀至宣撫司，皆蠟彈，方四五寸絹，虜中動息必具報。」〔註103〕而陸游在感同身受之餘，往後更寫出了許多足以反映人民心聲的悲歌。

　　除了參與軍事活動之外，陸游在幕府中與同僚亦共度一段歡快的歲月。有時共商軍事：「軍諮祭酒幄中謀」〔註104〕；有時習射打球：「射堋命中萬人看，毬門對植雙旗紅」〔註105〕；有時酣宴豪飲：「四十從戎駐南鄭，酣宴軍中夜連日」〔註106〕、「醉墨淋漓酒百盃，轅門山色碧崔嵬」〔註107〕；有時華燈縱博：「華燈縱博聲滿樓」〔註108〕、「呼盧喝雉連暮夜」〔註109〕，這樣意氣風發、豪放不羈的軍旅生活，對於少習劍術、鑽研兵書，又好廣交豪傑之士的陸游而言〔註110〕，

〔註102〕 《詩稿校注》，冊六，卷四十八〈追憶征西幕中舊事〉（其三），頁2927。
〔註103〕 《詩稿校注》，冊三，卷十八，頁1442。
〔註104〕 同註99。
〔註105〕 《詩稿校注》，冊二，卷六〈春感〉，頁536。
〔註106〕 《詩稿校注》，冊四，卷二十五〈九月一日夜讀詩稿有感走筆作歌〉，頁1802。
〔註107〕 《詩稿校注》，冊二，卷十一〈憶山南〉（其二），頁891。
〔註108〕 同註106。
〔註109〕 《詩稿校注》，冊二，卷十〈風順舟行甚急戲書〉，頁777。
〔註110〕 《詩稿校注》，冊二，卷六〈甲午十一月十三夜夢右臂踊出一小劍長八九寸有光既覺猶微痛也〉：「少年學劍白猿翁」頁503。冊一，卷一〈夜讀兵書〉：「窮山讀兵書」頁18。（宋）葉紹翁《四朝聞見錄》卷乙：「陸游……且好結中原豪傑以滅敵，自商賈仙釋詩人劍客，無不遍交。」（台北：藝文印書館，《百部叢書集成》據清乾隆

在相當大的程度上滿足了他對自我的期許，因此在回憶從軍生活時，不禁道出：「投筆書生古來有，從軍樂事世間無」〔註111〕這樣暢意的話來。在陸游看來，軍隊中所進行的任何事情都可以激起個人的豪情壯志，而狩獵則更是其中不可或缺的訓練方式，因此他也時常同伙伴們穿梭在山林野地間行獵。此外，在道途行旅中時畏猛虎侵襲的他，這個時候竟然有了刺虎的壯舉，並且在往後的詩作中時而憶及此事，如：

> 前年膾鯨東海上，白浪如山寄豪壯。去年射虎南山秋，夜歸急雪滿貂裘。〔註112〕
>
> 前年從軍南山南，夜出馳獵常半酣。玄熊蒼兕積如阜，赤手曳虎毛氄氄。〔註113〕
>
> 西行亦足樂，縱獵南山秋。騰身刺猛虎，至今血濺裘。〔註114〕
>
> 刺虎騰身萬目前，白袍濺血尚依然。聖時未用征邊將，虛老龍門一少年。〔註115〕
>
> 貂裘寶馬梁州日，盤槊橫戈一世雄。怒虎吼山爭雪刃，驚鴻出塞避鵰弓。〔註116〕
>
> 我時在幕府，來往無晨暮。夜宿沔陽驛，朝飯長木舖。雪中痛飲百榼空，蹴踏山林伐狐兔。耽耽北山虎，食人不知數。孤兒寡婦讎不報，日落風生行旅懼。我聞投袂起，大譟聞百步。奮戈直前虎人立，吼裂蒼崖血如注。從騎三十皆秦人，面青氣奪空相顧。〔註117〕

鮑廷博校刊知不足齋叢書本影印，民國 55 年），頁 21。

〔註111〕《詩稿校注》，冊六，卷十七〈獨酌〉，3309。

〔註112〕《詩稿校注》，冊一，卷三〈三月十七日夜醉中作詩〉，頁 299。

〔註113〕《詩稿校注》，冊一，卷四〈聞虜亂有感〉，頁 346。

〔註114〕《詩稿校注》，冊二，卷八〈步出萬里橋門至江上〉，頁 618。

〔註115〕《詩稿校注》，冊二，卷十一〈建安遣興〉（其六），頁 867。

〔註116〕《詩稿校注》，冊二，卷十一〈憶山南〉（其一），頁 891。

〔註117〕《詩稿校注》，冊三，卷十四〈十月二十六日夜夢行南鄭道中既覺恍然攬筆作此詩時且五鼓矣〉，頁 1092。

挺劍刺乳虎，血濺貂裘殷。至今傳軍中，尚愧壯士顏。〔註
118〕

從以上詩作看來，顯然「平生怕路如怕虎」〔註119〕的陸游，對於自
己此番置死生於度外的浩然之舉，亦不禁時而回味。惟近人對於這樣
的事跡，有提出質疑者，如錢鍾書在《宋詩選註》中陸游〈醉歌〉一
詩裡下了這樣的註解：

> 或說箭射，或說劍刺，或說血濺白袍，或說血濺貂裘，或
> 說在秋，或說在冬。……此等簡直不像出於一人之手。因
> 此後世師法陸游的詩人也要說：「一般不信先生處，學射山
> 頭射虎時」（曹貞吉《珂雪二集》〈讀陸放翁詩偶題〉五首
> 之三）。〔註120〕

此外，許文軍於〈論陸游英雄主義詩歌的幻想性質〉一文中徵引錢先
生之言，並進一步論述道：

> 任意改變客觀存在的行為便意味著對客觀現實的不尊重和
> 輕視。這裡將要得出的結論與前述結論相同，即陸游是有
> 意或無意地將詩歌創作混同於製造夢幻泡影，他採用的材
> 料不是源於現實而又高於現實的東西，而是經過他隨心所
> 欲地意念化了的，與真實相左的現實。從這裡我們看得出
> 作者為了更完美地用藝術手段刻畫自身形象一再犧牲了生
> 活真實。〔註121〕

面對這樣的質疑，亦有持不同論調，為之辯解者，如李廷華所言：

> 其實，我們從陸游有關「射虎」的詩題：〈聞虜亂有感〉、〈建
> 安遣興〉、〈十月二十六日夜夢行南鄭道中〉、〈病起〉、〈懷
> 昔〉可以看到，陸游之談「虎」，多為記夢或回憶。在幾十
> 年歲月中多次吟詠，怎麼可能是一種寫法？怎麼可能要求

〔註118〕《詩稿校注》，冊四，卷二十八〈憶昔〉，頁1957。
〔註119〕《詩稿校注》，冊一，卷一〈上巳臨川道中〉，頁95。
〔註120〕錢鍾書《宋詩選註》（台北：書林出版有限公司，民國79年9月），
　　　　頁253～254。
〔註121〕許文軍〈論陸游英雄主義詩歌的幻想性質〉，《陝西師大學報（哲學
　　　　社會科學版）》第23卷第1期，1994年3月，頁50。

詩人的感興之作像履歷表一樣準確？〔註122〕

其實我們平心而論，古代詩人的創作本有其自傳特性，因此其詩作必然在某種程度上反映了作者真實的經歷，然而詩歌作為文學創作之一環，實不可能作流水帳般鉅細靡遺的交代，其中難免有部分誇張修飾或作者感興而發之處，但整體而言，憑空杜撰事件畢竟不屬常態，加以陸游在諸多詩作上反覆提及此事，其真實程度應當可以被接受。

是年秋天，陸游因公至閬中，旅途艱維之際，內心又興起無限感慨。有詩抒懷：

> 日日遵途處處詩，書生活計絕堪悲。江雲垂地灘風急，一
> 似前年上硤時。〔註123〕

雖慨嘆書生命運，然其報國壯志未減，故云：「平生鐵石心，忘家思報國。」〔註124〕並企盼自己的文才武略能充分受到重視，親臨戰場殺敵，因此說：「切勿輕書生，上馬能擊賊。」〔註125〕到達閬中，公餘之際，曾遊錦屏山謁少陵祠堂並賦詩寄懷〔註126〕。事畢，於十月十三日離閬中〔註127〕，行至嘉川舖得檄，知四川宣撫使王炎內調，因而急回南鄭〔註128〕。對於朝廷這一次的人事調動，多少意味著征西戰事的情況有變，是以詩人重返漢中境內時，不免心有所感，其〈歸次漢中境上〉〔註129〕一詩云：

> 雲棧屏山閱月遊，馬蹄初喜踏梁州。地連秦雍川原壯，水
> 下荊揚日夜流。遺虜屏屏寧遠略，孤臣耿耿獨私憂。良時

〔註122〕 李廷華〈悲歌與笑柄──錢鍾書先生筆下的兩個陸游〉，《唐都學刊》第 14 卷 1998 年第 1 期（總第 55 期），頁 44。

〔註123〕 《詩稿校注》，冊一，卷三〈自三泉泛嘉陵至利州〉，頁 245。

〔註124〕 《詩稿校注》，冊一，卷三〈太息〉，頁 247。

〔註125〕 同上註。

〔註126〕 《詩稿校注》，冊一，卷三〈遊錦屏山謁少陵祠堂〉，頁 249。

〔註127〕 《詩稿校注》，冊一，卷三〈壬辰十月十三日自閬中還興元遊三泉龍門十一月二日自興元適成都復攜兒曹往遊賦詩〉，頁 263。

〔註128〕 《詩稿校注》，冊一，卷三〈嘉川舖得檄遂行中夜次小柏〉詩云：「黃旗傳檄趣歸程，急服單裝破夜行。」頁 254。

〔註129〕 《詩稿校注》，冊一，卷三〈歸次漢中境上〉，頁 255。

　　　　恐作他年恨，大散關頭又一秋。

面對爲政者一再錯失復國的良時佳機，詩人的傷時之恨，似乎也隨著那大散關頭年復一年的秋天而綿延不絕。

　　回到南鄭，宣撫使王炎召還回朝，幕僚亦皆散去。十一月，陸游改除成都府安撫司參議官〔註 130〕。自此，結束了他在南鄭從軍的輝煌時期。我們可以想見，陸游從抗金恢復的喜悅到復國無望的悔恨；從意氣風發的從戎草檄到幕府星散的孤獨赴任，種種悲歡離合的複雜情緒，皆觸動著詩人內在的情感，但是我們翻開《詩稿》卻發現，這一時期的作品僅存十餘來首，根據陸游晚年所作〈感舊〉詩中自注云：「予山南雜詩百餘篇，舟行過望雲灘墜水中，至今以爲恨。」〔註 131〕可知其時作詩百餘首，卻不愼「墜水中」。對於這樣的說法，後人頗有存疑，以爲所謂「墜水中」很可能只是一句托辭〔註 132〕，這其中牽涉到的是一個現實的政治事件，而陸游又身處其中，因此小心謹愼之餘不得不刪去這些相關的詩作。我們從他的〈東樓集序〉一文中可稍見端倪：

　　　　後再歲，北遊山南，憑高望鄠、萬年諸山，思一醉曲江、
　　　　渼陂之間，其勢無繇，往往悲歌流涕。又一歲客成都、唐
　　　　安，又東至於漢嘉，然後知昔者之感，蓋非適然也。到漢
　　　　嘉四十日，以檄得還成都，因索在笥，得古律三十首，欲
　　　　出則不敢，欲棄則不忍，乃敍藏之。〔註 133〕

顯然《東樓集》中收錄有陸游南鄭時期「憑高望鄠、萬年諸山，思一醉曲江、渼陂之間，其勢無繇，往往悲歌流涕」的慷慨之作，其中「欲

〔註 130〕《老學庵筆記》卷四：「予參成都幕，攝事漢嘉。」同註 1，下冊，頁 28。錢大昕《陸放翁先生年譜》：「乾道八年壬辰，。……十月，復還漢中，會宣撫召還，幕僚皆散去，十一月，改除成都府安撫司參議官，復自漢中適成都。」

〔註 131〕《詩稿校注》卷三十七〈感舊〉（其一），冊五，頁 2380。

〔註 132〕朱東潤以爲：「他所說的『墜水中』，可能只是一句托辭，其實是他不願意提出來。」同註 59，頁 131。

〔註 133〕《文集》卷十四〈東樓集序〉，頁 78。

出則不敢，欲棄則不忍」之語，隱約透露了潛藏詩人內心的矛盾與掙扎。正因爲「不敢」，所以陸游於淳熙十四年在嚴州刻《詩稿》時，也並未將《東樓集》中的作品收錄進去〔註134〕。前文提及此中牽涉到現實的政治事件，更具體來說，則與王炎個人的政治生涯密切相關。王炎的內調，顯然是中央決策的手段，因此他一入臨安便被閒置，晚年又被冠以「欺君」之罪。我們可以想見陸游的山南詩作，除了抒發個人的感慨際遇之外，必有於王炎幕府中所歌詠的諸多唱和之作，或述及兩人交遊，或讚頌王氏功績，然而這樣的作品出現在當時卻是一大忌諱，誠如傅璇琮、孔凡禮兩位先生研究指出：

> 王炎一生的轉折點，是他任四川宣撫使。這段時間是他一
> 生事業的高峰，但也由此向下跌落。我們覺得，這與王炎
> 在這段時間所創的功績大有關係，特別是他組建幕府，募
> 用不少蜀人，又在川、陝一帶建立地方特色的武裝隊伍，
> 頗有實力，聯繫到他晚年曾被人告以「欺君」之罪，恐怕
> 他在四川的作爲是受到孝宗的猜忌的。這在當時是一大忌
> 諱。〔註135〕

因此陸游有意刪去這些犯時忌的作品，應當是可以理解的。而後人對於陸游在南鄭從軍的實際生活景況，似乎也只能從他在往後歲月中的回憶之作裡，去企圖還原詩人當時的豪氣生活與報國熱情。值得慶幸的是，《詩稿》中追懷南鄭從戎之作頗多，足見其對此一時期的重視，

〔註134〕關於陸游南鄭從軍詩「墜水中」應爲托辭的具體說法，可參傅璇琮與孔凡禮兩位先生的〈陸游南鄭從軍詩失傳探秘——兼論南宋抗金大將王炎的悲劇命運〉一文，《文學遺產》2001年第4期。文中提出兩點思考：「第一，如果《山南雜詠》眞的墜落水中，《東樓集序》一定會提到此事，因《東樓集序》作於所謂墜落水中的第二年，不必等到作《憶昔》詩的宋寧宗慶元四年（1197）才說及。第二，《東樓集》既是「敘藏」，是自己珍愛的作品，爲什麼淳熙十四年（1187），陸游在嚴州刻《詩稿》時不收進去？序中所說的「不敢」，則透露了一點訊息，說的是實情。「不敢」者，犯時之所忌也。估計此《東樓集》保藏了很長時間，陸游長子虞、幼子遹刻《詩稿》時都沒有收進去，說明所犯時忌很深，在這以後也就失傳了。」頁77～78。

〔註135〕同上註，頁81。

而他的重視更表現在二十年後總結詩歌創作經驗時，提列出南鄭從戎
生活的關鍵性地位，〈九月一日夜讀詩稿有感走筆作歌〉〔註136〕一詩
云：

> 我昔學詩未有得，殘餘未免從人乞。力屏氣餒心自知，妄
> 取虛名有慚色。四十從戎駐南鄭，酣宴軍中夜連日。打毬
> 築場一千步，閱馬列廄三萬匹。華燈縱博生滿樓，寶釵豔
> 舞光照席。琵琶弦急冰霰亂，羯鼓手勻風雨疾。詩家三昧
> 忽見前，屈賈在眼元歷歷。天機雲錦用在我，剪裁妙處非
> 刀尺。世間才傑固不乏，秋毫未合天地隔。放翁老死何足
> 論，廣陵散絕還堪惜。

在這首詩中，陸游否定了過去的創作，以為早年模擬他人作詩，故「力
屏氣餒」，缺乏豐富實質的內容。直到「四十從戎駐南鄭」以後，才
在打毬、閱馬、縱博、豔舞的生活之中獲得「詩家三昧」。陸游在這
裡使用了「打毬」、「閱馬」、「縱博」、「豔舞」等華麗的字眼，當然不
是說寫詩作文的精義全從宴飲歡會而來，而是以此來概括南鄭從戎豐
富深廣的社會生活。誠如前文所述，陸游在南鄭參與實際的軍事活
動，深入敵境並親見南宋遺民，凡此皆足以發揚深化他內在的愛國熱
情；在幕府中伙伴同僚間彼此相互唱和、並肩作戰，則更堅定強化他
企盼恢復的信心想望。正是在這樣實際的、豐富的生活經驗中，陸游
尋找到創作的泉源，並在其早年學詩作文的藝術基礎上，建構並開拓
了詩作的題材內容與思想境界，因此他在晚年示子學詩時才會說出：
「汝果欲學詩，工夫在詩外」〔註137〕這樣的創作體會。而齊治平亦
云：

> 對民族壓迫的憤恨不平，對祖國人民的滿腔熱愛，並為此
> 而隨時準備著慷慨捐軀，豪邁地唱出了南宋廣大人民的心
> 聲，這正是陸游愛國詩歌的鮮明特色。而這種特色的形成，

〔註136〕《詩稿校注》，冊四，卷二十五〈九月一日夜讀詩稿有感走筆作歌〉，
頁1802。
〔註137〕《詩稿校注》，冊八，卷七十八〈示子遹〉，頁4263。

則是自陸游從軍川陝以後才正式奠定的。沒有軍中戰鬥生活的切身感受和他對群眾愛國力量的明確認識，沒有思想情感上的一次劇烈變化和提高，他是不會在原來的基礎上達成這一次詩歌創作的飛躍的。〔註138〕

十分肯定從軍生活爲陸游詩歌創作帶來了飛躍的進步。

三、四易其任，遷流輾轉

乾道八年十一月二日，陸游攜家帶眷離開南鄭赴成都就任〔註139〕，此時的他面對復國良時恐將成爲他年永遠的遺恨，心中的落寞與哀感自是可想而知，因而嘆息著：「今朝忽夢破，跋馬臨漾水。」〔註140〕於是就這麼一路南下，進入劍門關，告別了漢中境域，也告別了意氣風發的從戎時期，帶著這種淒冷低回的情緒，他不禁自嘲著：

衣上征塵雜酒痕，遠遊無處不消魂。此身合是詩人未？細雨騎驢入劍門。〔註141〕

這首詩在淒冷的自嘲中又飽含著詩人內在激憤不平的情緒。試想原本騎馬上陣殺敵的英雄，如今卻成了驢背苦吟的詩人，怎不令人悵然失落、心有不甘呢？而這一切在他看來都是因爲統治者面對邊境戰事的躊躇不決所造成，因此說：「渭水岐山不出兵，卻攜琴劍錦官城。」〔註142〕憤恨與無奈的思緒交雜揉合於詩句中，益發突顯複雜矛盾的悲苦心境。

陸游一家於歲暮時節抵達成都，任成都府安撫使司參議官，官閑多暇，頗受冷遇，所以說：「冷官無一事，日日得閒遊。」〔註143〕其間或小酌遣興：「身似野僧猶有髮，門如村舍強名官。鼠肝蟲臂元無

〔註138〕同註22，頁42。
〔註139〕《詩稿校注》，冊一，卷三〈壬辰十月十三日自閬中還興元遊三泉龍門十一月二日自興元適成都復攜兒曹往遊賦詩〉，頁263。
〔註140〕《詩稿校注》，冊一，卷三〈自興元赴官成都〉，頁258。
〔註141〕《詩稿校注》，冊一，卷三〈劍門道中遇微雨〉，頁269。
〔註142〕《詩稿校注》，冊一，卷三〈即事〉，頁275。
〔註143〕《詩稿校注》，冊一，卷三〈登塔〉，頁289。

擇，遇酒猶能罄一歡。」〔註144〕或賞梅賦詩：「老來愛酒膽狂顛，況
復梅花到眼邊。不怕幽香妨靜觀，正須疏影伴臞仙。」〔註145〕或登
臨紀遊：「壯哉千尺塔，攝衣上上頭。眼力老未減，足疾新有瘳。幸
茲濟勝具，俯仰隘九州。」〔註146〕並且在這裡結交了吏部郎邛州守
宇文袞臣（名紹奕，一字卷臣，廣都人）、成都守宇文子友（名子震，
成都人）和國子監丞譚德稱（名季壬）等好友。其後淳熙五年秋天，
陸游離蜀還家不久，即有夜夢蜀中友人之作：

> 夜夢集山寺，二三佳友生。相顧慘不樂，若有千里行。
> 在門僕整駕，臨道騅嘶鳴。我友顧謂我，天寒戒晨征。
> 遲速要當到，徐驅勿貪程。丁寧及藥餌，依依有餘情。
> 鄰鐘忽驚覺，鴉翻窗欲明。作詩謝我友，有使頻寄聲。
> 〔註147〕

而晚年回憶蜀中交遊情況時亦云：

> 二十年前客錦城，酒徒詩社盡豪英。才名吏部傾朝野，意
> 氣成州共死生。廢苑探梅常共醉，遺祠訪柏亦俱行。即今
> 病臥寒燈裡，欲話當時涕已傾。〔註148〕

正因為在成都的任職，並沒有具體公事需要處理，於是只能在宴飲遊
賞中消磨時光，〈成都行〉〔註149〕一詩中寫出了飲酒賞花的浪漫生活：

> 倚錦瑟，擊玉壺，吳中狂士遊成都。成都海棠十萬株，繁
> 華盛麗天下無。青絲金絡白雪駒，日斜馳遣迎名姝。燕脂
> 褪盡見玉膚，綠鬟半脫嬌不梳。吳綾便面對客書，斜行小
> 草密復疏；墨君秀潤瘦不枯，風枝雨葉筆筆殊。月浸羅襪
> 清夜徂，滿身花影醉索扶。東來此歡墮空虛，坐悲新霜點

〔註144〕 《詩稿校注》，冊一，卷三〈成都歲暮始微寒小酌遣興〉，頁288。
〔註145〕 《詩稿校注》，冊一，卷三〈再賦梅花〉，頁288。
〔註146〕 《詩稿校注》，冊一，卷三〈登塔〉，頁289。
〔註147〕 《詩稿校注》，冊二，卷十〈夜夢與宇文子友譚德稱會山寺若餞予
行者明日黎明得子友書感歎久之乃作此詩〉，頁826。
〔註148〕 《詩稿校注》，冊五，卷三十八〈思蜀〉（其二），頁2449。詩中並
自注：「吏部郎宇文紹奕袞自成州守宇文子震子友。」
〔註149〕 《詩稿校注》，冊一，卷四，頁345。

鬢鬖。易求合浦千斛珠，難覓錦江雙鯉魚。

　　陸游在成都住了兩三個月，於乾道九年春，權通判蜀州，仍抑鬱不得志，有〈初到蜀州寄成都諸友〉詩，慨嘆：「無材藉作長閑地，有讁留爲劇飲資。」〔註150〕不久自蜀州暫返成都〔註151〕。同年夏天又調攝嘉州，嘉州的山川秀麗、景色絕美，城西有蘇崖山，山麓有雲洞和凌雲等古寺，據《蜀中廣記》云：「凌雲山麓有唐放生碑，山頂有清音亭。邵博記：天下山水之勝在蜀，蜀之勝在嘉州，嘉州之勝在凌雲寺，寺之南山，又其勝也；蘇子瞻名其亭曰清音，又南山之勝也。」〔註152〕面對名山麗水的優美景致，素好山水美景的陸游，時而出郭尋幽，登凌雲寺，謁凌雲大像，詩云：

　　出郭幽尋一笑新，徑呼艇子截煙津。不辭疾步登重閣，聊欲今生識偉人。泉鏡正涵螺髻綠，浪花不犯寶趺塵。始知神力無窮盡，丈六黃金果小身。〔註153〕

或獨遊城西僧院，悠然自在：

　　我是天公度外人，看山看水自由身。蘇崖直上飛雙屐，雲洞前頭岸幅巾。萬里欲呼牛渚月，一生不受庾公塵。非無好客堪招喚，獨往飄然覺更眞。〔註154〕。

其中特別喜愛西林院，盼長居於此：「安得棄官長住此，一盃香飯薦珍蔬。」〔註155〕而嘉州出產荔枝，凌雲山、安樂園皆爲盛處，陸游並時偕友人同遊共樂〔註156〕。

　　嘉州官舍奇石甚富，陸游取之造成假山，其間「峭峰幽竇相吐呑，

〔註150〕　《詩稿校注》，冊一，卷三，頁298。
〔註151〕　《詩稿校注》，冊一，卷三〈自蜀州暫還成都奉簡諸公〉，頁298。
〔註152〕　（明）曹學佺《蜀中廣記》（台北：台灣商務印書館，王雲五主編四庫全書珍本，民國58年），卷十一，頁8。
〔註153〕　《詩稿校注》，冊一，卷四〈謁凌雲大像〉，頁313。
〔註154〕　《詩稿校注》，冊一，卷四〈獨遊城西諸僧舍〉，頁315。
〔註155〕　《詩稿校注》，冊一，卷四〈西林院〉，頁316。
〔註156〕　《老學庵筆記》卷四：「予參成都議幕，攝事漢嘉，一見荔子熟，時凌雲山安樂園皆盛處。糾曹何預元立、法曹蔡迨肩吾皆佳士，相與同樂。」同註1，下冊，頁28。

翠嶺丹崖渺聯絡」〔註157〕，其後並於假山之南作曲欄石磴，以供閒暇遊息，繚繞如棧道〔註158〕。假山之西有居室，本名「西齋」，後更名爲「小山堂」，於堂壁上繪唐代詩人岑參畫像，並刻其遺詩八十餘篇，以示愛慕之意，其〈跋嘉州詩集〉中云：

> 予自少時絕好岑嘉州詩。往在山中，每醉歸，倚胡床睡，輒令兒曹誦之，至酒醒或睡熟乃已。嘗以爲太白、子美之後，一人而已。今年自唐安別駕來攝犍爲，既畫公象齋壁，又雜取世所傳公遺詩八十餘篇刻之，以傳知詩律者。不獨備此邦故事，亦平生素意也。〔註159〕

依陸游之見，岑氏之作可謂直迫李、杜，歸究其因則於〈夜讀岑嘉州詩集〉〔註160〕一詩中明白點出：

> 漢嘉山水邦，岑公昔所寓。公詩信豪偉，筆力追李杜。
> 常思從軍時，氣無玉關路。至今藁簡傳，多昔橫槊賦。
> 零落才百篇，崔嵬多傑句。功夫刮造化，音節配韶濩。
> 我後四百年，清夢奉巾屨。晚途有奇事，隨牒得補處。
> 群胡自魚肉，明主方北顧。誦公天山篇，流涕思一遇。

正因爲岑詩所透出氣無玉關、慷慨橫槊的豪偉格調，才會有所謂「零落才百篇，崔嵬多傑句。功夫刮造化，音節配韶濩」的擊節讚賞之語，順著這樣的思考，四百年後的陸游於是有「誦公天山篇，流涕思一遇」的喟嘆，而陸游不少寫志抒懷的詩篇亦有著意模仿岑參之跡，如〈大雪歌〉、〈大將出師歌〉等。雖然有學習模仿岑參的地方，但兩人的時代背景與生平經歷的差異，亦造成詩作上的差別，朱東潤先生比較兩人詩作的不同時云：

> 岑參的雄偉闊大，有具體的生活基礎，主要是從他的浪漫

〔註157〕《詩稿校注》，冊一，卷三〈嘉陽官舍奇石甚富散棄無領略者予始取作假山因名西齋曰小山堂爲賦短歌〉，頁306。

〔註158〕《詩稿校注》，冊一，卷四〈小山之南作曲欄石磴繚繞如棧道戲作二篇〉，頁322～323。

〔註159〕《文集》卷二十六〈跋岑嘉州詩集〉，頁158。

〔註160〕《詩稿校注》，冊一，卷四〈夜讀岑嘉州詩集〉，頁332。

主義思想產生的。因此，在岑參的詩歌裡，我們看到他的
歡樂，而在陸游的詩歌裡，最後總使人感到空虛，一種無
可形容的悲哀。這樣的詩句，在嘉州的這一段時間裡特別
顯著，一則因為他從南鄭撤回的時間不久，心頭的創傷還
沒有收功，二則可能他讀到岑參的詩歌，更感到兩人中間
的距離，時代在他的心頭，給他蓋上了烙印。〔註161〕

南宋偏安的政治時局以及自前線撤退的挫敗經歷，皆深刻地反映在陸
游詩作的表現上，而這也正是他與岑參之所以不同的地方。在他的詩
作中，時常滿溢著壯志未伸的慨嘆：「壯心未許全消盡，醉聽檀槽出
塞聲。」〔註162〕反映出他那無可奈何的處境與激憤不平的情緒，然
究其壯志，實立基於國家民族的整體利益之上，而所以喪志，正在於
時刻憂慮國家的前途，因此他雖退居後方，仍然十分關心敵方消息，
當時傳聞金朝「有五單于爭立之禍」，發生內亂〔註163〕，陸游欣喜之
餘，以為正是進軍北伐的有利時機，〈聞虜亂有感〉〔註164〕詩云：

前年從軍南山南，夜出馳獵常半酣。玄熊蒼兕積如阜，赤
手曳虎毛毿毿。有時登高望鄠杜，悲歌仰天淚如雨。頭顱
自揣已可知，一死猶思報明主。近聞索虜自相殘，秋風撫
劍淚汍瀾。雒陽八陵那忍說，玉座塵昏松柏寒。儒冠忽忽
垂五十，急裝何由穿褲褶？羞為老驥伏櫪悲，寧作枯魚過

〔註161〕 同註60，頁140。
〔註162〕 《詩稿校注》，冊一，卷四〈醉中感懷〉，頁324。
〔註163〕 根據《宋史》卷四三三〈楊萬里傳〉記載：「而或者曰彼有五單于
　　　　 爭立之禍，又曰彼有匈奴困於東胡之禍，既而皆不驗」。同註2，頁
　　　　 12864。是知此消息雖為誤傳。然據于北山《陸游年譜》：「斯時女
　　　　 眞統治集團內部分裂，時伏時起，如去年四月，西北路納哈塔齊錦
　　　　 謀反，十二月，德州防禦使完顏文謀反，均其顯例。金主為此特下
　　　　 詔書：『德州防禦使文，北京曹貴，鄜州李方皆因術士妄談祿命，
　　　　 陷于大戮。』並規定：『自今宗室宗女有屬籍者，及官職三品以上，
　　　　 除占問嫁娶、修造、葬事，不得推算祿命。』其驚惶虛怯之情可見。
　　　　 此種消息遠播南方（亦難免有夸大附會處），務觀立即在詩作中加
　　　　 以反映，足見其愛國思想之篤切，不必斤斤考核其與事實相符否
　　　　 也。」所言甚是。同註63，頁185。
〔註164〕 《詩稿校注》，冊一，卷四〈聞虜亂有感〉，頁346。

河泣。

然而現實卻是朝廷依舊按兵不動，坐失良機。詩人的一腔忠憤，只能化爲那「殷殷夜有聲」的寶劍，發出心中憤懣的不平之鳴〔註165〕。又或者基於浪漫的情懷，幻想著王師北伐勝利的情景：「三更窮虜送降款，天明積甲如丘陵。中華初識汗血馬，東夷再貢霜毛鷹。群陰伏，太陽昇，胡無人，宋中興。」〔註166〕

　　除了關心政局國事之外，陸游在任嘉州的時期，亦表現出與民同憂共樂的高尙情操。是年四川地區苦旱，惟嘉州得雨，豐年有望，他帶著無比歡欣的情緒寫道：

　　畫簷鳴雨早秋天，不喜新涼喜有年。眼裡香秔三萬頃，寄
　　聲父老共欣然。〔註167〕

並親視呂公堤的修築〔註168〕，提出他的看法：「西州築堤，織竹貯江石，不三年輒壞。意謂如吳中取大石甃，則可支久，異日當有辦此者。」〔註169〕由於當時的環境限制，使得無法取得大石甃來修堤，他不禁遺憾地說道：「寓公僅踵前人跡，伐石西山恨未能。」〔註170〕充分顯

〔註165〕　《詩稿校注》，冊一，卷四。〈寶劍吟〉：「幽人枕寶劍，殷殷夜有聲。人言劍化龍，直恐興風霆。不然憤狂虜，慨然思遠征。取酒起酹劍：至寶當潛形，豈無知君者，時來自施行。一匣有餘地，胡爲鳴不平？」頁352。
〔註166〕　《詩稿校注》，冊一，卷四〈胡無人〉，頁367。
〔註167〕　《詩稿校注》，冊一，卷四〈癸巳夏旁郡多苦旱惟漢嘉得雨然未足也立秋夜三鼓雨至明日〉，頁319。
〔註168〕　《詩稿校注》，冊一，卷四〈出城至呂公亭按視修堤〉、〈十二月十一日視築隄〉，頁355、378。呂公堤：據《讀史方輿紀要》卷七十二〈四川七〉：「呂公堤，在城東。志云：州城三江門，當二水之會，岸破水嚙，易于決圮。宋守呂由誠築堤，連延不斷，以禦衝波。郡人德之，號曰呂公堤。」同註77，頁3064。（宋）王象之《輿地紀勝》卷一四六：「嘉定府：呂公堤。自三江門二水之會，連延不斷，岸被齧。呂公由誠大築此堤。府人德之，以字堤云。」（上海：上海古籍出版社，1995年，《續修四庫全書》），頁224。
〔註169〕　《詩稿校注》，冊一，卷四〈出城至呂公亭按視修堤〉，頁355。詩中自注云。
〔註170〕　同上註。

露出他對人民生活的具體關懷。因此《樂山縣志》卷八〈官師〉中記載著:「陸游,字務觀……乾道中嘗監郡嘉州。流風善政,至今頌之。」〔註171〕

　　淳熙元年春,陸游離嘉州還蜀州,仍任通判。這種居官無事的清閒生活,既不似長官又不似屬員的尷尬地位,使他不免自嘲地說:「似閒有俸錢,似仕無簿書,似長免事任,似屬非走趨。」〔註172〕在閒散無聊的生活之中,陸游選擇在湖光山色、禪林寺院中消遣度日。蜀州城郊有東湖,景色宜人,因此他「婆娑東湖上,幽曠足自娛」〔註173〕,時而遊憩於寺廟僧院,如翠圍院、化成院、慈雲院、靈鷲寺、白塔院等處,並賦詩紀遊〔註174〕。是年三月,參知政事鄭聞以資政殿大學士出任四川宣撫使,陸游有〈上鄭宣撫啟〉〔註175〕,以為「當今秦蜀之權,重無與比;中原祖宗之地,久猶未歸」,故此時應當「已慶登壇而授鉞,遄觀推轂而出師」,由此可見其憂國之心依然,而用兵恢復的政治主張,也企圖藉由任何可能陳述的機會中具體表達。七月,朝廷復以鄭聞為參知政事,罷四川宣撫使,以成都府路安撫使薛良朋為四川安撫置制使,陸游此時則有〈賀薛安撫兼置制使啟〉〔註176〕,論及當前形勢,並予之讚賞與期許:「關中既留蕭丞相,上遂寬西顧之憂;江左自有管夷吾,人共望中興之盛。」然而實際上從朝廷罷四川安撫使和恢復四川制置使的決策看來,主政者並無意出兵,而主要以防守為當前目標,因此陸游出師北伐的希望也就再次落空了。

〔註171〕黃鎔等纂修《樂山縣志》(台北:學生書局,1967年10月),卷八〈官師〉,頁801。
〔註172〕《詩稿校注》,冊一,卷五〈醉書〉,頁441。
〔註173〕同上註。
〔註174〕見《詩稿校注》,冊一,卷五〈翠圍院〉、〈化成院〉、〈慈雲院東閣小憩〉、〈遊靈鷲寺堂中僧闐然獨作禮開山定心尊者尊者唐人有問法者輒點胸示之時號點點和尚〉、〈白塔院 時小雨出霽〉,頁404、405、406、407、408。
〔註175〕《文集》卷九〈上鄭宣撫啟〉,頁47。
〔註176〕《文集》卷九〈賀薛宣撫兼置制使啟〉,頁46。

是年八月二十七日,參加蜀州閱武,惟其心境比之嘉州時期已大
不相同。其時「草間鼠輩何勞磔,要挽天河洗洛嵩」﹝註 177﹞的豪情
壯舉如今卻成了「劉琨晚抱聞雞恨,安得英雄共著鞭」﹝註 178﹞的失
落惆悵。除了英雄失路的惆悵外,他更揣想北方淪陷百姓的愁苦心
境:「三秦父老應惆悵,不見王師出散關。」﹝註 179﹞北方人民怨恨宋
師不反攻的心聲,通過出使金國的使節不斷傳來,如韓無咎使金歸來
時云:「中原之人,怨敵者故在,而每恨吾人之不能舉也。」﹝註 180﹞

　　陸游在蜀州不滿一年,是年十月又調攝榮州﹝註 181﹞。自成都赴
任,「經雙流,取道清成,遂遊青城山;過離堆、經郫縣、江原、彭
山、眉州,至嘉州,與舊同僚何元立等相會。由井研至榮州。」﹝註
182﹞十一月初到達榮州,不久即因受命參議成都戎幕而離去,僅留榮
州七十日﹝註 183﹞,此次職銜為「朝奉郎成都府路安撫司參議官兼四
川制置使司參議官」﹝註 184﹞。於是年除夕得制置司檄,催赴成都任
職﹝註 185﹞,翌年(淳熙二年)正月十日離開榮州。臨去之時有〈桃
源憶故人〉﹝註 186﹞一首,滿懷依依不捨之情:

　　斜陽寂歷柴門閉,一點炊煙時起,雞犬往來林外,俱有蕭

﹝註 177﹞ 《詩稿校注》,冊一,卷四〈八月二十二日嘉州大閱〉,頁 339。
﹝註 178﹞ 《詩稿校注》,冊一,卷五〈蜀州大閱〉,頁 455。
﹝註 179﹞ 《詩稿校注》,冊一,卷五〈觀長安城圖〉,頁 449。
﹝註 180﹞ (宋)韓元吉《南澗甲乙稿》(台北:藝文出版社,《百部叢書集成》
　　　　 據清乾隆敕刊聚珍版叢書本影印),卷十六〈書朔行日記后〉,頁 29。
﹝註 181﹞ 《詩稿校注》,冊二,卷六〈宿江原縣東十里張氏亭子未明而起〉:
　　　　 「劍南十月霜猶薄,江上五更雞亂號。」此詩作於去榮州過江原縣
　　　　 之時。頁 491。
﹝註 182﹞ 歐小牧《陸游年譜》(台北:木鐸出版社,民國 71 年 5 月初版),
　　　　 頁 140。
﹝註 183﹞ 《文集》卷五十〈桃源憶故人〉序:「三榮郡治之西,……余留七
　　　　 十日,被命參成都戎幕而去。」頁 311
﹝註 184﹞ 《文集》卷十四〈范待制詩集序〉,頁 78。
﹝註 185﹞ 《詩稿校注》,冊二,卷六〈乙未元日〉題目下自注:「除夕得制司
　　　　 檄,催赴官。」頁 511。
﹝註 186﹞ 《文集》卷五十〈桃源憶故人〉,頁 311。

然意。

　　袁翁老去疏榮利，絕愛山城無事，臨去畫樓頻倚，何日重
　　來此？

事實上，詩人對於嘉州的凌雲與蜀州的東湖亦同樣留戀不捨，足見其
浪漫情懷與深厚情感。告別了官閒無事的山城生活，面對車馬喧囂的
繁盛都市，他似乎預見了此行在生活上將有一定程度的改變，所以
說：「便恐清遊從此少，錦城車馬漲紅塵。」〔註 187〕

四、參議成都，飲酒疏狂

　　陸游在成都的生活，果然一如他所預言的「清遊從此少」，每天必
須面對案上堆積如山的公文，故云：「身留幕府還家少，眼亂文書把酒
稀。」〔註 188〕連回家的時間都沒有，更遑論能清閒地悠遊於山光水色
之間了！然其素好登臨遊賞，賦詩紀遊，因此時而忙裡偷閒，驅車出
遊，詩云：「成都再見春事殘，雖名閑官實不閑；門前車馬鬧如市，案
上文檄高於山。有時投檄輒徑出，略似齊客偷秦關。」〔註 189〕是年六
月，敷文閣直學士范成大以制置司治成都府〔註 190〕。兩人本是多年舊
友，隆興元年陸游任官聖政所時與范成大共事，因而相識，其後一別
八年，至乾道六年六月，陸游入蜀過金山時，范成大奉使金國至此，
遣人相招，共食於玉鑑堂〔註 191〕。如今一別五年，重又聚首天涯。兩

〔註 187〕《詩稿校注》，冊二，卷六〈別榮州 正月十日〉，頁 511。
〔註 188〕《詩稿校注》，冊二，卷六〈書懷〉，頁 526。
〔註 189〕《詩稿校注》，冊二，卷六〈遊圓覺乾明祥符三院至幕〉，頁 562。
〔註 190〕《文集》卷十八〈銅壺閣記〉：「淳熙二年夏六月，今敷文閣直學士
范公以制置司治此府。」頁 103。（宋）周必大《省齋文稿》卷二十
二〈資政殿大學士贈銀青光祿大夫范公成大神道碑〉：「淳熙元年十
月，除敷文閣待制、四川制置使、知成都府。稍鑿夔峽山路，以避
湍險，人以為便。會復置宣撫使以命樞臣，改公成都路制置使。未
幾，廢宣撫司，公復專四路之寄。」（清）畢沅《續資治通鑑》：「（淳
熙元年十二月）以資政殿學士、知荊南府沈夏加大學士為四川宣撫
使；新四川制置使范成大，改管內制置使。」（台北：文光出版社，
民國 64 年 10 月初版），卷一四四，頁 3850。
〔註 191〕《文集》卷四十三《入蜀記》第一：「（乾道五年六月）二十八日……

人於當代皆有詩名，彼此以文字相交，飲酒賦詩，相互唱和，雖然官階有上下之別，但因珍重對方文才，彼此都不拘形跡，以朋友的關係來往〔註192〕。在與范成大宴飲歡會的熱鬧場面，陸游快意唱道：

> 天公爲我齒煩計，遣飫黃甘與丹荔；又憐狂眼老更狂，令看廣陵杓藥蜀海棠。周行萬里逐所樂，天公於我元不薄。貴人不出長安城，寶帶華纓眞汝縛。樂哉今從石湖公，大度不計聾丞聾。夜宴新亭海棠底，紅雲倒吸玻璃鍾。琵琶絃繁腰鼓急，盤鳳舞衫香霧溼。香醪凸盞燭光搖，素月中天花影立。遊人如雲環玉帳，詩未落紙先傳唱。此邦句律方一新，鳳閣舍人今有樣。〔註193〕

兩人酬答唱和的新作，雖爲時人所爭相傳誦〔註194〕，然而陸游對於自己詩人文士的身份，卻時而流露出矛盾的情結，尤其在他「一寸赤心惟報國」的壯志之下，更不禁慨嘆自己「久矣儒冠誤此身」〔註195〕，以爲「諸公薦文章，頗恨非素志」〔註196〕。對於自己詩名的顯揚，他似乎並不視爲一種成就，反而懷想著南鄭從軍的豪氣壯舉，抑鬱感傷地說道：

> 少年狂走西復東，銀鞍駿馬馳如風。眼看春去不復惜，只道歲月來無窮。初遊漢中亦未覺，一飲尚可傾千鍾。叉魚狼藉漾水濁，獵虎蹴踏南山空。射堋命中萬人看，毬門對植雙旗紅。華堂卻來弄筆硯，新詩醉草誇坐中。劍關南山

　　奉使金國起居郎范至能至山，遣人相招，食於玉鑑堂。」頁269。
〔註192〕　《宋史》本傳記載：「范成大帥蜀，游爲參議官，以文字交，不拘禮法。」同註2。
〔註193〕　《詩稿校注》，冊二，卷七〈錦亭〉，頁548。
〔註194〕　（清）彭遵泗《蜀故》：「范致能，陸務觀以東南文墨之彥，至爲蜀帥。在幕府日，賓主唱酬。每一篇出，人以先睹爲快。」（北京：北京出版社，《四庫未收書輯刊》，1998年），卷九，頁612。又張宗橚著、楊寶霖補正《詞林紀事》卷十一引黃花庵云：「范致能爲蜀帥，務觀在幕府，主賓唱酬，短章大篇，人爭傳誦之。」（上海：上海古籍出版社，1998年11月），頁692。
〔註195〕　《詩稿校注》，冊二，卷六〈成都大閱〉，頁525。
〔註196〕　《詩稿校注》，冊二，卷六〈喜譚德稱歸〉，頁536。

才幾日，壯氣催縮成衰翁。雪霜蕭颯已滿鬢，蛟龍鬱居空
蟠胸。〔註197〕

陸游的消沈，一方面由於朝廷和戎政策的根本立場並未動搖，另一方
面則是由於生理機能的逐漸衰退，使他深刻地意識到自己的老態，〈午
寢〉〔註198〕詩云：

眼澀朦朧不自支，欠伸常恨到床遲。庭花著雨晴方見，野
客敲門去始知。灰冷香煙無復在，湯成茶碗徑須持。頹然
卻自嫌疏放，旋了生涯一首詩。

從視覺和聽覺的漸趨模糊來表現自己年老力衰的具體情況，相較於當
日在南鄭巡營野宿的英雄氣慨，簡直判若兩人。經過了幾年人事的更
迭、世態的變化，他的心情自然不可能再如同王炎幕府時的壯懷激
烈。此外，范成大不拘禮法，不以部屬相待的一番情意，卻難免招致
他人非議，從而形成一股輿論的壓力。淳熙三年三月間，或因此而遭
免官，慨然而云：「晚參戎幕之游，始被邊州之寄，知者希則我貴矣，
何嫌流俗之見排；加之罪其無詞乎，至以虛名而被劾。」〔註199〕賦
閑在家之時，則有詩云：「飽飯即知吾事了，免官初覺此身輕。歸來
更欲誇妻子，學煮雲堂芋糝羹。」〔註200〕至六月，得奉祠桐柏，桐
柏山在台州，即天台山，主管玉霄峰下的崇道觀〔註201〕，然不必親
赴就任，因此陸游掛名遙領，以此食祿，仍在成都居住。不久有知嘉
州之命，卻遭臣僚以「燕飲頹放」論罷〔註202〕，詩中「罪大初聞收

〔註197〕《詩稿校注》，冊二，卷六〈春感〉，頁536。
〔註198〕《詩稿校注》，冊二，卷六，頁531。
〔註199〕《文集》卷九〈福建謝史丞相啟〉，頁50。又卷十〈上趙參政啟〉
　　　　亦云：「殆從幕府之游，始被邊州之寄。方漂流於萬里，望飽暖於
　　　　一麾。豈圖下石之交，更起鑠金之謗。素無實用，以為頹放則不敢
　　　　辭；橫得虛名，雖曰僥倖而非其罪。」頁51。
〔註200〕《詩稿校注》，冊二，卷七〈飯保福〉，頁575。
〔註201〕見《詩稿校注》，冊二，卷七〈蒙恩奉祠桐柏〉一詩，頁608。又冊
　　　　二，卷八〈天台院有小閣下臨官道予為名曰玉霄〉詩自注：「予所
　　　　領崇道觀，蓋在天台山中，玉霄峰下。」頁685。
〔註202〕《宋會要輯稿》（一○一冊）〈職官‧黜降官〉九：「（淳熙三年）九

郡印」〔註203〕之句，當即指此。既然遭人譏爲頹放，他索性自號爲「放翁」〔註204〕，表現出一種落拓不羈的態度，實際上，則是封建時代知識份子所進行的一種消極的反抗。其〈和范待制秋興〉（其一）詩云：「名姓已甘黃紙外，光陰全付綠尊中。門前剝啄誰相覓，賀我今年號放翁。」〔註205〕陸游在這樣的處境之下，對於朝廷的黃紙詔書已不再感興趣，而只願在江樓酒肆中消磨光陰。然而縱使光陰可「全付綠尊中」，詩人的抑鬱愁苦、信念理想卻永遠無法在狂飲縱博中磨滅殆盡，〈樓上醉書〉〔註206〕詩云：

> 丈夫不虛生世間，本意滅虜收河山。豈知蹭蹬不稱意，八年梁益凋朱顏。三更撫枕忽大叫，夢中奪得松亭關。中原機會嗟屢失，明日茵席留餘潸。益州官樓酒如海，我來解旗論日買。酒酣博簺爲歡娛，信手梟盧喝成采。牛背爛爛電目光，狂殺自謂元非狂。故都九廟臣敢忘？神宗神靈在帝旁。

他的外在行爲雖然愈來愈狂放，但是內在復國的信念與忠君的思想卻並未因此而沈淪消失，反而在這樣一種極大的落差之中，透顯出報國無由的苦悶與悲哀。

除此之外，陸游也常藉著賞花遊興來排遣內在悲苦的情緒。成都是有名的花都，尤以海棠最負盛名〔註207〕，所謂「成都海棠十萬株，

月，新知楚州胡與可，新知嘉州陸游，並罷新命。以臣僚言與可罷黜累月，舊愆未贖；游攝嘉州，燕飲頹放故也。」同註65，冊八，頁3995。
〔註203〕《詩稿校注》，冊二，卷七〈蒙恩奉祠桐柏〉，頁608。
〔註204〕《宋史》卷三九五〈陸游傳〉：「范成大帥蜀，游爲參議官，以文字交，不拘禮法，人譏其頹放，因自號放翁。」同註2。
〔註205〕《詩稿校注》，冊二，卷七，頁611。
〔註206〕《詩稿校注》，冊二，卷八，頁629。
〔註207〕（宋）樂史《太平寰宇記》：「成都海棠樹尤多繁豔。」（台北：文海出版社），卷七三，頁566。（宋）宋祁撰《益部方物記略》：「蜀之海棠，成爲天下奇豔。」（台北：藝文印書館，《百部叢書集成》據秘冊彙函影印），頁4。

繁華盛麗天下無」〔註208〕，陸游生性愛花，甚至到了「爲愛名花抵
死狂」〔註209〕的程度，因此身居花簇似錦的成都，尋花、探花、賞
花、詠花自然成了他流落天涯，英雄失路的精神安慰，所以說：「流
落天涯何足道，年年常策探花功。」〔註210〕其詠海棠詩許多，並且
自嘲「市人喚作海棠顚」〔註211〕，足見喜愛程度之深。而對於人謂
海棠無香〔註212〕，亦予以嚴正的指責：「譏彈更到無香處，常恨人言
太深刻。」〔註213〕其中當然也隱含著詩人對於忠良遭陷的憤慨。因
此陸游之賞海棠與其絕愛梅花，道理相同，亦即愛賞其品德格調之超
逸獨特，〈梅花〉〔註214〕詩云：

> 冰崖雪谷木未芽，造物破荒開此花。神全形枯近有道，意
> 莊色正知無邪。高堅政要飽憂患，放棄何遽愁荒遐。移根
> 上苑亦過計，竹籬茅屋眞吾家。平生自嫌亦自許，妙處可
> 識不可誇。金樽翠杓未免俗，篝火爲試江南茶。

詩中將梅花不畏嚴寒、傲視冰雪的頑強精神與自己歷經苦難、癡心不
改的高尙情操相互結合，於詠梅之中寄託自己超凡脫俗的人品志趣，
誠如歐小牧所說：「先生平生絕愛梅花，自少至老，幾於每年必詠梅
花，集中存詩甚多，蓋以梅格孤高，冒雪敷榮，有高人志士之風骨，
故以寄意。」〔註215〕於是我們終於明瞭，不論是江樓酒肆的狂飲縱
博，或名園古蹟的尋花探賞，皆在相當大的程度上寄託、抒發著詩人

〔註208〕《詩稿校注》，冊一，卷四〈成都行〉，頁345。
〔註209〕《詩稿校注》，冊二，卷六〈花時遍游諸家園〉（其二），頁538。
〔註210〕《詩稿校注》，冊二，卷九〈初春探花有作〉，頁762。
〔註211〕《詩稿校注》，冊二，卷六〈花時遍游諸家園〉（其一），頁538。
〔註212〕（宋）釋惠洪《冷齋夜話》卷九「劉淵材迂闊好怪」一則記載：「（劉
淵材）又嘗曰：『吾生平無所恨，所恨者五事耳。』人問其故，淵
材斂目不言，久之曰：『……第一恨鰣魚多骨，第二恨金橘太酸，
第三恨蓴菜性冷，第四恨海棠無香，第五恨曾子固不能詩。』」（台
北：藝文印書館，《百部叢書集成》據學津討原本影印），頁2。
〔註213〕《詩稿校注》，冊二，卷八〈海棠〉（其二），頁643。
〔註214〕《詩稿校注》，冊二，卷八〈梅花〉，頁622。
〔註215〕同註182，頁137。

憂國壯志的熱烈情懷。

　　淳熙四年六月范成大奉詔還朝，陸游送行，自成都歷永康、唐安至眉州，臨別之時作〈送范舍人還朝〉〔註216〕一詩相贈：

> 平生嗜酒不爲味，聊欲醉中遺萬事。酒醒客散獨悽然，枕上屢揮憂國淚。君如高光那可負，東都兒童作胡語。當時念此氣生癭，況送公朝覲明主。皇天震怒賊得長，三年胡星失光芒。旄頭下掃在旦暮，嗟此大議知誰當？公歸上前勉畫策，先取關中次河北。堯舜尚不有百蠻，此賊何能穴中國！黃扉甘泉多故人，定知不作白頭新。因公併寄千萬意，早爲神州清虜塵。

在這首詩裡，寄託了陸游滿腔的愛國之情，他從平日嗜酒縱醉的深意，引導出內在憂國憂民的情懷，並叮囑范成大回朝面聖，應提出先取關中，次取河北的抗戰策略，團結朝中故人的勢力，共同爲驅除敵人、恢復故土而努力。詩人的志願自始至終都未改變。

　　陸游在蜀中的詩篇，內容豐富充實，情感壯懷激烈，充滿著撼動人心的藝術魅力，其優秀詩作不僅在蜀地普遍流傳，甚至傳入行都，爲孝宗所賞識〔註217〕。因此在范成大離開的翌年春天，陸游也奉詔還朝，別蜀東歸〔註218〕。自乾道六年夏季入蜀，至淳熙五年春季東返，前後歷時九年光景，存詩千篇。其熱愛蜀中山光水色、風土民情，本有意終老於此，陸子虡〈劍南詩稿・跋〉記陸游之言：「嘗爲子虡等言蜀風俗厚，古今類多名人，苟居之，後世子孫宜有興者。宿留殆十載，戊戌春正月，孝宗念其久外，趣召東下。然心固未嘗一日忘蜀

〔註216〕《詩稿校注》，冊二，卷八〈送范舍人還朝〉，頁651。
〔註217〕《文集》卷十〈謝王樞使啓〉：「浪游山澤，不知歲月之屢遷；篤好文辭，自是書生之一癖。斐然妄作，本以自娛，流傳偶至于中都，鑑賞遂塵于乙夜。」頁53。（宋）葉紹翁《四朝聞見錄》卷乙：「游宦劍南，作爲歌詩，皆寄意恢復。書肆流傳，或得之以御孝宗，上乙其處而題之，旋除刪定官。」同註110。
〔註218〕《詩稿校注》，冊八，陸子虡〈劍南詩稿・跋〉：「戊戌春正月，孝宗念其久外，趣召東下。」頁4545。

也。」〔註 219〕即使離蜀東歸，亦常魂牽夢縈，寫了許多懷念蜀中的詩篇，足見詩人對巴蜀山水與人文的一往情深，而蜀中生活經歷更是多方面的影響了他在詩歌創作上的進一步開展。

〔註219〕 同前註。

第三章 影響陸游蜀中詩歌創作之諸面向考察

　　陸游蜀中詩歌的產生，其間影響的因素是複雜而多面的，除了詩人本身的才情或個人經歷等內在因素的影響，時代環境的整體氛圍、歷史脈絡的文學傳統，也無不牽動著詩人創作的傾向。因此以下分別就南宋的時代環境與蜀中的地理風土進行探究，前者爲陸游身處的時代，後者爲其所居之地，在創作背景上，皆有舉足輕重的影響。此外，陸游身爲詩人，接續著唐詩優秀的傳統，而力圖創新，故本章針對蜀中詩歌，提列前代流寓蜀中的詩人，探究陸游繼承傳統、學習轉化的痕跡。在學習、創作的過程中，陸游時而將作詩的體會形諸於文字，而這些詩歌理論的見解，正足以與其具體創作相互映證。

　　以下分別從上述四種影響的角度進行多方面的探討。

第一節　南宋的政治環境與經濟發展

　　本節擬就南宋的政治環境與經濟發展兩方面的角度，剖析陸游所身處的時代背景，如此聯繫其詩文表現，我們將更能明白屬於陸游的憂心何在，並且透過陸游詩文中所反映的社會現實，亦能在某種程度上補充並還原南宋當時的整體概況。茲說明如下：

一、南宋政治環境

宋徽宗宣和七年十月（1125 年），金太宗以違反盟約的理由下詔伐宋，分兵兩路南下，消息傳來，朝野震驚，徽宗禪位於太子趙桓，是爲欽宗，改元靖康，元年正月（1126 年），金兵圍攻汴京，欽宗命李梲至金軍議和，其後下詔割太原、中山、河間三鎭予金，並以太宰張邦昌及皇弟樞爲質，金人乃退。爾後欽宗悔割三鎭，出兵援之，然事未果而宋軍皆潰。金太宗復以宋廷毀約爲由，再度揮師南侵，是年閏十一月二十五日，汴京失陷，城中財物盡爲劫掠。翌年二月，金人遷徽宗、欽宗及后妃、諸王宗室於軍中；三月，立張邦昌爲帝，國號大楚，爲金之附庸；四月，脅徽宗、欽宗、后妃、太子、宗戚大臣等三千餘人及皇室珍藏之禮器、圖籍、財物等北去，北宋遂告滅亡，史稱「靖康之難」。

金人立降臣張邦昌爲楚帝，其意在以漢制漢。然而金兵北還後，宋臣即迫張邦昌退位，擁立欽宗弟康王構即位於南京，是爲高宗，並改元建炎，史稱「南宋」。即位後的高宗，爲了躲避金兵的侵略，倉惶南渡，爾後更遷都臨安，偏安江左，與北方金人展開爲期一百多年的對峙局面。

清人王夫之說：「宋自南渡以後，所爭者和與戰耳。」〔註 1〕誠然宋對金的和戰問題，自南遷以後便分外地突顯，朝廷內部充滿了主戰與主和的爭鬥氣氛，但是歸根究底，贊成和議的一方在整個南宋政治的發展上仍佔有絕對的優勢，主要原因還是在於當權者對金人所採取的立場和態度。

高宗早先爲康王之時，曾出使金營爲質，面對金人的剽悍兇疾，一直都存有恐懼的心理〔註 2〕。逮即位後，其初雖起用主戰的李綱爲

〔註 1〕（清）王夫之《宋論》（台北：洪氏出版社，1975 年 10 月），卷十三〈寧宗三〉，頁 245。
〔註 2〕王夫之：「爲質於虜廷，熏灼於剽悍兇疾之氣，俯身自顧，固非其敵。」同前註，卷十，頁 170。

相，宗澤於汴京留守，似頗存恢復之志，繼而畏金人之逼而罷李排宗，代之以主和的黃潛善、汪伯彥等人，爲躲避金兵的追擊，更曾經出亡海上，朝不保夕。在這樣的情勢之下，不斷地向金朝求和，根據《三朝北盟會編》記載：「蓋自上即位，遣使使虜者，無慮十數輩，而未嘗報聘。」﹝註3﹞於是在乞和無望之下，不得不再度倚重主戰派的文臣武將以抗擊金兵，因此在紹興年間有岳飛、韓世忠、吳玠、吳璘、劉錡等抗金名將的產生，他們在軍事上取得了自行擴軍和帶兵作戰的實權；在政治上得以參與機務，擁有很大的發言權。然而在這些將帥兵權日重、威望益隆的情況下，卻導致上位者猜忌與防範的心理，誠如張峻榮所說：

> 而高宗秉宋祖宗對武臣猜忌的傳統心理，也是其主和因素之一。自宋室南渡，內有盜寇，外有金兵，憂患重重，遂予武將壯大之機會。韓世宗、劉光世、張俊、岳飛四將不僅握有重兵軍權，並且財得專用、吏得專辟，取得財權、政權。不但違背了宋祖宗中央集權的基本國策，也對高宗形成威脅。﹝註4﹞

因此，在宋金雙方的戰略形勢逐漸趨向平衡的同時，高宗與主和的秦檜等人一方面積極謀求與金議和，另一方面則展開一系列收歸兵權的舉措﹝註5﹞，其後更迫害堅決反對和議的韓世忠與岳飛等人，求全苟安的意圖十分明顯，高宗甚至說：「講和之策，斷自朕志。」﹝註6﹞除了抑制武將擅權之外，高宗的另一層憂慮則在於欽宗還朝可能威脅其帝位，《繫年要錄》引金兀朮至汴京謂民曰：「請汝舊主

﹝註3﹞ （宋）徐夢莘《三朝北盟會編》（台北：台灣商務印書館，民國 65 年），卷二一三，頁 8。

﹝註4﹞ 張峻榮《南宋高宗偏安江左原因之探討》（台北：文史哲，民國 75 年 3 月初版），頁 126。

﹝註5﹞ 參見石文濟《南宋中興四鎮》第五章第一節一之（一）軍事上的衝突，（台北：文化大學歷史研究所博士論文，民國 63 年）。

﹝註6﹞ 《宋史新編》（上海：上海古籍出版社，《續修四庫全書》，1995 年），卷十，頁 445。

人少帝來此住坐。」〔註7〕雖然金人實不可能輕易冒此風險，但在高宗那一方面卻不無憂心，因此在議和的過程中也企圖尋求金朝的認可，藉以鞏固政權的合理性。於是南宋朝廷便在高宗的私心自用下，向仇敵屈膝稱臣，簽訂「紹興和議」，受金人冊封，維持了二十年的偏安之局。因此陳邦瞻在評論高宗時，以為：「當其初立，因四方勤王之師，內相李綱，外任宗澤，天下事宜無不可爲者。顧乃播遷窮僻，坐失事機，始惑於汪黃，終制於秦檜，偷安忍恥，匿怨忘親，以貽後世之譏。悲夫！」〔註8〕懇切地道出了高宗的歷史定位，乃失之於一味求和之舉。

紹興三十二年，高宗傳位給孝宗，改元隆興，銳意恢復。首先追復岳飛官爵，昭雪岳飛父子冤案，並下詔驅逐秦檜黨人，召回主戰派的張浚、胡銓等人，以示抗金決心。隆興元年，張浚出師北伐，卻於符離一戰大敗，孝宗下詔罪己，罷免張浚，與金人簽訂「隆興和議」。此後，孝宗雖有恢復之志卻毫無建樹，後世論者有謂原因在於太上皇宋高宗的制約，如清高宗就曾批評道：「人君之孝與庶人不同，必當思及祖宗，不失其業。茲南渡之宋，祖宗之業已失其半；不思復中原，報國恥，而區區於養志承歡之小節，斯可謂之孝乎？」〔註9〕然而除了客觀環境的限制外，孝宗本身欲戰不能，和又不甘的心態，造成其對金政策的搖擺不定，亦爲一大主因，如王質所言：「前日康伯持陛下以和，和不成；浚持陛下以戰，戰不驗；浚又持陛下以守，守既困；思退又持陛下以和。陛下亦嘗深察和、戰、守之事乎？」〔註10〕陳居

〔註7〕 《建炎以來繫年要錄》卷一一七紹興七年十一月丁未。另《三朝北盟會編》紹興七年十一月十八日丙午條所引同。

〔註8〕 （明）馮琦原著；陳邦瞻增輯；張溥論正《宋史紀事本末》（台北：台灣商務印書館，民國54年5月台一版），頁629。

〔註9〕 《清高宗御製詩文全集一：御製文二集》卷四：3。（台北：國立故宮博物院，1976年）。

〔註10〕 （元）脫脫《宋史》（台北：洪氏出版社，民國64年），卷三九五〈王質傳〉，頁12056。

仁亦云：「陛下銳意恢復，繼乃通和，和、戰、守三者迄今未定，孰為規模耶？」〔註11〕而這種「未定」的對金策略，即便在孝宗以後的朝廷，也顯然持續存在著。寧宗開禧二年，韓侂胄發動北伐，卻於宋軍節節敗退之際，又急忙與金議和，逮金人提出要將他綁赴金朝方可議和時，才又下定決心抗戰到底，最終為主和派的史彌遠誅殺，與金簽訂了「嘉定和議」。當權者在對金政策的不夠堅定，勢必導致眾人無所適從，對於北伐事業也就大打折扣了。再者，主政者未審慎評估當前局勢而貿然出兵，更是決策上的一大疏失，宋寧宗於韓侂胄發動北伐失利後即云：「恢復豈非美事，但不量力爾。」〔註12〕而南宋在此次北伐失敗後，於史彌遠、賈似道等專擅國政的影響下，國勢日益衰微，最終亡於蒙古。

　　陸游生於北宋滅亡的前二年，一生歷徽宗、欽宗、高宗、孝宗、光宗、寧宗六朝。由於自幼飽受戰亂的慘痛經驗，使他時刻憂心著國家和人民的命運，所以說：「少小遇喪亂，妄意憂元元。」〔註13〕顛沛流離的逃難生活，更種下他抗金復國的不悔決心，因此其反和主戰的立場鮮明一致，以為「和親自古非長策，誰與朝家共此憂？」〔註14〕而對於抗金的將領，陸游則深表敬意，如讚揚當年留守汴京的宗澤：「君不見昔時東都宗大尹，義感百萬狐與狼。疾危尚念起擊賊，大呼過河身以僵！」〔註15〕具體寫到岳飛的詩句並不多，但卻把他看成中原是否能收復的重要關係人物，詩云：「山河自古有乖分，京洛腥羶實未聞。劇盜曾從宗父命，遺民猶望岳家軍。」〔註16〕又：「公卿有黨排宗澤，帷幄無人用岳飛。遺老不應知此恨，亦逢漢

〔註11〕同前註。卷四○六〈陳居仁傳〉，頁12272。

〔註12〕同註10。卷四七四〈韓侂胄傳〉，頁13777。

〔註13〕《詩稿校注》，冊二，卷九〈感興〉（其一），頁737。

〔註14〕《詩稿校注》，冊三，卷二十一〈估客有自蔡州來者感悵彌日〉（其二），頁1607。

〔註15〕《詩稿校注》，冊三，卷二十〈感秋〉，頁1537。

〔註16〕《詩稿校注》，冊四，卷二十七〈書憤〉，頁1906。

節解沾衣。」〔註17〕詩人批評在朝廷的求和政策之下，排擠迫害抗戰將領，致使北方遺民在毫不知情的情況下，翹首南望王師到來，結果卻是年復一年地失望。相對地，臨安都城內卻是一片酣歌宴舞、繁華熱鬧的景象，其〈武林〉詩云：「皇輿久駐武林宮，汴雒當時未易同。廣陌有風塵不起，長河無凍水常通。樓台飛舞祥煙外，鼓笛喧呼明月中。六十年間幾來往，都人誰解記衰翁。」〔註18〕更是道出南宋皇室貴族在臨安城內大事建築富麗堂皇的宮殿，日夜歌舞喧天、宴飲歡會之舉，則當中寓含不思恢復、貪圖享樂的心態實已昭然若揭。

由於陸游堅決北伐抗金的立場與直言敢諫的態度，使得他在宦海中幾度浮沈，其仕進也隨著朝廷和戰政策的變化而消漲退進。紹興二十三年，陸游年二十九，應進士科考取第一，翌年參加禮部複試，卻因喜論恢復而語觸秦檜，竟遭落榜〔註19〕。至紹興三十二年孝宗初即位時，尚有北伐雄心，欲整頓軍政，起用人才，故召見陸游，因其「力學有聞，言論剴切」〔註20〕而特賜進士出身。然張浚於符離一役戰敗，陸游即因支持出兵而遭到彈劾〔註21〕。此後即使再度被起用，也時而遷流各地，擔任一些不重要的職務，然其「位卑未敢忘憂國」〔註22〕，

〔註17〕 《詩稿校注》，冊四，卷二十五〈夜讀范至能攬轡錄言中原父老見使者多揮涕感其事作絕句〉，頁 1822。

〔註18〕 《詩稿校注》，冊六，卷五十二〈武林〉，頁 3113。

〔註19〕 《宋史》卷三九五〈陸游傳〉：「鎖廳薦送第一，秦檜孫塤適居其次，檜怒，至罪主司。明年，試禮部，主試復置游前列，檜顯黜之，由是為所嫉。」同註 10，頁 12057。又《文集》卷二十二〈放翁自贊〉（其二）：「名動高皇，語觸秦檜。」頁 132。又（宋）葉紹翁《四朝聞見錄》卷乙：「公紹興間已為浙漕鎖廳第一，有司竟首秦　寘公于末。及南宮一人，又以秦檜所諷見黜，蓋嫉其喜論恢復。」（台北：藝文印書館，《百部叢書集成》據清乾隆鮑廷博校刊知不足齋叢書本影印，民國 55 年），頁 20～21。

〔註20〕 見《宋史》本傳載。同前註。

〔註21〕 《宋史》本傳載：「言者論游交結台諫，鼓唱是非，力說張浚用兵。免歸。」同前註，頁 12058。

〔註22〕 《詩稿校注》，冊二，卷七〈病起書懷〉（其一），頁 578。

絕筆之作〈示兒〉〔註23〕一詩中，詩人臨死之際縈繞心中的仍是「但悲不見九州同」，其憂國憂民的一片深情，足成千古絕唱。

二、南宋經濟發展

在經濟發展方面，南宋初期，由於北方漢人大量南遷的緣故，使得南方的經濟得到了進一步的發展，爲南宋的立國與對外抗戰提供了物質基礎。但就另一方面來看，以趙宋皇室爲首的貴族、官僚、地主，被迫拋棄了北方的產業，遷徙到南方來，帶著一種補償的心理作用，使得他們瘋狂地掠奪土地、霸佔莊田。今人韓志遠指出：

> 南宋占有土地數萬畝，收租米數十萬斛的大地主爲數不少。淮東土豪張拐腿每年所收租穀，達70萬斛。南宋初，建康府永豐圩，有圩田約10萬畝，收稅3萬石，先是韓世忠的產業，以後轉到秦檜名下。大將張俊廣殖田產，分佈於十二個縣，其家每年收租米60萬斛。宋高宗時將領楊存中，在楚州、吳門等地有大批田產。他曾一次獻楚州田四萬畝充作屯田。當時，兼併土地成爲一種風氣，官員、豪紳競相佔地。另外，還有大量的寺院地主，漳州的寺田竟占全部土地的七分之六，明州天童寺每年收租多達3.5萬石。其他占地數十頃的寺院，在各地比比皆是。〔註24〕

土地兼併的劇烈，隨之而來的，必然是廣大自耕農的破產，以及佃農們被地主加以束縛，遭受無情的剝削與苛刻的壓榨，激化了地主與農民之間貧富階層的利益衝突〔註25〕。即使到南宋末年，這種情形仍然

〔註23〕《詩稿校注》，冊八，卷八十五，頁4542。

〔註24〕韓志遠《中國軍事通史》（北京：軍事科學出版社，1998年），第十三卷《南宋金軍事史》，頁296～297。

〔註25〕梁庚堯指出：「南宋農村中確實存有貧富不均的現象，而貧富階層之間也確實存有利益上甚至行動上的衝突。佔全國戶口大多數的農村戶口，大部分是貧乏農家，中產之家不多，而土地所有權集中在較中產之家猶少的富家手中。一般農家所擁有或經營的土地都很有限，而租佃制度在佃權和租課上都對佃戶有不利之處，農家因此收入微薄。農家的農業收入，不能與其爲農業生產所付出的勞力相平衡，再加上賦役負擔的繁重和不均，及農家爲融通生產資本所付出

未見改善，淳祐六年時殿中侍御史謝方叔即曰：「今日百姓膏腴，皆歸貴勢之家，租米有及百萬石者。小民百畝之田，頻年差充保役，官吏誅求百端，不得以則獻其產於巨室，以規免役。小民田日減，而保役不休；大官田日增，而保役不及。兼併浸盛，民無以遂其生。」〔註26〕可見土地兼併所伴隨的社會問題，貫穿著整個南宋，成為經濟發展中一個極為突出的嚴重問題。而陸游的詩作中也曾一針見血地揭露當時豪強奪取的剝削實質：「有司或苛取，兼并亦豪奪。正如橫江網，一舉孰能脫。」〔註27〕明白指出貧富懸殊的社會現實：「富商豪吏多厚積，宜其棄金如瓦礫。貧民妻子半菽食，一飢轉作溝中瘠。」對於農民的困苦，他滿懷同情，並寫下不少的詩篇，其中〈農家歎〉〔註28〕一詩更是深刻反映出當時農民為酷吏剝削逼租而難以為生的悲慘情形，由衷道出農民的心聲。

此外，南宋立國之初，外有金兵步步南侵，內有散兵游寇四出擾民，農民起義風起雲湧，為了安內攘外，軍隊的陣容不斷地擴增，使得軍費開支浩大，爾後和議，每年又需進獻金朝鉅額的歲幣，造成南宋財政上的困難，因此不得不增加許多新的苛捐雜稅，如總制錢、月椿錢、版帳錢、折帛錢等，人民的賦稅負擔比之於北宋自然更為繁重

的利息過高，使得農家生活愈加困苦。農業價格的變動，使農家無論穀貴或穀賤都蒙受損失，在災荒時甚至因而難以為生。富家的情況，正與農家相反，他們擁有多量的土地，坐收豐厚的租課和利息，從農產價格的變動中取利。凡此都是南宋農村貧富階層利益衝突之處。而災荒時的劫糧事件，則是利益衝突轉化為實際的行動。」參見氏著《南宋的農村經濟》（台北：聯經出版事業公司，民國73年5月初版），頁321～322。

〔註26〕 （清）畢沅《續資治通鑑》（台北：文光出版社，民國64年10月初版），卷一七二〈宋紀〉一七二，淳祐六年十一月條，頁4682。

〔註27〕 《詩稿校注》，冊七，卷六十八〈書歎〉，頁3806。

〔註28〕 《詩稿校注》，冊四，卷三十二〈農家歎〉：「有山皆種麥，有水皆種秔。牛領瘡見骨，叱叱猶夜耕。竭力事本業，所願樂太平。門前誰剝啄，縣吏徵租聲。一身入縣庭，日夜窮笞榜。人孰不憚死，自計無由生。還家欲具說，恐傷父母情。老人儻得食，妻子鴻毛輕。」頁2140。

了。因此南宋學者葉適有云：

> 嘗試以祖宗盛時所入之財，比於漢、唐之盛時一再倍；熙寧、
> 元豐以後，隨處之封樁，役錢之寬剩，青苗之結習，比治平
> 以前數倍；而蔡京變鈔法以後，比熙寧又再倍矣。……渡江
> 以至於今，其所入財賦，視宣和又再倍。〔註29〕

而今人研究亦指出：

> 北宋初年，朝廷一年的賦稅收入是一千六百餘萬貫。神宗
> 朝時，達到六千餘萬貫，是北宋時候的最高收入。南宋初
> 年，主要賦稅來源的東南地區，一年的收入尚不滿一千萬
> 貫，可是到紹興末年，已猛增到六千餘萬貫，如果加上四
> 川等地區的賦稅，全國總收入可能已接近一億貫。國土雖
> 然只及北宋的三分之二，賦稅卻遠遠超過了北宋時候的最
> 高年收入，剝削之殘酷於此可以想見。〔註30〕

陸游目睹現狀，認為人民之貧乃當前最嚴重的社會問題，因此於淳熙
十六年向光宗論奏：「臣伏觀今日之患，莫大於民貧；救民之貧，莫
先於輕賦。若賦不加輕，別無他術，則用力雖多，終必無益；立法雖
備，終必不行。」並提出「富藏於民」的先進觀念。〔註31〕

　　雖然南宋在經濟發展上存在著上述的問題，但是隨著國都的南
移，使得南方的經濟生產與商業貿易皆得以進一步發展，由於江南的
水路交通發達，以臨安、建康為樞紐，沿長江西行經鄂州而接四川；
南面則通泉州、廣州，連結瓊州。商業貿易的活動比起北宋更加地繁
盛。而藉由海路的通行，與各國進行貿易往來，也有了新的發展，更
推動南宋商業的繁榮，多數城市的戶口超過十萬，不少鎮市的規模也
有頗大發展。特別是首都臨安，市街上匯聚四方百貨，客販往來，不
絕於道，較之北宋汴京有過之而無不及。經濟的發展帶來文化的進

〔註29〕　（宋）葉適《水心別集》卷之十一〈財總論〉。見《葉適集》（台北：
　　　　　河洛圖書出版社，民國63年5月初版）。
〔註30〕　何忠禮、徐吉軍《南宋史稿》（政治軍事和文化編）（杭州：杭州大
　　　　　學出版社，1994年4月第1版），頁156～157。
〔註31〕　《文集》卷四〈上殿箚子　己酉四月十二日〉（其二），頁23。

步，並依著經濟文化的優勢，加強了這一地區的政治力量，這自然是發展重心南移的結果。但是歸根究底，賦稅繁重的根本問題未獲解決，貧富差距的利益衝突具體存在，使得一切繁華現象，似乎成了權貴豪富粉飾之使然。

第二節　蜀中的地理環境與風土人文

　　所謂「蜀」的概念內涵，若要進一步追究，其實是有一個變化的過程。從早期活動於岷江上游的古老部落，到秦滅巴、蜀，置巴郡與蜀郡，於是「蜀」成了當時行政區域劃分的名稱。這樣的用法一直沿襲到唐代才取消，此後，「蜀」雖不再是行政區劃之名，但川西乃至於整個四川地區長期以來仍以「蜀」或「蜀中」作爲地域的代稱，例如《資治通鑑》記載：「蜀中府庫充實，與京師無異。」〔註32〕一直到清朝末年在四川的統治被推翻之後，於重慶所成立的新政權亦名爲「蜀軍政府」〔註33〕。

　　在古代四川地區曾大致區分爲川東之「巴」與川西之「蜀」，後來則「巴蜀」合稱，根據學者的研究指出：

> 歷史時期以重慶爲中心的巴渝文化和以成都爲中心的蜀文化，實質內涵並不一樣。但隨著經濟的發展和內地文化的影響，兩地差異已日漸縮小。至兩宋時，川東的巴渝文化與川西的蜀文化日趨相同，僅在邊遠山地仍保留有原來的舊俗。〔註34〕

而本文所研究的角度既著眼於陸游所身處之南宋時期的四川，因此下

〔註32〕（宋）司馬光《資治通鑑》（台北：明倫出版社，民國61年），卷二五四，頁8205。

〔註33〕以上關於「蜀」名的沿革，詳參袁庭棟《巴蜀文化志》，《中華文化通志·地域文化典》（上海：上海人民出版社，1988年10月第1版），頁3~4。

〔註34〕王元林〈淺議巴蜀文化的地域差異〉，《陝西師範大學學報（哲學社會科學版）》，2000年12月，第29卷第4期，頁106。

文不論稱「蜀」、「巴蜀」或「四川」所指涉的範圍悉皆相同。

東晉常璩《華陽國志》引《洛書》曰:「人皇始出,繼地皇之后,兄弟九人,分理九州爲九囿,人皇居中州制八輔。華陽之壤,梁岷之域,是其一囿,囿中之國,則巴蜀是矣。其分野與鬼、東井。」〔註35〕其中所謂「巴蜀」,乃四川地區的傳統稱謂。其地處中國西南部,以四川盆地爲中心,兼及周邊風俗略同的地區,腹心地區大致與今日四川省和重慶市的區域相當。然而在宋代,巴蜀地域的範圍還包括陝南的漢中地區與現今雲南、貴州兩省的北部與甘肅的南部。其中漢中地區與古蜀文化關係密切,今人袁庭棟以爲:

> 從考古學資料可知,早在殷周時期,漢中地區即與古蜀文化密不可分,極可能是古蜀王國的一部分,後來秦、蜀還曾反覆爭奪漢中。……秦末劉邦封漢王,都南鄭,韓信則說他「失職於蜀」。西漢時,漢中郡劃屬益州。這種格局,東漢、三國、西晉、唐、宋一直沿襲,直到元代,漢中地區才不再是四川行省的一部分而劃歸陝西行省。〔註36〕

因此陸游於南鄭從戎所創作的詩歌,理當歸屬於蜀中創作的一部分。

在中國的各個區域文化當中,蜀地文化對於各種矛盾因素的包容是十分明顯的。於是在我們看來,蜀人一方面直爽熱情,另一方面卻又狡點多變;一方面吃苦耐勞、倔強剛毅,另一方面卻又欺軟怕硬、外強中乾。若就文學傳統來看,則一方面有李白、蘇軾的豪壯奔放之聲,另一方面又有花間詞人的溫婉豔麗之作;一方面是「蜀中才子蜀外揚」,另一方面卻是「自古文人皆入蜀」。此種兼容的特性,若深入剖析,則主要由於蜀地特殊的地理位置、自然條件以及歷史境遇等所決定。〔註37〕

〔註35〕 （晉）常璩《華陽國志》（台北:藝文印書館,《百部叢書集成》據函海本影印）,卷三〈蜀志〉,頁 1。

〔註36〕 同註 33,頁 5。

〔註37〕 參見李怡《現代四川文學的巴蜀文化闡釋》（湖南:湖南教育出版社,1995 年 8 月）,頁 7。

　　以下即分別就地理位置、生態環境以及在南宋時期特定的歷史條件下所呈現的具體風貌來加以探究，企圖概括蜀地文化所創造的物質文明與精神成果。惟須加說明的是，本文研究的目的仍在文學，更具體來說，乃在陸游流寓蜀地的詩歌創作上，因此主要為了說明陸游在這一時期文學活動的背景和支撐下才引入了蜀地文化的介紹，所以並非所有蜀地的物質文明與精神成果都會進入本文討論的範疇。

一、地理位置與特徵

　　巴蜀地區既以四川盆地為中心，其自然環境的特點之一，即是四周大山的環抱。北面是秦嶺山脈和巴山山脈，東面是巫山山脈，南面有大婁山，西面是橫斷山脈，形成了一個封閉的盆地區域。這種特殊的地理環境，對巴蜀文明的產生、發展和演變帶來了強烈的影響，一方面，盆地四周因高山屏障，自成一個地理單元，古稱「四塞之國」，從而使其文化面貌具有顯著的地方性，所謂「人情物態，別是一方」〔註38〕。另一方面，由於盆地的地理位置，從東西方面看，正處於西部高原和東部平原的過渡地帶；從南北方面看，則又處於北方黃河流域和南方長江流域的交匯地帶。因此就宏觀的角度來看，四川盆地可視為古代先民進行交流往來的橋樑地區，為了生存與發展的需要，巴蜀先民很早以來就致力於突破群山封鎖、開拓對外交流的奮鬥，此乃歷史之必然。於是巴蜀文化雖不可避免地具有農業文明封閉和靜態的特性，又同時明顯地具有對外努力開拓的開放性，故司馬遷於《史記‧貨殖列傳》寫道：「巴蜀亦沃野……，然四塞，棧道千里，無所不通。」〔註39〕巴蜀先民以世世代代的努力突破了四周山地的阻隔，打通了若干條對外通道，促成與四方的交通和經濟文化的交流，形成巴蜀文化善於兼容和開放的明顯特點。正是由於此種兼容與開放的特性，吸引

〔註38〕　（宋）樂史《太平寰宇記》（台北：文海出版社），卷七二，頁533。
〔註39〕　（漢）司馬遷；瀧川龜太郎考注《史記會注考證》（台北：文史哲出版社，民國86年10月再版），卷一二九〈貨殖列傳〉，頁1324。

著各類移民、各色人才源源入蜀，從而使得巴蜀文化呈現出豐富多彩、生機勃發的熱鬧局面。

　　此外，若單就巴蜀地理的封閉性來看，由眾多山脈圍成一個類似環形盆地的地帶，具有可攻可守的戰略要地作用，不僅易於割據稱王，亦是皇權貴族躲避戰亂的大後方。而該地物產豐饒富庶，是國家財政的主要來源，且對外交戰時，又是供應軍費物資的主要地區。故歷代王朝均十分重視巴蜀地區的控制，如明末清初學者顧祖禹於《讀史方輿紀要》中論述：

> 是故從來有取天下略者，莫不切切於用蜀。秦欲兼諸侯，則先並蜀，並蜀而秦益強，富厚輕諸侯。晉欲滅吳，則先舉蜀，舉蜀而王濬樓舡自益州下矣。桓溫、劉裕有向中原之志，則先從事於蜀。符堅有圖晉之心，則亦兼梁益矣。宇文泰先取蜀，遂滅梁。隋人席巴蜀之資，為平陳之本。……唐平蕭銑，軍下信州。後唐莊宗滅梁之後吞蜀，未可謂非削平南服之雄心也。宋先滅蜀，然後並江南，收交廣。〔註40〕

可明顯見出巴蜀地域於軍事戰略的重要性。尤其在南宋時期的四川，地處宋金交界的前沿，在軍事上佔有極其重要的地位，而抗金保蜀的戰爭，則更是相對地維持了南宋王朝的偏安，使南方高度發展的經濟文化免受金兵的破壞，並得以持續發展。因此《宋史‧蓁崇禮傳》即記載：「諜傳金人併兵趣川陝，蓋以向來江左用兵非敵之便，故二、三年來悉力窺蜀。其意以謂蜀若不守，江浙自搖。故必圖之，非特報前日吳玠一敗而已。今日利害在蜀兵之勝負。」〔註41〕

二、境內氣候與自然生態

　　從文化學的角度來看，一個獨特地域文化的形成，與它所具備的

〔註40〕（清）顧祖禹《讀史方輿紀要》（台北：樂天出版社，民國 62 年），卷六十六〈四川〉，頁 2815～2816。
〔註41〕同註 10，卷三七八，頁 11681。

自然條件有相當重要的關係。一方面是因為自然條件的優劣必然影響著生產經濟的發展，特別是在農業生產占主導地位的社會中，這種影響更為顯著。另一方面，自然環境與生態也將影響著當地居民特定的生活方式與思維模式，從而構成一種特定的地域文化現象。

四川盆地位於青藏高原東側，在兩大洋之間，東南距太平洋、西南距印度洋均在一千兩百公里左右，兩大洋的溫暖氣流均能到達，故而形成了溫暖濕潤的亞熱帶季風性濕潤氣候，具有亞熱帶常綠闊葉林的自然景觀、充足的雨量、肥沃的土壤以及豐富的礦產資源等，是蜀地所以能夠成為「天府之國」的優越的自然條件。具體來看，巴蜀地區河流縱橫，水利資源極為豐富，除川西高原上的河流流向雲南外，大部分河流都匯集於盆地之中的長江，經三峽流出巴蜀，因而有百川匯流之說。特別是秦朝蜀郡太守李冰在巴蜀大規模興修水利，建都江堰工程後，不但減少了川西平原的洪水災害，而且大部分農田實現了自流灌溉，形成了完整的灌溉系統，加之氣候溫暖潮濕，因而巴蜀地區的農業自古以來就極為發達。其中川西平原土地肥沃，為長江流域的重要經濟區之一，川北盛產絲棉，川南礦產豐富，川東以橘、茶、煙、麻聞名全國。可以說，除了海貨之外的絕大部分物產在巴蜀都可以找到，這是其他地區難以比擬的。因此當代歷史地理學家任乃強曾就四川盆地的氣候、土壤條件與其他地區相比較時，得出以下結論：

> 若以四川盆地與黃土之黃河平原比，則無亢旱之虞；與沖積之江浙平原比，則無卑濕之苦；與三熟之廣東平原比，則無水潦之患；與肥沃之松遼平原比，則無霜雪之災。〔註42〕

優越獨特的生態環境為巴蜀農業文明和城市文明的興起創造了十分有利的條件，晉人左思曾於《蜀都賦》中生動地描繪古代巴蜀的生態環境：「……原隰墳衍，通望彌博。演以潛沫，浸以綿雒。溝洫脈散，疆里綺錯。黍稷油油，秔稻莫莫。……爾乃邑居隱賑，夾江傍

〔註42〕任乃強《鄉土史地講義》，1929年任氏自印本，頁27～28。

山。棟宇相望，桑梓接連。家有鹽泉之井，戶有橘柚之園。」〔註43〕
又如《華陽國志》中〈巴志〉與〈蜀志〉分別記載了兩地豐厚的物產：

> （巴）其地，東至魚復，西至僰道，北接漢中，南極黔涪。
> 土植五穀，牲具六畜。桑、蠶、麻、苧，魚、鹽、銅、鐵、
> 丹、漆、茶、蜜，靈龜、巨犀、山雞、白雉，黃潤、鮮粉，
> 皆納貢之。其果實之珍者，樹有荔支，蔓有辛蒟，園有芳
> 蒻、香茗、給客橙。其藥物之異者，有巴戟天、椒。竹木
> 之貴者，有桃支、靈壽。其名山有塗、籍、靈臺、石書、
> 刊山。其民質直好義，土風敦厚，有先民之流。

> （蜀）其寶，則有璧玉，金、銀、珠、碧、銅、鐵、鉛、
> 錫、赭、堊、錦、繡、罽、氂、犀、象、氈、㲲，丹、黃、
> 空青之饒，滇、獠、賨、僰，僮僕六百之富。〔註44〕

儼然是座農業生產的理想封域，物產豐饒且種類繁多。即便至今日，
巴蜀地區依然受著如此優越的自然條件和生產環境的恩惠。並從而為
飲食文化的發展提供了充足的物質條件，蜀地居民可藉由各種不同的
原材料，製作烹煮出口味繁多的菜餚，使川菜成為世人矚目的特殊飲
食文化。因此有研究者指出：

> 川菜體系講究菜饌的色、香、味、形。其中尤以味具有獨特
> 性。川菜採用多種調料，以「麻、辣、鹹、甜、酸、苦、香」
> 為基本味道，巧妙地組合成 20 幾種複合味，以加強川菜的
> 口味濃厚之感。如麻辣、紅油、魚香、荔枝、糊辣等等，從
> 而創造了「一菜一格，百菜百味」的川菜體系特徵。〔註45〕

由此可知川菜味道變化精妙乃世所公認。而久居四川的陸游也曾在許
多詩作中盛讚當地的飲食烹飪，如〈飯罷戲作〉詩中稱道成都美餚：
「南市沽濁醪，浮蛆甘不壞。東門買彘骨，醢醬點橙薤。蒸雞最知名，

〔註43〕（梁）蕭統編選；（唐）李善注《文選》（台北：華正書局，民國 75
　　　年），卷四賦乙京都中，頁 183。
〔註44〕同註 35，卷一〈巴志〉，頁 2；卷三〈蜀志〉，頁 1。
〔註45〕蔣寶德、李鑫生主編《中國地域文化》（上、下冊）（濟南：山東美
　　　術出版社，1997 年 3 月第 1 版），〈巴蜀文化卷〉，頁 2337。

美不數魚蟹。輪囷犀浦芋，磊落新都菜。」〔註46〕〈蜀酒歌〉詩中以鸞鳳、天馬爲喻，讚揚廣漢的鵝黃酒與眉山的玻璃春酒：「漢州鵝黃鸞鳳雛，不驚不搏德有餘。眉州玻瓈天馬駒，出門已無萬里塗。」〔註47〕〈同何元立蔡肩吾至東丁院汲泉煮茶〉詩中更是以爲峨嵋雪芽直可與江南名茶顧渚春媲美：「雪芽近自峨嵋得，不減紅囊顧渚春。」〔註48〕即使離蜀東歸，他依然念念不忘川食美味：「東來坐閱七寒暑，未嘗舉箸忘吾蜀。」〔註49〕在川味潛移默化的影響下，他反而不習慣家鄉的口味了：「還吳此味那復有？日飯脫粟焚枯魚。」〔註50〕

在農業社會中，農業生產的發達也就意味著該地區的經濟發達。因爲它必然會促進手工業生產的迅速發展，並進而帶來商品交換的繁榮景象。早在宋代，巴蜀地區就出現了世界上最早的紙幣，稱之爲「交子」，標誌著巴蜀經濟的繁榮。尤其是成都，更是一座商賈雲集、百貨交匯的商業中心，李良臣〈東園記〉敘述了當時繁榮興盛的景象：

> 萬井雲錯，百貨川委，高車大馬決驟于通逵，層樓複閣蕩
> 摩乎半空。綺谷晝容，弦索夜聲，倡優歌舞，嫵媚靡漫，
> 裙連袂屬。奇物異產，瑰琦錯落，列肆而班布。黃塵漲天，
> 東西冥冥。〔註51〕

陸游〈晚登子城〉一詩中也述說他遍覽成都時的印象：「城中繁雄十萬戶，朱門甲第何崢嶸。錦機玉工不知數，深夜窮巷聞吹笙。」〔註52〕這並非偶發的現象，而是巴蜀經濟高度發展的必然結果。

此外，蜀地優美的自然環境亦足以啓發人類內在的審美感受，這對於文化的發展具有相當程度的幫助。巴山蜀水，地靈人傑，自古即

〔註46〕《詩稿校注》，冊二，卷九〈飯罷戲作〉，頁701。
〔註47〕《詩稿校注》，冊一，卷四〈蜀酒歌〉，頁376。
〔註48〕《詩稿校注》，冊一，卷四〈同何元立蔡肩吾至東丁院汲泉煮茶〉（其二），頁318。
〔註49〕《詩稿校注》，冊三，卷十七〈冬夜與溥菴主說川食戲作〉，頁1303。
〔註50〕《詩稿校注》，冊四，卷二十四〈蔬食戲書〉，頁1737。
〔註51〕同治《成都府志》卷十三李良臣〈東園記〉。
〔註52〕《詩稿校注》，冊二，卷九〈晚登子城〉，頁719。

以雄秀幽奇的自然景色、內涵豐富的人文景觀聞名於世，既有秀甲天下的峨嵋山，亦有幽遠迷離的青城山，域內更有長江、岷江、嘉陵江等越省而過。因此唐人李白有詩云：「峨眉山月半輪秋，影入平羌江水流。」〔註53〕而陸游居蜀時，亦從之點化爲「峨嵋月入平羌水」般美妙的詩句，凡此皆從側面映現巴山蜀水的美好景象。

三、南宋時期的四川

　　趙匡胤平蜀後，宋朝按路、州、縣三級地方行政區的劃分，對巴蜀地區進行治理。眞宗咸平四年（1001 年），改川峽路爲益州路（後改爲成都府路）、梓州路（後改爲潼川府路）、利州路、夔州路，簡稱川峽四路，乃今日「四川」得名之由來。當時的川峽四路還轄有今日四川界域以外的某些地區，如利州路轄區還包括今陝西漢中地區和甘肅的部分地區，而夔州路則包括湖北和貴州的部分地區。按〈宋史・地理志〉記載，南宋川峽四路在今四川地區設州四十九個、縣一百一十七個，並在少數民族地區設置了二百一十四個羈縻州。〔註54〕

　　宋代的四川，藉著優越的自然條件，再加上水利工程的興修，使得農業生產呈現高度繁榮的景況。因此當代學者賈大泉研究指出：

> 宋代，四川地區是全國農業最發達的地區之一。都江堰水利工程管理維修制度的完善和健全，灌漑面積的擴大，丘陵地區梯田的普遍興建，耕作技術的進步，作物品種的增多，已使平原和丘陵地區地狹而腴，民勤耕作，無寸土之曠，歲三、四收。南宋時期高斯得在《寧國府勸農文》中，還特地把四川地區的農業生產技術和經驗向江南東路的寧國府（今安徽宣城）的農民推廣。當時四川的糧食產量，僅僅低於農業生產最發達的兩浙地區，成爲全國重要的糧食基地，每年都有大批糧食銷往各地。南宋時期，東南地

〔註53〕 李白〈峨眉山月歌〉。見（清）聖祖《御定全唐詩》（台北：台灣商務印書館，民國75年7月，《景印文淵閣四庫全書》本），冊一四二四，卷一六七，頁6。

〔註54〕 參見《宋史》，同註10，〈志二十二・地理五〉，頁2210～2227。

　　區負擔軍糧三百萬石，四川負擔川陝駐軍的軍糧即達一百

　　五十萬石，佔全國軍糧總數的三分之一。〔註55〕

經濟作物方面，由於四川境內的野生植物種類繁多，其中蘊藏豐富的
經濟資源。因此宋代四川無論在茶葉或藥材的生產上，皆在全國佔有
重要的地位。根據今人研究可知：

　　南宋紹興十五年，成都府路和利州路歲產茶 2102 萬斤，加

　　上夔州路和潼川府路的茶產量，南宋四川產茶大致與北宋

　　同，約 3000 萬斤左右。而在紹興三十二年（1162 年），東

　　南地區產茶 1781 萬斤，紹興末爲 1590 餘萬斤。表明四川

　　茶產量在有宋一代都超過了東南地區（包括淮南、江南、

　　荊湖、福建等地）。〔註56〕

至於藥材方面，據《政和本草》記載，蜀中的各種中藥材有一百八十
餘種。另外從《雞肋篇》所敘，亦可見當時藥市交易的繁盛情形。

　　此外，水果則以荔枝、柑桔、甘蔗著名〔註57〕，陸游《老學庵
筆記》中述及：「予參成都議幕，攝事漢嘉，一見荔子熟，時凌雲山
安樂園皆盛處。糾曹何預元立、法曹蔡迨肩吾皆佳士，相與同樂。」
〔註58〕而彭州牡丹與成都海棠更是久負盛名，據陸游《天彭牡丹譜》
所云：「牡丹在中州，洛陽爲第一；在蜀，天彭爲第一。」〔註59〕至
於成都海棠則正足與牡丹抗衡，故沈立《海棠記序》云：「蜀花稱美

〔註55〕 賈大泉〈四川在宋代的地位〉，張力、吳金鍾編輯《四川歷史研究文
　　　　 集》（四川：四川省社會科學院出版社，1987 年 11 月第 1 版），頁
　　　　 90。

〔註56〕 譚洛非、段渝《濁錦清江萬里流——巴蜀文化的歷程》（成都：四川
　　　　 人民出版社，2001 年 8 月第 1 版），頁 305～306。

〔註57〕 賈大泉：「岷江、嘉陵江、長江流域的眉州、嘉州、敘州、渝州、涪
　　　　 州、夔州、雲安軍等地是出產荔枝的基地。梓州、果州、開州等地
　　　　 是著名的柑桔產地。遂州、漢州、資州是著名的甘蔗產地。」參見
　　　　 陳世松主編《四川簡史》（四川：四川省社會科學院出版社，1986 年
　　　　 12 月第 1 版），頁 138。

〔註58〕 《老學庵筆記》卷四。見楊家駱主編《陸放翁全集》（下）。（台北：
　　　　 世界書局，民國 79 年 11 月五版），頁 28。

〔註59〕 《文集》卷四十二《天彭牡丹譜》，頁 259。

者有海棠焉……則知海棠足與牡丹抗衡，而可獨步于西州矣。」〔註
60〕海棠屬於薔薇科的木本植物，於名卉中以豔而不俗著稱，是以陳
思〈海棠譜序〉云：「世之花卉，種類不一，或以色而艷，或以香而
妍，是皆鍾天地之秀爲人所欽羨也。梅花占於春前，牡丹殿於春後，
騷人墨客特注意焉。獨海棠一種，風姿艷質，固不在二花下。」〔註
61〕而陸游在蜀中，詠海棠之詩頗多，亦足見詩人喜好之深。

　　宋代四川農業的發展，同時爲手工業帶來了豐富的原料和廣闊的
產品市場，例如鹽、酒、糖、蜀錦、蜀箋等手工業的生產，皆呈現出
高度繁榮的景況〔註62〕。凡此皆帶動蜀地商業的發展與經濟的繁榮。
然而不得不注意的是，由於歷史的、地理的和社會的種種因素，使得
巴蜀地區雖統稱爲四川，但四路的經濟與文化發展上卻存在著不平衡
的現象。其中益州路與梓州路的文化較爲發達，而相對的利州路和夔

〔註60〕見陳思《海棠譜》所載。（台北：台灣商務印書館，民國75年7月，
　　　　《景印文淵閣四庫全書》本），冊八四五，卷上，頁1。

〔註61〕陳思《海棠譜序》，同前註。

〔註62〕不著撰人；趙鐵寒編《建炎以來朝野雜記》甲集卷十四〈蜀鹽〉：「蜀
　　　　鹽自祖宗以來，皆民間煮之……凡四川二十州，四千九百餘井，歲
　　　　產鹽約六千餘萬斤。」同上〈四川酒課〉：「四川酒課，在建炎中，
　　　　和官民之入，總爲緡錢百四十萬……今四川酒課累減之餘，猶爲緡
　　　　錢四百一十餘萬。」（台北：文海出版社），頁429～431。王灼《糖
　　　　霜譜》：「糖霜一名糖冰。福唐、四明、番禺、廣漢、遂寧有之：獨
　　　　遂寧爲冠。四郡所產甚微而碎，色淺味薄，才比遂之最下者……若
　　　　甘蔗所在皆植，所植皆善，非異物也。至結蔗爲霜，則中國之大，
　　　　止此五郡，又遂寧專美焉。」（台北：藝文出版社，《百部叢書集成》
　　　　據清嘉慶張海鵬輯刊學津討原本影印），頁7。費著《蜀錦譜》：「蜀
　　　　以錦擅名天下，故城名以錦官，江名以濯錦。而《蜀都賦》云：『貝
　　　　錦斐成，濯色江波。』《游蜀記》云：『成都有九璧村，出美錦，歲
　　　　充貢……渡江以後，外攘之物，十倍承平。』建炎三年，都大茶馬
　　　　司始織造錦綾被褥，折支黎州等處馬價。」（台北：藝文出版社，《百
　　　　部叢書集成》據墨海金壺本影印），頁1。費著《蜀箋譜》「蜀中乃盡
　　　　用蔡倫法。箋紙有玉板，有貢餘，有經屑，有表光……紙以人得名
　　　　者，有謝公，有薛濤……謝公有十色箋：深紅、粉紅、杏紅、明黃、
　　　　深青、淺青、深綠、淺綠、銅綠、淺雲，即十色也。」（台北：藝文
　　　　印書館，《百部叢書集成》據墨海金壺本影印），頁1～3。

州路的文化則處於較為落後的狀態。范成大《吳船錄》中記載其乘船
自西向東順流過四川時，由梓州路的昌州（今四川大足）進入夔州路
的恭州（今四川重慶），立即感到明顯差別：「至恭州，自此入峽路。
大抵自西川至東川，風土已不同，至峽路益陋矣……承平時謂之川
峽，自不同年而語。」〔註63〕沿江三路，西川即成都府路，東川即梓
州路，峽路即夔州路，文化狀況依次產生落差。關於這一點，也可以
從人口密度的分佈上見出端倪：

> 無論北宋或南宋，成都府路的戶數和口數都占川峽四路戶
> 口總數的百分之四十至五十，成都府路每平方公里有四十
> 五至五十七人，是當時全國人口密度最高的地區。潼川府
> 路占四川人口總數的百分之三十左右，其人口密度也超過
> 了當時東南地區經濟最發達的兩浙路。利州路和夔州路的
> 戶口數共占四川總人數的百分之二十左右，是全國和四川
> 人口密度最低的地區。這一人口分佈情況表明，地處川西
> 平原和川中地區的成都府路和潼川府路是當時四川和全國
> 經濟最發達的地區，而利州路和夔州路則是當時四川和全
> 國經濟最落後的地區。〔註64〕

就文化發展而言，其中成都府路和潼川府路兩地，整體狀況表現
為文化之普及，所謂：「蜀人好文，雖市井胥吏輩，往往能為文章。」
〔註65〕不論凡夫俗子、平民百姓皆能識字作文。不惟如此，四川婦女
亦多有文化修養：「蜀多文婦，亦風土所致。」〔註66〕至於利州路與
夔州路的文化情形則相對較差，尤其是夔州路，在各方面的發展都十
分落後，因此學者程民生具體指出：

〔註63〕（宋）范成大《吳船錄》（台北：藝文印書館，《百部叢書集成》據
知不足齋叢書，民國55年），卷下，頁3。

〔註64〕同註55，頁136。

〔註65〕（宋）楊彥齡撰《楊公筆錄》（台北：藝文印書館，《百部叢書集成》
據清曹溶輯陶越曾訂學海類編本影印），頁22。

〔註66〕（宋）陶穀撰《清異錄》（台北：藝文印書館，《百部叢書集成》據
寶顏堂秘笈本），卷一〈藏鋒都尉〉，頁1。

　　　夔州路不但在四川最落後，在全國範圍內也是最落後的。
　　　幾乎所有的數字統計中，夔州路總是排在末尾。這裡的自
　　　然環境、經濟狀況惡劣，大部分地區尚處在蒙昧野蠻的巫
　　　文化層次。如萬州（今四川萬縣）：「風俗樸野，尚鬼信巫」，
　　　籠罩在迷信氣氛中；大寧監（今四川巫溪）：「最為褊陋……
　　　軒冕者寡」，知識份子很少。有的地方甚至處在原始狀態，
　　　連文字都沒有。如紹慶府（今四川彭水苗族土家族自治
　　　縣）：「行處則跣足露頭，契約則結繩刻木」；珍州（今貴州
　　　正安東北）：「其俗以射獵山伐為業，信巫鬼，重謠祝，好
　　　詛盟，外癡內黠，安土重舊。凡交易，刻木書契，結繩以
　　　為數。」沒有任何先進文化的氣息。夔州路地理位置既不
　　　偏，又不遠，文化竟如此落後，主要是窮山惡水的自然環
　　　境造成的。〔註67〕

於是我們可以理解，陸游將赴夔州任職之際，何以言此地「民風雜莫
徭，封域近無詔」、「又嘗聞此邦，野陋可嘲誚。通衢舞竹枝，譙門對
山燒」，並且心中憂慮著「但愁瘦累累，把鏡羞自照」〔註68〕的未來
光景，這正是夔州路在當時予人的整體印象。

第三節　前代流寓蜀中的文人

　　前文已述，陸游流寓蜀中時期的生活經歷與過程，亦附帶提及期
間歌詠、追懷前代文人的詩作。因此本節欲提列前代流寓（或稱宦游）
蜀中文人的詩作與陸游相互參照，藉以明瞭陸游對於前代詩人的繼承
學習與轉化的過程。所以設定「流寓蜀中」的標準，乃考量生命經驗
的相同更足以引發詩人內在感通的力量。以下專論岑參與杜甫兩位曾
經宦游過蜀地的唐代詩人，對於陸游蜀中詩作所產生的影響：

────────────────

〔註67〕程民生《宋代地域文化》（開封：河南大學出版社，1997年8月第1
　　　　版），頁101～102。
〔註68〕以上詩句皆見於《詩稿校注》，冊一，卷二〈將赴官夔府書懷〉，頁
　　　　131。

一、岑 參

　　岑參，江陵（今湖北荊州）人，祖籍南陽（今屬河南）。生於開
元五年（717），卒於大歷四年（769）十二月末（或謂大歷五年正月
初）。天寶五年（746）趙岳榜及第，授右內率府兵曹參軍；八年，安
西四鎮節度高仙芝表岑參爲右威衛錄事參軍，充節度使府掌書記；十
年，返回長安；十三年，安西四鎮節度使、北庭都護封常清表岑參爲
大理評事，攝監察御史，充安西北庭節度判官；至德元年（756），領
伊西北庭支度副使，同年東歸；二年，爲杜甫等薦舉，授右補闕；乾
元二年（759）三月，轉起居舍人，四月出爲虢州長史；寶應元年（762），
以太子中允、殿中侍御史充關西節度判官；同年，天下兵馬元帥雍王
適會師陝州，討史朝義，以岑參爲掌書記；大歷元年（766），杜鴻漸
爲山南西道劍南東西川副元帥、劍南西川節度使，平蜀崔旰之亂，以
岑參爲職方郎中兼殿中侍御史，列置幕府，同入蜀；二年，赴任嘉州
刺史，故世稱「岑嘉州」。後罷官。因中原多故而卒死於蜀。據聞一
多《岑嘉州繫年考證》，知其前後五次入戎幕，故《唐才子傳》云：「參
累佐戎幕，往來鞍馬烽塵間十餘載，極征行離別之情，城障塞堡，無
不經行。」〔註69〕由於長年身處邊塞之地，有具體的生活體驗，因此
創作了許多內容豐富，雄奇瑰麗的邊塞詩歌，讀之令人心生慷慨。故
清代詩評家沈德潛謂：「岑詩能作奇語，尤長於邊塞。」〔註70〕他較
多地採用七言歌行的體裁，表現自己慷慨建功的志向，並於詩中展現
唐朝軍隊的威武盛大和邊關將士的英勇卓絕，描寫邊塞的奇麗風光、
獨特風俗，風格一變爲雄奇奔放、豪氣壯闊。

　　陸游早年即好岑參詩，據他自己所說：「予自少時絕好岑嘉州
詩。往在山中，每醉歸，倚胡床睡，輒令兒曹誦之，至酒醒或睡熟

〔註69〕 以上岑參生平事蹟參見傅璇琮主編《唐才子傳校箋》（北京：中華書
　　　　 局，2000 年 2 月第 2 次印刷），第一冊，卷三，孫映逵：〈岑參〉，頁
　　　　 439～445。
〔註70〕 （清）沈德潛《唐詩別裁》（台北：台灣商務印書館），卷一，頁 26。

乃已。嘗以爲太白、子美之後，一人而已。」〔註71〕尤其中年入蜀
後，亦曾攝知嘉州事，對於岑詩，更爲推崇。不僅繪其畫像於齋壁
上，並在當地蒐集岑參詩稿，傳刻岑詩遺集，其〈跋岑嘉州詩集〉
云：「今年自唐安別駕來攝犍爲，既畫公象齋壁，又雜取世所傳公遺
詩八十餘篇刻之，以傳知詩律者。不獨備此邦故事，亦平生素意也。」
〔註72〕

　　岑參之所受到陸游的注意，應該與其「從戎」經歷可相互疊合之
故。岑參累佐戎幕，往來於鞍馬烽塵之間，寫下雄奇壯麗的邊塞詩歌；
而陸游亦曾參與王炎幕府，從戎南鄭，且自此悟得「詩家三昧」〔註
73〕。從軍生活的具體經歷，對於他們的詩歌創作皆起了積極的影響。
誠如于北山先生所說：

> 他們都親身經歷了軍旅生活，都思爲國家馳騁疆場，建功
> 立業，不甘作詩人而老死牖下，所以有共同的感受和近似
> 的風格。陸游譽之爲「太白、子美之後，一人而已」，並不
> 是阿好之論或溢美之辭。〔註74〕

更具體來看，陸游所以標舉岑參，給予其詩作直迫李杜的高度評價，
乃著眼於岑氏從戎西邊時所創作的氣無玉關、慷慨橫槊的作品。正如
其〈夜讀岑嘉州詩集〉〔註75〕中所云：

> 漢嘉山水邦，岑公昔所寓。公詩信豪偉，筆力追李杜。
> 常想從軍時，氣無玉關路。至今藁簡傳，多昔橫槊賦。
> 零落才百篇，崔嵬多傑句。功夫刮造化，音節配韶護。
> 我後四百年，清夢奉巾履。晚途有奇事，隨牒得補處。

〔註71〕《文集》卷二十六〈跋岑嘉州詩集〉，頁158。
〔註72〕同前註。
〔註73〕《詩稿校注》，冊四，卷二十五〈九月一日夜讀詩稿有感走筆作歌〉：
　　　　「四十從戎駐南鄭，……詩家三昧忽見前，屈賈在眼元歷歷。」頁
　　　　1802。
〔註74〕于北山〈陸游對前人作品的學習、繼承和發展〉，俞慈韻編輯《陸游
　　　　論集》（長春：吉林文史出版社，1987年11月第1版），頁135。
〔註75〕《詩稿校注》，冊一，卷四〈夜讀岑嘉州詩集〉，頁332。

群胡自魚肉，明主方北顧。誦公天山篇，流涕思一遇。

岑參詩風雄健，他的一些反映邊塞生活的詩篇，風格雄渾瑰麗，文辭豪邁振拔，充分體現了典型的盛唐氣象，足以振奮激勵人心。這種詩風，對於滿懷愛國熱情，一心躍馬疆場的陸游來說，自然具有強烈的吸引力，進而產生共鳴之感。因此當代學者胡明也指出：

「常想從軍時，氣無玉關路。至今蠹簡傳，多昔橫槊賦。零落才百篇，崔嵬多傑句。功夫刮造化，音節配韶護。」

——岑參之所以贏得放翁的欽仰和拜伏主要在此。放翁還在一條小注中特別說明：「公詩多從戎西邊時所作。」按，岑參「從戎西邊」的詩約有七八十首，這些詩歌集中透出氣無玉關，慷慨橫槊的豪偉格調。所謂「零落才百篇，崔嵬多傑句。功夫刮造化，音節配韶護」。也正是從這一層原因出發，四百年後的陸放翁會發出「誦公天山篇，流涕思一遇」的喟嘆，認他作千古知音。〔註 76〕

而陸游在擊節讚賞之餘，也有不少詩篇著意模仿岑詩，尤其在蜀中的創作更是明顯見出岑參的影響。如寫於嘉州的〈聞虜亂有感〉〔註 77〕，作於蜀州的〈曉歎〉，或於成都時所作的〈長歌行〉〔註 78〕、〈樓上醉書〉〔註 79〕、〈大雪歌〉〔註 80〕等七言歌行，皆在思想風格上明顯得之於岑參。誠如李致洙所說：「岑參常用七言歌行來寫雄放奇麗風格的詩，這也給陸游入蜀以後所作不少的影響。」〔註 81〕

試比較岑參〈白雪歌送武判官歸京〉〔註 82〕與陸游〈大雪歌〉〔註

〔註 76〕 胡明《南宋詩人論》（台北：台灣學生書局，民國 79 年 6 月初版），頁 113。

〔註 77〕 《詩稿校注》，冊一，卷四，頁 346。

〔註 78〕 《詩稿校注》，冊一，卷五，頁 467。

〔註 79〕 《詩稿校注》，冊二，卷八，頁 629～630。

〔註 80〕 《詩稿校注》，冊二，卷九，頁 710。

〔註 81〕 李致洙《陸游詩研究》（台北：文史哲出版社，民國 80 年 9 月初版），頁 41。

〔註 82〕 同註 53，卷一九九，頁 1～2。

〔註 83〕 《詩稿校注》，冊二，卷九，頁 710。

83〕，以見分明：

> 北風捲地白草折，胡天八月即飛雪。忽如一夜春風來，千
> 樹萬樹梨花開。散入珠簾溼羅幕，孤裘不煖錦衾薄。將軍
> 角弓不得控，都護鐵衣冷猶著。瀚海闌干百丈冰，愁雲黲
> 淡萬里凝。中原置酒飲歸客，胡琴琵琶與羌笛。紛紛暮雪
> 下轅門，風掣紅旗動不翻。輪臺東門送君去，去時雪滿天
> 山路。山迴路轉不見君，雪上空留馬行處。

> 長安城中三日雪，潼關道上行人絕。黃河鐵牛僵不動，承
> 露金盤凍將折。髯豪客孤白裘，夜來醉眠寶釵樓。五更未
> 醒已上馬，衝雪卻作南山遊。

> 千年老虎獵不得，一箭橫穿雪皆赤。挐空爭死作雷吼，震
> 動山林裂崖石。曳歸擁路千人觀，髑髏作枕皮蒙鞍。人間
> 壯士有如此，胡不來歸漢天子！

首先看岑參的作品，以奇特的想像、誇張的筆墨，從幾個方面描寫塞
外大雪，最後歸結於別情。全詩通過四個「雪」字，描繪了別前、餞
別、臨別、別後四種不同的畫面，充滿奇情妙思。詩人用敏銳的觀察
力和感受力捕捉邊塞雪景，展現奇麗風格，並結合人事情感，十分動
人。而陸游的〈大雪歌〉一詩，同樣運用想像和誇張的手法，藉由三
個「雪」字，逐步鋪陳，從城中雪景、南山雪景，到獵虎壯舉時「赤
雪」的映襯，最後則歸結為慷慨報國的英雄氣概，充分展現雄奇奔放、
色彩瑰麗的風格特色。因此袁行霈先生論兩人詩風承繼的關係時曾
說：「陸游學岑，主要是得其奇麗。」〔註84〕並舉陸詩〈九月十六日
夜夢駐軍河外遣使招降諸城覺而有作〉〔註85〕為例說明：「詩裡那種
戰鬥的激情、勝利的喜悅，以及邊塞生活的新鮮感受，都使我們想起
岑參。『朔風』四句也像是從岑參的詩句中點化出來的。」〔註86〕文
中提及「朔風」四句為：「朔風卷地吹急雪，轉盼玉花深一丈。誰言

〔註84〕 袁行霈《中國詩歌藝術研究》（台北：五南圖書出版有限公司，民國
　　　　 88年5月初版三刷），頁365。
〔註85〕 《詩稿校注》，冊一，卷四，頁344。
〔註86〕 同註84，頁367。

鐵衣冷徹骨,感義懷恩如挾纊。」對照前文所舉岑氏之〈白雪歌〉來看,其點化之跡十分明顯。同樣地,錢鍾書先生也在註解這首詩的時候提及:「這一首紀夢的詩可以算跟岑參『夢中神遇』,內容和風格都極像岑參的『白雪歌』、『輪臺歌』、『天山雪歌』、『走馬川行』等等。」〔註87〕由此皆足見岑參的邊塞詩作對於陸游蜀中詩歌所起的積極影響。

　　前面從承繼的角度論陸、岑兩人詩歌風貌的相同特性,但是若謂兩人詩作全無差異,則未免模糊了陸詩的個人特色,並且單就上文所舉詩例觀察,即可得出兩人相異之處。首先論岑氏之作,雖運用誇張的筆法,展現奇特瑰麗的想像,但最終結合了現實人事;也就是說,其中所敘述的是「出於實際見聞和感受」,因此具有較多的實境描寫,帶著親身體會的真切感受〔註88〕。但是陸游則不同,詩中所呈顯的全是幻境,沒有具體的生活基礎,也因此在內容想像上更為大膽豪氣,而誇飾筆法的運用比之於岑參,又更為徹底。果如《唐宋詩醇》所評:「一腔豪氣,千古奇文。」〔註89〕然而詩末二句:「人間壯士有如此,胡不來歸漢天子!」歸結出詩人的憂國壯志,遂使壯麗飛揚的詩句背後,隱隱透著整個時代的悲哀。是知陸、岑兩人之差異,是時代氛圍與生活際遇投注於詩人內心而牽引不同的感受抒發。

二、杜　甫

　　杜甫,字子美,玄宗先天元年(712)生於河南鞏縣。因遠祖杜預為京兆杜陵(今陝西西安)人,故自稱「杜陵布衣」、「杜陵野老」、「杜陵野客」。七歲能詩;十四歲始出入翰墨之場;青年時期嘗遊三

〔註87〕錢鍾書《宋詩選註》,頁 241。(台北:書林出版有限公司,民國 79年 9 月)。

〔註88〕參見余恕誠《唐詩風貌》(合肥:安徽大學出版社,2000 年 3 月第 2版第 1 次印刷),頁 213。

〔註89〕轉引自孔凡禮、齊治平編《古典文學研究資料彙編·陸游卷》(北京:中華書局出版,1965 年 2 刷),頁 222。

晉、吳越、齊趙等地，其間曾舉進士，不第；天寶十載（751），年四
十，進獻《三大禮賦》，玄宗奇之，命待制集賢院；十四載（755），
年四十四，授爲河西縣尉，不拜，旋改爲右衛率府兵曹參軍；次年，
由於安史之亂，遷家至鄜州，得知肅宗即位於靈武，欲奔行在，然中
道被俘，陷長安；肅宗至德二載（757）四月，脫身奔鳳翔行在所，
拜左拾遺；乾元元年（758），年四十七，因曾疏救房琯，見貶爲華州
司功參軍；次年棄官往秦州，不過數月，復往同谷，寓居一月左右，
因生計困窘，旋攜家入蜀；上元元年（760），營草堂於成都西郊之浣
花溪畔；卜居草堂二年後，亦即代宗寶應元年（762），適值故人嚴武
任成都尹兼劍南東西川節度使，時有饋贈於甫，兩人並常賦詩唱酬；
七月，嚴武還朝，杜甫送別至綿州，因避徐知道亂而飄泊至梓州、閬
州；廣德二年（764），知嚴武再鎮蜀，因重返成都，受嚴武表薦爲節
度使署中參謀，檢校工部員外郎；次年正月，辭幕府之職歸浣花溪草
堂；四月，嚴武卒，因攜家離成都；大歷元年（766），至夔州，居兩
年出峽；大歷三年（768）正月，先赴江陵，後移居公安，歲暮時泊
舟岳陽城下；次年正月，自岳州往潭州；大歷五年（770）四月，爲
避臧玠之亂入衡州；是多病逝於由潭州往岳州進發之湘江舟中，享年
五十九。〔註90〕元稹〈唐故工部員外郎杜君墓係銘並序〉中評其詩曰：
「至於子美，蓋所謂上薄風騷，下該沈宋，古傍蘇李，氣奪曹劉，掩
顏謝之孤高，雜徐庾之流麗，盡得古今之體勢，而兼人人之所獨專矣。」
〔註91〕將杜詩置於詩歌發展的洪流中，並總結其集大成之成就。

　　至宋代，宗杜、學杜之風氣，更是達到空前盛況。王安石云：

　　　白之詩歌，豪放飄逸，人固莫及，然其格止於此而已，不
　　　知變也。至於甫，則悲歡窮泰，發斂抑揚，疾徐縱橫，無
　　　施不可。故其詩有平淡簡易者，有綿麗精確者，有嚴重威

〔註90〕以上杜甫生平經歷參照《杜甫年譜》一書，（台北：學海出版社，民
　　　國79年9月）。
〔註91〕（唐）元稹〈唐故工部員外郎杜君墓誌銘並序〉。見《新刊元微之文
　　　集》（上海：上海古籍出版社，1994年），卷五六，頁4。

武，若三軍之帥者，有奮迅馳驟，若　駕之馬者，有淡泊
閒靜，若山谷隱士者，有風流蘊藉，若貴介公子者⋯⋯此
甫所以光掩前人而後來無繼也。〔註92〕

由於杜詩的體裁完備，風格多樣，詩人從其中得以各自領受，尋其所
好。如黃裳所云：「工於詩者，必取杜甫，蓋彼無不有，則感之者各
中其所好故也。」〔註93〕此外，杜甫的創作態度嚴謹，不論遣詞造句、
謀篇用韻皆自成章法，使人有規可循，便於效法。因此《後山詩話》
中記載：「蘇子瞻曰：子美之詩，退之之文，魯公之書，皆集大成者
也。學詩當以子美為師，有規矩故可學。」〔註94〕正是在這樣詩壇一
片宗杜的風氣之下，陸游早年即有機會接觸杜詩，《老學庵筆記》中
曾記載陸游父親嘆山谷詩之餘，更熟誦杜詩〔註95〕。陸游學杜，早年
當是受到家庭的薰陶。其後則因學詩於曾幾，入於江西詩派，此派祖
式杜甫，因而對杜詩有了更精微的掌握。這樣的掌握，其初還僅限於
詩法上，直至中年入蜀以後，對於杜甫其人其詩才有了更深刻的體
會。因此楊萬里有云：「重尋子美行程舊。」〔註96〕所強調即陸游與
杜甫在入蜀經歷上的重疊，使得詩風表現上更為接近。

　　關於陸游在生平經歷上與杜甫的相似性，前人已有述及，如劉應

〔註92〕（宋）胡仔《苕溪漁隱叢話》（台北：廣文書局，民國56年6月初
　　　　版）前集卷六引，頁7～8。
〔註93〕（宋）黃裳〈張商老詩集序〉。見《演山集》（台北：台灣商務印書
　　　　館，民國58年），卷二一，頁12。
〔註94〕（宋）陳師道《後山居士詩話》，頁5。（台北：藝文印書館，《百部
　　　　叢書集成》據百川學海本影印）。
〔註95〕《老學庵筆記》卷八：「先君讀山谷〈乞貓〉詩，歎其妙。晁以道侍
　　　　讀在坐，指『聞道貓奴將數子』一句，問曰：『此句何謂也？』先君
　　　　曰：『老杜云，蟄止啼烏將數子。恐是其類。』以道笑曰：『君果誤
　　　　矣。〈乞貓〉詩數字，當音色主反。數子謂貓狗之屬，多非一子，故
　　　　人家初生畜，必數之曰生幾子，將數子，猶言將生子也。與杜詩詞
　　　　同而意異。』以道必有所據，先君言當時偶不叩之以為恨。」同註
　　　　58，頁54。
〔註96〕（宋）楊萬里《誠齋詩集》（上海：中華書局，民國25年，聚珍仿
　　　　宋本），卷二十二〈跋陸務觀劍南詩稿二首〉（其一），頁3。

時云：

> 少陵先生赴奉天，烏帽麻鞋見天子。乾坤瘡痍塞日慘，人
> 煙蕭瑟胡塵起。八月之吉風淒然，北征徒步走三川，夜經
> 戰場霜月冷，累累白骨生蒼煙。五載棲棲客蜀郡，騎驢日
> 候平安信，喜聞諸將收山東，拭淚一望長安近。瞿塘想見
> 放船時，回首夔府多愁思。蜀人至今亦好事，翠珉盛刻草
> 堂詩。放翁前身少陵老，胸中如覺天地小，平生一飯不忘
> 君，危言曾把姦雄掃。周流斯世轍已環，一笑又入劍南山。
> 酒杯西盡錦屏秀，孤劍聲鏘峽水寒，萬丈虹霓蟠肺腑，射
> 虎膾鯨時一吐。我雖老眼向昏花，夜窗吟哦雜風雨。少陵
> 間關兵亂中，放翁遭時樂且豐。飽參要具正法眼，切忌錯
> 下將毋同。茶山夜半傳機要，斷非口耳得其妙。君不見塔
> 主不識古雲門，異時衣缽還渠紹。〔註97〕

當代學者對此亦有詳論者，如胡傳安先生曾參照兩人生平事蹟，並提
列諸多相仿者：其一，兩人皆出生世家；其二，均遭逢奸相，失意考
場；其三，甫因論救房琯遭貶，而游則因力說張浚用兵遭罷；其四，
兩人在蜀之日相若，皆久居成都與夔州，且蜀中生活併影響詩歌創
作；其五，嚴武之於杜甫，如同范成大之於陸游；其六，仕途失意，
跡象多相似；其七，貧困生活亦前後相若；其八，皆早慧而善書。〔註
98〕他們都同時關注到杜、陸兩人的入蜀行程，以及在蜀詩作的關鍵
地位。

　　杜甫於肅宗乾元二年（759）十二月由同谷入川，至代宗大曆三
年（768）正月自夔州出峽，在蜀之日長達八、九年，其間先後在成
都浣花溪畔的草堂居住三年零九個月，作詩二百七十餘首，世稱「草
堂詩」；在夔州住了近兩年，作詩四百三十餘首，世稱「夔州詩」，這
些詩作代表著杜甫後期詩歌的成就，不僅在創作數量上遠遠超越了前

〔註97〕 （宋）劉應時《頤庵居士集》卷一〈讀放翁劍南集〉。同註 89，頁
　　　　 24。
〔註98〕 參見胡傳安《詩聖杜甫對後世詩人的影響》（台北：幼獅文化事業公
　　　　 司，民國 83 年 5 月二版三印），頁 153～161。

期，且於思想內容或藝術風格上，皆呈現出高度的價值與意涵。因此孟棨〈本事詩〉云：「杜逢祿山之難，流離隴、蜀，畢陳於詩；推見至隱，殆無遺事，故當時號爲『詩史』。」〔註99〕

　　前文已述，陸游於夔州通判時，時訪杜甫當年流寓的東屯故居，嘆杜甫不遇的同時，亦時而自傷。其後在漢中爲宣撫司幕僚因公赴閬中時，以及宦游西蜀時，都寫過追懷杜甫的詩篇，感慨寄託，情感眞摯。陸游對於杜甫的身世感受顯得十分深切，因此每每吐露惺惺相惜之語，如前文所引〈東屯高齋記〉云：「少陵非區區於仕進者，不勝愛君憂國之心，思少出所學佐天子，興貞觀開元之治，而身愈老，命愈大謬，坎壈且死，則其悲至此，亦無足怪也。」〔註100〕對於杜甫忠義凜然，愛君憂國的情思，陸游帶著景仰之情，心嚮往之。由這樣的想法出發，他所極力推許的是杜甫崇高的品格以及憂國憂民的精神實質，因此說：「文章垂世自一事，忠義凜凜令人思。」〔註101〕而杜甫在仕途上蹭蹬失意，致使「隘宇宙」的襟抱無以施展，唯有藉詩寄託憤慨。陸游對此似乎也有著同情的理解，其詩云：

> 看渠胸次隘宇宙，惜哉千萬不一施。空回英概入筆墨，生民清廟非唐詩。向令天開太宗業，馬周遇合非公誰？後世但作詩人看，使我撫几空嗟咨。〔註102〕

然而這並不表示陸游忽略了杜甫在詩歌藝術上的成就，相反地，他對杜詩的掌握有著超越時人的不凡見解：

> 今人解杜詩但尋出處，不知少陵之意初不如是……縱使字字尋得出處，去少陵之意益遠矣。蓋後人原不知杜詩所以妙絕古今者在何處，但以一字亦有出處爲工。如《西崑酬唱集》中詩，何曾有一字無出處者，便以爲追配少陵，可

〔註99〕　（唐）孟棨《本事詩》。見丁福保編《古今詩話叢編》（台北：廣文書局，民國69年9月初版），冊一，〈高逸第三〉，頁8。
〔註100〕　《文集》卷十七〈東屯高齋記〉，頁100。
〔註101〕　《詩稿校注》，冊一，卷三〈遊錦屏山謁少陵祠堂〉，頁249。
〔註102〕　《詩稿校注》，冊四，卷三十三〈讀杜詩〉，頁2191。

乎？且今人作詩，亦未嘗無出處。渠不自知，若爲之箋注
亦字字有出處，但不妨其爲惡詩耳。〔註103〕

並以爲杜詩上紹詩騷：

古詩三千篇，刪取財十一。每讀先再拜，若聽清廟瑟。
詩降爲楚騷，猶足中六律。天未喪斯文，杜老乃獨出。〔註
104〕

正因爲對杜甫其人其詩的深刻理解，使得他入蜀後的作品，多飽含著
愛國憂時的情懷，且呈現出沈鬱悲壯的風格，奠定其「愛國詩人」的
不朽地位。不論在詩歌藝術或精神內涵上皆得杜詩神髓，誠如吳之振
所云：「宋詩大半從少陵分支，故山谷云：『天下幾人學杜甫，誰得其
皮與其骨？』若放翁者，不寧皮骨，蓋得其心矣。所謂愛君憂國之誠，
見乎辭者，每飯不忘。故其詩浩瀚崒嵂，自有神合。」〔註105〕

　　就詩歌藝術而言，杜詩諸體皆妙而尤工律體，特別在七言律詩的
創作上，更有著卓越的貢獻。將時人多用以歌頌、酬唱的七言律體，
擴大表現爲吟詠自然、抒發生活感受，甚至是憂國傷時、批評時政，
如此一來便擴大了七律的書寫題材，並且同時改變了此前七律一味展
現典雅風格的傾向，注入了更多嶄新的風貌，於是有沈鬱悲壯之作，
也有清新自然的風格呈顯。而陸游受到杜甫的影響，同樣盡心於七律
的創作，故清人陳訏有云：「放翁一生精力，盡於七律，故全集所載，
最多最佳。」〔註106〕舒位則更進一步從七律發展的歷史角度，總結
其集大成的地位〔註107〕。依《詩稿》現存作品來看，陸游初期的七

〔註103〕《老學庵筆記》卷七。同註58，頁47～48。
〔註104〕《詩稿校注》，冊八，卷七十九〈宋都曹屢寄詩且督和答作此示之〉，
　　　　頁4276。
〔註105〕（清）吳之振《宋詩鈔》（北京：中華書局，1996年2月），卷六十
　　　　四《陸游劍南詩鈔》，頁2。
〔註106〕（清）陳訏〈宋十五家詩選・劍南詩選題詞〉（上海：上海古籍出
　　　　版社，2002年，《續修四庫全書》），頁461。
〔註107〕（清）舒位《瓶水齋詩話》：「嘗論七律至杜少陵而始盛且備，爲一
　　　　變；李義山辦香于杜而易其面目，爲一變；至宋陸放翁，專工此體，
　　　　而集其大成，爲一變；凡此三變，而他家之爲是體者，不能出其範

律之作並不多見，直到入蜀後，數量才大幅增加，且詩藝表現亦不遑多讓，因此趙翼讚許：「放翁以律詩見長，名章俊句，層見疊出，令人應接不暇。使事必切，屬對必工；無意不搜，而不落纖巧；無語不新，亦不事塗澤。實古來詩家所未見也。」〔註108〕如蜀中時期創作的〈南池〉〔註109〕、〈歸次漢中境上〉〔註110〕、〈過野人家有感〉〔註111〕、〈和范待制秋興〉（其一）〔註112〕等，皆表現了杜詩中精鍊渾厚的一面。

當然兩人在詩歌表現上仍存在一定程度的差異性，最明顯的是陸詩中揉合著屈原、李白創作傾向的浪漫成分，以及前文提及的岑參邊塞詩歌中的奇麗特色。於是陸游的詩歌創作往往在現實的沈鬱頓挫中，又透露著雄渾奔放的英雄氣概，也時而摻雜著奇特瑰麗的夢境想像。正因為陸詩中所寓含的浪漫主義成分，致使他通過憂國憂民的人格精神向杜甫靠攏之際，於詩歌表現卻又略見不同。此種差異除了來自於陸游本身具有熱情奔放的個性特質外，歸根究底，主要還是由時代條件所決定。誠如于北山先生所言：

> 但就形勢講，兩人雖甚相似，卻終有不同。當年安史之亂，兩京失陷，王室偏安，綱紀廢弛，人民塗炭，然而唐王朝一統之名並無變動，將士也始終浴血奮戰，終能收復中原，重整基業。而南宋時期，女眞貴族侵佔江淮以北，已歷數代，統治基礎，日臻鞏固；趙氏王朝苟安一隅，甘心以小朝廷身份向金國稱臣納貢，中原北望，恢復無期，所以較杜甫所處的時代具有更大的悲劇性。因此，陸游制作

圜矣。」見《清詩話訪佚初編》（台北：新文豐，民國 76 年），冊三，頁85。
〔註108〕（清）趙翼；霍松林、胡主佑校點《甌北詩話》（北京：人民文學出版社，1998 年 5 月），卷六，頁80。
〔註109〕《詩稿校注》，冊一，卷三，頁221。
〔註110〕《詩稿校注》，冊一，卷三，頁255。
〔註111〕《詩稿校注》，冊二，卷七，頁574。
〔註112〕《詩稿校注》，冊二，卷七，頁611。

愛國詩篇，就不能不在繼承杜甫的基礎上而又有所發展。
杜甫善於運用現實主義手法；陸游則較多地採用浪漫主義
手法，因而具有更廣闊的題材，可以馳騁更豐富的想像。
〔註113〕

此外，楊萬里所指陸詩「重尋子美行程舊，盡拾靈均怨句新」〔註114〕，
就詩歌藝術的層面而論，已然揭露陸詩中結合現實與浪漫的表現手
法。這是陸游善於繼承前代文學傳統，又能跳脫藩籬、自成特色的基
本因素。

第四節　陸游的詩歌理論

　　詩人的個人經歷、理想抱負，以及對於生活的態度，都將影響他
對詩文的定位及看法，從而構成屬於他自己的藝術審美標準，亦即詩
歌理論。相對地，當我們整理歸納詩人文學主張的同時，也將對其人
其作有更深一層的理解。因此在進入探討陸游蜀中詩作之前，實有必
要先提列歸納其主要的詩歌理論。由於陸游生平沒有理論專著，其論
詩的見解散見於《詩稿》和《文集》中，本節試圖從創作的動機與方
法，循序探索其對詩歌風格與境界的追求，以期零碎的片段言論能夠
串連成有系統的理論主張。

一、創作的動機

　　關於詩歌之發生，陸游有如下的論述：

蓋人之情，悲憤積於中而無言，始發為詩。不然，無詩矣。
蘇武、李陵、陶潛、謝靈運、杜甫、李白，激於不能自己，
故其詩為百代法。國朝林逋、魏野以布衣死，梅堯臣、石
延年棄不用，蘇舜欽、黃庭堅以廢絀死。近世江西名家者，
例以黨籍禁錮，乃有才名。蓋詩之興本如是。紹興間，秦
丞相檜用事，動以語言罪大夫，士氣抑而不伸，大抵竊寓

〔註113〕同註74，頁137。
〔註114〕同註96。

> 於詩，亦多不免。〔註115〕

在這裡，陸游特別標舉「悲憤」作爲詩歌創發之因。於是在他看來，漢、唐乃至於宋代，著名的詩人所以能寫下流芳千古的詩句，乃是由於胸中的悲憤之情「激於不能自己」，故發而爲詩。更進一步來看，其所舉本朝詩人或「棄不用」、或「以廢絀死」、或「以黨籍禁錮」，皆著眼於文人志士的政治理想無以實現，不爲世所知用，「士氣抑而不伸」故傾吐爲詩。誠如李致洙所云：

> 生活在儒家社會裡的知識份子的最大使命是「堯舜其君民」，而進出宦途，如果不得志，即發出「憂時閔己」之嘆。這樣的君子對社會的使命，就成爲陸游思想的根柢，他的詩論也以此爲中心而發。〔註116〕

顯然陸游在思想淵源上，繼承了先秦以降中國士人以天下爲己任的傳統，如《論語》記載孔子之言：「詩可以興，可以觀，可以群，可以怨。」〔註117〕所強調即是詩的政治與社會功用。而後世文人受儒家思想的熏染，所著重的也在政治抱負的施展，建功立業，擔負起家國社會的責任，正所謂任重而道遠也。陸游便是這樣一個典型的傳統士人，因此他一生致力的並不在詩名的顯揚，而在治國安邦的使命，一如清人趙翼所云：「臨歿猶有：『王師北定中原日，家祭無忘告乃翁』之句，則放翁之素志可見矣。」〔註118〕而陸游也曾明白道出：「書生本欲輩莘渭，蹭蹬乃去爲詩人。」〔註119〕當理想抱負在現實中受挫，命運仕途多舛，於是去爲詩人，如此正見人之命運堪悲，亦爲文之不幸。他以天上之雲爲喻來闡明「文之不幸」的說法：

> 山澤之氣爲雲，降而爲雨，勾者伸，秀者實，此雲之見於

〔註115〕《文集》卷十五〈澹齋居士詩序〉，頁86。
〔註116〕同註81，頁54。
〔註117〕（宋）朱熹《四書集注‧論語集注》（台北：藝文印書館，民國69年5月五版），卷九〈陽貨第十七〉，頁4。
〔註118〕同註108，頁92。
〔註119〕《詩稿校注》，冊八，卷七十九〈初冬雜詠〉（其五），頁4278。

> 用者也。子嘗見旱歲之雲乎？嵯峨突兀，起爲奇峰，足以
> 悅人之目，而不見於用，此雲之不幸也。君子之學，蓋將
> 堯舜其君民，若乃放逐憔悴，娛悲舒憂，爲風爲騷，亦文
> 之不幸也。吾友吳夢予，彙其歌詩數百篇於天下名卿賢大
> 夫之主斯文盟者，翕然歎譽之，末以示余。余愀然曰：子
> 之文，其工可悲，其不幸可弔。〔註120〕

依陸游之見，文之不幸正如同旱歲之雲，雖爲人所喜，但終不爲世所
用。因此風騷所產生的背後是一種「放逐憔悴」的悲劇命運，遷客騷
人「娛悲舒憂」之際，故「爲風爲騷」，而所娛所舒者自當爲在心之
不得志的悲與憂。依其說：

> 古之說詩曰言志。夫得志而形於言，如皋陶、周公、召公、
> 吉甫，故所謂志也。若遭變遇讒、流離困悴，自道其不得
> 志，是亦志也。〔註121〕

在這裡陸游以「得志」、「不得志」並舉，依循的是古來「詩言志」的
傳統詩教，然而似乎特別強調了「不得志」之志，與傳統「言志」的
觀念略見差異。據蕭榮華所云：

> 「詩」既爲「言志」，「志」既爲「藏在心裡」，則詩所表達
> 的，自然便是心靈的東西。心靈的東西包羅甚廣，可以是
> 意向、願望、思想、懷抱，也可以是喜怒哀樂諸種情緒，
> 所謂「情、志一也」。不過在先秦以至後世，「言志」往往
> 側重於指思想、意向、懷抱等，而與魏晉以後的「詩緣情」
> 說有異。〔註122〕

由此可知「詩言志」的傳統並不在表現怨憤之情。當代學者姚大勇也
說：

> 儘管中國古代詩論很早就認爲詩可「美刺」，「維是褊心，
> 是以爲刺。」（《詩經‧魏風‧葛履》）孔子也說詩「可以怨」

〔註120〕《文集》卷二十七〈跋吳夢予詩編〉，頁165。
〔註121〕《文集》卷一五〈曾裘父詩集序〉，頁88。
〔註122〕蕭榮華《中國詩學思想史》（上海：華東師範大學出版社，1996年
　　　　4月第一版），頁9。

（《論語・陽貨》），《毛詩序》提出「變風」、「變雅」之說，
但儒家中心維護的，還是「溫柔敦厚」的詩教，詩中主要
表現的還是得志之志。陸游則逸出傳統詩教的范圍，在他
看來，得志之志固是志，不得志之志也是志。……對在詩
中表現怨憤知情的肯定，正見出他直面現實的精神，結合
他的創作實際可以看出，正是不得志之志構成了他作品的
主要內容。〔註123〕

陸游特別強調「不得志」之志，一如他標舉《詩經》國風中的變風〔註
124〕，道理相同。正是在南宋特定的歷史條件之下，產生反映時局的
文學論點，於是他正面肯定變詩的存在，是憂患意識的反映，而同情
「憂時閔己」的情感宣洩，則是感同身受，自然如此。而他論詩之起
源所抱持的基本立場，亦即強調個人之身世感遇與詩歌表現的內在關
連性，使他的作品飽含著現實主義的精神，並且也連帶地影響到他論
詩的其他層面，包括對作者人格的要求、詩歌風格的追求以及評賞的
角度等論述。

二、創作的方法

在創作的方法上，亦即所謂作詩的工夫，陸游以為「工夫在詩
外」，其〈示子遹〉〔註125〕一詩中自述學詩的歷程時云：

我初學詩日，但欲工藻繪。中年始少悟，漸若窺宏大。
怪奇亦間出，如石漱湍瀨。數仞李杜牆，常恨欠領會。
元白纔倚門，溫李真自鄶。正令筆扛鼎，亦未造三昧。
詩為六藝一，豈用資狡獪？汝果欲學詩，工夫在詩外。

詩中陸游並未進一步闡明何謂「詩外工夫」，但顯然是相對於「工藻
繪」的雕琢文字而言，因此他說：「琢雕自是文章病，奇險猶傷氣骨

〔註123〕姚大勇〈娛悲舒憂：陸游文學思想之核心〉，《新疆大學學報（社會科學版）》2001年3月第29卷第1期，頁109。
〔註124〕《文集》卷一五〈澹齋居士詩序〉：「詩首國風，無非變者。雖周公之齮亦變也。」頁86。
〔註125〕《詩稿校注》，冊八，卷七十八〈示子遹〉，頁4263。

多。君看太羹玄酒味，蟹螯蛤柱豈同科。」〔註 126〕在這首〈讀近人詩〉中，陸游傳達了對當時文壇詩風的不滿之情。比較蘇軾評論黃庭堅作品的一段話：「魯直詩文，如蝤蛑瑤柱，格韻高絕，盤飧盡廢；然不可多食，多食則發風動氣。」〔註 127〕可知陸游的「蟹螯蛤柱」之評與東坡的「蝤蛑瑤柱」指向相同，皆針對黃庭堅詩歌弊病而言，擴大來看，亦是對於當時所盛行的江西詩派進行反省。

　　江西詩派講師承，重詩法，久之難免形成既定模式，入於窠臼而不自知。如黃庭堅所提「無一字無來處」、「點鐵成金」、「奪胎法」、「換骨法」等理論，本意在通過典範的學習與借鑑，推陳出新，創造新的意境和句式，然學之者眾，才力不及者，不免泥於其中，形成蹈襲之弊。〔註 128〕陸游有鑑於江西詩人過於講究形式技巧，一味地在前人書本中尋章摘句、翻新出奇的弊病，提出深刻的反省。於是江西詩人解杜詩，以為「無一字無來處」，陸游則反駁：「今人解杜詩但尋出處，不知少陵之意初不如是。……縱使字字尋得出處，去少陵之意益遠矣。」〔註 129〕將杜詩精神還原到內涵意義上。循著這樣的思考，可知他反對詩人過份投注精力才華於用字用韻等形式技巧的表現上，如《對床夜話》中記載陸游評李賀詩之論：

　　　或問放翁：「李賀樂府極今古之工，巨眼或未許之，何也？」
　　　翁云：「賀詞如百家錦衲，五色炫耀，光奪眼目，使人不敢
　　　熟視。求其補於用，無有也。」〔註 130〕

所謂「百家錦衲」是指從前人詩句中拼湊而得，儘管絢爛奪目，依舊沒有實質內涵。因此他十分重視詩歌的思想內容是否充實盈滿。然而

〔註 126〕《詩稿校注》，冊八，卷七十八〈讀近人詩〉，頁 4238。
〔註 127〕轉引自朱東潤《陸游研究》，頁 111。（北京：中華書局，1961 年 9月）。
〔註 128〕參見周勛初《中國文學批評小史》（高雄：麗文文化事業，1994 年7 月初版），頁 132～133。
〔註 129〕同註 103。
〔註 130〕（宋）范晞文《對床夜話》（台北：藝文出版社，《百部叢書集成》據知不足齋叢書本影印），卷二，頁 11。

如何寫出具有充實內容、眞情實感的詩篇？陸游以爲要在「養氣」。
其〈次韻和楊伯子主簿見贈〉詩中有云：

> 文章最忌百家衣，火龍黼黻世不知。誰能養氣塞天地，吐
> 出自足成虹蜺。〔註131〕

「百家衣」正是「百家錦衲」的「五色炫耀，光奪眼目」，卻無補於
世用。唯有「養氣」才能創作舞於高空的「虹蜺」之作，令人仰視讚
嘆。

　　「養氣」之說，發端於孟子，所謂「我善養吾浩然之氣」〔註132〕，
其後曹丕標舉「文以氣爲主」〔註133〕，劉勰則強調「寫氣圖貌」〔註
134〕，含義不斷演變，而陸游於此則綜合前人之說，提出自己的見
解：

> 君子之有文也，如日月之明，金石之聲，江海之濤瀾，虎
> 豹之炳蔚，必有是實，乃有是文。夫心之所養，發而爲言，
> 言之所發，比而成文。人之邪正，至觀其文，則盡矣決矣，
> 不可復隱矣。爝火不能爲日月之明，瓦釜不能爲金石之聲，
> 潢汙不能爲江海之濤瀾，犬羊不能爲虎豹之炳蔚，而或謂
> 庸人能以浮文眩世，烏有此理也哉？使誠有之，則所可眩
> 者，亦庸人耳。……賢者之所養，動天地，開金石，其胸
> 中之妙，充實洋溢，而後發見於外，氣全力餘，中正閎博，
> 是豈可容一毫之偏於其間哉？某束髮好文，才短識近，不
> 足以望作者之藩籬，然後知文之不容偽也。故務重其身而
> 養其氣，貧賤流落，何所不有，而自信愈堅，每以其全自
> 養，以其餘見之於文，文愈自喜，愈不合於世，夫欲此求
> 合於世，某則愚矣。……唐人有曰：士之致遠，先器識而
> 後文藝，是不得爲知文者。天下豈有器識卑陋，而文詞超

〔註131〕《詩稿校注》，冊三，卷二十一〈次韻和楊伯子主簿見贈〉，頁1592。
〔註132〕朱熹《四書集注‧孟子集注》（台北：藝文印書館，民國69年5月
　　　　五版），卷三〈公孫丑章句上〉，頁6。
〔註133〕（魏）曹丕〈典論‧論文〉。同註43，卷五二，論二，頁2271。
〔註134〕（梁）劉勰著：周振甫注《文心雕龍注釋》（台北：里仁書局，民
　　　　國87年9月28日初版三刷），〈物色第四十六〉，頁845。

然者哉！〔註135〕

文章不容浮誇虛僞，是以作者個人的思想品德便益顯重要，因此強調「重身養氣」。「胸中之妙，充實洋溢，而後發見於外」，故知氣全而力足，以氣運文，使人與文之間達到統一的狀態，而不見「一毫之僞於其間」。理論上接近於唐人韓愈在〈答李翊書〉中所提出「氣盛詞宜」〔註136〕的觀念，都在突出作者的品德修養與文章之間的相互關係。陸游之所以發此論，乃有感於詩道的衰微，因此在當時具有一定程度的時代意義。今人孔瑞明即云：

> 女眞入侵，山河破碎，民族的衰敗在南宋詩人心中投下過多的陰影，幻滅意識和頹廢情緒使大多數詩人有意地遠離政治，苟安思想逐步瀰漫，而南宋偏安一隅的現實又爲這種思想提供了土壤。許多詩人便失去了類似唐代詩人那樣高昂的報國精神，只注重模擬古人，賣弄學問，遠離現實，詩歌缺乏詩情，更缺乏現實精神。〔註137〕

如此，陸游以「詩內工夫」的「工藻繪」所對舉的「詩外工夫」，主要在「養氣」。故學詩的過程正伴隨著養氣的過程，於是詩可學，氣可養。然而如何學？如何養？我們從陸游的〈感興〉〔註138〕一詩中可見出端倪：

> 文章天所祕，賦予均功名。吾嘗考在昔，頗見造物情。
> 離堆太史公，青蓮老先生。悲鳴伏櫪驥，蹭蹬失水鯨。
> 飽以五車讀，勞以萬里行。險艱外備嘗，憤鬱中不平。
> 山川與風俗，雜錯而交并，邦家志忠孝，人鬼參幽冥。

〔註135〕《文集》卷十三〈上辛給事書〉，頁71。

〔註136〕（唐）韓愈〈答李翊書〉：「行之乎仁義之途，游之乎詩書之源，無迷其途，無絕其源，終吾身而已矣。氣，水也；言，浮物也，水大而物之浮者大小畢浮。氣之與言猶是也，氣盛則言之短長與聲之高下者皆宜。」見《韓愈全集校注》（四川：四川大學出版社，1996年7月），頁1455。

〔註137〕孔瑞明〈陸游的詩歌理論和創作〉，《山西教育學院學報》第3卷第3期，2000年9月，頁17。

〔註138〕《詩稿校注》，冊三，卷十八〈感興〉，頁1433。

感慨發奇節，涵養出正聲。故其所述作，浩浩河流傾。

豈惟配詩書，自足齊韓床。我衰敢議此，長歌涕縱橫。

所謂「飽以五車讀，勞以萬里行」，正可歸之為養氣之途，亦即古人常言「讀萬卷書，行萬里路」的工夫。「讀萬卷書」向來是中國傳統知識份子的自我要求，陸游也有〈讀書〉詩云：「放翁白首歸剡曲，寂寞衡門書滿屋。藜羹麥飯冷不嘗，要足平生五車書。」〔註139〕又謂：「兩眼欲讀天下書，力雖不逮志有餘。千載欲追聖人徒，慷慨自信寧免愚。」〔註140〕足見其刻苦讀書之精神。至於「行萬里路」一途，則是陸游從自身的創作實踐中歸結出的經驗。如前文所述，陸游自「四十從戎駐南鄭」〔註141〕後，經歷了前所未有的生活體驗，擴大了他的眼界，並從而悟得「詩家三昧」，提高了藝術創作的水準。因此他進一步將創作的視野，從書本上的知識引向更為開闊的現實生活體驗，強調作詩應當躬行實踐。有詩云：

古人學問無遺力，少壯工夫老始成。紙上得來終覺淺，絕知此事要躬行。〔註142〕

陸游「詩外工夫」的提出，雖然根本於「江西詩派」的檢討，但是他學詩的歷程，卻是由江西詩派入手。〔註143〕曾幾並且以為他的詩淵源於呂本中〔註144〕。陸游本人對於呂本中也是極為傾慕，曾自云：「某自童子時，讀公詩文，願學焉。稍長，未能遠遊，而公捐館舍。」〔註145〕而他所指「文章切忌參死句」的說法，雖來自於曾幾〔註

〔註139〕《詩稿校注》，冊三，卷十四〈讀書〉，頁1118。

〔註140〕《詩稿校注》，冊五，卷三十五〈讀書〉，頁2309。

〔註141〕《詩稿校注》，冊四，卷二十五〈九月一日夜讀詩稿有感走筆作歌〉，頁1802。

〔註142〕《詩稿校注》，冊五，卷四十二〈冬夜讀書示子聿〉（其三），頁2629。

〔註143〕陸游早年師承曾幾，故學詩從江西詩派入手。學生戴復古〈讀放翁先生劍南詩草〉云：「茶山衣缽放翁詩，南渡百年無此奇。」

〔註144〕《文集》卷十四〈呂居仁集序〉：「晚見曾文清公，文清謂某：『君之詩淵源殆自呂紫微，恨不一識面。』某於是尤以為恨。」頁81。

〔註145〕同前註。

〔註146〕陸游〈贈應秀才〉詩云：「我得茶山一轉語，文章切忌參死句。」《詩

146〕，實淵源於呂本中的「活法」說。據呂本中云：

> 學詩當識「活法」。所謂「活法」者規矩備具而能出於規矩
> 之外，變化不測而亦不背於規矩也。是法也蓋有定法而無定
> 法，無定法而有定法。知是者則可以語「活法」矣。昔謝玄
> 暉有言「好詩流轉圓美如彈丸」。此眞「活法」也。〔註147〕

從「工夫」來看，「忌參死句」便須講究「活法」，而講「活法」又不
得不重鍛鍊。其〈晨起偶得五字戲題稿後〉：「推枕悠然起，吾詩忽欲
成。雖云無義語，猶異不平鳴。有得忌輕出，微瑕須細評。平生五字
句，垂老媿長城。」〔註148〕是以陸游論詩，在師承淵源上，不免見
江西詩派的理論影響。但他憑著自己豐富的生命經歷，開闊了創作視
野，不爲江西詩派所規矩。即使受「活法」說影響，又能自覺地進一
步提出檢討：

> 文章要須到屈宋，萬仞清霄下鷟鳳。區區圓美非絕倫，彈
> 丸之評方誤人。〔註149〕

所謂「到屈宋」，亦即他在另一首詩中所提及「詩家三昧忽見前，屈
賈在眼元歷歷」〔註150〕的創作體會，在陸游心目中，屈宋作品中飽
滿的家國情懷與英雄不遇的現實感傷，單以「流轉圓美」的詩境是不
足以概括的。

　　由於強調作品的情感內容必須豐富而深刻，陸游將視野投注於眞
實生活，舉凡山川風俗、家國人事，皆足以發揚詩情、啓發詩興，正
所謂「揮毫當得江山助，不到瀟湘豈有詩。」〔註151〕在他認爲作詩
的方法是由許多因素所構成的，因此無法統一，也非亙古不變，唯有
投入現實生活，走進自然山水，眞切地體驗與感受，才能作出好詩。

　　　稿校注》，冊四，卷三十一，頁2115。
〔註147〕（宋）呂本中〈夏均父集序〉。同註130，頁109。
〔註148〕《詩稿校注》，冊六，卷五十四，頁3204。
〔註149〕《詩稿校注》，冊三，卷十六〈答鄭虞任減法見贈〉，頁1245。
〔註150〕同註73。
〔註151〕《詩稿校注》，冊七，卷六十〈予使江西時以詩投政府丐湖湘一麾
　　　　　會召還不果偶讀舊稿有感〉，頁3474。

其〈題廬陵蕭彥毓秀才詩卷後〉〔註152〕詩云：

> 法不孤生自古同，痴人乃欲鏤虛空。君詩妙處吾能識，正
> 在山程水驛中。

正是這樣一種立足現實，向生活求詩的主張，陸游在憶及自己的蜀中詩作時才會有「萬里客經三峽路，千篇詩費十年功」〔註153〕的創作體會。而其詩論主張的意義，高利華於〈陸游詩論平議〉一文中作出的總結，值得參考：

> 陸游「工夫在詩外」的詩論主張，使詩歌創作從單純的法
> 度中解放出來，面向生活，直接從生活的土壤中獲得創作
> 素材，這顯然比江西詩派以流為源的創作法則要高明得
> 多。他的詩外工夫，揭示了詩歌創作與社會生活之間的淵
> 源關係，已涉及到形象思維過程中某些本質方面的問題，
> 在詩論史上具有十分重要的意義。〔註154〕

因此陸游的「詩外工夫」跳脫出江西詩派的理論侷限，結合他的創作動機——悲憤說來看，生活中之一切，不論讀書或征行，皆足以涵養胸中之氣，於是詩情、詩興得以發揚啟迪，胸襟自然流瀉，便能作出「天機雲錦用在我，剪裁妙處非刀尺」〔註155〕的自然詩篇了。

三、詩歌的風格與境界

陸游對於寫詩的動機與方法所持論的立場，必然直接影響其詩歌風格與境界的要求。誠如錢茂竹所言：

> 陸游的「詩家三昧」，表現在詩歌風格上就是渾然天成，不
> 事雕琢。所謂「天機雲錦用在我，剪裁妙處非刀尺。」信
> 手拈來，左右逢源，似乎少煉，然無不至善至美。《示子聿》
> 道：「沛然要似禹行水，卓爾孰如丁解牛」。治水如此，解

〔註152〕《詩稿校注》，冊六，卷五十〈題廬陵蕭彥毓秀才詩卷後〉（其二），
　　　　頁3021。

〔註153〕《詩稿校注》，冊二，卷十〈舟過小孤有感〉，頁814。

〔註154〕高利華〈陸游詩論平議〉，俞慈韻編輯《陸游論集》（長春：吉林文
　　　　史出版社，1987年11月第1版），頁216～217。

〔註155〕同註73。

　　牛如此，作詩也如此，要通暢自然，不要峭兀做作。〔註156〕
由於陸游強調作詩乃胸襟的自然流瀉，因此以爲：「文章本天成，妙
手偶得之。粹然無疵瑕，豈復須人爲。」〔註157〕又云：「詩憑寫興忘
工拙。」〔註158〕皆道出了他對自然的崇尚與要求。惟須加說明的是，
崇尚「自然」是因爲反對在詩文中雕琢堆砌文字，避免以技巧害意，
而與其重「鍛鍊」看似衝突，實則不然。從下引清代詩評家趙翼的一
段言論來看，自可明瞭其中的關連性：

　　　放翁以律詩見長。……抑知其古體詩，才氣豪健，議論開
　　　闊，引用書卷皆驅使出之，而非徒以數典爲能事；意在筆
　　　先，力透紙背，有麗語而無險語，有豔詞而無淫詞，看似
　　　華藻實則雅潔，看似奔放實則嚴謹，此古體之工力更深於
　　　近體也。或者以其平易近人疑其少鍊；抑知所謂鍊者，不
　　　在乎奇險詰曲、驚人耳目，而在乎言簡意深，一語勝人千
　　　百，此眞鍊也。放翁工夫精到，語出自然老潔，他人數言
　　　不能了者，只用一二語了之，此其鍊在句前，不在句下，
　　　觀者並不見其鍊之跡乃眞鍊之至矣。〔註159〕

由此可知，陸游「鍛鍊」的工夫，是以「不見其鍊之跡」爲最高境界，
於是才見自然渾成。因此周志文先生也說：

　　　但是崇尚自然並不是不經構思，信筆而寫；他的「文章本
　　　天成，妙手偶得之」，絕不可解釋爲任性揮筆之作；而是指
　　　由學問、才情、經歷及修養所孕育之成熟的思想及意象，
　　　很自然地在不經意的舉手投足之間表現出來。他並不反對
　　　作詩要經選材、構思、鎔裁的工夫，甚至他反對輕率。他
　　　說：「詩家忌草草，得句未須成。」「有詩忌輕出，微瑕須
　　　細評。」〔註160〕

〔註156〕錢茂竹〈試述陸游的「工夫在詩外」〉，俞慈韻編輯《陸游論集》（長
　　　　春：吉林文史出版社，1987年11月第1版），頁157～158。
〔註157〕《詩稿校注》，冊八，卷八十三〈文章〉，頁4469。
〔註158〕《詩稿校注》，冊八，卷七十七〈初晴〉，頁4185。
〔註159〕同註108。
〔註160〕周志文〈陸游的詩論〉，《淡江學報》第22期，（民國74年3月），

由於對於詩歌最高境界的要求在「自然」，因此對於體現反璞歸真，
貼近自然特色的平淡詩風深爲激賞。〈曾裘父詩集序〉〔註161〕云：

> 古之說詩曰言志。夫得志而形於言，如皋陶、周公、召公、
> 吉甫，故所謂志也。若遭變遇讒、流離困悴，自道其不得
> 志，是亦志也。然感激悲傷，憂時閔己，託情寓物，使人
> 讀之，至於太息流涕，固難矣。至於安時處順，超然世外，
> 不衿不挫，不誣不懟，發爲文辭，沖澹簡遠，讀之者遺聲
> 利，冥得喪，如見東郭順之，悠然意消，豈不又難哉！

依陸游之見，詩歌表現出「沖澹簡遠」的風格，比起「感激悲傷」的
詩風更屬難得。然而與「悲憤出詩」的動機論是一致的，因此胸中所
醞釀深化的依舊是「憤世疾邪之氣」，於是〈澹齋居士詩序〉云：「退
以文章自娛，詩尤中律呂，不怨不怒，而憤怒疾邪之氣，凜然不少回
撓。」〔註162〕平淡詩風所蘊藏的是凜然豪氣。當代學者姚大勇所說，
很能概括陸游對詩風的追求，特引之以爲本節作結：

> 陸游對於詩文，既重言志，求雄渾之氣，又重立辭，達平淡
> 之風，且試圖以平淡之詩傳雄渾之氣。從這也可看出他對中
> 國傳統文論中政教中心論和審美中心論的融合。〔註163〕

　　　頁 74。

〔註161〕《文集》卷一五〈曾裘父詩集序〉，頁88。

〔註162〕《文集》卷一五〈澹齋居士詩序〉，頁86。

〔註163〕同註126，頁111。

第四章　陸游蜀中詩歌之題材內容

　　本章探究陸游蜀中詩歌之題材內容，以題材作爲分判的基準，其中有著力描繪蜀中山水風物者；有呈顯生活情狀者；亦有詠懷抒情，流露強烈時代感懷的作品，另外專立寄贈酬和與尋訪送別一節，以期進一步瞭解詩人的交遊情形。

　　以下分爲四大類型進行詩文內涵之探討。

第一節　蜀中山水風物

　　乾道六年（1170）閏五月十八日，陸游於山陰啓程入蜀，同年十月二十七日抵達夔州，任職通判。其後又曾官於南鄭、成都、蜀州、嘉州、榮州等地，直到淳熙五年（1178）暮春時節離蜀東歸，在蜀中寓居八年之久，有詩近千首，所謂「萬里客經三峽路，千篇詩費十年功」〔註1〕指的就是蜀中創作的詩篇。正是在這個時期，他展現出不同以往的創作才力，而其中有很大一部分的詩作是得之於蜀中的山水風物。誠如劉勰《文心雕龍‧物色》篇中所云：「春秋代序，陰陽慘舒，物色之動，心意搖焉。」〔註2〕以及文中贊語曰：「山沓水匝，樹

〔註1〕　《詩稿校注》卷十〈舟過小孤有感〉，冊二，頁814。
〔註2〕　（梁）劉勰著；周振甫注《文心雕龍注釋》（台北：里仁書局，民國87年9月28日初版三刷），頁845。

雜雲合。目既往還，心亦吐納。春日遲遲，秋風颯颯。情往似贈，興來如答。」〔註3〕皆顯示出自然的時節景物乃觸動文思的重要媒介。其後的鍾嶸《詩品‧序》中也有同意之說：「若乃春風春鳥，秋月秋蟬，夏雲暑雨，冬月祈寒，斯四時之感諸詩者也。」〔註4〕相關的說法一直在中國文論中佔有很重要的地位，而一如前文所述，陸游於詩歌創作的體會也一直十分強調並重視「江山之助」的問題，這與其入蜀後的所見所感當不無影響。

　　陸游在蜀中，歷經寒暑更迭、四時代序，加以詩人宦游蜀中各地，過棧道，入劍門，遍遊蜀地山水，踏訪名士遺跡，因此舉凡蜀中四季節候的景色變換、巴山蜀水的俏麗奇崛，皆盡現於詩人筆下，呈現生動活潑的光彩。

　　本文於此試圖將陸游蜀中詩作中，題材涉及蜀地山水風物者予以分類，歸納為「四季節候」、「山水名勝」與「人情風物」三種類型。針對各類型例舉適當的詩作並加以分析，希冀呈現出蜀中的山川景物、人文建築與民情風俗等各種不同的面貌，當然，這是屬於陸游的。

一、吟詠四季節候

　　陸機〈文賦〉曰：「悲落葉於勁秋，喜柔條於芳春。」〔註5〕道出了古代文人惜春悲秋的內在心理；亦即隨著春秋季節的變換，引動詩人內在悲喜的不同情感。《文心雕龍‧物色》篇中也曾提及：「是以獻歲發春，悅豫之情暢；滔滔孟夏，鬱陶之心凝；天高氣清，陰沈之志遠；霰雪無垠，矜肅之慮深。歲有其物，物有其容；情以物遷，辭以情發。」〔註6〕依劉勰之見，則四時景物的變化，亦將引動著詩人

〔註3〕同上註，頁846。

〔註4〕（梁）鍾嶸著；廖棟梁撰述《詩品》（台北：金楓出版社，1999年4月革新一版），頁33。

〔註5〕（唐）李善注《文選》卷十七〈文賦〉（台北：文化圖書公司，民國84年3月5日再版），頁224。

〔註6〕同註2。

內在或悅豫、或鬱陶、或陰沈、或矜肅的不同情感狀態。當然這四種情感變化只是一種概括性的泛稱，詩人的內在還隱藏更幽微且複雜的心理狀態。

　　然而「春」作為一種美好意象的象徵，自古以來大抵是不變的。例如陸游於夔州所作的〈雪晴〉〔註7〕一詩云：

　　臘盡春生白帝城，俸錢雖薄勝躬耕。眼前但恨親朋少，身外元知得喪輕。日映滿窗松竹影，雪消並舍鳥烏聲。老來莫道風情減，憶向煙蕪信馬行。

這首詩寫於就任夔州的第一個春天，雪融臘盡透露著早春的訊息，然詩人是時初至蜀地，羈旅天涯的遊子之心，見此「春生白帝城」的欣欣向榮之景，所意識到的卻是自身「俸錢」之「薄」與「親朋」之「少」。然而春天依舊是美好的，因此眼見「滿窗松竹影」，耳聞「並舍鳥烏聲」的詩人，也不禁生起「憶向煙蕪信馬行」的風情來。

　　且看寫於成都的〈初春出遊〉〔註8〕：

　　春風初來滿刀州，江水照人如潑油。犢車芳草南陌頭，家家傾貲事遨遊。萬里橋西繫黃驪，為君一登散花樓。半年長齋廢飪膳，興來忽典千金裘。小桃婀娜弄芳柔，紅蘭茁芽滿春洲。壚邊女兒不解愁，鬥草纔罷還藏鉤。可憐世人自拘囚，盎中乾坤舞蜉蝣。百年苦短去日遒，問君安用萬戶侯。

這首詩寫於淳熙四年正月，時詩人官居閒職，見春情之美，遂生「百年苦短去日遒，問君安用萬戶侯」浮名身外的瀟灑情懷。當然從末四句看來，詩人難免有說理議論化的傾向，而這是屬於宋詩的特色，是時代的創作環境所使然。若單就詩中春景的描繪來看，此詩則頗見初春成都的特有風光；按《老學庵筆記》所載，「犢車」乃成都名族婦女，出入所乘，而「小桃」亦為成都所產〔註9〕。詩人在春風春水的

〔註7〕　《詩稿校注》卷二，冊一，頁179。
〔註8〕　《詩稿校注》卷八，冊二，頁632。
〔註9〕　《老學庵筆記》卷二：「成都諸名族婦女，出入皆乘犢車。」頁12。

一片春意中出遊，早春的光景，吸引著遊人「犢車芳草南陌頭，家家傾貲事遨遊」。如織遊人的熱鬧光景，配合「小桃婀娜弄芳柔，紅蘭茁芽滿春洲」的生命暢茂，正是青春歡愉的時刻，所以說「壚邊女兒不解愁，鬥草纔罷還藏鉤」。在這裡，詩人點出了春「愁」。春天是一切美好事物的象徵，使人愉悅歡暢，何由來愁？事實上，這種「愁」乃由於季節交替，春光易逝的感懷而來。正因為春天如此美好，在詩人善感之心，難免興起惜春之情，遂有歲華易度，青春可惜之感，故〈春晴〉詩云：「新春易失遽如許，薄宦忘歸何似生？安得一船東下峽，江南江北聽鶯聲。」〔註10〕春天總令人興起對於美好事物的懷想，在陸游則主要是對於「家在山陰水際村」〔註11〕的追懷，所以說：「東風好為吹歸夢，著我松江弄釣舟。」〔註12〕

　　常恐春光消逝的心理，隨著詩人年歲的增長，往往更加深刻，如〈春感〉詩中所云：「暮年逢春尚有幾？常恐春去尋無蹤。青錢三百幸可辦，且判爛醉酖郫筒。」〔註13〕因此在面對春殘日暮之景，更易觸動理想失落後，現實的感傷。試看〈春殘〉〔註14〕一詩：

　　　　石鏡山前送落暉，春殘回首倍依依。時平壯士無功老，鄉
　　　　遠征人有夢歸。苜蓿苗侵官道合，蕪菁花入麥畦稀。倦遊
　　　　自笑摧頹甚，誰記飛鷹醉打圍？

本詩作於淳熙三年，暮春時節的成都。「石鏡山」位於詩人的故鄉山陰，因此首句乃回首往事，由「送落暉」的遲暮之感，興起「春殘回

卷四：「歐陽公、梅宛陵、王文恭集皆有小桃詩。歐詩云：『雪裏花開人未知，摘來相顧共驚疑。便當索酒花前醉，初見今年第一枝。』初但謂桃花有一種早開者耳，及遊成都，始識所謂小桃者，上元前後即著花，狀如垂絲海棠。曾子固雜識：正月二十間，天章閣賞小桃。正為此也。」見楊家駱主編《陸放翁全集》（下）。（台北：世界書局，民國79年11月五版），頁26。

〔註10〕《詩稿校注》卷六，冊二，頁543。
〔註11〕《詩稿校注》卷二〈試院春晚〉，冊一，頁187。
〔註12〕《詩稿校注》卷六〈春晴暄甚遊西市施家園〉，冊二，頁537。
〔註13〕《詩稿校注》卷六，冊二，頁537。
〔註14〕《詩稿校注》卷七，冊二，頁553。

首」時光流逝的不捨之情。緊接著頷聯則分別由報國無門之嘆與眷念
鄉關之情，進一步開展垂暮之年的淒涼處境。頸聯則宕開寫春殘之
景，在「苜蓿苗」與「蕪菁花」一片綿延的無聲景象中，恬靜裡含藏
著寂寥情緒，於是有「倦遊自笑摧頹甚」的自我解嘲。末句又將思緒
帶入回憶之流，只是所憶不再是故鄉的溫情，而是從戎時期的壯舉，
如此豪氣飛揚，卻因「誰記」而又重重落下，頓挫之感益顯無限悵然。

　　時序轉換至夏季，所謂「滔滔孟夏」，知此季節特徵在於氣候的
炎熱，故有〈苦熱〉〔註15〕一詩，寫夔州的孟夏時節「日車不動汗珠
融」，令人「坐覺蒸炊釜甑中」，即使日暮時分，夕陽「餘威」依舊使
人「堪畏」。此時清晨的雨水可適當消減燥人的暑意，寫於蜀州的〈晨
雨〉〔註16〕一詩，便是因著「清晨一雨」，頓使「涼生池閣衣巾爽，
潤入園林草木鮮」，詩人閒居品茗之際，遂生「飯餘一枕華胥夢，不
怪門生笑腹便」之悠然閒情。

　　然而若不見清晨的一場雨，也能在官暇之餘，慢步湖上「迎風枕
簟平欺暑，近水簾櫳探借秋」。又或者避暑江上，消解暑氣，有詩云：

　　苦熱厭城市，初夜臨江湍。風從西山來，頗帶積雪寒。
　　堰聲靜尤壯，噴薄如急灘。頓遠車馬喧，更覺衣裳單。
　　斷岸吐缺月，恨不三更看。且隨螢火歸，城扉欲橫關。
〔註17〕

這首詩作於淳熙三年仲夏時節的成都。炎熱的氣溫，夜晚依然，故詩
人避暑江上，臨風而立；風自西山雪嶺吹來，頗有寒意。詩中藉著「噴
薄如急灘」與「頓遠車馬喧」的視聽描寫，映襯自己的衣單人薄。

　　烈暑誠然可畏，故詩人時有「借秋」之意，但值此「高梧一葉脫，
便覺秋不遠」〔註18〕的夏秋之際，卻又易引動詩人的遲暮之感，思鄉
之緒，因此說「山林嫌獨往，臺省亦衰衰。會稽歸去來，皋橋住差穩」

〔註15〕《詩稿校注》卷二，冊一，頁192。
〔註16〕《詩稿校注》卷五，冊一，頁401。
〔註17〕《詩稿校注》卷七〈避暑江上〉，冊二，頁589。
〔註18〕《詩稿校注》卷五〈北窗梧葉坐間落四五有感〉，冊一，頁425。

〔註19〕。

　　秋風一起，井桐葉落，寒風瑟瑟，晚陽淡淡。於是在詩人筆下，秋天的景色總顯得慘淡凄涼，因此歐陽修的〈秋聲賦〉這麼形容秋天：「夫秋之爲狀也，其色慘淡，煙霏雲斂。」陸游以其天涯遊子之心所見的蜀中秋景，也自然充滿蕭瑟黯然的氛圍，例如：

> 魚復城邊逢雁飛，白頭羈客恨依依。遠遊眼底故交少，晚歲人間樂事稀。〔註20〕
>
> 江雲傍簷山雨細，羈客空堂臥荒礜。心如秋燕不安巢，跡似春萍本無柢。〔註21〕
>
> 雲陰映日初蕭瑟，露氣侵簾已峭深。衰髮凋零隨槁棄，苦吟凄斷雜疏碪。〔註22〕
>
> 無處逢秋不黯然，驛前斜日渡頭煙。吟肩雅與寒驢稱，歸夢頻爭社燕先。〔註23〕
>
> 迢迢似伴明河出，慘慘如隨落照來。客路半生常淚眼，鄉關萬里更危臺。〔註24〕

以上的例子，皆由慘淡的景色興起詩人思鄉悲老的哀感之情。

　　「秋景」在詩人眼中是觸景增慨的契機，既是自然景象又兼有象徵意味，於是詩中融景色、人事、情感於一爐，則詩人悲愴的心境交融於蕭瑟的秋景中，縈繞不絕。而所以不絕，正來自於詩人對故鄉永難忘懷的追想，其〈秋夜懷吳中〉一詩中云：「巴酒不能消客恨，蜀巫空解報歸期。」〔註25〕此「恨」自當爲羈旅他鄉之恨，然而若擴大來看，則又未嘗不是志士不遇之恨，時局艱維之恨，是詩人一直以來縈繞心頭的舊恨，值此之際，偏又遇「蜀巫」空報歸期，則新愁又添。

〔註19〕同上註。
〔註20〕《詩稿校注》卷二〈秋思〉，冊一，頁200。
〔註21〕《詩稿校注》卷四〈秋夜遣懷〉，冊一，頁327。
〔註22〕《詩稿校注》卷五〈秋思〉，冊一，頁440。
〔註23〕《詩稿校注》卷五〈秋興〉，冊一，頁448。
〔註24〕《詩稿校注》卷五〈秋色〉，冊一，頁448。
〔註25〕《詩稿校注》卷五，冊一，頁469。

舊恨新愁，一片淒然。

　　雖然思鄉濃情化解不開，詩人在夔州還是寫出了別具當地風味的秋節景物，〈秋晴欲出城以事不果〉〔註26〕詩云：

　　　　清秋九月瘴如洗，白鹽千仞高崔嵬。荒庭落葉不可掃，惟
　　　　有叢菊爭先開。瀼西黃柑霜落爪，溪口赤梨丹染腮，熊脂
　　　　玉潔美香飯，鱭鱠花糝宜新醅。

清爽的九月天，洗滌了夔府的秋瘴之氣，而峽口的白鹽山也更顯突兀挺拔。「落葉」、「叢菊」是秋天的；「黃柑」、「赤梨」是夔州的；而「香飯」、「新醅」則是詩人居家的閒情。

　　冬天是四季之末，是一個週期性循環的結束，同時也預示著下一個循環的開始。詩人面對處於年歲之末的冬季，常帶有年華老大而壯志未酬的不遇之嘆，乾道七年寫於夔州的〈初冬野興〉〔註27〕詩云：

　　　　關北關南霜露寒，瀼東瀼西山谷盤。篁紋細細吹殘水，龜
　　　　背時時出小灘。衰髮病來無復綠，寸心老去尚如丹。逆胡
　　　　未滅時多事，卻爲無才得少安。

這首詩的前四句是詩人所見的夔州冬景，山谷盤據的是沾染霜氣的寒露，而寒風吹起的是篁紋細細的殘水，一種凜然的、衰敗的景象，令詩人有感於自身的老病之態亦隨此冬景衰頹而「無復綠」。惟身體的衰老雖無法挽回，但一片丹心卻是依然，可見詩人壯志仍在。「逆胡未滅時多事」透露了詩人的壯志在抗金恢復，報效國家，然而詩句最末卻以「無才得少安」以求寬慰，言外的不遇之嘆正寄寓在此自我解嘲的話語中。

　　對於壯志難酬的慨嘆，在詩人歷經南鄭從戎的生活體驗後益發突顯。淳熙三年的冬天寫於成都的〈歲暮感懷〉〔註28〕一詩，便懷想著當時「昏昏殺氣秋登隴，颯颯飛霜夜出師」的雄豪氣慨，但轉念思及如今，惟見鏡中衰老的容顏，也只能無限感嘆了。衰老的容顏，最明

〔註26〕《詩稿校注》卷二，冊一，頁204。
〔註27〕《詩稿校注》卷二，冊一，頁207。
〔註28〕《詩稿校注》卷八，冊二，頁621。

顯的便是白髮蒼蒼，唐代詩人李端即有詩云：「朱顏向華髮，定是幾年程！」〔註29〕而冬天的霜雪又常常為詩人比擬為白髮，故陸游有〈白髮〉一詩即作於霜雪紛飛之時，其詩云：「昔日春柳妍，今作霜蓬枯；蓬枯有再綠，念我豈得如。」〔註30〕霜雪縱使酷寒也總有大地回春之時，但是自己如霜白髮卻不復綠，豈不教人嘆息再三！

　　隨著寒冬低迷蕭殺的氣氛逐漸消逝，春景也徐徐展現，這在詩人眼中看來，仍是教人充滿期待而愉悅的，〈快晴〉〔註31〕一詩即描寫此情此景：

　　　　地闢天開斗柄回，今朝紅日遍池臺。新陽蘇醒春前柳，輕
　　　　暖醫治雪後梅。瓦屋螺青披霧出，錦江鴨綠抱山來。衰翁
　　　　也逐兒童喜，旋撥文書近酒盃。

「紅日」、「春柳」、「綠鴨」透著春天的訊息，眼前所見已是早春之景，詩人的喜悅一如純真的孩童，暫拋繁擾的公事，享受飲酒的閒情，一切皆因冬雪消融而正「快晴」。

　　此外，詩中尚有吟詠特殊節候之作，如作於乾道七年夔州的〈寒食〉〔註32〕與〈夔州重陽〉〔註33〕二詩：

　　　　峽雲烘日欲成霞，瀼水生紋淺見沙。又向蠻方作寒食，強
　　　　持　酒對梨花。身如巢燕年年客，心羨游僧處處家。賴有
　　　　春風能領略，一生相伴遍天涯。
　　　　夔州鼓角晚淒悲，恰是幽窗睡起時。但憶社醅接菊蕊，敢
　　　　希朝士賜萸枝。山川信美吾廬遠，天地無情客鬢衰。佳日
　　　　掩門君莫笑，病來紗帽不禁吹。

對詩人而言，在夔州的寒食是「又向蠻方作寒食」，重陽則是「夔州

〔註29〕李端〈晚夏聞蟬寄廣文〉見（清）乾隆《御定全唐詩》卷二八五，頁17上。（台北：台灣商務印書館，民國75年7月，《景印文淵閣四庫全書》本，冊一四二五）。
〔註30〕《詩稿校注》卷六，冊二，頁532。
〔註31〕《詩稿校注》卷四，冊一，頁368。
〔註32〕《詩稿校注》卷二，冊一，頁185。
〔註33〕《詩稿校注》卷二，冊一，頁201。

鼓角晚淒悲」，而且兩首詩皆共同傳達目前作客他鄉的悲哀處境。第
一首從反面說「心羨游僧處處家」，實際上是哀憐自己「身如巢燕年
年客」，於是情繫故園的遊子，惟將懷鄉之情付予春風溫情相伴，試
圖尋求解脫與慰藉；第二首則直接由悲戚的鼓角聲，帶入往日「社醅
挼菊蕊」、「朝士賜茱枝」的美好記憶，突顯今日佳節門掩，病弱不支
的淒涼處境。另一首同樣作於重陽時節的〈重九會飲萬景樓〉〔註34〕
一詩：

> 粲粲黃花手自持，登高聊答此佳時。纖雲不作看山祟，斗
> 酒聊寬去國思。落日樓台頻徙倚，西風鼓笛倍淒悲。彭城
> 戲馬平生意，強為巴歌一解頤。

詩人時在嘉州，雖已不再病掩門扉，而是會飲江樓。期望藉著「斗酒
聊寬去國思」，然鼓笛音聲迴盪於日暮樓台，益顯淒愴悲涼。伴隨著
內心的哀思，即使「解頤」也不過是詩人的強顏歡笑。另外一首作於
淳熙三年成都的〈上元〉（其一）詩云：「京華舊侶彫零盡，短鬢成絲
心未灰。」〔註35〕同樣承襲著「去國」之思；惟詩人言「心未灰」，
在一片哀戚之中實又含藏不輕易屈服的壯志。

　　總體來看，陸游在這個時期寫節日的詩作，時常是藉著應景之物
或歡會之景映襯自己孤寂的身影與內在的哀感。有時則從中得出一種
生命的體悟，如〈丁酉除夕〉〔註36〕詩云：

> 浮生過五十，光景如飛鴻；寒暑俛仰間，四序忽已終。
> 殊方感飄泊，晚境嗟龍鍾。桃符與爆竹，嬾復隨兒童。
> 不寐非守歲，燕坐夜過中。氣定神自凝，海日何瞳矓。
> 豈惟三彭逃，坐覺六入空。徂年勿惆悵，閱世方無窮。

這首詩作於淳熙四年，陸游年五十三歲，所以說「浮生過五十，光景
如飛鴻」。在有感於光陰易逝之際，最易興起詩人對於自己年華老大、
飄泊他鄉的悲思。然而在「氣定神自凝，海日何瞳矓」的燕坐中，不

〔註34〕《詩稿校注》卷四〈重九會飲萬景樓〉，冊一，頁341。
〔註35〕《詩稿校注》卷六，冊二，頁535。
〔註36〕《詩稿校注》卷九，冊二，頁756。

僅「三彭逃」，更覺「六入空」，詩人於此悟得「徂年勿惘悵，閱世方無窮」，對於過往的年華不再傷懷惘悵，因爲無窮的閱歷經驗正由此逐漸累積。

二、遊覽山水勝地

陸游熱愛自然、寄情山水，詩云：「平生愛山每自歎，舉世但覺山可玩。皇天憐之足其願，著在荒山更何怨。」〔註37〕因此對他而言「萬里只作遊山看」〔註38〕。在蜀中，由於任所時而變動，致使詩人在走馬上任途中多有機會飽覽蜀地風光，不論是奇山麗水、古道危棧，甚或是不知名的小市村落，皆以其靈動之姿呈現在詩人筆下。而陸游對於蜀地山水的深情，也表現在官閒之餘的遊覽賦詩與登高眺遠的抒情騁懷。在這些山水紀遊的詩作裡，幾乎不見單純摹景寫物的作品，詩人一方面在山林泉水中寄寓著壯志情懷或失落傷感，另一方面也企圖在自然環境裡尋求慰藉與超脫世俗。

以下即針對陸游詠蜀中山水景色的作品，依其出遊的性質分爲官閒出遊、羈旅行宿與登高眺遠三類予以分析探討，以見蜀中的山川之景與詩人的游涉之情：

（一）官閒出遊

陸游在蜀中常趁著公餘之暇倘佯於山光水色之中，其中爲詩人著墨較多者，有蜀州城東南隅之東湖，以及州署西偏之西湖。據《嘉慶崇慶州志》卷二〈古蹟〉記載：「東湖，在州東南，旁有亭館，州郡勝景處。」〔註39〕又《蜀中名勝記》卷七記載：「《紀勝》云：『西湖在郡圃，蓋皁江之水，皆導城中，環守之居，因瀦其餘以爲湖也。』范成大《吳船錄》云：『蜀州郡圃內西湖極廣袤，荷花正盛，覓湖船

〔註37〕《詩稿校注》卷三〈飯三折舖舖在亂山中〉，冊一，頁 211。
〔註38〕同上註。
〔註39〕轉引自錢仲聯注語。見《詩稿校注》卷四〈秋日懷東湖〉詩中注釋，冊一，頁 321～322。

泛之，繫纜修竹古木間，景物甚野，游宴繁盛，為西州勝處。』」〔註40〕知兩地皆為蜀州佳境勝處。陸游日日遊憩其間，享受悠閒時光，詩云：「忙裡偷閒慰晚途，春來日日在東湖。憑欄投飯看魚隊，挾彈驚鴉護雀雛。」〔註41〕有不少吟詠湖上醉人風光的詩作，如〈晚步湖上〉〔註42〕詩云：

> 雲薄漏春暉，湖空弄夕霏。沾泥花半落，掠水燕交飛。
>
> 小倦聊扶策，新晴旋減衣。幽尋殊未已，畫角喚人歸。

湖上清麗的晚景與落花、水燕交織成一片動人的圖畫，「小倦聊扶策，新晴旋減衣」，映襯著詩人優遊自得的心境，而「幽尋殊未已，畫角喚人歸」則透顯出詩人對此尋幽閒情的依戀不捨，亦見其對蜀州「湖上」〔註43〕風光愛好之深。湖上的晚景清麗動人，使詩人尋幽徘徊，不忍離去，而早晨的湖邊，「啼鳥常終日，幽花不減春。荷香浮綠酒，藤露落烏巾」，更令詩人恍若置身夢境，慰藉著流落天涯的孤寂心靈，故云：「莫作天涯想，　然夢裏身。」〔註44〕雨後的湖上，「野水交流自滿畦，芳池新漲恰平堤。花藏密葉多時在，鶯占高枝盡日啼」，詩人於此飲酒作詩，「白頭自喜能狂在，笑襞蠻牋落醉題」〔註45〕，展現詩酒疏狂的生活態度。此外，在東湖的竹林下，「清風掠地秋先到，赤日行天午不知」，正是休憩的最佳場所，所以說：「官閒我欲頻來此，枕簟仍教到處隨。」〔註46〕

　　然而陸游並非每一次的出遊都帶著悠然閒情的逸致，如作於淳熙二年成都的〈夏日過摩訶池〉〔註47〕詩中，即言詩人於摩訶池上閒行

〔註40〕　（明）曹學佺《蜀中名勝記》（台北：藝文印書館，《百部叢書集成》，據清咸豐伍崇校刊本影印），頁1～18。

〔註41〕　《詩稿校注》卷四〈暮春〉，冊一，頁393。

〔註42〕　《詩稿校注》卷四，冊一，393。

〔註43〕　按「湖上」未明指東湖或西湖，則兩地皆有可能。

〔註44〕　《詩稿校注》卷五〈晨至湖上〉（其一），冊一，頁435。

〔註45〕　《詩稿校注》卷五〈雨後集湖上〉，冊一，頁402。

〔註46〕　《詩稿校注》卷五〈東湖新竹〉，冊一，頁409。

〔註47〕　《詩稿校注》卷六，冊二，頁513。

之際，見「淙潺野水鳴空苑，寂歷斜陽下廢城」的日暮之景，而心生「白頭散吏元無事，卻爲興亡一愴情」之悵然感傷。此「興亡」之感似乎並未隨著盡日的閒行出遊而消減，故〈馬上偶成〉[註48]一詩即云：

> 城南城北紫遊韁，盡日閒行看似忙。刺水離離菱葉短，連村漠漠豆花香。夕陽有信催殘角，春草無情上繞牆。我亦人間倦遊者，長吟聊復愴興亡。

城南城北的四出遊歷，令詩人看似忙碌，實則不過是終日的閒行。首聯已透露出壯志未酬的無奈之感，結合充滿了年華流逝的「夕陽」、「殘角」意象，與漫漫春草無情繞牆的荒涼景象，帶出了詩人倦遊的情緒與「愴興亡」的悲情。

　　陸游滿懷著沈痛悲憤的心情，時而需尋求解脫、寧靜的管道，因此更多的時候，他喜好出郭尋訪幽僻的僧道寺院，一方面享受片刻的寧靜，一方面則尋求心靈安頓與超脫世俗。這自然與陸游本身的家學淵源有一定程度的影響，誠如他所云：「吾家學道今四世，世佩施真三住銘。」[註49]然而更多的原因仍是在於詩人被迫抽離發揚蹈厲的從戎生涯後，深感理想破滅，壯志難酬的苦痛，以及屢遭閒置，宦途多蹇的失意，皆促使詩人在心靈上逐漸依賴佛道思想，於佛道勝地的尋訪中，企圖將自己的心靈融入虛空玄無的宗教世界。而古來巴蜀多仙山，有許多著名的寺廟宮觀，又正提供了推波助瀾的客觀條件[註50]。詩人在嘉州時即往謁著名的凌雲大像，宋邵博在〈清音亭記〉

[註48]　《詩稿校注》卷七，冊二，頁547。

[註49]　《詩稿校注》卷六十〈道室試筆〉（其四）。

[註50]　根據趙萬宏〈陸游宦蜀期間佛道傾向的變化及其原因探微〉一文統計：「1170年（乾道六年）入蜀以前，見於《詩稿》的，凡是涉於佛道內容的作品約15篇左右；1170年春入蜀到1172年11月離開漢中南去成都的2年多，涉及佛道的作品有6篇；1172年11月南去成都到1178年（淳熙五年）東歸，6年間前述同類作品160餘篇。」頁66。文中並詳述造成這種差異的原因，可資參酌。收錄於《漢中師範學院學報》（社會科學），2001年第2期（總第66期）。

中云:「天下山水之觀在蜀,蜀之勝曰嘉州,嘉州之勝曰凌雲寺。」
〔註51〕足見其景觀之秀美,佛寺之聞名。陸游詩云:

> 出郭幽尋一笑新,徑呼艇子截煙津。不辭疾步登重閣,聊
> 欲今生識偉人。泉鏡正涵螺髻綠,浪花不犯寶趺塵。始知
> 神力無窮盡,丈六黃金果小身。〔註52〕

除了躋石磴登名聞遐邇的凌雲寺,陸游亦喜獨遊城郊的僧舍〔註53〕。
其中尤好隔江與凌雲寺對峙的西林院,甚至盼能長居此地,詩云:

> 一邦對盡江邊像,試比西林總不如。群玉蕭森開士宅,五
> 雲飛動相君書。磴危漸覺山爭出,屐想方驚閣半虛。安得
> 棄官長住此,一盃香飯薦珍蔬。〔註54〕

而作於蜀州的〈翠圍院〉〔註55〕一詩,則以「山空鳥自命,林茂鹿相
從。嫋嫋風中筇,昏昏雲外鐘」清幽環境的描寫,引出詩人「將歸興
未盡,清嘯倚長松」的悠遊意興。

這一類的作品,大部分都帶有悠遊的閒情意興,又或者透露超脫
世俗、遺世獨立的想望,如作於成都的〈飯昭覺寺抵暮乃歸〉〔註56〕
詩云:

> 身墮黃塵每慨然,攜兒消散亦前緣。聊憑方外巾盂淨,一
> 洗人間匕箸羶。靜院春風傳浴鼓,畫廊晚雨浥茶煙。潛光
> 寮裏明窗下,借我消搖過十年。

「聊憑方外巾盂淨,一洗人間匕箸羶」、「潛光寮裏明窗下,借我消搖
過十年」,明白道出詩人鍾情於暮鼓晨鐘,與世無爭的方外生活,期
望藉此消解世俗的塵染與羈絆,使心靈真正地逍遙自在。

在他看來,身居世俗之地猶如「久墮塵沙裏」,不如結廬歸耕於

〔註51〕（宋）邵博〈清音亭記〉卷二八,冊五,頁2。(台北:藝文印書館,
　　　　《百部叢書集成》據學津討原本影印)。
〔註52〕《詩稿校注》卷四〈謁凌雲大像〉,冊一,頁313。
〔註53〕《詩稿校注》卷四〈獨遊城西諸僧舍〉,冊一,頁315。
〔註54〕《詩稿校注》卷四〈西林院〉,冊一,頁316。
〔註55〕《詩稿校注》卷五,冊一,頁404。
〔註56〕《詩稿校注》卷七,冊二,頁555。

清幽之地，因此〈幽居院〉﹝註57﹞詩云：

> 久墮塵沙裏，幽尋始此行。侵雲千嶂合，披草一僧迎。
>
> 蘇潤泉時滴，崖傾竹倒生。登高忽平曠，回首失崢嶸。
>
> 老矣猶孤客，歸哉念耦耕。結廬殊未定，此地頗關情。

這首詩寫於淳熙四年八月，陸游出遊邛州時所作。首句「久墮塵沙裏」，寫出遊亦寫心境；二、三聯寫往遊時所見清幽之景，映襯詩人幽尋閒情；「登高忽平曠，回首失崢嶸」是實寫，惟其中亦蘊含詩人幽尋至此，回首過往而若有體悟的心境，因此後四句帶出詩人悟後之感，即欲結廬歸耕此地的想法。

但是詩人的內心仍舊一腔熱烈，尋幽探訪山寺古院只能作為一種暫時性的解脫。我們從詩人遊謁參拜歷史陳跡，吟詠古事藉以鑑今的同時，並時而流露出慷慨激昂的情緒，便可明瞭他從未放棄「以天下為己任」的胸懷抱負。如〈拜張忠定公祠二十韻〉﹝註58﹞詩云：

> 張公世外人，與蜀偶有緣，天將靖蜀亂，生公在人間。
>
> 厥初大盜興，樂禍迭相挺，天子輟玉食，貴臣擁戎旃，
>
> 生殺出喜怒，死者常差肩。公曰此何哉，從之吾欺天。
>
> 河流觸地軸，砥柱屹不遷。脅從盡縱捨，飛章交帝前。
>
> 上意竟開悟，至仁勝兇殘。貴臣不極賞，追還黜其權。
>
> 安危關社稷，豈惟蜀民全。後來有阿童，握兵事開邊，
>
> 晚策睦州功，上公珥金蟬，勢張不可禦，北鄉挑幽燕，
>
> 神京遂丘墟，迄今天步艱。時無忠定公，孰能折其姦？
>
> 我來拜遺祠，喬木含蒼煙。死者不可作，愀然衰涕潸。
>
> 憤切感虜禍，慷慨思公賢。春秋送迎神，誰為歌此篇！

張忠定公即張詠，於北宋淳化年間平撫蜀人王小波、李順等為號召的農民起義，時張公曾云：「前日李順脅民為賊，今日吾化賊為民，不亦可乎。」﹝註59﹞故陸游有「脅從盡縱捨，飛章交帝前」之語。詩中

﹝註57﹞ 《詩稿校注》卷八，冊二，頁684。

﹝註58﹞ 《詩稿校注》卷三，冊一，頁285。

﹝註59﹞ （宋）王偁《東都事略》卷四五〈張詠傳〉（台北：文海出版社），頁677。

盛讚張詠靖蜀亂之功，以「河流觸地軸，砥柱屹不遷」形容其磅礴堅毅的氣節，對比於當時鎮蜀的宦官王繼恩四處燒殺擄掠，終遭上位者「追還黜其權」，真可謂「至仁勝兇殘」。詩言至此，陸游將眼光由「蜀民全」擴大至國家社稷的整體安危，不禁慨嘆上位者的決定往往「安危關社稷」，若非當時「握兵事開邊，晚策睦州功」的童貫輕率地決議聯金抗遼，怎會落得「神京遂丘墟，迄今天步艱」的艱維時局。詩末作者「憤切感虜禍，慷慨思公賢」，是對歷史的感慨、逝者的傷懷，然而換個角度來看，又何嘗不是對南宋當政者的指責與對國家時局的深切憂心。

詩人熱情橫溢的愛國情懷，亦展現在他極力推重以「興復漢室，還於舊都」為己任的諸葛亮身上，如〈游諸葛武侯書臺〉〔註60〕一詩云：

> 沔陽道中草離離，臥龍往矣空遺祠。當時典午稱猾賊，氣喪不敢當王師。定軍山前寒食路，至今人祠丞相墓。松風想像梁甫吟，尚憶幡然答三顧。出師一表千載無，遠比管樂蓋有餘。世上俗儒寧辨此，高臺當日讀何書？

誠如王十朋〈謁武侯廟文〉所云：「丞相忠武，蜀之伊呂。……旁有關張，一龍二虎。安得斯人，以消外侮。」〔註61〕正是在南宋特定的歷史環境下，諸葛亮的精神無疑是有其時代意義的，尤其對於當時堅決主戰「以消外侮」的文人志士而言，更具有強烈的感召力量。因此陸游懷抱著尊崇嚮往的心情，歌頌武侯「出師一表千載無，遠比管樂蓋有餘」，且盛讚其所領的蜀漢軍隊銳不可當，即便是狡猾的司馬懿也不敢貿然抵擋，而其豐功偉業至今仍令人無限懷想，所以「定軍山前寒食路，至今人祠丞相墓」。惟武侯不僅具備賢相管仲與名將樂毅的形象，其當年相蜀時，「築此台以集諸儒，兼以待四方賢士」〔註62〕

〔註60〕《詩稿校注》卷九，冊二，頁762～763。
〔註61〕《梅溪王先生文集》卷二十八〈謁武侯廟文〉。
〔註62〕《太平寰宇記》（台北：藝文出版社，《百部叢書集成》據秘冊彙函影印），頁121。

之舉，更突顯其儒者名士的形象。比之於當今庸碌迂腐的俗儒，詩人不禁神往當日跟隨諸葛亮集結此地的四方賢士，究竟讀的什麼書？武侯的偉大形象與詩人的悠然神往，至此昭然若揭。

（二）羈旅行役

　　乾道八年（1172）正月，陸游自夔州赴任漢中；同年十一月，離漢中赴成都，此後，又先後代理過蜀州、嘉州、榮州等地的地方官，短短兩年時間，四易其任，最後回到成都待了較長的時間。詩人在勞途奔波的過程中，時感於己身之飄泊凋零，如〈小市〉〔註63〕一詩云：

　　　　小市門前沙作堤，杏花雖落不霑泥。客心尚壯身先老，江
　　　　水方東我獨西。暫憩軒窗仍汛掃，遠遊書劍亦提攜。子規
　　　　應笑飄零慣，故傍茆簷盡意啼。

這首詩作於乾道八年陸游初離夔州赴任南鄭的途中。首聯寫暫憩小市所見的門前景象，云「杏花雖落不霑泥」似已隱含著身老心壯之意。故下聯進一步點明「客心尚壯身先老，江水方東我獨西」，此聯藉由衝突所造成的內在張力激發出詩人飽滿的情意；上句寫外在形象與內心心志的相互衝突，下句寫自然現象與自我現實的相互衝突，於是在大江東流、遊子西行的相互對映之下，更加突顯詩人衰老凋零、流落天涯的悲哀形象。惟詩人「客心尚壯」，故云：「暫憩軒窗仍汛掃，遠遊書劍亦提攜。」而末聯由杜鵑之「笑飄零」作結，帶有濃厚的自嘲意味，是詩人處於現實際遇與內在心志的矛盾中發出的無奈嘆息。

　　旅途中時聞杜鵑的「丁寧語」，不免使詩人心生「半世羈遊厭路岐，憑鞍日日數歸期」〔註64〕的不如歸去之思。尤其念及自己「殘年流轉似萍根」〔註65〕，經年累月的羈旅行役，加深了詩人對於家園故里的無限懷想，因此說：「客路一身真弔影，故園萬里欲招魂。」

〔註63〕《詩稿校注》卷三，冊一，頁212。
〔註64〕《詩稿校注》卷三〈聞杜鵑戲作絕句〉，冊一，頁223。
〔註65〕《詩稿校注》卷三〈馬上〉，冊一，頁216。

〔註66〕傷弔己身的同時，又以對面著筆的方式，言萬里外的故園欲招其魂魄，實則詩人亟盼歸去，「弔影慚魂」〔註67〕的無限悲情。魂魄飄零的無根之感是詩人羈旅天涯的最佳寫照，也最易引起詩人歸鄉之思，故〈郫縣道中思故里〉〔註68〕詩云：

> 衰髮不勝簪，馳驅豈復堪。客魂迷劍外，歸思滿天南。
> 江路灘聲壯，雲停雪意酣。空懷小叢碧，細酌破吳柑。

這首詩寫於淳熙元年自成都赴任榮州的途中。詩人有感於自身的衰老而不復奔波，牽引出內在的歸思，然作客他鄉的的魂魄卻迷失在蜀地，無路可歸的窘境，使得歸思更加飽滿，漫天橫溢。無以遏止的鄉愁卻收束在此「空懷小叢碧，細酌破吳柑」的平淡之舉，縈繞無限情味。顯然詩人欲藉細品吳柑以聊慰鄉愁，惟「客愁」豈如此輕易了得？尤其在「劍南十月霜猶薄，江上五更雞亂號」的道途中，詩人獨宿江邊，「孤枕擁衾尋短夢，青燈照影著征袍」，在一片荒涼孤寂的景象中，愁更難斷，故云：「客愁相續無時斷，那得并州快剪刀。」〔註69〕詩人欲取杜甫之「并州快剪刀」〔註70〕以剪斷客愁，然最終「剪不斷，理還亂」〔註71〕，愁緒依舊盤踞離人心頭。

此時若伴隨著春光的逐漸消逝與己身的形單影隻，則更顯飄零天涯的淒涼哀感。如〈果州驛〉〔註72〕詩云：

> 驛前官路堠累累，歎息何時送我歸。池館鶯花春漸老，窗扉燈火夜相依。孤鸞怯舞愁窺鏡，老馬貪行強受羈。到處風塵常撲面，豈惟京洛化人衣。

〔註66〕《詩稿校注》卷三〈鄰山縣道上作〉，冊一，頁217。
〔註67〕江淹〈恨賦〉。同註5，卷十六，頁220。
〔註68〕《詩稿校注》卷六，冊二，頁490。
〔註69〕《詩稿校注》卷六〈宿江原縣東十里張氏亭子未明而起〉，冊二，頁491。
〔註70〕杜甫〈戲題王宰畫山水圖歌〉：「焉得并州快剪刀，剪取吳淞半江水。」
〔註71〕李煜〈烏夜啼〉，見《南唐二主詞》（台北：世界書局，1962年2月），頁63。
〔註72〕《詩稿校注》卷三，冊一，頁219。

首句以路埃之累累喻己行路之長久，道途久遠則歸思益濃，因此埃之
累累，歎息亦累累。歸鄉之期未卜，而眼前美好春景又逐漸消逝；以
「老」寫春光消逝，亦寫詩人自身之衰老。衰老的身影唯有「窗扉燈
火」相伴，則又添孤寂之感。於是頸聯以「孤鶯怯舞」喻道途孤寂之
愁；以「老馬貪行」喻勞途奔波之感。詩人在風塵僕僕的行役路途中，
不免發出「到處風塵常撲面，豈惟京洛化人衣」的慨嘆。

　　試想詩人遊走蜀中多處任職，自然不僅有「風塵撲面」之慨嘆，
旅途艱維，有時難免親臨險境，如〈度筰 江原縣〉〔註73〕：

> 翩翩翻翻筰受風，行人疾走緣虛空，回觀目眩浪花上，小
> 跌身裏蛟涎中。汗沾兩握色如茉，數乘此險私自怪。九折
> 元非叱馭行，千金空犯垂堂戒。此身老大足悲傷，歲歲天
> 涯憶故鄉。安得畫船明月夜，滿川歌吹入盤閶。

這首詩作於淳熙元年，時詩人離蜀州欲至成都，途中作於江原縣。詩
中前四句極寫度筰之險，而詩人身在險境「汗沾兩握色如茉，數乘此
險私自怪」，進而體會出「九折元非叱馭行，千金空犯垂堂戒」，上句
反用《漢書・王尊傳》之典〔註74〕，以為明知其險本不當過之；下句
以《史記・袁盎傳》所載：「臣聞千金之子，坐不垂堂。」〔註75〕斥
責自己身歷險境，正犯垂堂之戒；在斥責之中實蘊含著詩人對於珍惜
生命的體會。而歷經險境的體會與年華老大的傷悲相互激盪之下，遂
使詩人思鄉歸去的內在心理更加強化，恨不得乘船東歸，重返故里，
因此說「安得畫船明月夜，滿川歌吹入盤閶」。

　　總之，鄉愁的抒發一直是詩人羈旅天涯、行役道途中的重要主
題。惟其如此，陸游也還是個熱愛自然、寄情山水的詩人，並且深諳

〔註73〕《詩稿校注》卷五，冊一，頁428。

〔註74〕《漢書》卷七六〈王尊傳〉：「先是，琅邪王陽為益州刺史，行部至
　　　　邛郲九折阪，歎曰：奉先人遺體，奈何數乘此險！後以病去。及尊
　　　　為刺史，至其阪，問吏曰：此非王陽所畏道耶？吏對曰：是。尊叱
　　　　其馭曰：驅之。王陽為孝子，王尊為忠臣。」

〔註75〕瀧川龜太郎《史記會注考證》卷一〇一〈袁盎傳〉（台北：文史哲出
　　　　版社，民國86年10月再版），頁1093。

「日日遭途處處詩」〔註 76〕的道理，〈自江原過雙流不宿徑行之成都〉〔註 77〕詩云：

斷笮飄飄挂渡頭，臨江立馬喚漁舟。少城已破繁華夢，老境聊尋汗漫遊。斜日驛門雙堠立，早霜楓葉一林秋。詩材滿路無人取，準擬歸驂到處留。

在這首詩裡，陸游以其詩人特有的藝術眼光，將輾轉遷徙的奔波生活，幻化成爲滿路遊歷的詩材，不論是「斜日驛門雙堠立」的日暮之景，或「早霜楓葉一林秋」的清秋景色，在詩人看來皆充滿著詩歌的意境。因此在遊走蜀中的過程裡，所見之景皆成詩境，一路且行且吟，「忽然客愁破，更覺詩律整」〔註 78〕，在山水行吟中，詩人的客愁得以暫獲消解；詩歌藝術表現也因「江山之助」而有了進一步的提升。

此外，蜀中隨處可見的名勝佳境，更令詩人徘徊再三，忘懷羈旅之苦，因此說：「羈旅未羨端居樂，看月房湖又一回。」〔註 79〕「房湖」乃唐人房琯爲漢州刺史時所鑿〔註 80〕，陸游於乾道八年歲暮，自南鄭赴任成都時，途經漢州，曾遊房湖，並作〈遊漢州西湖〉〔註 81〕一詩：

房公一跌叢眾毀，八年漢州爲刺史。遶城鑿湖一百頃，島嶼曲折三四里。小菴靜院穿竹入，危榭飛樓壓城起。空濛煙雨媚松楠，顛倒風霜老葭葦。日月苦長身苦閑，萬事不理看湖水。向來愛琴雖一癖，觀過自足知夫子。畫船載酒凌湖光，想公樂飲千萬場。歎息風流今未泯，兩川名醞避鵝黃。

〔註 76〕《詩稿校注》卷三〈自三泉泛嘉陵至利州〉，冊一，頁 245。
〔註 77〕《詩稿校注》卷五，冊一，頁 464。
〔註 78〕《詩稿校注》卷五〈五鼓自簇橋入府〉，冊一，頁 465。
〔註 79〕《詩稿校注》卷六〈暑行憩新都驛〉，冊二，頁 516。
〔註 80〕據《嘉慶四川通志》卷十〈輿地志·山川〉一：「漢州：房公湖，在州城南五十步，唐房琯爲刺史日所鑿，凡數百畝，洲島迴環，亭堂台榭甚多。《方輿勝覽》：『又名西湖。』」轉引自錢仲聯注語。《詩稿校注》卷三〈遊漢州西湖〉詩中注釋，冊一，頁 283。
〔註 81〕《詩稿校注》卷三，冊一，頁 282。

詩中描繪出一幅優美的湖光山色，湖中島嶼曲折迴環，有「小菴靜
院」，也有「危榭飛樓」，詩人遊賞其間，一方面不忘讚賞房公「觀過
自足」的仁舉；另一方面從湖上悠遊的意興中，懷想著房公當年載酒
湖上，「樂飲千萬場」的豪情，這樣的生活對於嚮往詩酒清狂、縱情
山水的詩人來說，無疑具有相當的吸引力，因此不禁讚嘆道：「歎息
風流今未泯，兩川名醞避鵝黃。」

　　而清麗如畫的蜀中風景，悠然閒適的農村生活，彷彿也吸引著詩
人興起歸隱之心。如〈瑞草橋道中作〉〔註82〕詩云：

> 經年簿書無少暇，款段今朝欣一跨。瑞草橋邊水亂流，青
> 衣渡口山如畫。老翁醉著看龍鍾，小婦出窺聞姹姹。荒陂
> 吹笛晚呼牛，古路倚梯晨采柘。殘花零落不禁折，香草芊
> 茸如可藉。郵亭慈竹筍穿籬，野店蒲萄枝上架。功名垂世
> 端有數，利欲昏心喜乘蜉。羈窮自笑豈人謀，閒放每欲從
> 天借。草根蟲語祗自卑，風裏蓬征安稅駕？祖師補處浣花
> 村，會傍清江結茆舍。

這首詩寫於淳熙元年三月，時陸游離開嘉州前往蜀州，在途中經過青
神而作。詩人欣然馬上，緩緩前行。歡快的心情與如畫的美景，遇合
在淳樸悠閒的農村生活裡，遂使詩人從中獲得「功名垂世端有數」的
豁達體悟，以及「羈窮自笑豈人謀」的瀟灑情懷。轉念省視自己「風
裏蓬征安稅駕」的征行不休，於是也想效法杜甫結廬在清幽的浣花
村，詩人如今則希望能結廬在清江河畔悠閒度日。詩中寫景亦寫情，
由情勾勒出景，復由景歸結於情，使得詩人的隱逸之心，自然呈現。

　　誠然，陸游又是個憂國憂民的士人，因此他寄情山水的，除了悠
遊意興與思鄉悲情外，更有「一寸赤心惟報國」〔註83〕的壯志情懷。

〔註82〕《詩稿校注》卷四，冊一，頁391。瑞草橋：據《嘉慶四川通志》卷
　　　　三三〈輿地志津梁〉三：「青神縣：瑞草橋。《名勝志》：『縣西瑞草
　　　　橋。橋崩得殘碑，乃蘇東坡與夫人丈母書也。東坡外家在是，所謂
　　　　相望六十里，共飲玻　江者。』」轉引自錢仲聯注語。
〔註83〕《詩稿校注》卷十七〈江北莊取米到作飯香甚有感〉，冊三，頁1340。

尤其蜀中的壯麗奇景，更是足以激發詩人內心潛藏的意氣，如〈蟠龍瀑布〉〔註84〕詩云：

> 遠望紛珠纓，近觀轉雷霆，人言水出奇，意使行人驚。
> 人驚我何得？定非水之情。水亦有何情？因物以賦形，
> 處高勢趨下，豈樂與石爭？退之亦隘人，強言不平鳴。
> 古來賢達士，初亦顧躬耕，意氣或感激，邂逅成功名。

這首詩是乾道八年，陸游離夔州赴任南鄭途中所作。詩人在蟠龍瀑布前，觀賞水落石上，發出聲若雷霆的巨響，遊人皆以爲瀑布奇景，「意使行人驚」，惟陸游在奇景中進一步悟得「因物以賦形，處高勢趨下」的自然道理，反駁韓愈所提「大凡物不得其平則鳴」〔註85〕的說法。並透露自己志在躬耕的初願，而如今意氣激動，欲赴南鄭從戎，可能自此不期而遇地功成名就，不過是順其自然的發展，與龍蟠瀑布順流而下，道理相同。

　　陸游作爲有志之士，自然是期許功成名就的。然而必須瞭解的是，他的個人功名往往與國家前途一脈相通，並且詩人投注於國家興亡盛衰的情感，又時而凌駕於個人窮通榮辱的關心之上。如〈山南行〉〔註86〕詩云：

> 我行山南已三日，如繩大路東西出。平川沃野望不盡，麥
> 隴青青桑鬱鬱。地近函秦風俗豪，鞦韆蹴鞠分朋曹。首蓿
> 連雲馬蹄健，楊柳夾道車聲高。古來歷歷興亡處，舉目山
> 川尚如故。將軍壇上冷雲低，丞相祠前春日暮。國家四紀
> 失中原，師出江淮未易吞。會看金鼓從天下，卻用關中作

〔註84〕《詩稿校注》卷三，冊一，頁214～215。龍蟠瀑布：據王象之：《輿地紀勝》：「梁山軍：蟠龍山，距軍東二十里，孤峙秀傑，突出眾山之上。下有二洞。洞溪中有二石，龍狀，首尾相蟠，故名。」又：「梁山軍天下瀑布第一，在蟠龍山下，去軍城二十里，自翔龍洞山中流出，過驛前百步，下注垂崖，約二百餘丈。故山腹有飛練亭。觀者以爲天下瀑布第一，舊名蟠龍。」轉引自錢仲聯注語。

〔註85〕韓愈〈送孟東野序〉屈守元、常思春：《韓愈全集校注》（成都：四川大學出版社，1996年7月），頁1464。

〔註86〕《詩稿校注》卷三，冊一，頁232。

　　本根。

這首詩是陸游初到南鄭時所作；南鄭又名漢中，因地處終南山之南，故曰山南。詩人經過漫長的旅途到達目的地，所關心的不是未來仕宦的前途，而是將眼光投注於連日山水驛程中的地形觀察，結合國家當前形勢，提出具體的主張，充分展現其愛國愛民的情操。本詩可分爲四個部分來看：前四句寫初到南鄭，觀察地形之利，見山南之地，盡是麥隴青青，桑林鬱鬱，且平川沃野，大路如繩，寫景從大處著手，氣勢頓開；接著四句寫民情軍心，詩人至此親身體會民氣的豪健與宋軍士氣的高昂，而「苜蓿連雲馬蹄健，楊柳夾道車聲高」則點出了糧草儲備的充足；再下四句，詩境由廣闊疏曠轉入沈鬱幽思，詩人藉山川古蹟，發歷代興亡之感，並以此承上啓下；最後四句援古鑑今，總結過去北伐失利的教訓，然後正面提出以關中爲收復故土的根據地。全篇雖以議論總結，於詩意或情感發展並無傷害，不論是鋪陳風土人情，或歷數過往陳跡，都在強化詩人所歸出的結論。有了這些有利的根據，最後的議論也就如水到渠成了。

　　陸游在這片大好河山中寄託著壯懷激烈的理想，同時也在此飽嚐理想遲遲無以實現的憂慮煎熬。另外一首〈歸次漢中境上〉〔註87〕抒發的正是這種心情：

　　　雲棧屏山閱月遊，馬蹄初喜踏梁州。地連秦雍川原壯，水
　　　下荊揚日夜流。遺虜屛屛寧遠略，孤臣耿耿獨私憂。良時
　　　恐作他年恨，大散關頭又一秋。

乾道八年十月，陸游因公至閬中。此詩作於詩人自閬中返回漢中境上。首聯寫過盡連雲棧與錦屏山回漢中的喜悅心情。以閬中著名的錦屏山點明出發之地，而以連雲棧寫道途，展現詩人善於高度概括景物的能力。頷聯承前意而來，亦即進一步鋪陳詩人喜悅之因，正見此山川壯麗、地勢勝形；「地連秦雍川原壯，水下荊揚日夜流」，呈現眼前正是兵家用武之地。佔有如此優異的形勢，再加上「遺虜屛屛寧遠

〔註87〕《詩稿校注》卷三，冊一，頁255。

略」，恢復之期本應指日可待。然而自「孤臣耿耿獨私憂」起，卻使得必勝的喜悅沈重落下，產生跌宕之感。末聯則進一步抒發了「良時恐作他年恨，大散關頭又一秋」的沈痛悲歡；由「初喜」到「私憂」，最後歸結於詩人無可奈何的悲歡，在情感的波瀾起伏中，突顯出詩人難以抑制的憂國深愁。這種深愁伴隨著年華老去，更是悲哀，如同〈綿州錄參廳觀姜楚公畫鷹少陵為作詩者〉詩中所云：「老眼還憂不及見，詩成肝膽空輪囷。」〔註88〕悲則悲矣，然詩人飽滿激越的愛國形象，實已盡現。

（三）登高望遠

《文心雕龍・詮賦》篇中有云：「原夫登高之旨，睹物興情。」〔註89〕在這裡劉勰強調的是「睹物興情」，然登高睹物與平地觀物差異何在？顏崑陽先生進一步言明：「登望，人的視覺空間開展了。視覺空間的開展，當然也會帶動心裡空間的延伸。……登望，可以馳騁你的思維，思維彷彿有了雙翼，翱翔向你所欲思念的一切事物。」〔註90〕王隆升亦云：「登臨望覽，自然界的錦水繡川、鳴鳥飛鴻和人文界的城垣宮廷、軒宇華臺都有詩人的觀照，……因此，詩人在登臨之際揭示了一種親密和諧的物我關係，讓物色山水的地位和詩人自己境遇心緒的地位得到圓融調和，使得外視的眼界和內在的思慮成為登臨詩的共有主幹。」〔註91〕依著這樣的角度思考，我們可以明瞭傳統文人何以將登高望遠作為一種消遣釋懷的方式，一種感悟人生、自然與社會的方式。主要在於，登高望遠所開展出的境界，打破了人在自然與社會舊有格局中的關係位置，視野心胸頓闊，思慮情感亦噴薄湧現，於是豪情、哲思隨登高而起，懷古、思歸伴遠望而生。凡此種種思慮

〔註88〕《詩稿校注》卷三，冊一，頁279。

〔註89〕同註2，頁138。

〔註90〕顏崑陽《月是故鄉明──中國古典詩歌中的鄉愁》（台北：故鄉出版社，民國70年1月初版），頁145。

〔註91〕王隆升《唐代登臨詩研究》（台北：文津出版社，1998年4月初版一刷），頁334。

情懷，在陸游蜀中登臨詩作皆得以尋覓蹤跡。

　　所謂登臨「每足使有愁者添愁而無愁者生愁」〔註92〕，更何況陸游宦游蜀地始終懷抱著遊子的情懷，因此蜀中登臨之詠有部分表現為鄉愁的抒發。如〈九月三十日登城門東望悽然有感〉〔註93〕詩云：

　　　　減盡腰圍白盡頭，經年作客向夔州。流離去國歸無日，瘴
　　　　癘侵人病過秋。菊蕊殘時初把酒，雁行橫處更登樓。蜀江
　　　　朝暮東南注，我獨胡為淹此留？

此詩作於乾道七年的夔州。從詩題中的「東望」可知以「望歸」為主旨。首句以外表形貌的衰老消瘦塑造詩人悲哀的形象，而此悲哀之形象正來自於「經年作客向夔州」，按陸游於乾道六年十月二十七日至夔州，至今已近一年光景，故云「經年」。首聯已點出所以東望的動機在於客心難耐，頷聯則更進一步鋪陳「去國無歸」的淒涼心情與「瘴癘侵人」的病弱窘境，而頸聯之「把酒」與「登樓」實為詩人欲消鄉愁之舉，惟鄉愁有酒消不得，登樓望歸又歸之不去，放眼望去，蜀江日夜向東南奔流，詩人思鄉難耐之緒唯有凝聚在「我獨胡為淹此留」一句沈重的哀嘆聲中。

　　哀嘆隨登臨而起，只因詩人「憑高愈覺在天涯」，其詩云：

　　　　樓鼓聲中日又斜，憑高愈覺在天涯。空桑客土生秋草，野
　　　　渡虛舟集晚鴉。瘴霧不開連六詔，俚歌相答帶三巴。故鄉
　　　　可望應添淚，莫恨雲山萬疊遮。〔註94〕

詩人登臨而愈覺流落天涯之感，若伴隨著「空桑客土生秋草，野渡虛舟集晚鴉」淒涼蕭瑟的日暮之景，則客心更易引動，於是盼居高處可以望鄉，然欲望鄉卻又怕徒增傷感，因此「莫恨雲山萬疊遮」。末聯道出遊子望鄉的矛盾心情，在矛盾的激盪中突顯思鄉的悲情。

　　登臨往往使得鄉愁更加濃烈，如〈登劍南西川門感懷〉〔註95〕

〔註92〕錢鍾書《管錐編》，876頁。
〔註93〕《詩稿校注》卷二，冊一，頁206。
〔註94〕《詩稿校注》卷六〈晚登橫溪閣〉（其一），冊二，頁505。
〔註95〕《詩稿校注》卷八，冊二，頁644。

詩云：「自古高樓傷客情，更堪萬里望吳京。」惟詩人雖思故人，而生欲歸鄉情，最終卻能將鄉里故友之依戀，轉化爲「諸公勉畫平戎策，投老深思看太平」的積極勉勵與對國家前途的深切期許。其愛國之心如許，早已凌駕於鄉愁之上。尤其登臨所見壯闊的景象，更使詩人懷想著祖先過去輝煌的基業，如〈登城〉〔註96〕詩云：

> 我登少城門，四顧天地接。大風正北起，號怒撼危堞。
> 九衢百萬家，樓觀爭岌業。臥病氣壅塞，放目意頗愜。
> 永懷河洛間，煌煌祖宗業。上天祐仁聖，萬邦盡臣妾。
> 橫流始靖康，趙魏血可蹀。小胡寧遠略，爲國恃剽劫，
> 自量勢難久，外很中已懾。籍民備勝廣，陛戟畏荊聶。
> 誰能提萬騎，大呼擁馬鬣。奇兵四面出，快若霜掃葉。
> 植旗朝受降，遞驛夜奏捷。豺狼一朝空，狐兔何足獵。
> 遺民世忠義，泣血受汙脅。繫箭射我詩，往檄五陵俠。

此詩是淳熙四年，陸游登成都西邊少城所作。詩人登臨高城，見百萬人家，樓館聳立，不禁懷想起北方中原的煌煌基業，自靖康之難以來，淪爲胡人統治，「橫流始靖康，趙魏血可蹀」，是詩人滿懷憤慨的控訴。惟詩人至此不再耽溺於憤慨的情緒，反將筆鋒一轉，銳利地指出敵人外強中乾的窘態，順勢帶出了此時出兵將可一如「快若霜掃葉」般的獲得勝利，其摧枯拉朽的聲勢，直可鼓舞人心。於是詩人滿懷希望地說道：「繫箭射我詩，往檄五陵俠。」欲遍告中原抗金志士，山河即將重光。

然而若所見爲秋天蕭條的晚景，則又使詩人愁緒頓生，如〈秋晚登城北門〉〔註97〕詩云：

> 幅巾藜杖北城頭，卷地西風滿眼愁。一點烽傳散關信，兩
> 行雁帶杜陵秋。山河興廢供搔首，身世安危入倚樓。橫槊
> 賦詩非復昔，夢魂猶繞古梁州。

此詩亦作於淳熙四年。詩人拄杖登上城北門樓，舉目北望，伴隨著西

〔註96〕《詩稿校注》卷八，冊二，頁661。
〔註97〕《詩稿校注》卷八，冊二，頁696。

風而興起滿眼愁緒。「滿眼愁」強調的是眼見「卷地西風」一片蕭條景象而頓生愁緒，然實則詩人內心已是感慨萬千，故觸景更傷情。首聯歸結於「愁」字上，而全詩更是圍繞著作者的愁緒鋪陳描寫。頷聯以虛實雙寫，由北望所見一點烽火，想像著邊境發生緊急情況；而兩行雁陣，則又似乎帶來了長安杜陵的濃厚秋意。在實景與詩人的想像中，呈現出對邊境情況的憂慮以及對關中國土的思念。頸聯則明白點出詩人所以登樓遠望、搔首不安的原因，正在於心繫國家興亡，前途未卜的無限焦慮中。然而愁緒、焦慮也只能藉著登樓遠望、搔首不安來抒發，畢竟南鄭從戎「橫槊賦詩」的豪氣歲月已經過去了，如今只能夢中縈繞著英姿勃發的難忘時光，「夢魂猶繞古梁州」是詩人壯志未酬的慨嘆，也是他報國心志的抒發，夢魂繚繞著邊關地區，也牽引出憂國的無限深情，正縈繞不絕。

憂國的深情，展現在詩人即使身處繁盛富庶的成都地區，也時時存在著危機意識，如〈晚登子城〉〔註98〕詩云：

> 江頭作雪雪未成，北風吹雲如有營。驅車出門何所詣，一放吾目登高城。城中繁雄十萬戶，朱門甲第何崢嶸！錦機玉工不知數，深夜窮巷聞吹笙。國家自從失河北，煙塵漠漠暗兩京。胡行如鬼南至海，寸地尺天皆苦兵。老吳將軍獨護蜀，坐使井絡無欃槍。名都壯邑數千里，至今不聞戎馬聲。安危自古有倚伏，相持默默非敵情。棘門灞上勿兒戲，犬羊豈憚渝齊盟。

詩人晚登子城，見成都繁盛富庶的美景，轉而念及北方中原地區，如今淪陷而暗無天日。相較之下，蜀地之繁富正有賴於吳玠將軍力抗金人而得以保全，但是如今卻不見這種鬥志，反而一心依賴著和議，於是詩人不禁感到深切憂慮，以為敵人不會堅守和約，因此必須隨時警惕，保持作戰的狀態。詩人居安思危的備戰意識，正烘托出他一片熾熱的憂國情懷。

〔註98〕《詩稿校注》卷九，冊二，頁719。

　　然而陸游的憂國情懷與恢復大志，處於當時富庶安逸的成都，畢竟顯得格格不入，因此〈大風登城〉〔註99〕詩云：

　　　　風從北來不可當，街中橫吹人馬僵。西家女兒午未妝，帳
　　　　底爐紅愁下床。東家喚客宴畫堂，兩行玉指調絲簧。錦繡
　　　　四合如垣牆，微風不動金猊香。我獨登城望大荒，勇欲為
　　　　國平河湟。才疏志大不自量，西家東家笑我狂。

在當時舒適安逸的生活之中，陸游「登城望大荒」而希冀「為國平河湟」的豪情壯志，未免顯得不切實際，於是詩人唯有自嘲「才疏志大不自量」。自嘲裡飽含著詩人的莫可奈何的悲傷，而通過貪圖安逸的「西家」與追求富貴的「東家」之「笑狂」，詩人忠勇奮發的報國形象更加飽滿而突出。

　　以上例舉之〈登城〉、〈秋晚登城北門〉、〈晚登子城〉與〈大風登城〉四首詩作，皆作於淳熙四年，時作者在成都，此前因「燕飲頹放」的罪名，先後被罷免了四川制置使司參議官和攝知嘉州的新任命，領祠祿閒居家中，鬱悶之餘，唯將耿耿忠義的愛國之情，寄寓在登城時的賦詩吟詠中，也因此這些詩作皆呈現氣勢渾浩，蒼涼悲壯的風格，充分突顯詩人許國悲壯的情懷。

　　當然陸游登臨之時也並非只一個「愁」字可道，如〈越王樓〉（其一）〔註100〕與〈登灌口廟東大樓觀岷江雪山〉〔註101〕二詩，皆寫詩人因登高而豪情遂生：

　　　　上盡江邊百尺樓，倚欄極目暮江秋。未甘便作衰翁在，兩
　　　　腳猶堪蹋九州。
　　　　我生不識柏梁建章之宮殿，安得峨冠侍遊宴；又不及身在
　　　　滎陽京索間，擐甲橫戈夜酣戰。胸中迫隘思遠遊，泝江來
　　　　倚岷山樓。千年雪嶺闌邊出，萬里雲濤坐上浮。禹跡茫茫
　　　　始江漢，疏鑿功當九州半。丈夫生世要如此，齎志空死能

〔註99〕　《詩稿校注》卷九，冊二，頁731。
〔註100〕　《詩稿校注》卷三，冊一，頁277。
〔註101〕　《詩稿校注》卷六，冊二，頁489。

> 無歟！白髮蕭條吹北風，手持卮酒酹江中。姓名未死終磊
> 磊，要與此江東注海。

第一首詩是陸游於乾道八年十一月自南鄭赴任成都，途經綿州所作，詩人登城外西北的越王樓，極目遠眺而生豪情壯志，「兩腳猶堪蹋九州」顯示出作者豪邁的英雄氣慨。第二首詩則作於淳熙元年十月，陸游上青城山，途經灌口李冰廟大樓，登臨古蹟，緬懷先人治水功績，並進而立定建功大志，全詩充滿豪邁昂揚之氣勢，反映陸游積極的人生觀。

此外，〈登上清小閣〉〔註102〕與〈秋日登偓遊閣〉〔註103〕二詩，皆寫詩人登高求仙之遙想：

> 樓觀參差倚晚晴，偶然信腳得閒行。欲求靈藥換凡骨，先
> 挽天河洗俗情。雲作玉峰時特起，山如翠浪盡東傾。何因
> 從此橫空去？笙鶴飄然過洛城。
>
> 馬蹄連早暮，車塵細如霧。誰知此路邊，高格下風馭。
> 頗傳秋月夕，語笑聯杖履。始知偓與人，混跡無異處。
> 我來想鸞鶴，稽首祈一顧。飛偓不可見，惟與白雲遇：
> 白雲如有情，傍我欄角住。借問何山來？雲驚卻飛去。

無論是「欲求靈藥換凡骨，先挽天河洗俗情」，或者「我來想鸞鶴，稽首祈一顧」，皆展現求仙、登仙之想望，是他受道教思想影響的一個側面。

三、描繪人情風物

誠如前文所述，陸游在蜀中，或因官閒出遊，或因輾轉遷徙，而有機會遍遊蜀中各地，除飽覽風光，也深入民間，感受蜀中人情種種，反映在詩作中，主要描寫蜀中純樸的農家生活，如〈岳池農家〉〔註104〕一詩：

〔註102〕《詩稿校注》卷八，冊二，頁647。
〔註103〕《詩稿校注》卷八，冊二，頁663。
〔註104〕《詩稿校注》卷三，冊一，頁218。

　　春深農家耕未足，源頭叱叱兩黃犢。泥融無塊水初渾，雨
　　細有痕秧正綠。綠秧分時風日美，時平未有差科起。買花
　　西舍喜成婚，持酒東鄰賀生子。誰言農家不入時，小姑畫
　　得城中眉。一雙素手無人識，空村相喚看繰絲。農家農家
　　樂復樂，不比市朝爭奪惡。宦遊所得真幾何，我已三年廢
　　東作。

這首詩是乾道八年，陸游自夔州赴任南鄭，行經岳池時所作。詩中起
首四句描繪了農人春耕的情形，伴隨著泥水渾融，細雨濛濛，秧苗嫩
綠的農村景致；次八句寫太平時世農家歡愉的嫁娶習俗以及怡然自得
的生活態度；末四句則藉由市朝、官場爭權奪利的險惡與之相較，抒
發了詩人羨慕嚮往農家生活的心情。詩中極寫農村景致，表現樸實生
活，並灌注著詩人對農家美好的情意，有如一幅賞心悅目的田園風光
圖畫展示在讀者面前。

　　然而詩人畢竟在宦途上屢遭波折，痛苦失落的情緒，與農村田野
風光遇合，遂生歸去之感，如〈過野人家有感〉〔註105〕詩云：

　　縱轡江皋送夕暉，誰家井臼映荊扉。隔籬犬吠窺人過，滿
　　箔蠶飢帶葉歸。世態十年看爛熟，家山萬里夢依稀。躬耕
　　本是英雄事，老死南陽未必非。

此詩是淳熙三年，陸游於成都被免除參議官職，情緒比較低落時所
寫。詩人投閒出遊，見田野農家生活，不免思憶故園家鄉，並表達
意欲歸隱的情緒。全詩可概分為兩部分：前四句寫「過野人家」所
見田野美景與農家生活。敘述簡明，典型地概括了山野農村的環境
氛圍，形象而具體。後四句抒發心中「有感」。在一片和諧寧靜的農
村生活中，詩人有感於宦海沈浮，世態炎涼，而心生歸家躬耕的隱
居念頭，情感深沈而真切。尤其詩中末聯以諸葛亮自喻，在抒情、
憤恨、豁達、淡泊之中，又隱含著對國家安危的念念不忘，使得全
詩餘韻深長。

〔註105〕《詩稿校注》卷七，冊二，頁574。

　　農村風光，農家生活令人嚮往，而樸素勤勞的農家女子在詩人眼中亦值得歌詠，其〈浣花女〉〔註106〕詩云：

> 江頭女兒雙髻丫，常隨阿母供桑麻。當戶夜織聲咿啞，地爐豆鼓煎土茶。長成嫁與東西家，柴門相對不上車。青裙竹笥何所嗟，插髻燁燁牽牛花。城中妖姝臉如霞，爭嫁官人慕高華。青驪一出天之涯，年年傷春抱琵琶。

「浣花」即指浣花溪，據《嘉慶四川通志》云：「華陽縣：浣花溪，在縣東南五里。《方輿勝覽》：『一名百花潭。』……杜子美嘗居此。」〔註107〕浣花女則是指在浣花溪畔的農村姑娘。詩中通過樸素勤勞的農村姑娘與愛慕虛榮的城中女子兩相對比，歌詠了農家女子恬適愉快的生活，並從而反顯城中女子終年獨守空閨的淒涼結局。全詩著墨素淡清新，平淺的文字中蘊含著詩人對於農村樸素的深情讚美，反映了作者的人生價值觀。

　　此外，農家熱情好客的精神，也時而活現詩人筆下，例如〈急雨〉詩中所云：「父老歌舞看稻田，殺雞買酒更相邀。」〔註108〕農家父老在一場下得及時的大雨前，歡快慶祝，並熱情相邀，展現農家單純好客的一面。而在辛苦的道里途中，「汛掃邀駐」的鄉居民家，則更令詩人感念萬分，其〈九月十日如漢州小獵於新都彌牟之間投宿民家〉〔註109〕詩中有云：

> 黃昏過民家，休馬燎裘褲。割鮮盛燔炙，毛血灑庭戶。
> 老姥亦復奇，汛掃邀我駐。丈夫儻未死，千金酬此遇。

在行獵道途中，有熱情民家的殷切邀駐，浪漫的詩人感念之餘，更有「千金酬此遇」的浪漫想法。如果說農人民家的熱情好客是質樸單純的表現，則詩人浪漫感念的想法也在相當程度上突顯了純真而執著的

〔註106〕《詩稿校注》卷八，冊二，頁657。
〔註107〕《嘉慶四川通志》卷十〈輿地志山川一〉。轉引自錢仲聯注語。見《詩稿校注》卷四〈瑞草橋道中作〉詩中注釋，冊一，頁392。
〔註108〕《詩稿校注》卷五，冊一，頁409。
〔註109〕《詩稿校注》卷八，冊二，頁692。

精神。凡此皆可見詩人之所以熱愛鄉居農家，不惟對於悠閒生活的嚮往，還在於內在精神的相通與價值方向的肯定。

除了詠蜀中人情之作，陸游尚有許多歌詠蜀地海棠與梅花的作品，相較於入蜀之前，藝術技巧更獲提升，情感內涵亦更見深刻。誠如蕭翠霞所言：

> 陸游仕蜀之前的詠花詩，有卷一的〈看梅絕句五首〉、〈平陽驛舍梅花〉、〈東陽觀酴醾〉、〈周洪道學士許折贈館中海棠，以詩督之〉，全部是絕句；而入蜀之後的詠花詩數量激增，有絕句、有律詩、有古詩，篇幅的擴充，不但顯示技巧的增進，更意味熱情澎湃，非寥寥數語所能道盡；這分熱情使得詩中「花人合一」的痕跡益漸明顯，在陸游筆下，花朵越來越富於屬於他自己的、獨特的面貌。〔註110〕

在這些詩作中，展現詩人愛花惜花的心情，並隨著個人經歷的體驗，在詠花中寄託著高雅的人格理想以及理想失落後的感傷情緒。

乾道八年歲暮，陸游自南鄭赴任成都安撫使司參議官。初到成都，正是梅花盛開的時節，寫下了〈梅花〉、〈再賦梅花〉、〈西郊尋梅〉、〈分韻作梅花詩得東字〉〔註111〕等詩，此後年年都有詠梅詩作。陸游不僅在梅花的風骨氣韻中烘托自己高尚的人格，也在梅花的淒冷境遇中寄託著身世飄零的感傷。如作於淳熙三年的〈梅花〉〔註112〕一詩云：

> 冰崖雪谷木未芽，造物破荒開此花。神全形枯近有道，意莊色正知無邪。高堅政要飽憂患，放棄何遽愁荒遐。移根上苑亦過計，竹籬茅屋真吾家。平生自嫌亦自許，妙處可識不可誇。金樽翠杓未免俗，篝火為試江南茶。

在詩人眼中，生長於「冰崖雪谷」中「高堅政要飽憂患」的梅花，其

〔註110〕 蕭翠霞：《南宋四大家詠花詩研究》（台北：文津出版社，民國 83年 5 月初版一刷），頁 18。
〔註111〕 以上參見《詩稿校注》卷三，冊一，頁 284、288、292、293。
〔註112〕 《詩稿校注》卷八，冊二，頁 622。

清風亮節正與宦海波折終不改其志的詩人同氣。因此詩人借梅抒懷，於讚揚梅花「神全形枯近有道，意莊色正知無邪」之餘，並抒寫自己超凡脫俗的人品志趣：「平生自嫌亦自許，妙處可識不可誇。金樽翠杓未免俗，籌火爲試江南茶。」

梅花儼然成了陸游貼心知意的好友，相伴左右，足以慰藉詩人羈旅天涯的鄉愁，如作於乾道九年嘉州的〈梅花〉（其二）〔註 113〕詩云：

> 月地雲階暗斷腸，知心誰解賞孤芳。相逢只怪影亦好，歸
> 去始驚身染香。渡口耐寒窺淨綠，橋邊凝怨立昏黃。與卿
> 俱是江南客，剩欲尊前説故鄉。

梅花高潔芬芳的氣節，作客他鄉的境遇，使詩人與之心靈相通，成了慰藉鄉愁的良伴好友。

而梅花冷落境遇，寂寞自香，令詩人獨賞之餘，更生惺惺相惜之感，如作於淳熙四年成都的〈城南王氏莊尋梅〉〔註 114〕一詩云：

> 涸池積槁葉，茆屋圍疏籬。可憐庭中梅，開盡無人知。
> 寂寞終自香，孤貞見幽姿。雪點滿綠苔，零落尚爾奇。
> 我來不須晴，微雨正相宜。臨風兩愁絕，日暮倚笻枝。

詩中「可憐庭中梅，開盡無人知」的淒冷境遇，寄託著詩人的同情愛賞，也帶著某種程度的自傷。而「寂寞終自香，孤貞見幽姿」所表現出孤芳自賞、卓爾不群的高尚品格亦與詩人氣格相應。是以陸游借梅抒情，以梅自況，自有其精神價值足以相互感通的意義。

而蜀地著名的海棠花，也同樣受到詩人深情的讚賞，顯得生姿卓越而情感飽滿，如寫於淳熙三年成都的〈花時遍遊諸家園〉（其二）〔註 115〕：

〔註 113〕《詩稿校注》卷四，冊一，頁 365。
〔註 114〕《詩稿校注》卷九，冊二，頁 753。王氏莊：據民國華陽縣志卷二八古蹟二：「王園，在治城南。陸游有〈城南王氏莊尋梅〉詩，即其處。」轉引自錢仲聯注語。
〔註 115〕《詩稿校注》卷六，冊二，頁 538。

> 爲愛名花抵死狂，只愁風日損紅芳。綠章夜奏通明殿，乞
> 借春陰護海棠。

首句寫詩人賞愛海棠之深，已到了「抵死狂」的程度。其後三句則
鋪寫詩人「狂愛」海棠的一片深情；由愛花而惜花，因惜花而生愁，
然所「愁」卻是怕這暖風煦日損害了海棠的嬌豔，殊不知海棠花開
時正是風和日麗的春天，如此襯托出詩人由狂愛而入癡迷心理狀
態。第三句則又由癡想轉化爲狂熱的舉動，詩人爲護海棠，明知不
可爲而爲之，而「綠章夜奏通明殿」正是情感狂熱燃燒的舉動；希
望上天多賜陰雲天氣，以護海棠生長，聯想自然而新奇，和盤托出
詩人強烈的情感。

　　另外一首作於淳熙四年成都的〈海棠〉（其一）〔註116〕詩，亦通
過護花、惜花的心情，突顯海棠在詩人心中的不凡地位：

> 十里迢迢望碧雞〔註117〕，一城晴雨不曾齊。今朝未得平安
> 報，便恐飛紅已作泥。

詩人極目遠眺碧雞坊，念及如今晴雨不定，恐傷海棠生長。全詩由殷
切掛念出發，擔心海棠在久雨中零落成泥。詩中雖未見海棠風姿嬌豔
之描繪，然就詩人愛賞之深，護花之切，則海棠之風姿卓越實已飽滿
於詩人深切的情感中。果如范成大所云：「碧雞坊裏花如屋，只爲海
棠，也合來西蜀。」〔註118〕蜀地海棠豔麗卓絕，是以吸引詩人投注
深情目光。

〔註116〕《詩稿校注》卷八，冊二，頁642。
〔註117〕碧雞，即碧雞坊。據周煇《清波雜志別志》卷上：「巴蜀風物之盛，
　　　　或者言過其實，……然海棠富豔，江浙則無之。成都燕王宮碧雞坊
　　　　尤名奇特。……石湖范致能詞：『碧雞坊裏花如屋，只爲海棠，也
　　　　合來西蜀』，謂是也。」《嘉慶四川通志》卷四八〈輿志古蹟〉一：
　　　　「成都縣：碧雞坊，在縣西南隅。《益州記》：『成都之坊百有二十，
　　　　第四曰碧雞坊。』」轉引自錢仲聯注語。見《詩稿校注》卷六〈花
　　　　時遍遊諸家園〉（其一）詩中注釋，冊二，頁538。
〔註118〕范成大詞〈醉落魄·海棠〉。見《范石湖集·石湖詞補遺》（台北：
　　　　河洛圖書出版社，民國64年9月台景印初版）。

第二節　蜀中仕宦經歷與生活閒情

陸游在蜀中的詩作，除了借「江山之助」以提升其創作藝術，豐富詩歌內涵外，蜀中幾經波折的仕宦經歷與現實生活諸多面向，也同時影響著詩人的創作傾向；在這些不同的生活閱歷中，發抒著或悲或喜的複雜情感。於是我們可以從中窺見，面臨不同的生命境遇，陸游最終選擇了什麼樣的生活態度。在詩意內涵的深入探究中，箇中細微的情感變化與生命體會也將逐一呈顯。以下分別就仕宦經歷與生活閒情兩方面進行討論：

一、仕宦經歷

陸游入蜀乃銜命赴任而來，在蜀中的任職輾轉遷徙，宦海幾經波折；其中過程已於前文詳述，不另贅言。茲整理蜀中詩作言及仕宦經歷者；或因公出巡，或參與活動，或自道受命心情，凡此皆呈顯詩人於蜀中任內細微的心理變化與情感轉折，自有探究之必要。

陸游在輾轉赴任之際，難免發出萬里赴官，只圖溫飽的牢騷，如〈自興元赴官成都〉〔註119〕詩云：

> 平生無遠謀，一飽百念已。造物戲飢之，聊遣行萬里。
> 梁州在何處，飛蓬起孤壘。憑高望杜陵，煙樹略可指。
> 今朝忽夢破，跋馬臨漾水。此生均是客，處處皆可死。
> 劍南亦何好，小憩聊爾爾。舟車有通塗，吾行良未止。

此詩於乾道八年十一月，陸游初離南鄭時所作。即將遠離意氣風發的從戎生涯，詩人除了不捨之情外，便是「平生無遠謀，一飽百念已」的牢騷抒發，以及「舟車有通塗，吾行良未止」的遷流慨嘆。離開嚮往之地赴他處就任，詩人有不捨之情；反之，若得報能還歡喜之處就任，則是滿心期待，如〈初報嘉陽除官還東湖有期喜而有作〉〔註120〕詩云：

〔註119〕《詩稿校注》卷三，冊一，頁258。
〔註120〕《詩稿校注》卷四，冊一，頁342。

　　塞上經秋幾醉醒，羈愁減盡鬢邊青。烽傳八詔登樓看，歌
　　奏三巴忍淚聽。好語忽聞還印綬，歸心先已繞林坰。呼兒
　　結束從今日，鵲語燈花故有靈。

詩中充滿了還蜀州就任，能再見東湖好風景的愉悅心情。然而經年累
月的遷徙，使他在獲得催赴就任的文書時，亦不禁心生年華老大，壯
志消磨的悲感，如〈乙未元日　除夕得制司檄，催赴官〉〔註121〕詩云：

　　五十人間老大身，更堪從此數新春。蕭蕭漏鼓催窗色，急
　　急文書動驛塵。病後光陰常自惜，客中節物爲誰新。壯心
　　只向郵亭盡，自揣頭顱莫問人。

詩人的壯心在過盡郵亭驛站的遷徙中消磨殆盡，其中淒涼不言可喻。
詩人至此，對於任官已不再懷抱一展鴻圖的希望，如〈得都下八月書
報蒙恩牧敘州〉〔註122〕詩云：

　　鳳城書到錦江邊，故里歸期愈渺然。掌上山川初入夢，壺
　　中日月尚經年。方輪落落難推轂，倦馬駸駸怕著鞭。未配
　　魚符無吏責，看花且作拾遺顛。

此詩作於淳熙四年，陸游時在成都，先前遭論罷知嘉州的新命，於今
已有一年。詩題雖言「蒙恩」，然詩文中對於此「恩」到來全無喜悅
之情，反而滿溢思鄉之情與年華之感。對於自己「未配魚符」的無官
生活，詩人只願效法杜甫顛狂看花，且得放縱。

　　　無官的生活，自然可以投閒置散、恣意放縱，而居官任內，處理
公務則又理所當然。陸游在蜀中曾飽嚐文書工作的繁擾：「期會文書
日日忙，偷閑聊得臥方床。」〔註123〕更有詩生動地描寫了因公敗興
的情景：「南窗病起亦蕭散，甚欲往探城西梅。一官底處不敗意，正
用此時持事來！」〔註124〕然而若無事煩擾，卻又是備受冷落待遇：「冷
官無一事，日日得閒遊。」〔註125〕仕宦道途挫折如此，心情苦悶是

〔註121〕《詩稿校注》卷六，冊二，頁511。
〔註122〕《詩稿校注》卷九，冊二，頁716。
〔註123〕《詩稿校注》卷二〈林亭書事〉（其二），冊一，頁196。
〔註124〕《詩稿校注》卷二〈秋晴欲出城以事不果〉，冊一，頁204。
〔註125〕《詩稿校注》卷三〈登塔〉，冊一，頁289。

可想而知的，但是不論陸游身在何處，也不管自己只是個臨時代理的地方官，每一次的秋操檢閱，他總是照常主持、參與，並且熱情賦詩。乾道九年寫於嘉州的〈八月二十二日嘉州大閱〉〔註126〕詩云：

> 陌上弓刀擁寓公，水邊旌旆卷秋風。書生又試戎衣窄，山郡新添畫角雄。早事樞庭虛畫策，晚遊幕府媿無功。草間鼠輩何勞磔，要挽天河洗洛嵩。

陸游以戎裝主持大規模的秋操檢閱，正符合他的志趣。弓刀旌旆、戎衣畫角的軍旅生活，曾經是他引以為豪的，如今但恨不能順遂「要挽天河洗洛嵩」的抗敵志願，徒留無限感慨。又寫於淳熙八年的〈蜀州大閱 八月二十七日〉〔註127〕一詩：

> 曉束戎衣一悵然，五年奔走遍窮邊。平生亭障休兵日，慘澹風雲閱武天。戍隴舊遊真一夢，渡遼奇事付他年。劉琨晚抱聞雞恨，安得英雄共著鞭！

同樣在戎衣閱兵的壯闊氣氛中，含藏英雄末路的悔恨。理想與現實的衝突是感慨頓生之由來，面對如今詩人、儒者的身份，更恨從戎壯志終不行，如寫於淳熙二年的〈成都大閱〉〔註128〕詩云：

> 千步毬場爽氣新，西山遙見碧嶙峋。令傳雪嶺蓬婆外，聲震秦川渭水濱。旗角倚風時弄影，馬蹄經雨不霑塵。屬橐縛褲毋多恨，久矣儒冠誤此身！

「屬橐縛褲」的軍人形象是詩人理想，故言「毋多恨」。然轉念現實卻是「儒冠」之身，感慨遂起；「誤」字點出了詩人無限悔恨的情緒，在儒生身份中繚繞不絕。

二、生活閒情

　　雖說陸游入蜀的道途是為了開展受命赴任的仕宦生涯，然生活本身即存在著諸多面向，為了能夠更全面地掌握其生活態度與情感變

〔註126〕《詩稿校注》卷四，冊一，頁339。
〔註127〕《詩稿校注》卷五，冊一，頁455。
〔註128〕《詩稿校注》卷六，冊二，頁525。

化，以下擢列久病、飲酒、記夢、讀書與閒適五類詩人賦詩吟詠的生
活典型予以探討：

（一）久　病

　　陸游的蜀中詩作寫其久病生活者，多在夔州通判任內，蓋詩人初
入蜀地，無論生理或心理上均需重新適應，如〈雪中臥病在告戲作〉
〔註129〕詩中有云：

> 面裂愁出門，指直但藏袖，誰云三峽熱，有此凜冽候。
> 殷勤愧雪片，飛舞為我壽。方驚四山積，已見萬瓦覆。
> 豈惟寒到骨，遂覺疾在膝。地爐熾薪炭，嗒坐連昏晝。

詩人初入三峽，由於氣候的轉變，在凜冽的寒冬中，竟患起病來。

　　此外，如前文所述，夔州當地的生活環境相對落後，再加上瘴癘
襲人，因而時常害病。如〈登城〉詩云：「病瘴拋書帙」〔註130〕，又
〈九月三十日登城門東望悽然有感〉亦云：「瘴癘侵人病過秋」〔註
131〕，皆強調瘴癘的侵襲。久病的詩人，有時抒發著壯志之未酬，如
〈久病灼艾後獨臥有感〉〔註132〕詩云：

> 白帝城高暮柝傳，幽窗搔首意蕭然。江邊雲溼初橫雁，牆
> 下桐疏不庇蟬。計出火攻傷老病，臥聞鳶墮歎蠻煙。諸賢
> 好試平戎策，斂退無心競著鞭。

詩人感於自身老病而壯心未酬，如今已是「斂退無心競著鞭」，唯有
將「平戎」之策寄予「諸賢」。有時則飽含思鄉的情緒，如〈一病四
十日天氣歲寒感懷有賦〉〔註133〕詩云：

> 幽人病起鬢毛殘，硤口樓臺九月寒。暮角又催孤夢斷，早
> 霜初染一林丹。鄉閭乖隔知誰健？懷抱淒涼用底寬？麴米
> 春香雖可醉，瀼西新橘尚餘酸。

〔註129〕《詩稿校注》卷二，冊一，頁179。
〔註130〕《詩稿校注》卷二，冊一，頁201。
〔註131〕《詩稿校注》卷二，冊一，頁206。
〔註132〕《詩稿校注》卷二，冊一，頁198。
〔註133〕《詩稿校注》卷二，冊一，頁200。

詩中連用兩句問句，在聲聲自問中，縈繞著詩人思鄉情緒與飄零之感，而天涯遊子的淒涼形象遂顯得飽滿突出。

當然陸游離開夔州後也曾患病，如寫於淳熙三年成都時的〈病中戲書〉三首〔註 134〕，表現出免官之後，臥病家中思潮起伏，而終自我開解的閒居心情，故云：「免從官乞假，且喜是閑身。」〔註 135〕雖說是寬慰之語，其實卻含著某種程度的自嘲意味，因此病癒之初即賦詩詠懷，〈病起書懷〉（其一）〔註 136〕詩云：

> 病骨支離紗帽寬，孤臣萬里客江干。位卑未敢忘憂國，事
> 定猶須待闔棺。天地神靈扶廟社，京華父老望和鑾。出師
> 一表通今古，夜半挑燈更細看。

詩人病癒之初雖難免有「孤臣萬里客江干」的寂寞飄零之感，然而客居萬里的傷感，至此如蜻蜓點水，不再刻意著墨。筆鋒一轉，將情感的抒發從個人的身世飄零擴大為憂國憂民的偉大情懷；從「位卑未趕忘憂國」而生「闔棺」論定的不悔決心。至於詩人不悔的決心，則表現在與「出師一表通今古」的諸葛亮彼此相互感通上。末聯彷彿帶出一個特寫鏡頭，通過詩人「夜半挑燈更細看」諸葛亮的〈出師表〉，烘托出一個百折不撓、耿耿忠心的愛國志士形象。在病痛的繁擾之下，詩人憂心不減、壯志仍在，是其展現時代影響，突顯個人特質的又一章。

（二）飲　酒

錢鍾書先生曾經指出：「愛國情緒飽和在陸游的整個生命裏，洋溢在他的全部作品裏；他看到一幅畫馬，碰見幾朵鮮花，聽了一聲雁唳，喝幾杯酒，寫幾行草書，都會惹起報國仇、雪國恥的心事，血液沸騰起來……」〔註 137〕在這裡我們除了可以看出陸游愛國之情的熱

〔註 134〕《詩稿校注》卷七，冊二，頁 577～578。
〔註 135〕同上註（其三）。
〔註 136〕《詩稿校注》卷七，冊二，頁 578。
〔註 137〕錢鍾書《宋詩選註》（台北：書林出版有限公司，民國 79 年 9 月），頁 232。

烈以外，需要強調的是，足以激發其報國雪恥、血液沸騰的這些媒介物中，「酒」對於陸游的影響其實又十分重要；依蜀中詩作來考察，陸游不僅因酒賦詩之作許多，且多借酒遣懷，以酒消愁。根據當代學者羅中峰研究指出：

> ……飲酒以至於一旦陶然酣適的地步，可令文人暫歡足懷，彷彿已能超脫日常生活的困境。也就是說，飲酒所造成的生理感官刺激，能夠發洩鬱悶、淨化情緒，或是鬆弛神經、忘懷憂思。總之，這能夠轉化日常生活意識，暫時擺脫現實的束縛，從而躍入非日常生活的虛幻精神境界。
> 〔註138〕

此種「虛幻精神境界」，正與陸游狂豪恣意、浪漫率真的性情相互貼合，無怪乎詩人嗜酒之深，甚至遭同僚以「燕飲頹放」論罷，他坦然接受之際，索性自號「放翁」，以表示對於縱酒狂放性情的自我肯定，當然其中也含藏著詩人傲睨世俗眼光的態度。

　　然而必須進一步追問的是，在這些飲酒詩中，詩人所抒發的是一種什麼樣的情懷？而所欲消解的又是何種愁思？歸結錢先生的說法，自然是愛國之情與憂時之思。當代學者劉揚忠也指出：「不研究陸游的『酒中情』，也就無法深入理解其愛國情。」〔註139〕於是當我們探究蜀中飲酒詩作的詩意內涵時，不僅可從中歸結出陸游的生活態度，更有寄寓其中的愛國熱情。如寫於乾道九年的〈三月十七日夜醉中作〉〔註140〕一詩云：

> 前年膾鯨東海上，白浪如山寄豪壯。去年射虎南山秋，夜歸急雪滿貂裘。今年摧頹最堪笑，華髮蒼顏羞自照。誰知得酒尚能狂，脫帽向人時大叫。逆胡未滅心未平，孤劍床頭鏗有聲。破驛夢回燈欲死，打窗風雨正三更。

〔註138〕羅中峰《中國傳統文人審美生活方式之研究》（台北：紅葉文化事業有限公司，2001年2月初版一刷），頁137。

〔註139〕劉揚忠《詩與酒》（台北：文津出版社，民國83年1月初版），頁183。

〔註140〕《詩稿校注》卷三，冊一，頁299～300。

時陸游權通判蜀州，不久暫還成都，夜宿驛站而作。詩中描寫過去「膾鯨東海」〔註141〕與「射虎南山」〔註142〕的豪情壯舉，到現在「摧頹堪笑」、「華髮蒼顏」的頹唐景況，詩人內在的情緒變化過程。在今昔對照的頓挫之中，從豪壯轉向頹唐的變化之際，詩人借酒而狂、脫冒大叫的舉止，又將全詩氣勢轉向豪壯，然而這種企圖卻是在失望中苦苦追求，是詩人苦中作樂、無可奈何的掙扎，因此在豪壯中又含藏著悲慨。而悲慨的根結，正在「逆胡未滅心未平，孤劍床頭鏗有聲」，詩人至此和盤托出心中事。其憂國悲憤之緒在末聯景物一片淒涼的氛圍中，更顯刻骨之痛。

　　詩人從今昔對照的變化中，懷舊而傷今，頓生無限感慨，自屬人之常情。此亦表現在其他詩作中。如〈醉中感懷〉〔註143〕詩云：

> 早歲君王記姓名，只今憔悴客邊城。青衫猶是鵷行舊，白
> 髮新從劍外生。古戍旌旗秋慘淡，高城刁斗夜分明。壯心
> 未許全消盡，醉聽檀槽出塞聲。

此詩寫於乾道九年秋，陸游攝知嘉州時。詩人首先敘述由京城到邊城的今昔變化，從中自然流露內心「感懷」。在三四句抒發的無限感慨後，轉而帶出秋天邊塞陰鬱慘淡的景象，將「青衫依舊」、「白髮新生」的感慨揉合在慘淡的邊塞景象裡，並點出下句「壯心未許全消盡」的感懷主旨；亦即詩人之感懷乃因於邊塞報國無由，故空有壯心卻又無以展現，唯有寄託在歌聲酒杯之中。不訴不平之狀而激憤之情實已盡

〔註141〕紹興二十九年，詩人任福州決曹時，曾乘興航海。從〈航海〉詩云：
「……潮來湧銀山，忽復磨青銅。飢鶻掠船舷，大魚舞虛空。流落何足道，豪氣蕩肺胸。歌罷海動色，詩成天改容。行矣跨鵬背，弭節蓬萊宮。」及〈海中醉題時雷雨初霽天水相接也〉詩云：「羈遊那復恨，奇觀有南溟。浪蹴半空白，天浮無盡青。吐吞交日月，澒洞戰雷霆。醉後吹橫笛，魚龍亦出聽。」（以上二詩皆見《詩稿校注》卷一，冊一，頁35～36）可知詩人此時胸懷壯闊，意氣浩然。言「膾鯨」是虛寫，旨在象徵此種豪氣壯志。

〔註142〕「射虎南山」，事發於南鄭從戎之際。參見本文第二章第二節所載。

〔註143〕《詩稿校注》卷四，冊一，頁324。

現；不道憂國之情而堅貞不悔的心志早已飽和其中。

　　詩人在醉酒中寄託報國無由的激憤，也在醉酒中發抒慷慨報國、勝利在握的想望，如〈長歌行〉〔註144〕詩云：

> 人生不作安期生，醉入東海騎長鯨；猶當出作李西平，手梟逆賊清舊京。金印煌煌未入手，白髮種種來無情。成都古寺臥秋晚，落日偏傍僧窗明。豈其馬上破賊手，哦詩長作寒螿鳴？興來買盡市橋酒，大車磊落堆長瓶。哀絲豪竹助劇飲，如鉅野受黃河傾。平時一滴不入口，意氣頓使千人驚。國讎未報壯士老，匣中寶劍夜有聲。何當凱還宴將士，三更雪壓飛狐城。

這首詩寫於淳熙元年，陸游自蜀州返成都，客居多福院時所作〔註145〕。全詩結合飲酒的熱情與報國的豪氣，呈現出波瀾起伏的情感狀態。開頭四句勢如破竹，如長風鼓浪，寫的是詩人的雄心壯志、豪情抱負；接下來四句，情感突然逆轉，寫詩人現實遭遇，功名未就卻已白髮叢生，其中「古寺」、「秋晚」、「落日」、「僧窗」皆冷落淒涼景象，與現實失意悲感交融一處；九十句以反詰提問，在豪情與失意的頓挫中，詩人的情緒轉化爲「豈其馬上破賊手，哦詩長作寒螿鳴」的詰問，豪氣裡蘊含悲憤之情；十一至十六句，寫的是飲酒的熱情，言「劇飲」似乎予人酒徒貪杯的形象，但從「平時一滴不入口，意氣頓使千人驚」兩句看來，其「劇飲」標誌的是悲劇英雄的形象，平時的意氣，經由「劇飲」更加發揚蹈厲，其狀必甚於「千人驚」；「國讎未報壯士老」點明詩人「劇飲」之因；最後兩句則由「劇飲」聯想至勝利後的宴飲狂歡，在飲酒的熱情中開出一片光明之景。

　　正因爲陸游在詩酒伴狂中所寄託的是憂國之心與報國豪氣，呈現出強烈的時代感懷，所以和一般借酒酣暢、脫略形跡的酒後疏狂實不相同。對陸游而言，飲酒是爲了挽回壯志，因此他說：「夢移鄉國近，

〔註144〕《詩稿校注》卷五，冊一，頁467。
〔註145〕按此前有〈客多福院晨起〉一詩，故知「成都古寺」所指即多福院。

酒挽壯心回。」〔註 146〕即使在狂飲縱醉中，詩人依舊顯現出清醒高遠的意識，如〈樓上醉書〉詩中所云：「牛背爛爛電目光，狂殺自謂元非狂。故都九廟臣敢忘？祖宗神靈在帝旁。」〔註 147〕這種醉中清醒、似狂非狂的飲酒境界，將陸游這些飽含愛國意識的飲酒詩歌，提升至更高的層次，與時代等同的高度。

（三）記　夢

在前面探討陸游有關飲酒詩作的論述中，曾經引用錢鍾書先生的見解。在錢先生隨意例舉幾件足以惹起詩人報國雪恥、血液沸騰的媒介物後，他接著強調：「而且這股熱潮沖出了他的白天清醒生活的邊界，還泛濫到他的夢境裏去。這也是在傍人的詩集裏找不到的。」〔註148〕這裡引出了陸游詩作中一個很重要的特色，也就是所謂的「記夢詩」〔註149〕。一如他在狂飲縱醉中感念時事、抒發壯志、寄託理想，陸游的「夢」同樣提供了一個足以超越現實，馳騁浪漫情懷的幻想國度；清醒生命中的願望在這裡終獲實現，故發而爲詩。如〈九月十六日夜夢駐軍河外遣使招降諸城覺而有作〉〔註150〕：

> 殺氣昏昏橫塞上，東並黃河開玉帳。晝飛羽檄下列城，夜脫貂裘撫降將。將軍櫪上汗血馬，猛士腰間虎文韔。階前白刃明如霜，門外長戟森相向。朔風卷地吹急雪，轉盼玉花深一丈。誰言鐵衣冷徹骨，感義懷恩如挾纊。腥臊窟穴一洗空，太行北嶽元無恙。更呼斗酒作長歌，要遣天山健兒唱。

此詩作於乾道九年，陸游時在嘉州。如題所示，詩中全寫夢境；描寫

〔註146〕《詩稿校注》卷四〈歲晚書懷〉，冊一，頁 380。
〔註147〕《詩稿校注》卷八，冊二，頁 629。
〔註148〕同註 138。
〔註149〕最早關注陸游記夢詩作者，乃清人趙翼，其《甌北詩話》卷六有云：「即如紀夢詩，核計全集，共九十九首。人生安得有如許夢！此必有詩無題，遂托之於夢耳。」見霍松林、胡主佑校點《甌北詩話》（北京：人民文學出版社，1998 年 5 月），頁 80。
〔註150〕《詩稿校注》卷四，冊一，頁 344。

宋軍將士勇往直前，殲滅敵虜，收復失地後，萬眾歡騰的動人情景，全詩洋溢著勝利的喜悅。然而這畢竟是屬於夢境的，詩人「覺」後所必須面對的現實，以及從中發生的苦痛與悲哀，在「覺而有作」的詩中並未表明，但是當我們透過這表面看來喜樂的氛圍，更深層的揭示卻是詩人內心無比的哀痛，誠如近人朱東潤所云：「我們必須從歡樂中理解他的悲哀，同時也必須從他的幻夢中玩味他的理想。」〔註151〕由此可見，詩人借夢寫樂是虛，揭示現實悲劇的苦痛是實。

　　陸游終其一生渴望抗金復國，但是政治上的失意，現實生活的窮苦落魄，以致於理想只能寄託於夢境，而忠貞不悔的愛國之志亦惟有借夢表明，如〈記夢〉〔註152〕詩云：

　　夢裏都忘困晚途，縱橫草疏論遷都。不知盡挽銀河水，洗
　　得平生習氣無？

此詩作於乾道七年，陸游通判夔州任內。全詩雖僅四句，卻將詩人多年來的政治遭際，以及矢志不移的忠貞稟性囊括在內。首句是詩人宦海浮沈的深刻感慨，也是壯志難酬的無限悲憤；次句彷彿再現了詩人當年「縱橫草疏」為國獻策，力論遷都的情景；三四句則集中表現出詩人愛國豪情不可稍減的忠貞形象，以誇張疑問作結，帶有強烈的感染力，充分突顯詩人以夢明志的心意。

　　誠然陸游堅貞愛國的心志從不容置疑，然而夢作為心靈的產物，表現出的自然是詩人赤誠的內在情感，而情感又往往非停留在單一的層次，所以說，從陸游的夢詩中，我們可以多層次多角度的方式來探究詩人不同的面向與情感內涵。如淳熙四年陸游在成都所寫的〈記夢〉〔註153〕兩首，讓我們看到了遊子思鄉之情：

　　烏巾白紵憶當年，抵死尋春不自憐。憔悴劍南雙鬢改，夢
　　中猶上暗門船。

〔註151〕朱東潤選注《陸游選集》，頁 23。（上海，上海古籍出版社，1988
　　　　年 10 月新 1 版第 2 次印刷）。
〔註152〕《詩稿校注》卷二，冊一，頁 182。
〔註153〕《詩稿校注》卷九，冊二，頁 725。

> 團臍霜蟹四腮鱸，樽俎芳鮮十載無。塞月征塵身萬里，夢
> 魂也復醉西湖。

第一首詩以追憶起，回想當年「抵死尋春不自憐」的年少歲月；如今
滯留蜀中多年，卻只剩「憔悴劍南雙鬢改」，詩人情何以堪？此時能
夠安慰詩人年華老邁的寂寞之感，唯有那日夜思念的親切故里，於是
在夢中，詩人彷彿又搭乘著家鄉清波門〔註154〕的小船搖曳；一種渴
望歸去的思鄉情緒凝結在詩人的夢境裡。第二首則直接帶出了家鄉的
應節景物；詩人在寒月霜秋的季節裡，念及已近十年未品嚐家鄉團臍
螃蟹與松江鱸魚的美味，雖然身在萬里之外，但是夢魂卻能飛出軀
殼，悠然醉倒在西子湖畔。隨著年華歲月逐漸消逝，作客他鄉的詩人
魂牽夢縈的是他的故鄉。

陸游的深情表現在家國、故園之夢，也表現在會友懷人的夢境
裡，如〈余往與宇文叔介同客山南今年叔介客死臨安十月十一日夜忽
夢相從取架上書共讀如平生讀未竟忽辭去留之不可曰欲歸校藥方既
覺泫然不能已因賦此詩〉〔註155〕：

> 羈魂憔悴遠相尋，髭斷肩寒帶苦吟。歸校藥方緣底事？知
> 君死抱濟時心。

陸游在夢中與故友相逢，覺後泫然，賦詩吟詠，當中深情可見。誠如
黃啓方先生所言：「既傷死者齎志而亡，其亦自傷有志難申乎！然則
游之多情故可見矣！」〔註156〕

有時則在夢中展示了厭棄世俗，嚮往德者的心情，如〈夢入禪林
有老宿趺座或云通悟禪師也〉〔註157〕詩云：

> 塵埃車馬何憧憧，獐頭鼠目厭妄庸。樂哉夢見德人容，巍

〔註154〕 清波門：俗稱暗門。據《咸淳臨安志》卷十八：「城西⋯⋯清波門，
俗呼暗門。」轉引自錢仲聯注語。見《詩稿校注》卷一〈送韓梓秀
才十八韻〉，冊一，頁23。
〔註155〕《詩稿校注》卷四，冊一，頁360。
〔註156〕黃啓方《宋代詩文縱談》（台北：臺灣商務印書館，1997年8月初
版第一次印刷），頁146。
〔註157〕《詩稿校注》卷五，冊一，頁455。

　　巍堂堂人中龍。舉頭仰望太華峰，攝衣欲往路無從。忽然
　　夢斷難再逢，空記說法聲如鐘。

由於現實中是「塵埃車馬何憧憧，獐頭鼠目厭妄庸」，因此有德之人
唯有夢中相逢，「忽然夢斷難再逢，空記說法聲如鐘」則傳達詩人對
於德者說法的無限嚮往。

　　禪林入夢，道觀也曾入夢，如〈夢遊山水奇麗處有古宮觀云雲臺
觀也〉〔註158〕詩云：

　　神遊忽到雲臺宮，太華彩翠明秋空。曲廊下闞白蓮沼，小
　　閣正對青蓯峰。林間突兀見古碣，雲外縹紗聞疏鐘。褐衣
　　紗帽瘦如削，遺像恐是希夷翁。窮搜未遍忽驚覺，半窗朝
　　日初曈曨。卻思巉然五千仞，可使常墮胡塵中。小臣昧死
　　露肝鬲，願扈鑾駕臨崝潼。何當真過此山下，百尺嫋嫋龍
　　旗風。

不論是入禪林或遊道觀，皆顯示陸游所受佛道思想的影響。然而這首
詩卻借著夢遊中原故土的雲臺觀，揭示詩人殺敵報國的根本願望。將
崇神拜佛所可能帶來的消極思想，加入了積極的成分，並歸結到他對
家國人民無比執著的熱愛。

（四）讀　書

　　根據黃啟方先生的研究指出，《詩稿》中以「讀書」為題的詩作，
有近兩百首之多〔註159〕。今檢閱蜀中的讀書詩作，雖僅近十首，然

〔註158〕《詩稿》卷七，冊二，頁595～596。雲臺觀：據《華嶽志》卷一：
　　　　「雲臺觀，在華山下，去谷口二里。……後周武帝時，道士焦道廣
　　　　居雲臺峰，避粒餐霞，武帝親詣山庭，臨軒問道，因於谷口置雲臺
　　　　觀。上方曰白雲宮，中方太清宮，下方雲臺宮，皆因焦道廣建。……
　　　　陳摶移居華山，得古雲臺觀基，闢荊榛而居之。」轉引自錢仲聯注
　　　　語。
〔註159〕黃啟方：「陸游詩作，在七十七、八歲時，已多達萬首，此固由其
　　　　勤於創作，實亦由於絕嗜讀書，至老不懈，涵養既深厚，故能左右
　　　　逢源，觸手成吟。……今檢閱劍南詩稿，其以『讀書為題』之作，
　　　　幾近二百首，則尤可驚嘆。」見氏著《兩宋文史論叢》（台北：學
　　　　海出版社，民國74年10月初版），頁452。

當中仍在某種程度上反映了陸游蜀中生活的一個側面，包括其讀書的喜好、志趣與目的，例如淳熙四年作於成都的〈讀書〉〔註 160〕兩首詩云：

> 面骨嶙峋鬢欲疏，退藏只合臥蝸廬。自嫌尚有人間意，射雉歸來夜讀書。
>
> 歸老寧無五畝園，讀書本意在元元。燈前目力雖非昔，猶課蠅頭二萬言。

在第一首詩中，表現出詩人雖然老態漸顯，「退藏」〔註 161〕閒居家中，卻仍不忘讀書的精神。第二首詩則自道讀書的目的和刻苦力學的情形；首二句以議論入詩，在議論中直抒胸臆；強調讀書的最終目的在於匡濟天下，為百姓人民謀求更好的生活，因此雖有幾畝園地可供歸老躬耕，詩人依舊堅持濟世理想；三四句則轉入敘事，帶出畫面，詩人孜孜苦讀的形象躍然紙上。

　　正因為詩人讀書的目的在「元元」，於是閱讀當中所生發出來的情感內涵便時而是胸懷天下、憂國愛民的赤誠表現，如〈夜讀東京記〉〔註 162〕詩云：

> 海東小湖辜覆冒，敢據神州竊名號。幅員萬里宋乾坤，五十一年讎未報。煌煌藝祖中天業，東都實宅神明隩。即今犬豕穴宮殿，安得箠頭下除掃。寶玉大弓久不獲，臣子義敢忘巨盜？景靈太廟威神在，北鄉慟哭猶可告。壯士方當棄軀命，書生詎忍開和好。羈臣白首困西南，有志不伸空自悼。

詩人夜讀記述東京開封之書，引起對於中原故土舊京的懷念。末四句由壯士「棄軀命」與書生「開和好」，形成強烈對比，在沈痛嘆息中又帶著斥責之意。當朝廷文官一味求和之際，胸懷壯志、憂國愛民的

〔註 160〕《詩稿校注》卷八，冊二，頁 625～626。
〔註 161〕淳熙三年三月，游遭免官，今在成都領祠祿，故曰「退藏」。詳參第二章第二節。
〔註 162〕《詩稿校注》卷七，冊二，頁 591～592。

詩人也只能困頓蜀地，爲自己的壯志難酬而「空自悼」了。

　　夜讀「東京記」，展現了詩人讀書的喜好帶著強烈的家國之思，同時也牽動詩人報國無由的深刻感慨。這種感慨在閱讀忠臣志士的詩文著作時，更由於惺惺相惜而倍增淒然，如〈夜讀岑嘉州詩集〉一詩中，對於唐代詩人岑參的邊塞詩作中所描寫的征戍生活，以及當中滿溢的激越情思與奮戰精神，興起無限嚮往之情，故云：「誦公天山篇，流涕思一遇。」〔註163〕又如〈夜讀了翁遺文有感〉〔註164〕詩云：

> 秋雨蕭蕭夜不眠，挑燈開卷意淒然。吾曹自欲期千載，世論何曾待百年。當日公卿笑迂闊，即今河洛污腥羶。陰陽消長從來事，玩易深知屢絕編。

詩中對於北宋時期正直敢言、後遭貶竄的忠臣陳瓘〔註165〕，寄予崇敬之心，並由其通於易數，所言多驗，而慨嘆如今「河洛污腥羶」的時局命運。嚮往忠臣志士的人格精神，往往根植於他對國家未來前途的無限憂心，以及一腔赤誠卻無由報國的悲憤之情。

　　有時候則在前人的作品中尋求足以相互感通的共同經驗，如〈夜讀唐諸人詩多賦烽火者因記在山南時登城觀塞上傳烽追賦一首〉〔註166〕詩云：

> 我昔遊梁州，軍中方罷戰。登城看烽火，川迴風裂面。
> 青熒並駱谷，隱翳連鄠縣。月黑望愈明，雨急滅復見。
> 初疑雲罅星，又似山際電。豈無酒滿尊，對此不能嚥。
> 低頭媿虎韔，零落白羽箭。何時復關中？卻照甘泉殿。

從唐詩中「多賦烽火」而憶及從戎時期的共同經歷，所展現的仍是詩人亟盼恢復的愛國情懷。

〔註163〕《詩稿校注》卷四，冊一，頁332。
〔註164〕《詩稿校注》卷五，冊一，頁450。
〔註165〕據《詩稿校注》題解：「陳瓘，字瑩中，號了翁，南劍州沙縣人。中進士甲科，官至右司員外郎，兼權給事中。曾論蔡京、蔡卞。後貶竄袁州、廉州、郴州、台州等地。卒於宣和六年。著尊堯集。王偁《東都事略》卷一百、《宋史》卷三四五有傳。」同上註。
〔註166〕《詩稿校注》卷八，冊二，頁627。

（五）閒　適

憂國之心自然貫串著陸游的整體生命，然而浪漫的詩人，偶爾也會從生活起居的閒適中體會出悠閒的意味；化雄豪氣慨與滿腔悲憤為悠然自適的生活情懷。如淳熙四年作於成都的〈閑意〉〔註167〕詩云：

> 柴門雖設不曾開，爲怕人行損綠苔。妍日漸催春意動，好風時捲市聲來。學經妻問生疏字，嘗酒兒斟瀲灩盃。安得小園寬半畝，黃梅綠李一時栽。

全詩從寧靜的意象開啓，配合「春意動」與「市聲來」的熱鬧含藏，彼此相互協調，在和諧的景象中，帶入了詩人家居生活的情景，平凡中有詩人閒適的心情。

又如〈食薺〉（其三）〔註168〕詩云：

> 小著鹽醯助滋味，微加薑桂發精神。風爐歚缽窮家活，妙訣何曾肯授人。

詩人在日常飲食中品嚐著細微的喜悅，傳達一種知足常樂的意味。而〈野飯〉〔註169〕一詩，則在怡然自得的蜀中飲食裡，得到了足以慰藉鄉愁的可能：

> 薏實炊明珠，苦筍饌白玉。輪囷斸區芋，芳辛采山蕨。
> 山深少鹽酪，淡薄至味足。往往八十翁，登山逐奔鹿。
> 可憐城南杜，零落依澗曲。面餘作詩瘦，趨拜尚不俗。
> 病夫益倦遊，頗願老窮谷。是家吾所慕，食菜如食肉。
> 時能喚鄰里，小甕酒新漉。何必懷故鄉，下箸厭雁鶩。

此外，〈寺居睡覺〉（其二）〔註170〕一詩中則更添加了祥和的心境：

> 心地安平曉夢長，忽聞魚鼓動修廊。披衣起坐清羸甚，想像雲堂無粥香。

而欲「不覓仙方覓睡方」〔註171〕的詩人，有時因閒居生活中晚起而

〔註167〕《詩稿校注》卷九，冊二，頁729。
〔註168〕《詩稿校注》卷七，冊一，頁625。
〔註169〕《詩稿校注》卷五，冊一，頁405。
〔註170〕《詩稿校注》卷八，冊二，頁629。
〔註171〕《詩稿校注》卷七〈午夢〉，冊二，頁584。

感到滿足，〈晚起〉（其二）〔註172〕詩云：

> 學道逍遙心太平，幽窗鼻息撼床聲。柳花無帶蠻氈煖，龜
> 甲有紋繒帳明。候起兒童陳盥櫛，笑衰人客闔柴荊。此生
> 睡足無餘念，安用元戎報五更。

詩人因學道而心平，又因心平得以安眠，於是在夜夜好睡中，知足的詩人只願「此生睡足無餘念」。如此平凡的願望，反映出詩人閒適的心情，是蜀中生活裡難得一見的。

第三節　自詠抒懷與時代之感

久客蜀地的陸游，時而賦詩詠懷，或慰藉鄉愁，或自悼生平，在充滿身世哀感的詩作中，亦有詩人不悔情志的剖白，透露著內心複雜的情緒。詩人因著浪漫懷想與現實環境相衝突，產生矛盾而複雜的心境，並從中透顯出強烈的時代感懷。不論是個人身世的哀感或家國命運的憂思，賦詩吟詠之際，皆含藏著詩人幽微而真實的情感。

以下分別就自詠抒懷與時代之感的作品進行內容之分析：

一、自詠抒懷

陸游的蜀中詩作有部分作品是藉著自詠以遣興抒懷，從中我們得以窺見詩人客居蜀地的複雜心情，以及對自我的深切期許。歸納蜀中自詠抒懷的詩作，或詠居官無成而思歸去；或於遣興放達中寄託內在情懷；或自悼年華老大；或表明不悔情志。在這些表達各異的自詠詩作中，有壯志未酬的抑鬱苦悶，有天涯遊子的思鄉情切，還有堅定不移的忠貞情志，除此之外，更有夾雜著諸多情緒，突顯詩人內在矛盾糾結的苦痛心情。以下從具體詩作的分析中，釐清詩人自詠抒懷的複雜情緒。

首先看寫於乾道七年，通判夔州時期的〈自詠〉〔註173〕一詩：

〔註172〕《詩稿校注》卷九，冊二，頁718。
〔註173〕《詩稿校注》卷二〈自詠〉，冊一，頁188。

朝衣無色如霜葉，將奈雲安別駕何！鐘鼎山林俱不遂，聲
名官職兩無多。低昂未免聞雞舞，慷慨猶能擊筑歌。頭白
伴人書紙尾，只思歸去弄煙波。

詩人在夔州，有感於年華漸逝卻一事無成，故興起「只思歸去弄煙波」
的退隱還鄉之願。而隨著滯留蜀地的時間逐漸增長，陸游在蜀中飽嚐
人生苦樂，從意氣風發的軍旅生涯到驢背苦吟的詩人歲月，內心有矛
盾、有掙扎，也有幾經沈潛後的情感抒發，如乾道九年作於嘉州的〈久
客書懷〉〔註174〕詩云：

行役飽看山，沈綿剩得閑。忘憂緣落魄，耐老爲癡頑。
射虎臨秦塞，騎驢入蜀關。芳洲蘭可佩，幽礎桂堪攀。
欸乃聲饒楚，謳隅句帶蠻。悠然長自遣，故里幾時還？

詩人從現實生活的經驗裡，沈潛抒發內在的情志，於是從過去道途奔
波到如今沈綿得閑，在落魄中忘憂，因癡頑而耐老，是人格的展現；
從過去秦塞射虎的豪氣壯舉到如今騎驢苦吟的宦途失意，依舊「芳洲
蘭可佩，幽礎桂堪攀」，是志節的呈顯；人格志節在異鄉困頓中猶可
保全，久客天涯的遊子之心卻仍須「悠然長自遣」以遣憂抒懷。此外，
〈遣興〉〔註175〕一詩則在落拓放達中寄寓思鄉情懷：

鶴料無多又掃空，今年眞是浣花翁。放教酒綠關身事，留
得朱顏在鏡中。挾彈園林芳徑雨，投竿窗檻小溪風。癡頑
自笑歸何日，家在東吳更向東。

淳熙三年三月間，陸游曾遭免官，首句云「鶴料無多又掃空」即是此
意；次句「今年眞是浣花翁」則自比杜甫，有無官身輕之意〔註176〕；
中間兩聯則帶出悠閒舒適的生活情境；詩人至此面對宦途失意已有了
放達的態度，惟末聯之「癡頑」，又將情感帶入執著，在放達自適的
生活態度中寄託著執著的思鄉情切。

〔註174〕《詩稿校注》卷四，冊一，頁341。
〔註175〕《詩稿校注》卷七，冊二，頁571。
〔註176〕依錢仲聯注語：「杜甫居嚴武幕中，不久，乞假歸草堂。今游被劾
罷官，但仍依范成大居蜀，無官身輕，故以浣花翁自比。」見《詩
稿校注》卷七〈遣興〉詩中注釋，冊二，頁572。

　　陸游的執著不僅表現在無盡的鄉愁，還有他那堅貞不悔的情志，是詩人對自我的深切期許，如〈言懷〉〔註177〕詩云：

　　　　蘭碎作香塵，竹裂成直紋。炎火熾崑岡，美玉不受焚。
　　　　孤生抱寸志，流離敢忘君。釀桂餐菊英，潔齋三沐熏。
　　　　孰云九關遠，精意當徹聞。捐軀誠有地，賈勇先三軍。
　　　　不然齋恨死，猶冀揚清芬。願乞一棺地，葬近要離墳。

詩中以香蘭、直竹喻自己人格之崇高，以「美玉不受焚」喻堅定不移的情志，更以「釀桂餐菊英，潔齋三沐熏」突顯自己不落塵俗的形象，綜合這些偉大不凡的形象，以上達精意至誠的「寸志」懷抱，便是希冀「捐軀誠有地，賈勇先三軍」。一股凜然忠貞的情志，表現在詩人身先士卒、爲國捐軀的壯烈懷抱之上，甚至在從容就義後，仍不忘葬在烈士要離的墳墓旁。其貫徹始終的心志，實足以撼動人心。

　　對陸游而言，人格志節是一直存在的，家國情懷也總是執著的。但是隨著年華的老去，當中又不免添加了幾許悽愴的心情，如〈五十〉〔註178〕詩云：

　　　　五十未名老，無如衰疾何。肺肝空激烈，顏鬢已蹉跎。
　　　　夜宴看長劍，秋風舞短蓑。此身如砥柱，猶足閱頹波。

年近半百的詩人，對於雄心壯志的不能舒展，難免有「肺肝空激烈，顏鬢已蹉跎」的惆悵心情。但是詩人依舊是堅定的，因而能將惆悵的情緒轉化爲「此身如砥柱，猶足閱頹波」的自我砥礪。在艱苦的環境裡猶能經得起考驗，是詩人積極向上的性格展現。

　　詩人積極向上的性格呈顯有時又化爲狂放的姿態，如〈一笑〉〔註179〕詩云：

　　　　半醉微吟不怕寒，江邊一笑覺天寬。莫愁艇子急衝雨，何
　　　　遜梅花頻倚闌。萬事任從皮外去，百年聊作夢中觀。放翁
　　　　縱老狂猶在，倒盡金壺燭未殘。

〔註177〕《詩稿校注》卷四，冊一，頁362。
〔註178〕《詩稿校注》卷五，冊一，頁438。
〔註179〕《詩稿校注》卷九，冊二，頁732。

詩中有豁達的心境，也有狂放的姿態，即使老態漸顯而「狂猶在」，再次突顯詩人豪氣執著，不輕易妥協的一面。也因為如此，詩人面臨華髮蕭蕭、久客他鄉、居官無成的各種處境時，才能翻然呈現自我嘲弄的豁達情懷，當然其中深層的情感依舊是淒涼的。試看〈華髮〉〔註180〕一詩：

> 華髮蕭蕭老蜀關，倦飛可笑不知還。人生只似駒過隙，世事莫驚雷破山。光景半銷樽酒裏，英豪或隱博徒間。車帷閒置真何樂，書劍飄然未厭閒。

詩人面對華髮蕭蕭、久客他鄉的淒涼處境，欲以「人生只似駒過隙，世事莫驚雷破山」來寬慰自己；而對於壯志未酬，狂飲縱博的耽溺生活則又企圖以「英豪或隱博徒間」來自我消解；末聯則在自我嘲弄中呈顯豁達的情懷，然而在強烈的反諷意味裡，透露出詩人心底真正淒涼的感受。對比之前陸游執著不悔的自我期許，與積極向上的性格展現，當中矛盾掙扎又亟求解脫的情感變化躍然紙上。

二、時代之感

　　深刻的時代之感與沈痛的家國之思，一直是陸游蜀中詩作的主要旋律，甚至可以說是貫串著詩人整體生命歷程的中心思想，誠如清人趙翼所云：「臨歿猶有：『王師北定中原日，家祭無忘告乃翁』之句，則放翁之素志可見矣。」〔註181〕探究陸游在蜀中創作裡集中表現時代感懷的作品，不僅可以在某種程度上還原當時局勢的部分面貌，亦可以明詩人之「素志」。

　　面對宋朝南渡以來的偏安政局，陸游時有恢復之論，如〈曉歎〉〔註182〕詩云：

> 一鴉飛鳴窗已白，推枕欲起先歎息。翠華東巡五十年，赤縣神州滿戎狄。主憂臣辱古所云，世間有粟吾得食！少年

〔註180〕《詩稿校注》卷九，冊二，頁733。
〔註181〕同註150，頁80。
〔註182〕《詩稿校注》卷五，冊一，頁397。

> 論兵實狂妄，諫官劾奏當竄殛。不為孤囚死嶺海，君恩如
> 天豈終極。容身有祿愧滿顏，滅賊無期淚橫臆。未聞含桃
> 薦宗廟，至今銅駝沒荊棘。幽并從古多烈士，悒悒可令長
> 失職？王師入秦駐一月，傳檄足定河南北。安得揚鞭出散
> 關，下令一變旌旗色！

此詩作於淳熙元年，時任蜀州通判。詩中述及自高宗南渡以來已近五
十年，中原地區卻仍然被金人所佔領，「主憂臣辱」的哀痛，令人食
不下嚥。而早年因主戰之論而遭罷免彈劾的不幸際遇，在詩人一片赤
誠的憂國情懷裡，個人遭際早已置之度外，如今只盼朝廷堅定恢復的
決心，切勿使北方的愛國志士們再次失望。最後四句充滿了收復失地
的信心，是詩人身處偏安政局的強力號召。

　　然而，現實發展卻是「日暮風煙傳隴上，秋高刁斗落雲間。三秦父
老應惆悵，不見王師出散關」〔註183〕。朝廷一味求和，不思恢復的態度，
與詩人主戰的立場相衝突，如〈關山月〉〔註184〕詩云：

> 和戎詔下十五年，將軍不戰空臨邊。朱門沈沈按歌舞，廄
> 馬肥死弓斷弦。戍樓刁斗催落月，三十從軍今白髮。笛裏
> 誰知壯士心，沙頭空照征人骨。中原干戈古亦聞，豈有逆
> 胡傳子孫。遺民忍死望恢復，幾處今宵垂淚痕！

「關山月」是樂府古題，屬橫吹曲，前人多用以寫邊地征戰之苦和離
別相思之情，陸游在這裡則擴大了它的表現內容，帶有強烈的時代意
義；詩篇因題立意，構思巧妙，寫「關山」內外同一「月」下三種不
同的人生與心境。此詩作於淳熙四年，距隆興和議的簽訂已近十五年
之久，偏安求和的政治立場，使得「將軍不戰空臨邊」；更以酣歌醉
舞一片昇平享樂的景象，對比於馬死弓斷、邊塞廢弛的情形，在強烈
對比中使詩意產生頓挫，足以撼動人心；中間四句則寫戍邊壯士欲戰
不能的憤懣心情，「沙頭空照征人骨」開出了怵目驚心的畫面，藉由

〔註183〕《詩稿校注》卷五〈觀長安城圖〉，冊一，頁449。
〔註184〕《詩稿校注》卷八，冊二，頁623。

「空」字傳達出愛國志士的終身遺憾，滿溢的悽愴情感中，又飽含著對於苟安政策的痛心疾首；最後四句則將敘述角度轉向中原地區，「豈有」是詩人沈痛的指責，揭露「逆胡傳子孫」的殘酷現實，並以對面著筆的方式，想像「遺民忍死望恢復，幾處今宵垂淚痕」的殷切期盼與失落心情，在飽含血淚的敘述中，亦有對朝廷的失望怨恨。全詩選擇典型的形象以進行鮮明對照，構成一幅怵目驚心又足以發人省思的畫面。

　　同樣寫於淳熙四年的〈感興〉（其一）〔註185〕一詩，則由個人的生平經歷與政治遭際發抒時代之感：

> 少小遇喪亂，妄意憂元元。忍飢臥空山，著書十萬言。
> 賊亮負函貸，江北煙塵昏。奏記本兵府，大事得具論。
> 請治故臣罪，深絕衰亂根。言疏卒見棄，袂有血淚痕。
> 爾來十五年，殘虜尚遊魂。遺民淪左衽，何由雪煩冤！
> 我髮日益白，病骸寧久存；常恐先狗馬，不見清中原。

詩人首先回憶幼年遭逢戰亂、顛沛流離的生活，是至今所以「憂元元」的根本原因；其次描寫早年刻苦讀書的景況；接下來從個人經歷轉入國家大事，回顧紹興三十一年金人破壞和約，南下侵宋的歷史事實；藉由此一史實，映襯詩人主戰恢復的一貫立場，卻屢遭誣陷排擠的下場，更使得「袂有血淚痕」所沾染的歷史印記，超越個人不遇之悲，與遺民百姓共感，於是詩人所關心的乃是「殘虜尚遊魂」、「遺民淪左衽」的家國之痛；最後四句是當下的情感抒發，詩人面臨年華消逝、病痛纏身的恐懼，不是自身的榮辱安危，卻是「不見清中原」的憂國之思，在憂慮的心情中又含藏著恢復的信念，與〈示兒〉詩中「王師北定中原日，家祭無忘告乃翁」的心境抒寫，足以相互應證，表現詩人至死不悔的高度情操。

　　正因為陸游的時代感懷如此強烈，所以渴望恢復勝利的心情也就更加迫切，時而超越現實，馳騁在自我幻想中，勾畫著北伐勝利的藍

〔註185〕《詩稿校注》卷九，冊二，頁737。

圖，如乾道九年作於嘉州的〈胡無人〉〔註186〕詩云：

> 鬢如蝟毛磔，面如紫石稜。丈夫出門無萬里，風雲之會立
> 可乘。追奔露宿青海月，奪城夜蹋黃河冰。鐵衣渡磧風颯
> 颯，戰鼓上隴雷憑憑。三更窮虜送降款，天明積甲如丘陵。
> 中華初識汗血馬，東夷再貢霜毛鷹。群陰伏，太陽昇，胡
> 無人，宋中興。丈夫報主有如此，笑人白首篷窗燈。

「胡無人」亦屬樂府古題，就字面上看與詩意內容極為吻合，足見作
者匠心之處。全詩從「丈夫」英氣煥發的非凡面貌突兀而起，寫法逼
真；次寫「丈夫」豪邁志向，氣魄恢弘；五至八句寫「丈夫」北伐戰
鬥的情景，視野開闊；在一片形象靈動、勢如破竹的氛圍裡，勝利自
然到來，詩人熱情歡呼「群陰伏，太陽昇，胡無人，宋中興」！連用
四個三字句，一氣貫注，擲地有聲！然而就在勝利的情景歡愉沸騰之
際，詩人猛然從幻想中抽出，回到現實當下抒情詠懷，「丈夫報主有
如此，笑人白首篷窗燈」是亢奮激越之餘的沈思，與詩中「丈夫出門
無萬里，風雲之會立可乘」兩相對應之下，更見其執著與悲痛。此外，
淳熙四年作於成都的〈戰城南〉〔註187〕一詩，同樣用樂府古題寫詩
人勝利的幻想：

> 王師出城南，塵頭暗城北。五軍戰馬如錯繡，出入變化不
> 可測。逆胡欺天負中國，虎狼雖猛那勝德。馬前嗢咿爭乞
> 降，滿地縱橫投劍戟。將軍駐坡擁黃旗，遣騎傳令勿自疑。
> 詔書許汝以不死，股慄何為汗如洗？

全詩不落現實，全寫幻想。宋軍氣勢如虹，金兵畏懼投降的勝利情景，
是詩人縈繞心頭已久的願望所幻化而成的想像。

　　當時有關於敵方內部情況的消息，時而傳出，陸游不僅密切注意
當前局勢，且立即反映在詩作中，如〈聞虜亂有感〉一詩，即因金國
傳來「五單于爭立之禍」的內亂消息所作，以為正是進軍反攻的好機
會，然朝廷內求和苟安的心態，致使反攻無期，眼見坐失良機，詩人

〔註186〕《詩稿校注》卷四，冊一，頁367。
〔註187〕《詩稿校注》卷八，冊二，頁625。

不禁撫劍落淚,「近聞索虜自相殘,秋風撫劍淚汍瀾」〔註188〕道出千萬心酸感慨。又如淳熙三年作於成都的〈客自鳳州來言岐雍間事悵然有感〉〔註189〕詩云:

> 表裏山河古帝京,逆胡數盡固當平。千門未報甘泉火,萬
> 耦方觀渭上耕。前日已傳天狗墮,今年寧許佛貍生?會須
> 一洗儒酸態,獵罷南山夜下營。

陸游從北方來客聽到了敵人內部的情況,再次喚起了他對於北伐勝利的憧憬。三四句是詩人預見恢復故土後,一片和平的景象;「前日已傳天狗墮」句下自注:「去年十一月天狗墮長安,聲甚大。」詩人以此為金人大敗的徵兆,顯見他認為敵方的運勢即將結束,走向滅亡的命運;於是在末聯開出雄偉氣勢,企盼一洗儒者姿態,親臨前線,實際體會大獵駐營的軍旅生涯,再次寄寓了詩人渴望從戎報國的壯志情懷。

第四節　寄贈酬和與尋訪送別

陸游在蜀中所創作的應酬詩作,可分為寄贈、酬和、尋訪與送別四種類型。在這些詩作裡,不僅可以建構出陸游在蜀地交友的大致情形,更可從中體會詩人對故友知交一片深情的寄語與懇切的自我剖白。

一、寄　贈

陸游寄贈友人的詩作中,有時通過知音難遇的感慨抒發,突顯雙方友誼之珍貴,如〈寄鄧公壽〉〔註190〕詩云:

〔註188〕《詩稿校注》卷四,冊一,頁 346。
〔註189〕《詩稿校注》卷七,冊二,頁 587。
〔註190〕《詩稿校注》卷三,冊一,頁 243。鄧公壽:據于北山:《陸游年譜》
　　　　（增訂本）按語:「鄧椿字公壽,世為雙流（成都西南）人。曾祖
　　　　綰、祖洵武,《宋史》均有傳,以父子先後附王安石、二蔡,故傳
　　　　中無善語。椿著《畫繼》十卷,《四庫全書總目》著錄,評謂『椿,
　　　　雙流人。祖洵武,政和中知樞密院,其時最重畫學,椿以家世聞見,
　　　　綴成此書。……椿以當代之人,記當代之藝,又頗議郭若虛之遺漏,

　　高標瑤樹與瓊林，靈府清寒出苦吟。海內十年求識面，江
　　邊一見即論心。紛紛俗子常成市，亹亹微言孰賞音？聞道
　　南池梅最早，要君攜手試同尋。

詩人藉由「十年」、「一見」時間長短的強烈對比，帶出兩人一見如故，
義氣相投的交情；再以世間俗子孰賞知音的感慨抒發，映襯與對方相
知交情的難能可貴；於是在南池早梅初發的同時，詩人寄望與摯友同
尋共賞。又如〈離成都後卻寄公壽子友德稱〉〔註191〕詩云：

　　蕭條常閉爵羅門，點檢朋儕幾箇存？吾道將爲天下裂，此
　　心難與俗人言。逢時尚可還三代，掩卷何由作九原。寄語
　　龜城舊交道，新涼殊憶共清尊。

陸游輾轉遷流的宦途中，有感於知音難尋，處境艱維，故寄語舊交摯
友，清尊共賞的美好回憶。
　　故友知交歡會相聚的美好回憶，最易牽引詩人無限思念之情，如

<hr>

　　故所收未免稍寬。然網羅賅備，俾後來得以考核。其持論以高雅爲
　　宗，不滿徽宗之尚法度，亦不滿石恪等之放佚，亦爲平允。固賞鑑
　　家所據爲左驗者矣。』……」（上海：上海古籍出版社，1985 年 11
　　月第 1 版），頁 165。
〔註191〕　《詩稿校注》卷五，冊一，頁 434。公壽：同上註；子友：據錢仲
　　聯〈宇文子友聞予有西郊尋梅詩以詩借觀次其韻〉（卷三）題解所
　　云：「《南宋館閣續錄》卷七：『（祕書丞）宇文子震，字子友，成都
　　人。隆興元年木待問榜進士出身。治詩賦。（淳熙）六年四月除，
　　七年三月爲著作郎。』又卷八：『（著作郎）宇文子震，（淳熙）七
　　年三月除，十月爲戶部郎官淮東總領。』《民國華陽縣志》卷一一
　　〈華陽宇文氏世族表〉：『子震，字子友，見《畫繼》。著作郎，權
　　金部郎中，見《朝野雜記》。又陳傅良《止齋集》外制有〈宇文子
　　震知潼川府敕〉。』按：游與子震交誼至篤，《詩稿》卷三八〈思蜀〉
　　第二首有『意氣成州共死生』句，自注云：『成州守宇文子震子友。』
　　卷五有〈題宇文子友所藏薛公鶴〉、〈離成都後卻寄公壽子友德稱〉
　　詩。」頁 294。德稱：據《文集》卷三十三〈青陽夫人墓誌銘〉所
　　云：「季壬解褐，爲崇慶府府學教授，凡四年，徙成都府。吏部以
　　橋寓格不下，執政爲奏，復還崇慶以便養。命至，而夫人棄見孤矣。
　　初，命教成都，今樞密使周公貳大政，知予與季壬友，以書來告曰：
　　『石室得人矣。』季壬有學行，爲諸公大人所知蓋如此，以故士皆
　　慕與之交……予與季壬，實兄弟如也。……」頁 204～205。

〈別後寄季長〉〔註192〕詩云：

> 俗子俗到骨，一揖已溷人：不知此曹面，何處得許塵？
> 我非作崖塹，汝自不可親。道途逢使君，令我生精神，
> 頓增江山麗，更覺風月新。對床得晤語，傾倒夜達晨。
> 盂起望縛褲，小醉或墮巾。繚出錦城南，問訊江梅春。
> 煎茶憩野店，喚船截煙津，淒涼弔廢苑，蕭散誇閑身。
> 暮歸度略　　，月出水鱗鱗。思君去已遠，此會何由頻？

陸游從與友人相遇前，無人可親的孤寂景況說起，直至兩人相遇，遂
「生精神」；白天同遊共賞，夜晚秉燭共話，不論是城南賞梅、野店
煎茶、煙津喚船、廢苑弔古，都是共同的回憶；心境上或淒涼或蕭散，
也是彼此分享；最後在暮歸度橋，月光照水的回程之景裡，是回憶的
結束，也是思念的開始。於是在美好回憶的映襯之下，「思君去已遠，
此會何由頻」的設問之語也就更見深刻。又如〈寄王季夷〉〔註193〕
詩云：

> 平生吾子最知心，巴隴飄零歲月侵。萬里喜聞身尚健，五
> 更惟有夢相尋。插花意氣狂如昨，中酒情懷病至今。共約
> 暮年須強飯，天台盧阜要登臨。

詩中雖不述具體回憶，然由首句「平生吾子最知心」已見交情。在溫
情的慰問與尋常的誓言裡，更見雙方友誼之綿長。

〔註192〕《詩稿校注》卷九，冊二，頁 750。季長：據錢仲聯〈次韻張季長
題龍洞〉（卷三）題解所云：「《崇慶縣志》：『張縝，字季長，江源
人。隆興進士。初爲幕職，遷秘書省正字，大理寺少卿，與郡人閻
蒼舒同官。後出爲夔州路轉運使。富于文。晚歲致仕歸里，著書凡
數百卷。同時吳可嘗嘆未見其《陶靖節年譜辨正》。……縝，亦當
時名人魁士也。惜行事　傳。惟與陸游同在南鄭幕，交最密，以道
義相切琢。縝沒後，游賦詩以寄其悲，……』」頁 237。

〔註193〕《詩稿校注》卷九，冊二，頁 756。王季夷：據《文集》卷三十九
〈孺人王氏墓表〉所云：「父諱崳，字季夷，負天下才名。……予
與待制（司馬伋）及季夷少共學，情好均兄弟，兩公又皆娶中表孫
氏。」頁 246。又陳振孫《直齋書錄解題》卷二十有云：「王季夷《北
海集》二卷，北海王崳季夷撰。紹興間名士。寓居吳興。陸務觀與
之厚善。」

　　有時也在寄予友人的詩作中抒發自身的牢騷，如〈初到蜀州寄成
都諸友〉〔註194〕詩云：

> 流落天涯鬢欲絲，年來用短始能奇。無材藉作長閒地，有
> 懣留爲劇飲資。萬里不通京洛夢，一春最負牡丹時。裒幎
> 報與諸公道，眉畫亭邊第一詩

詩人流落天涯、年華老大的身世哀感，以及欲隱不得、欲歸不行的掙
扎矛盾，在寄予友人的詩作中剖析呈現。

　　此外，陸游在蜀中時與道士往來，亦曾賦詩相贈，如〈青羊宮小
飲贈道士〉〔註195〕詩云：

> 青羊道士竹爲家，也種玄都觀裏花。微雨晴時看鶴舞，小
> 窗幽處聽蜂衙。藥爐宿火熒熒煖，醉袖迎風獵獵斜。老我
> 一官眞漫浪，會來分子淡生涯。

當詩人暫時脫身塵世紛雜，居處於煉藥成仙的道觀裡，似乎也能融入
其中，展現不拘世俗的落拓情懷。

二、酬　和

　　如果說陸游寄贈友人的詩作，集中表現了思憶之情，那麼從他
的酬和詩裡，我們則可以見出屬於他自己個人的見解與內在情志的
發抒。如乾道八年作於南鄭的〈和高子長參議道中二絕〉（其一）〔註
196〕詩云：

> 梁州四月晚鶯啼，共憶扁舟眉畫谿。莫作世間兒女態，明
> 年萬里駐安西。

詩人在南鄭「四月晚鶯啼」的景象裡，追憶與友人過往的回憶；回憶
中充滿寧靜溫柔的畫面，卻以「莫作世間兒女態」見解抒發，將詩意

〔註194〕《詩稿校注》卷三，冊一，頁298。
〔註195〕《詩稿校注》卷九，冊二，頁723。
〔註196〕《詩稿校注》卷三，冊一，頁235。高子長：據《文集》卷二十九
　　　　〈跋高大卿家書〉所云：「子長大卿，取予表從母之女，故自少時
　　　　相從。後又同入征西大幕，情分至厚。讀此數書，如見其長身蒼髯，
　　　　意象軒舉也。」頁182。

轉向「明年萬里駐安西」的內在想望，表現了積極樂觀的精神。即使
在宴飲歡會的酬和中，陸游依舊不忘表達恢復立場，〈次韻子長題吳
太尉雲山亭〉〔註197〕詩云：

> 參謀健筆落縱橫，太尉清樽賞快晴。文雅風流雖可愛，關
> 中遺虜要人平。

在眾人賞愛文雅風流之際，詩人仍舊心繫恢復事業，故而發出「關中
遺虜要人平」的警語。而在淳熙四年作於成都的〈和范舍人病後二詩
末章兼呈張正字〉（其一）〔註198〕一詩中，陸游同樣提醒相交密切的
范成大垂意於恢復事業的進行：

> 放衙元不為春醒，澹蕩江天氣未清。欲賞園花先夢到，忽
> 聞簷雨定心驚。香雲不動熏籠暖，蠟淚成堆斗帳明。關隴
> 宿兵胡未滅，祝公垂意在尊生。

詩中的前四句，還帶著和詩的應酬之語；五六句卻轉向指出范成大的
身份，隱約蘊含著責任的歸屬；七八句則正面提出要求，寄望范成大
肩負起恢復中原的重任。

　　除了恢復大業的點醒，陸游在和友人的詩作中，有時也藉以抒發
內在的心境，帶著自我剖白的意味，如淳熙三年作於成都的〈和范待
制秋興〉（其一）〔註199〕詩云：

> 策策桐飄已半空，啼螿漸覺近房櫳。一生不作牛衣泣，萬
> 事從渠馬耳風。名姓已甘黃紙外，光陰全付綠尊中。門前
> 剝啄誰相覓，賀我今年號放翁。

按《宋史》本傳所載：「范成大帥蜀，游為參議官，以文字交，不拘
禮法，人譏其頹放，因自號放翁。」〔註200〕可知陸游在此詩中展現
了傲睨世俗的超脫與豁達，同時又含藏著自我嘲諷的意味。雖說「名

〔註197〕《詩稿校注》卷三，冊一，頁238。
〔註198〕《詩稿校注》卷八。范舍人：即范成大，其與陸游交誼詳見第二章
　　　　第二節；張正字：即張季長，見註192。
〔註199〕《詩稿校注》卷七，冊二，頁611。
〔註200〕（元）脫脫《宋史》卷三九五〈陸游傳〉（台北：洪氏出版社，民
　　　　國64年），頁12058。

姓已甘黃紙外，光陰全付綠尊中」，詩人終究沒有選擇隱逸山林，反而在淳熙四年十二月接受了知敘州的任命，箇中原因在〈次韻季長見示〉〔註201〕詩中明白揭示：

> 倚遍南樓十二欄，長歌相屬寓悲歡。空懷鐵馬橫戈意，未試冰河墮指寒。成敗極知無定勢，是非元自要徐觀。中原阻絕王師老，那敢山林一枕安。

陸游在複雜矛盾的情緒中，選擇再度出仕，原來不爲個人成敗，而在恢復事業的深切期許，飽含憂國的深情。

　　然而在與隱士師伯渾的和詩中，仍傳達了歸隱的意念，〈次韻師伯渾見寄〉〔註202〕詩云：

> 窮鄉久客易消魂，短髮秋來白幾分。夢泛扁舟鏡湖月，身騎瘦馬劍關雲。萬釘寶帶知何用，九轉金丹幸有聞。欲與先生同此計，會營茅舍近江濱。

詩中前四句概括了客寓蜀地的生活經歷與心中感受，在塵世的淒涼中，興起了歸隱之意，詩中自注云：「伯渾隱龍山，僕亦有結茅蟆津之意。」呈現出生命裡飽滿愛國意識的詩人隱微的另外一面。

三、尋　訪

　　陸游在蜀中的尋訪詩作並不多見，若單就結果來看，則有遇與不遇之別；其尋訪得遇者，如〈訪昭覺老〉〔註203〕詩云：

〔註201〕《詩稿校注》卷九，冊二，頁747。

〔註202〕《詩稿校注》卷五。師伯渾：據《老學庵筆記》卷三所云：「師渾甫，本名某，字渾甫。既拔解，志高退，不赴省試，其弟乃冒其名以行，不以告渾甫也，俄遂登第。渾甫因以字爲名而字伯渾。」同註8，頁18。又《文集》卷十四〈師伯渾文集序〉云：「乾道癸巳，予自成都適犍爲，識隱士師伯渾於眉山；一見，知其天下偉人。……伯渾自少時，名震秦蜀，東被吳楚，一時高流皆尊慕之，願與交。方宣撫使臨邊圖復中原，制置使并護梁益兵民，皆巨公大人，聞伯渾名，將聞於朝，而卒爲忌者所沮。」頁79。

〔註203〕《詩稿校注》卷八，冊二，頁667。昭覺：據《嘉慶四川通志》卷三八〈輿地志寺觀〉一：「成都縣，昭覺寺，在縣北十五里。唐乾符中建，爲了覺禪師宴居之所。宋爲圓悟祖師道場。」又曹學佺《蜀

　　久矣耆年罷送迎，喜聞革履下堂聲。遊山笑我蕢直去，過
　　夏憐君太瘦生。庭際楠陰凝晝寂，牆頭鵲語報秋晴。功名
　　已付諸賢了，長作閑人樂太平。

首聯寫尋訪得遇的欣喜之情；頷聯寫人情，用佛典〔註204〕正與「昭
覺」老相應；頸聯寫所見「昭覺」禪寺之景，寧靜而清幽；末聯則在
透徹人情與清幽景象的襯托之下，發抒內心淡泊功名，欲作太平閑人
的想望。

　　其訪不遇者，如〈訪客不遇〉〔註205〕詩云：

　　風急斜吹帽，泥深亂濺衣。杜門常畏罵，訪客卻空歸。
　　老馬舉蹄嬾，枯槐無葉飛。驅馳幾時了，散髮憶苔磯。

詩人訪客道途中是「風急」、「泥深」的艱難景況，一路尋來，「訪客
卻空歸」，足見其惆悵失落之情。悵悵情緒表現在「老馬舉蹄嬾，枯
槐無葉飛」之中，而善感的詩人，更由此牽動了生平輾轉遷流的內
在悲感。

四、送　別

　　陸游在蜀中留滯的時間如許之長，難免須面臨與友人分離的景
況，在送行友人「東歸」的詩作中，詩人除了依依不捨之情，更有
眷念鄉關之思，如乾道八年作於南鄭的〈送劉戒之東歸〉〔註206〕詩

　　中名勝記》卷三〈成都府〉三：「（北門）昇仙橋北，長林蒼翠，曲
　　澗潺湲，大非人世間境，乃昭覺禪寺。」轉引自錢仲聯注語。見《詩
　　稿校注》卷六〈人日飯昭覺〉，冊二，頁534。
〔註204〕「遊山」句典出《景德傳燈錄》卷十：「有僧遊五臺，問一婆子云：
　　臺山路向什麼處去？婆子云：驀直恁麼去。僧便去。」「過夏」典
　　出《景德傳燈錄》卷二七：「有僧親附老宿，一夏不蒙言誨。僧歎
　　曰：只恁麼空過一夏，不聞佛法！」皆用佛典。
〔註205〕《詩稿校注》卷九，冊二，頁727。
〔註206〕《詩稿校注》卷三，冊一，頁239。劉戒之：據《文集》卷三十一
　　〈跋劉戒之東歸詩〉所云：「乾道中，予與戒之同在宣撫使幕中，
　　同舍十四五人。宣撫使召還，予輩皆散去。犯西叔、宇文叔介最先
　　下世，其餘相繼凋落。至開禧中，獨予與張季長猶存。今春，季長
　　復考終於江原。予年開九秩，獨幸未書鬼錄，偶得戒之郎君市征君

云：

> 去國三年恨未平，東城況復送君行。難憑魂夢尋言笑，空
> 向除書見姓名。殘日半竿斜谷路，西風萬里玉關情。蘭臺
> 粉署朝回晚，肯記釐官數寄聲？

陸游送行友人東歸，而念及自己「去國三年」，鄉愁依然；伴隨著眼前「殘日」、「西風」的離別之景，末聯的設問更顯得淒涼無比，其中交雜著詩人的鄉愁與離情。又如〈送范西叔赴召〉（其一）〔註207〕詩云：

> 天涯流落過重陽，楓葉搖丹已著霜。衰病強陪蓮幕客，淒
> 涼又送石渠郎。杜陵雁下悲徂歲，笠澤魚肥夢故鄉。便恐
> 從今長隔闊，舊交新貴例相忘。

同樣在臨別懷友中寄寓著思鄉之緒。有時則在送別詩作中，寄寓憂國情懷，如淳熙四年六月作於眉州的〈送范舍人還朝〉〔註208〕詩云：

> 平生嗜酒不爲味，聊欲醉中遺萬事。酒醒客散獨悽然，枕
> 上屢揮憂國淚。君如高光那可負，東都兒童作胡語；常時
> 念此氣生癭，況送公歸覲明主。皇天震怒賊得長，三年胡
> 星失光芒。旄頭下掃在旦暮，嗟此大議知誰當。公歸上前
> 勉畫策，先取關中次河北。堯舜尚不有百蠻，此賊何能穴
> 中國。黃扉甘泉多故人，定知不作白頭新。因公併寄千萬
> 意，早爲神州清虜塵。

淳熙四年六月，范成大奉召還朝，陸游送行至眉州，分離時賦此詩。全詩不述離情，旨在抒發憂國情懷以及表達時局見解。詩分三層，第一層是詩人自我剖析，嗜酒之因緣於無以遏止的憂國之情，彷彿寓含著對現實無言的抗議；第二層由范成大還朝覲主而聯想當前時局動

所藏送行詩，觀之，悵然如隔世事也。爲之流涕。」頁191。

〔註207〕《詩稿校注》卷三，冊一，頁242。范西叔：據《文集》卷十四〈送范西叔序〉所云：「乾道壬辰二月，予道益昌，始識范東叔（仲藝）。後月餘，遂與東叔兄西叔爲僚於宣威幕府。又三月，西叔以樞密使薦，趣召詣行在所。……九月丁丑，西叔始東下。同舍相與臨漾水，置酒賦詩，而屬予爲序。」頁77～78。

〔註208〕《詩稿校注》卷八，冊二，頁651。

盪，山河淪陷之悲；第三層可謂此詩創作的中心主旨，亦即寄望摯友還朝，能夠團結朝中舊友勢力，制訂北伐策略，恢復神州本來面貌。全詩言辭懇切、旨意鮮明，故而動人。

第五章　陸游蜀中詩歌之藝術表現

　　　　上一章節從多方面的角度呈顯了陸游蜀中詩作的題材內容與情感表現，然而詩人藉著詩歌描繪事物、表達心曲，並非直接地將經驗當作「內容」傾注於「形式」中，而是經由語言的探索與技巧的安排重現其經驗，形成藝術化的境界。以蜀中詩作而言，不論是內涵上的意象經營，字句方面的修辭效果，以及對偶所產生的優美形式，均足見陸游為詩藝表現所貢獻的一己心力。因此本章擬就意象之塑造、修辭之技巧與對偶之形式三方面，探討陸游蜀中詩歌的藝術表現。

第一節　意象之塑造

　　　　提及「意象」，或許有人認為是英美意象派詩歌理論中「Image」〔註1〕一詞的譯文。其實意象是中國古代詩論中固有的概念，從《周

〔註1〕關於西方意象理論，據 RENE & WELLEK 著、梁伯傑譯《文學理論》第十五章〈意象、隱喻、象徵、神話〉中論述：「意象（image）是一個兼屬心理學上和文學研究上的課題。在心理學方面，『意象』一詞意指過去的感受上或知覺上的經驗在腦海中的一種重演或記憶，所以並不一定指視覺的經驗而言。……身為幾個詩派運動的理論家的龐德（Ezra Pound），即界定『意象』不是圖畫性的再呈演，而是呈現『知性上與感情上的瞬間的複雜經驗』，是『數個不同意念的一種統合。』」（台北：水牛出版社，民國 84 年 11 月 10 日三版二刷），頁 278～280。從西方對「image」的界義看來，指的是心理學上的表

易・繫辭》所提「立象以盡意」〔註2〕之說開始，以象爲意的寄託、喻借物，已經具有啓示性的作用。到了劉勰《文心雕龍・神思》篇中正式標舉「意象」一詞，並引入審美範疇的文學理論中應用：「然後使玄解之宰，尋聲律而定墨；獨照之匠，窺意象而運斤：此蓋馭文之首術，謀篇之大端。」〔註3〕以爲創作的過程，是通過對自然之物的觀照，在腦海中形成鮮明的形象，才開始動筆寫作的；可知此「象」是作家主觀意念中的形象。唐代王昌齡的《詩格》，則對意象的藝術特點作了更明確的說明：「搜求於象，心入於境，神會於物，因心而得。」〔註4〕認爲意象是一種主客融合的產物。中國古典詩歌因爲形式上的要求，追求含蓄的意境，因而自覺地提出「意象欲出，造化已奇」〔註5〕的詩歌審美標準。然而意象在整個中國古代

象、心象或語言上的隱喻、象徵，屬於想像的產物。此外，從汪裕雄《意象探源》中的研究指出：「法國象徵主義詩人瓦萊里（Paul Valery，1871~1945）主張詩歌語言應和『image』結合得天衣無縫而表現出一個類乎夢境的『世界幻象』。美國意象派詩人龐德（Ezra Pound，1885~1972）則因從事唐詩英譯工作，嘆服唐詩意象之精妙，起而反對一覽無遺的直抒胸臆，反對將詩歌當作情感的噴射器，主張以『準確的意象』充當情感的『對等物』，尤其重視隱喻性意象。」（安徽：安徽教育，1996 年 4 月一版一刷），頁 328。可知中國古典詩歌啓發了西方意象派詩人的靈感，並且在其詩歌理論發展的過程中起了一定程度的作用。

〔註2〕 根據《周易・繫辭》（下）所云：「子曰：『書不盡言，言不盡意』。然則聖人之意，其不可見乎？子曰：『聖人立象以盡意，設卦以盡情僞，繫辭焉以盡其言，變而通以盡利，鼓之舞之以盡神。』……是故夫象，聖人有以見天下之賾，而擬諸其形容，象其物宜，是故謂之象。」可知卦象乃是聖人主觀情意與客觀物象的結合。參見周振甫註譯《周易譯註》（台北：五南圖書出版有限公司，民國 84 年 6 月二版），頁 433。

〔註3〕 （梁）劉勰著；周振甫注《文心雕龍注釋》（台北：里仁書局，民國 87 年 9 月 28 日初版三刷），〈神思第二十六〉，頁 515。

〔註4〕 （唐）王昌齡《詩格》。見胡問濤、羅琴校注《王昌齡集編年校注》（成都：巴蜀書社，2000 年 10 月第一次印刷），頁 319。

〔註5〕 （唐）司空圖《二十四詩品》（台北：金楓出版社，1987 年 6 月初版），頁 83。

文藝理論的發展中，雖被廣泛普遍的使用，卻也有意蘊複雜、用法不一的情形存在，根據當代學者袁行霈先生的整理與研究，得出了明確的結論：

> 物象是客觀的，它不依賴人的存在而存在，也不因人的喜怒哀樂而發生變化。但是物象一旦進入詩人的構思，就帶上了詩人主觀的色彩。這時它要受到兩方面的加工：一方面，經過詩人審美經驗的淘洗與篩選，以符合詩人的美學理想和美學趣味；另一方面，又經過詩人思想感情的化合與點染，滲入詩人的人格和情趣。經過這兩方面加工的物象進入詩中就是意象。……因此可以說，意象是融入了主觀情意的客觀物象，或者是借助客觀物象表現出來的主觀情意。〔註6〕

於是我們可以進一步斷言，意象的形態和特徵，其實也正是詩人心象的自然流露；詩人將自己的審美感受寄託在客觀物象中，因象取意或以意役象，表達出胸中豐富而強烈的思想情感。而讀者則經由意象的表述，喚起心象內的感官知覺，與詩中情境產生互動。因而意象不論就藝術創作或審美範疇而言，都扮演關鍵性的角色，是詩歌構成最基本的元素。

於是當我們通過對詩人作品的意象分析，不僅可以從中歸納詩人鎔鑄意象的藝術手法，更可以對詩人的知覺想像與思想情感作進一步的認識，這對於探究詩人內在心靈與詩作藝術表現而言，無寧是一舉兩得的最佳進路。除此之外，時代是孕育作家創作的搖籃，詩人是社會的一份子，因此大環境的氛圍自然給予詩人或多或少的影響；從詩人鎔鑄的意象分析，足以見出時代投注在詩人心靈產生了多大的迴響。更何況陸游有著如此強烈的時代使命感，展現在詩中的歷史性與民族性更是如此鮮明，這種鮮明的特性，從他取象的類型聯繫情感的表現將足以充分掌握。然而我們也不應過份強調詩人的主觀情意而忽

〔註6〕袁行霈《中國詩歌藝術研究》（台北：五南圖書出版有限公司，民國88年5月初版三刷），頁61。

略了客觀物象就詩歌創作所起的作用；以陸游而言，若不是遠離山溫水暖的江南故鄉，過盡湍急險峻的長江三峽入蜀，與此地的山川器物、草木鳥獸相交接，如何產生這些具有強烈時代意義的作品？正所謂「河山風景之感，益難言矣」﹝註7﹞，用以形容蜀中詩作似乎頗為貼切。因此客觀物象的存在必然有其一定的作用，只是這樣的作用乃為詩人的主觀情意所統攝。

以下即分別就蜀中詩作取象類型與意象塑造兩方面著手，聯繫詩人內在的情感表現與呈顯於外的藝術手法。

一、取象類型與情感表現

從以上對於意象的論述中，我們得知構成意象二元之一的客觀物象為詩人主觀情意所統攝，那麼，從詩人取象的特徵進行分類，必然可以歸納出其中的意念導向與審美趣味。基於此，藉由陸游選取物象的特徵，以聯繫其內在深層的情感表現，將足以揭示客觀物象與主觀情意是如何通過「心靈化」﹝註8﹞的過程而充分融合。

以下從陸游蜀中詩作中提列出三種較常為詩人使用的意象典型以進行討論。

（一）造化萬端、寄寓壯志的刀劍意象

蜀中詩作中，關於刀、劍、戈、弓、箭等征戰行獵所使用的器物意象，出現次數有近五十首之多，已成為這個時期創作的一種典型。尤其是刀劍意象，更成了詩人壯志的物化，寄託著陸游報國恢復的理想。這與詩人年少習劍﹝註9﹞，盼能親臨戰場，一展抱負的心理期望

﹝註7﹞ （清）周鎬〈陸詩選註序〉。轉引自孔凡禮、齊治平編《古典文學研究資料彙編‧陸游卷》（北京：中華書局出版，1965 年 2 刷），頁 326。

﹝註8﹞ 黑格爾曾說：「在藝術裡，感性的東西是經過心靈化了，而心靈的東西也借感性化而顯現出來。」朱孟實譯《美學》（一）（台北：里仁書局，民國 70 年 5 月 18 日），頁 51。

﹝註9﹞ 《詩稿校注》，冊二，卷六〈甲午十一月十三夜夢右臂踴出一小劍長八九寸有光既覺猶微痛也〉：「少年學劍白猿翁，曾破浮生十歲功。」

當有直接的關係。如〈金錯刀行〉〔註10〕詩云：

> 黃金錯刀白玉裝，夜穿窗扉出光芒。丈夫五十功未立，提刀獨立顧八荒。京華結交盡奇士，意氣相期共生死。千年史策恥無名，一片丹心報天子。爾來從軍天漢濱，南山曉雪玉嶙峋。嗚呼！楚雖三戶能亡秦，豈有堂堂中國空無人！

詩中藉由南山的潔白嶙峋與金錯刀之光芒四射相互映襯，使得二者的意象更為生動鮮明，而詩人「一片丹心報天子」的壯志亦凝聚在刀劍與山勢相契合的豐厚意象當中，顯得雄奇而壯闊。

在陸詩中，刀劍豪氣與山川雄偉，兩者存在著內在必然的關連性，如〈風雨中望峽口諸山奇甚戲作短歌〉〔註11〕詩云：

> 白鹽赤甲天下雄，拔地突兀摩蒼穹。凜然猛士撫長劍，空有豪健無雍容，不令氣象少渟滀，常恨天地無全功。今朝忽悟始歎息，妙處元在煙雨中。太陰殺氣橫慘澹，元化變態含空濛。正如奇才遇事見，平日乃與常人同。安得朱樓高百尺，看此疾雨吹橫風。

詩中通過山川奇景的刻畫來表達自己的理想抱負。於是峻峭挺拔的「白鹽」、「赤甲」二山，在詩人眼中猶如「猛士撫長劍」的豪氣呈顯；並且由雄偉山勢在煙雨中的奇幻變化，拉合到英雄奇才處於人世間所必須經歷的磨難。在這裡，陸游巧妙地結合眼前壯闊奇景與「猛士」、「長劍」的雄豪意象，使其蓄勢待發，準備一展所長的英雄形象得以充分展露。必須強調的是，陸游心中的英雄壯志總是配刀持劍、馬上殺敵，滿溢著勇猛報國的強烈情感，如：

> 將軍櫪上汗血馬，猛士腰間虎文韜。階前白刃明如霜，門外長戟森相向。〔註12〕
>
> 佩刀一刺山為開，壯士大呼城為摧，三軍甲馬不知數，但

頁 503。

〔註10〕《詩稿校注》，冊一，卷四，頁 361。

〔註11〕《詩稿校注》，冊一，卷三，頁 189。

〔註12〕《詩稿校注》，冊一，卷四〈九月十六日夜夢駐軍河外遣使招降諸城覺而有作〉，頁 344。

見動地銀山來。〔註13〕

百金戰袍鶡鶡盤，三尺劍風霜雪寒。一朝出塞君試看，旦發寶雞暮長安。〔註14〕

將刀劍意象鎔鑄於邊塞征戰的壯闊情景中，運用誇張的手法抒寫理想與壯志，並於強烈的激情中渲染浩大的聲勢，開出雄闊的氣象。又如：

幽人枕寶劍，殷殷夜有聲。人言劍化龍，直恐興風霆；不然憤狂虜，慨然思遠征。〔註15〕

寶刀出匣揮雪刃，大舸破浪馳風檣。〔註16〕

我有劍俠非常人，袖中青虵生細麟。騰空頃刻已千里，手決風雲驚鬼神。〔註17〕

青碧一削平無蹤，浩歌卻過蓮花峰。世人仰視那得測，但怪雪刃飛秋空。〔註18〕

世無知劍人，太阿混凡鐵。至寶棄泥沙，光景終不滅。一朝斬長鯨，海水赤三月。隱見天地間，變化豈易測。〔註19〕

經由詩人的誇張渲染，刀劍意象往往伴隨著超越現實的神奇幻想，而顯得造化萬端，變幻莫測。如此一來，寶劍配壯士，自然也就順理成章了，因此〈秋聲〉詩云：「快鷹下韝爪觜健，壯士撫劍精神生。」〔註20〕蒼鷹的勁健正象徵著壯士勇猛的精神，是詩人自身的形象，也是廣大抗戰英雄的化身。

從上述這些鎔鑄著刀劍雄闊意象的詩句例證中，皆飽含著詩人愛國的豪情與壯烈的理想，是陸游匠心獨運、苦心經營的成果。而讀者從中領略到的，除了感官知覺的震撼外，更多的是經由詩人內在想望噴薄而出的情感共振效果。然而，「意象是一種選擇，對特殊情境中

〔註13〕 《詩稿校注》，冊二，卷八〈出塞曲〉，頁 624。
〔註14〕 《詩稿校注》，冊二，卷九〈秋興〉，頁 698。
〔註15〕 《詩稿校注》，冊一，卷四〈寶劍吟〉，頁 352。
〔註16〕 《詩稿校注》，冊一，卷四〈醉後草書歌詩戲作〉，頁 377。
〔註17〕 《詩稿校注》，冊二，卷七〈劍客行〉，頁 601。
〔註18〕 《詩稿校注》，冊二，卷八〈融州寄松紋劍〉，頁 616。
〔註19〕 《詩稿校注》，冊二，卷九〈劍客行〉，頁 727。
〔註20〕 《詩稿校注》，冊一，卷五，頁 422。

心靈對應物的選擇」；並且是通過詩人複雜的心理結構所作出的抉擇。就歷時性而言，它可能隨著詩人生命體驗、心境轉化而有所不同；就共時性而言，詩人內心可能同時存在著兩種不同的情緒感受﹝註21﹞。因此，作爲壯心物化的刀劍意象，除了開出雄奇壯闊、造化萬端的驚人氣象外，也將隨著詩人理想的失落而憑添哀感，如：

> 逆胡未滅心未平，孤劍床頭鏗有聲。﹝註22﹞
> 鴈來不得中原信，撫劍何人識壯心！﹝註23﹞
> 國讎未報壯士老，匣中寶劍夜有聲。﹝註24﹞
> 醉中拂劍光射月，往往悲歌獨流涕。﹝註25﹞

隨著胸中悲憤之情的激盪不平，詩人心靈的另一端有偶現的隱逸之趣，「賣劍捐書絕世緣，掩關高枕送流年」﹝註26﹞，可知詩人捐棄壯志，與世隔絕的方式便是「賣劍捐書」；另一方面，陸游既以「賣劍」作爲捐棄壯志的象徵，則「攜劍」也就自然而然成爲重拾壯志的思想聯繫，其詩云：「江湖舟楫行安往，燕趙風塵久未平。飲罷別君攜劍起，試橫雲海翦長鯨。」﹝註27﹞將「攜劍」作爲割斷歸隱山林的念頭、重拾報國壯志的象徵意象，則陸游以刀劍意象寄寓報國壯志的意圖已分明可見。

　　誠然以刀劍作爲壯心物化的對象，並非始於陸游。單就「劍」本身而言，其發展歷程即帶有濃厚的歷史文化積澱，從防身兵器到身份表徵，從通靈寶劍到才能象徵，在流傳的過程中，逐漸被賦予新的內容，是文人推波助瀾的結果。﹝註28﹞而陸游於刀劍意象的塑造，顯然

﹝註21﹞ 參見楊義《李杜詩學》（北京：北京出版社，2001年3月第1版），頁629。

﹝註22﹞ 《詩稿校注》，冊一，卷三〈三月十七日夜醉中作〉，頁299～300。

﹝註23﹞ 《詩稿校注》冊一，卷五〈秋思〉，頁441。

﹝註24﹞ 《詩稿校注》，冊一，卷五〈長歌行〉，頁467。

﹝註25﹞ 《詩稿校注》，冊二，卷六〈樓上醉歌〉，頁522。

﹝註26﹞ 《詩稿校注》，冊二，卷九〈晚起〉，頁717。

﹝註27﹞ 《詩稿校注》卷七〈野外劇飲示坐中〉，冊二，頁597～598。

﹝註28﹞ 參見李冰〈李白與劍——由李白詩中的劍意象看其人形象〉，《中國古典文學與文獻學研究》（第一輯）（北京：學苑出版社，2002年11

也繼承了前代詩人的表現傳統，尤其與李白詩中的「劍」意象有異曲同工之妙。試看李白〈古風〉（其十六）詩中所云：「寶劍雙蛟龍，雪花照芙蓉。精光射天地，雷騰不可衝。」〔註29〕通過極力渲染寶劍之精妙非凡以襯托詩人超拔之壯志，與上引陸詩中造化萬端的刀劍意象，實有相通之處。此外，將上引陸詩中「丈夫五十功未立，提刀獨立顧八荒」、「醉中拂劍光射月，往往悲歌獨流涕」、「飲罷別君攜劍起，試橫雲海剗長鯨」等句，聯繫李白作品中如：「停杯投箸不能食，拔劍四顧心茫然」、「三杯撫劍舞秋月，忽然高詠涕泗漣」〔註30〕與「安得倚天劍，跨海斬長鯨」〔註31〕的詩句來看，則不僅情感表現相同，且於意象塑造的手法亦相當類似，足見其學習轉化之跡。惟陸詩中的刀劍意象，儘管想像奇特、造化萬端，最終仍舊拉合到當前局勢的現實感懷，這是時代作用於詩人心靈的結果。

（二）衰颯頹廢、淒涼悲憤的白髮意象

白髮、白頭、白首、衰鬢、衰髮、雪鬢等年華老逝的意象，存在蜀中詩作中多達八十餘首。所謂「白髮」的意象，自然由傷逝年華而來，這是就普遍的層面而言，然而針對陸游個人的身世之感，所需探究的則是隨之興起的內心哀感；歸納而言，約之有二端：其一為流落異鄉的遊子之情，其二為壯志未酬的失路之感。當然詩人善感的心靈，時而雜揉著複雜的情緒，更添萬般無奈與淒涼之感。

故鄉的所在，一直是古代文人志士飄泊天涯時心靈回歸的終極處所。久客蜀地的陸游，隨著年華歲月的逐漸老逝，思鄉情切更因衰颯頹廢的白髮意象渲染成一片孤寂悽愴的心靈氛圍。如：

清淚不隨春雨斷，孤吟欲和暮猿哀。皂貂破弊歸心切，白

月），頁367～370。

〔註29〕 李白〈古風〉（其十六）。見（清）聖祖《御定全唐詩》（台北：台灣商務印書館，民國75年7月，《景印文淵閣四庫全書》本），冊一四二四，卷一六一，頁6。

〔註30〕 李白〈玉壺吟〉。同前註，卷一六六，頁3。

〔註31〕 李白〈臨江王節士歌〉。同註29，卷一六三，頁8。

髮淒涼老境催。〔註32〕

歲月背人去，鄉閭何日歸？脫巾還感歎，殘髮不勝稀。〔註33〕

魚復城邊逢雁飛，白頭羈客恨依依。遠遊眼底故交少，晚歲人間樂事稀。〔註34〕

減盡腰圍白盡頭，經年作客向夔州。流離去國歸無日，瘴癘侵人病過秋。〔註35〕

故山有約頻回首，末路無歸易斷魂。短鬢蕭蕭不禁白，強排幽恨近清樽。〔註36〕

痛飲何由從次道，並遊空復憶安期。天涯又作經年客，莫對青銅恨鬢絲。〔註37〕

衰髮不勝簪，馳驅豈復堪。客魂迷劍外，歸思滿天南。〔註38〕

明窗短壁拂蛛絲，常是江邊送客時。留滯錦城生白髮，不如巢燕有歸期。〔註39〕

通過衰颯頹廢的白髮意象所營造出孤寂淒涼的老境，使得詩人遊子思歸的情緒滿溢在詩句中。不論是結合「清淚」、「暮猿」的哀淒物象，抑或飽含「客魂迷劍外，歸思滿天南」的情感深度；不論是透過「朝燕歸期」反襯當下「錦城白髮」，抑或經由「青銅」、「鬢絲」的強烈對比而生「恨」。總之，在這些足以引人傷心慘目的物象裡，白髮意象貫串其中，滲透著詩人無限歸思與幽恨。

〔註32〕《詩稿校注》，冊一，卷二〈鄉中每以寒食立夏之間省墳客夔適逢此時悽然感懷〉（其二），頁187。
〔註33〕《詩稿校注》，冊一，卷二〈夜坐庭中〉，頁190。
〔註34〕《詩稿校注》，冊一，卷二〈秋思〉，頁200。
〔註35〕《詩稿校注》，冊一，卷二〈九月三十日登城門東望悽然有感〉，頁206。
〔註36〕《詩稿校注》，冊一，卷三〈三泉驛舍〉，頁254。
〔註37〕《詩稿校注》，冊一，卷五〈秋思〉（其二），頁444。
〔註38〕《詩稿校注》，冊二，卷六〈郫縣道中思故里〉，頁490。
〔註39〕《詩稿校注》，冊二，卷八〈城北青蓮院方丈壁間有畫燕子者過客多題詩予亦戲作二絕句〉，頁671。

　　另一方面，蜀中詩作中的白髮意象也時而沾染著英雄失路、報國無門之慨，於衰颯凝重的心理氛圍外，更激盪著沈痛悲憤的憂國思緒。如〈太息　宿青山舖作〉（其一）〔註40〕詩云：

　　　　太息重太息，吾行無終極。冰霜迫殘歲，鳥獸號落日。
　　　　秋砧滿孤村，枯葉擁破驛。白頭鄉萬里，墮此虎豹宅。
　　　　道邊新食人，膏血染草棘。平生鐵石心，忘家思報國。
　　　　即今冒九死，家國兩無益。中原久喪亂，志士淚橫臆。
　　　　切勿輕書生，上馬能擊賊。

詩中雖云「白頭鄉萬里」，但真正令詩人惆悵憤懣的緣由卻是「中原久喪亂」。其中「冰霜迫殘歲」呼應了白髮意象的悽愴，而「落日」、「孤村」、「破驛」更是映襯、突顯了「虎豹宅」淒冷寒涼的悲慘景象，使得全詩充滿了衰颯冷峻的氛圍。

　　此外，也有經由過往意氣風發的歲月對比當下的「白髮」意象，突顯失意窘境，如：

　　　　去年射虎南山秋，夜歸急雪滿貂裘。今年摧頹最堪笑，華
　　　　髮蒼顏羞自照。〔註41〕
　　　　早歲君王記姓名，只今憔悴客邊城。青衫猶是鵷行舊，白
　　　　髮新從劍外生。〔註42〕

有鎔鑄白髮意象與不悔情志於詩句中，在理想與現實相衝突之際，失路英雄的悲憤之情亦噴薄而出，激盪不已，如：

　　　　五十未名老，無如衰疾何。肺肝空激烈，顏鬢已蹉跎。〔註
　　　43〕
　　　　許國雖堅鬢已斑，山南經歲望南山。橫戈上馬嗟心在，穿
　　　　塹環城笑虜孱。〔註44〕
　　　　壯士方當棄軀命，書生詎忍開和好。孤臣白首困西南，有

〔註40〕　《詩稿校注》，冊一，卷三，頁247。
〔註41〕　《詩稿校注》，冊一，卷三〈三月十七日夜醉中作〉，頁299。
〔註42〕　《詩稿校注》，冊一，卷四〈醉中感懷〉，頁324。
〔註43〕　《詩稿校注》，冊一，卷五〈五十〉，頁438。
〔註44〕　《詩稿校注》，冊一，卷五〈觀長安城圖〉，頁449。

志不伸空自悼。〔註45〕

百歲紛紛易白頭，一年鼎鼎又清秋。壯心空似驥伏櫪，病骨敢懷狐首丘。〔註46〕

青山是處可埋骨，白髮向人羞折腰。末路自悲終老蜀，少年常願從征遼。〔註47〕

白髮淒涼故史官，十年身不到長安。即今天末弔形影，何日上前傾肺肝。〔註48〕

於是藉由白髮意象的構設，形塑出一個久客異鄉、報國無門的失路英雄，而飽含其間的是，孤寂淒涼與悲憤激情。在意象的塑造或情感的傳遞上，皆有類於杜詩中「白頭」、「白髮」的運用，如以「白頭趨幕府，深覺負平生」〔註49〕、「白髮千莖雪，丹心一寸灰」〔註50〕、「會將白髮倚庭樹，故園池臺今是非」〔註51〕、「只今未醉已先悲，數莖白髮那拋得」〔註52〕等詩句與陸游相互參照，則兩人於白髮意象中所寄寓強烈的家國情感、故國之思，實有暗合互通之處。

（三）清芳見賞、惺惺相惜的梅花意象

梅花之於陸游，其重要性不惟在蜀中詩作，甚至貫穿著陸游詩歌創作的整體歷程。然而由於前文已進行了詠梅詩作內涵的討論〔註53〕，因此，本文於此提列出梅花的意象，乃著重其鎔鑄梅花意象之用心，以推究梅花之所以成為詩人一生知己的根本原因。

〔註45〕《詩稿校注》，冊二，卷七〈夜讀東京記〉，頁592。

〔註46〕《詩稿校注》，冊二，卷七〈百歲〉，頁607。

〔註47〕《詩稿校注》，冊二，卷九〈醉中出西門偶書〉，頁726。

〔註48〕《詩稿校注》，冊二，卷九〈初春遣興三首始於志退休而終於惓惓許國之忠亦臣子大義也〉（其三），頁760。

〔註49〕杜甫〈正月三日歸溪上有作簡院內諸公〉。同註29，冊一四二五，卷二二八，頁21。

〔註50〕杜甫〈鄭駙馬池臺喜遇鄭廣文同飲〉。同註29，冊一四二五，卷二二五，頁11。

〔註51〕杜甫〈秋風二首〉（其二）。同註29，冊一四二五，卷二二二，頁24。

〔註52〕杜甫〈樂遊園歌〉。同註29，冊一四二五，卷二一六，頁17。

〔註53〕參見本文第四章第一節第三類「描繪人情風物」中所載。

　　陸游之賞梅花，乃基於自我人格的塑造與生命價值的認同，因此梅花凌霜傲雪、堅貞不屈的品格精神，便成了詩人惺惺相惜、抒寫懷抱的對象。於是陸游詩中的梅花意象，往往不再傳其清神逸韻，而旨在呈顯高潔品格。此由蜀中詩作亦見分明，惟鎔鑄意象之用心略有不同；有與桃李相比，而更見清麗芬芳，如：

> 梅花真強項，不肯落春後。俗人愛桃李，苦道太疏瘦。清芳終見賞，此事非速售。〔註54〕
>
> 西郊尋梅矜絕豔，走馬獨來看不厭。似羞流落蒙市塵，寧墮荒寒傍茆店。然自是世外人，過去生中差一念。淺顰常鄙桃李學，獨立不容鶯蝶　。〔註55〕

亦有通過「斷橋」、「幽澗」、「冰崖」、「雪谷」等艱困環境的意象，鎔鑄其卓絕獨立的不凡形象，如：

> 斷橋煙雨梅花瘦，絕澗風霜槲葉深。〔註56〕
>
> 懸知幽澗斷橋邊，已有梅花開半樹。〔註57〕
>
> 冰崖雪谷木未芽，造物破荒開此花。〔註58〕
>
> 春回積雪層冰裏，香動荒山野水濱。〔註59〕
>
> 梅花耿獨立，雪樹明前川。〔註60〕

更有著力形塑其堅貞不屈、力挽春回的慷慨氣節，有詩云：

> 精神最遇雪月見，氣力苦戰冰霜開。羈臣放士耿獨立，淑姬靜女知誰媒？摧傷雖多意愈屬，直與天地爭春回。蒼然老氣壓桃杏，笑我白髮心尚孩。〔註61〕

〔註54〕《詩稿校注》，冊一，卷二〈雪中臥病在告戲作〉，頁179。

〔註55〕《詩稿校注》，冊一，卷三〈西郊尋梅〉，頁292。

〔註56〕《詩稿校注》，冊一，卷三〈長木晚興〉，頁261。

〔註57〕《詩稿校注》，冊一，卷四〈十月九日與客飲忽記去年此時自錦屏山南道中小獵今又將去此矣〉，頁362。

〔註58〕《詩稿校注》，冊二，卷八〈梅花〉，頁622。

〔註59〕《詩稿校注》，冊二，卷九〈浣花賞梅〉，頁743。

〔註60〕《詩稿校注》，冊二，卷九〈廣都江上作〉，頁746。

〔註61〕《詩稿校注》，冊二，卷九〈故蜀別苑在成都西南十五六里梅至多有兩大樹天矯若龍相傳謂之梅龍予初至蜀嘗為作詩自此歲常訪之今復賦一首丁酉十一月也〉，頁728。

至此，梅花在詩人心中的形象已然確立，並成為陸游詩中傳達堅貞自守的人格化身。通過詠梅擬象，以象徵詩人道德人格的純淨崇高，在宋人詩作，時而可見，到了宋末方回更直言詠梅的藝術準則：「當以神仙、隱逸、古賢士君子比之，不然則以自況，若專以指婦人，過矣。」〔註62〕其間北宋林逋的詠梅詩作，開創了梅花作為人格象徵的新境界，具有劃時代的意義。〔註63〕若就林逋與陸游的詠梅詩相較，林逋專於突出梅之清神逸韻，而陸游則多詠梅之高格，於是梅以韻勝，以格高，分別體現在兩人身上。具體而言，林逋的梅是「疏影橫斜水清淺，暗香浮動月黃昏」，表現清幽意境，是淡泊出世的詩人化身；而陸游的梅是「春回積雪層冰裏，香動荒山野水濱」，展露堅貞頑強的高尚品格，不僅是詩人人格的象徵，也是愛國熱情的概括。當然細究其因，南宋時代的環境氛圍與陸游強烈外放的情感，是所以造成此種差異的主要來源。

二、意象塑造的藝術構思

　　袁行霈先生曾說：「一首詩從字面看是詞語的聯綴；從藝術構思的角度看則是意象的組合。」〔註64〕所謂意象的組合，乃是依循著詩人意象思維的軌跡來決定，因此具有獨到的審美內涵。如果說前文所提及意象之形成，所憑藉的是詩人的藝術直覺和想像，那麼如何將意象與意象間相互結合，則需通過藝術感覺中的情理邏輯，與多種藝術手段的綜合運用，進行構思鍛鍊，成就一個有機的藝術整體；亦即所謂「藝術構思」的能力。而此種能力的展現，將影響著詩人所能喚起讀者共鳴的強烈程度；由於詩重傳神與表情，因此所

〔註62〕以上宋代詠梅歷程概說，參見程杰〈「美人」與「高士」——兩個詠梅擬象的遞變〉，《南京師大學報（社會科學版）》1999年11月第6期，頁106～107。

〔註63〕參見程杰〈林逋詠梅在梅花審美認識史上的意義〉一文，收錄於《學術研究》2001年第7期。

〔註64〕同註6，頁65。

描繪的意象愈深刻鮮明、具體生動，愈能讓讀者產生如親臨感受般的貼切體證〔註65〕。基於此，本文以下擬就藝術構思的角度，提列出陸游蜀中詩作中慣用以塑造意象的寫作技巧，並探究所以能夠引起讀者共鳴的藝術成就。

（一）對比映襯，深刻鮮明

　　對比映襯的藝術手法是通過兩組互為對立、有所牴牾的意象組合在一起，使之形成鮮明的映照，從而起到深化主題的作用。誠如黃永武先生所云：

> 大凡宇宙間的人情物態，其深淺、大小、晦明、苦樂等等的比例，常須兩相比較，始顯示出明晰的概念。所以在詩歌寫作的技巧上，對於一個單寫的事物，往往不易顯示特色，那就須用背景的陪襯或對比的映照，使意象顯映出來。〔註66〕

　　此種藝術手法在蜀中詩作裡經常可見，且驅遣得當、運用嫻熟。詩人在強烈的藝術效果中，顯豁呈露其主觀意圖，傳遞心象；作用於讀者而言，則形成視覺和知覺的反差效果〔註67〕，強化了意象的內在功能，帶來形象化的啟示。對此，柯慶明先生曾提出具體的見解：

> 事實上利用景象與意念的「類似」與「對比」之並置來呈現，正是詩歌消滅了解說的精簡的表達方式；也是足以轉化內在意念與情感的體驗為欣賞者可以經驗與感受的經驗品（經驗的對象）的必然途徑（人類作夢經驗中的夢思亦往往經由相同方式來轉化為夢境）。〔註68〕

〔註65〕參見黃永武《中國詩學─設計篇》（台北：巨流圖書公司，1999年9月初版十二印），頁3。

〔註66〕同前註，頁38。

〔註67〕黃慶萱曾指出：「映襯的主觀因素，在於人類的『差異覺閾』（Difference Threshold），人類對於不同程度的兩種刺激，先後或同時出現時，只要其間的差異，達到某種程度，便能加以辨別，差異覺閾與參照刺激的強度，成一定比。」參見氏著《修辭學》（台北：三民書局，民國81年9月增訂六版），頁288。

〔註68〕柯慶明《中國文學的美感》（台北：麥田出版公司，2000年1月1日），

　　以下通過具體詩作的分析，映證陸游運用「對比」的藝術構思，所產生的審美效果，如：

　　　　百年浮世幾人樂，一雨虛齋三日涼。〔註69〕
　　　　數莖白髮愁無那，萬頃蒼池事已空。〔註70〕
　　　　海內十年求識面，江邊一見即論心。〔註71〕
　　　　林間縹緲出層樓，欄角蒼茫萬頃秋。〔註72〕
　　　　昔人千載意，忙裏一笑領。〔註73〕

在這些例子中，陸游巧妙地將多寡懸殊的意象作緊密結合，使兩種力量相互激盪，呈現巨大的張力，併發出無窮力量。其中第一例以「一雨虛齋」對比「百年浮世」，在有限的時空內納入了遼闊的境界，使得三日之涼豁顯出無窮之樂，傳遞詩人蕭然自適的心情。第二例更是在「數莖白髮」中置入了「萬頃蒼池事已空」的無可奈何，濃縮的感慨飽含張力，於是「愁」之無奈也就更顯深刻了。第三例將「海內」之廣凝聚在「江邊」的一隅；將「十年」之長凝聚為「一見」的瞬間，藉由極度的時空壓縮，情感飽滿在凝聚的焦點，自然極具強度。第四例則在欄杆一角注入了萬頃之秋，益發突顯蒼茫之感的無窮無盡。第五例是詩人在羈旅道途中領會作詩的心得；前人累積千載的經驗，承納在詩人的一笑中，這「一笑」的意義，自當不凡。

　　詩人將遼闊無窮的境界濃縮在有限的物象中，所釋放出的能量勢必驚人，足以凝聚讀者的注視力，衝激著讀者的鑑賞心理，並從中領略驚異而豐富的詩境意味。這當中，時空相映以及今昔對比的方式，往往是詩人「感慨遂生」的主要來源。更進一步分析，時空相映突顯的經常是遊子思鄉之情，而今昔對比則較多地飽含英雄失路的落寞與

　　　　頁119。
〔註69〕《詩稿校注》，冊一，卷二〈西齋雨後〉，頁194。
〔註70〕《詩稿校注》，冊一，卷三〈南池〉，頁221。
〔註71〕《詩稿校注》，冊一，卷三〈寄鄧公壽〉，頁243。
〔註72〕《詩稿校注》，冊一，卷四〈休日登花將軍廟小樓〉，頁329。
〔註73〕《詩稿校注》，冊一，卷五〈五鼓自簇橋入府〉，頁466。

悲哀。以時空相映的詩句爲例：

> 客路半生常淚眼，鄉關萬里更危臺。〔註74〕
> 世態十年看爛熟，家山萬里夢依稀。〔註75〕
> 萬里客魂迷楚峽，五更歸夢隔胥濤。〔註76〕
> 枕上三更雨，天涯萬里遊。〔註77〕

以上所引詩句，皆是通過時間與空間的相互映顯，流露詩人久客異鄉、遊子倦遊的歸思之緒。「萬里」除了開出廣大遙遠的空間距離，亦含有詩人行役道途的久長之意，與「半生」、「十年」的時間長度相互映襯，鄉愁自然豁顯呈露；若以「萬里」之遙對應「五更」、「三更」的特定時間，則更使得久役道途的倦遊心情凝聚在當下時分，飽滿而強烈。接著看今昔對比的詩句：

> 早歲君王記姓名，只今憔悴客邊城。〔註78〕
> 清班曾見六龍飛，晚落天涯遠日畿。〔註79〕
> 去年寒雨中，騎驢度劍閣；今年當此時，臥聽邊城柝。〔註80〕
> 少日壯心輕玉塞，暮年幽夢墮滄洲。〔註81〕
> 少年曾綴紫宸班，晚落危途九折艱。〔註82〕
> 末路淒涼老巴蜀，少年豪舉動京華。〔註83〕
> 末路自悲終老蜀，少年常願從征邊。〔註84〕

無論是年少京城任職，或往日南鄭從戎，皆是充滿壯志豪舉、意氣風發的歲月，相形之下，如今憔悴、客寓巴蜀的時光，突顯的只有歎老

〔註74〕《詩稿校注》，冊一，卷五〈秋色〉，頁448。
〔註75〕《詩稿校注》，冊二，卷七〈過野人家有感〉，頁574。
〔註76〕《詩稿校注》，冊二，卷七〈和范待制秋興〉（其三），頁612。
〔註77〕《詩稿校注》，冊二，卷九〈枕上〉，頁740。
〔註78〕《詩稿校注》，冊一，卷四〈醉中感懷〉，頁324。
〔註79〕《詩稿校注》，冊一，卷四〈感事〉，頁331。
〔註80〕《詩稿校注》，冊一，卷四〈雨中登樓望大像〉，頁382。
〔註81〕《詩稿校注》，冊二，卷七〈芳華樓夜宴〉，頁604。
〔註82〕《詩稿校注》，冊二，卷七〈蒙恩奉祠桐柏〉，頁608。
〔註83〕《詩稿校注》，冊二，卷八〈和范舍人書懷〉，頁639。
〔註84〕《詩稿校注》，冊二，卷九〈醉中出西門偶書〉，頁726。

嗟悲、淒涼無比的心境了！

　　除了感慨抒情，陸游也通過兩者不同的意象對比，表現自己的思想傾向，或釋放出強烈諷刺的力量，如：

　　　　農家農家樂復樂，不比市朝爭奪惡。〔註85〕

　　　　山林聊復取熊掌，仕宦眞當棄雞肋。〔註86〕

　　　　一生不作牛衣泣，萬事從渠馬耳風。〔註87〕

　　　　朱門沈沈按歌舞，廐馬肥死弓斷弦。〔註88〕

第一例通過「農家」與「市朝」的對比，充分表露自己的好憎喜惡。第二例則藉由「山林」之隱對比「仕宦」之仕；在仕隱之間，通過「熊掌」與「雞肋」的價值判斷，作出了「棄」與「取」的抉擇。第三例在對比中傳達了生活的態度，經由「不作」與「從渠」之關聯詞語的使用，分出軒輊，曲折有致地道出自己的思想傾向。第四例將視角鎖定在邊塞之地，卻是兩種不同的情景，一邊是將軍酣歌醉舞、風流自賞的景象，另一邊卻是馬死弓斷、邊塞廢弛的情形；在令人忱目驚心的鮮明對照中，釋放出強烈諷刺的力量。

　　有時也表現在寫景詠物上，通過數量多寡的對立，突出景物的特殊美感，如：

　　　　四野雲齊初釀雪，一枝梅動已催春。〔註89〕

　　　　蜀地名花擅古今，一枝氣可壓千林。〔註90〕

　　　　千縷未搖官柳綠，一梢初放海棠紅。〔註91〕

　　　　侵雲千嶂合，披草一僧迎。〔註92〕

　　　　汀鷺一點白，煙柳千絲黃。〔註93〕

〔註85〕《詩稿校注》，冊一，卷三〈岳池農家〉，頁218。

〔註86〕《詩稿校注》，冊一，卷三〈思歸引〉，頁266。

〔註87〕《詩稿校注》，冊二，卷七〈和范待制秋興〉（其一），頁611。

〔註88〕《詩稿校注》，冊二，卷八〈關山月〉，頁623。

〔註89〕《詩稿校注》，冊二，卷六〈對酒〉，頁533。

〔註90〕《詩稿校注》，冊二，卷八〈海棠〉（其二），頁643。

〔註91〕《詩稿校注》，冊二，卷九〈初春探花有作〉，冊頁762。

〔註92〕《詩稿校注》，冊二，卷八〈幽居院〉，頁684。

〔註93〕《詩稿校注》，冊二，卷九〈遊萬里橋南劉氏小園〉，頁754。

第一例寫梅花，在一望無際的雪原裡，「一枝梅動」將鏡頭重新聚焦，也將讀者的注意力完全集中。第二、三例寫蜀地海棠，或從萬千叢林中突顯海棠一枝的氣焰驚人，或以千縷柳綠為背景，陪襯一梢海棠的火紅，除了數量多寡的對立，更有色彩鮮明的相互映襯。第四例寫詩人在山林幽尋間所見之景，千山層疊是遠方遼闊之景，一僧相迎是近處所見之人，對比鮮明而意味自見。第五例寫遊園美景，通過「一點白」和「千絲黃」的強烈對比，「汀鷺」、「煙柳」所構成的景色，映照在讀者心中，如同彩色圖畫一般鮮明。

根據蕭瑞峰〈論陸游詩的意象〉一文所提出的說法：

> 但較之前代詩人，陸游對這種手法似更為偏愛，因而它在陸游詩中往往重見迭出，連篇累牘。不僅如此，在具體運用時，陸游還注意到自出機杼，變化生新。例如前人往往在兩句中進行比照，陸游則將比照的篇幅擴大到四句、六句乃至八句，造成更寬廣的思維空間和迴旋餘地。〔註94〕

其說誠然，以蜀中詩作為例，如〈三月十七日夜醉中作〉〔註95〕一詩云：

> 前年贈鯨東海上，白浪如山寄豪壯。去年射虎南山秋，夜歸急雪滿貂裘。今年摧頹最堪笑，華髮蒼顏羞自照。誰知得酒尚能狂，脫帽向人時大叫。逆胡未滅心未平，孤劍床頭鏗有聲。破驛夢回燈欲死，打窗風雨正三更。

以「前年」、「去年」、「今年」領起，開展出長遠的時間跨度，範圍雖大卻不冗雜，在詩人選取得當的藝術剪裁之下，層次分明，突顯今昔對比的感情。寫過去，以「贈鯨東海」、「射虎南山」的壯舉來表現豪情；寫現在則用「摧頹」、「蒼顏」、「孤劍」、「破驛」、「風雨」等衰颯淒涼的意象，充分呈露出詩人的孤寂處境與悲憤心情。除了今昔的對比，詩中「華髮蒼顏羞自照」的羞意與「脫帽向人時大叫」的狂態也是對比，從中流露出詩人內心無可奈何的掙扎與悲慨憤懣的情緒。

〔註94〕蕭瑞峰〈論陸游詩的意象〉，《文學遺產》1988 年第 1 期，頁 88。
〔註95〕《詩稿校注》，冊一，卷三，頁 299～300。

此外又如〈浣花女〉〔註 96〕，全詩通過樸素勤勞的農村姑娘與愛慕虛榮的城中女子兩相對比。歌詠了農家女子恬適愉快的生活，並從而反顯城中女子終年獨守空閨的淒涼結局，反映了詩人的人生價值觀。〈大風登城〉〔註 97〕則在凶猛大風的籠罩之下，寫出三種不同的人生觀，並通過貪圖安逸的「西家」與追求富貴的「東家」，對比詩人「勇欲爲國平河湟」的雄心壯志，突顯其忠勇報國的形象。經由鮮明的形象對照，陸游似乎也對於當時苟且偷安的主和派與貪圖富貴的官僚貴族進行了有力的撻伐。凡此皆足見對比映襯的藝術手法在詩歌創作裡所起到的積極作用。

（二）比擬象喻，具體生動

所謂「比擬」的藝術手法，可分兩分面來看，其一爲「擬人」，亦即將物比作人，「把握物與人的關係」，使之人格化，以達到物我交融、情景交融的藝術境界；其二爲「擬物」，亦即將人比作物，借具體的物象來比況來人的思想情感，起到化抽象爲具象的實際功能。〔註 98〕陸游在塑造意象的同時，時常通過擬人或擬物的手法，使意象本身帶有比喻的特性，在詩人則藉以傳達心曲，滲透內在情思，或閒適、或哀感、或激憤；在讀者則可經由具體的喻象進入實感的圖像境域，親切地體證詩人所見所感。

擬人的手法來看，試舉下列詩句：

巴鶯有恨啼芳樹，野水無情入故宮。〔註 99〕

驛前官路埃纍纍，歎息何時送我歸？〔註 100〕

瓶花力盡無風墮，爐火灰深到曉溫。〔註 101〕

〔註 96〕《詩稿校注》，冊二，卷八，頁 657。

〔註 97〕《詩稿校注》，冊二，卷九，頁 731。

〔註 98〕參見古清遠、孫光萱《詩歌修辭學》（台北：五南圖書公司，民國 86 年 6 月初版一刷），頁 329～331。

〔註 99〕《詩稿校注》，冊一，卷二〈晚晴書事呈同舍〉，頁 185。

〔註 100〕《詩稿校注》，冊一，卷三〈果州驛〉，頁 219。

〔註 101〕《詩稿校注》，冊一，卷四〈晚坐〉，頁 373。

> 海棠紅杏欲無色，蛺蝶黃鸝俱有情。〔註102〕
> 啼螿如有恨，微火解相溫。〔註103〕

針對以上詩句，其中流露的情感顯然是較為低沈的。第一例借「巴
鶯」、「野水」託之以情，從正面點「有恨」，從反面說「無情」，所歸
結出的感情自然悽愴而感傷，於是接下來才有「許國漸疏悲壯志」、「京
洛交遊欲半空」之語。第二例寫遊子思歸，卻不直陳思鄉情濃，轉而
賦予驛前「路堠」生命情感，故云「歎息」；而堠之「纍纍」更使得
「歎息」之無窮無盡有了具體生動的形象展現，詩人的鄉愁亦隨之豁
顯。第三例以擬人手法寫「瓶花」，顯得很有情味。若進一步探究，
瓶花「力盡」而墮，似乎有著詩人內心的投射，聯繫到詩人現實的際
遇，則可視為壯志難酬的喻象，感慨呼之欲出，而「爐火灰深到曉溫」
一句則在詩人悲歎之際，重申內在不悔的情志，於是「爐火」成了詩
人愛國情懷的熾熱象徵。〔註104〕第四例從海棠、紅杏之「無色」，更
加突顯了蛺蝶、黃鸝之「有情」，在塑造意象上十分生動。若與詩中
末聯：「倦遊短鬢無多綠，生怕尊前唱渭城」參照對應，則將更見作
者深意；其中「無色」與「無多綠」、「有情」與「生怕尊前唱渭城」
一句正相互映襯，呼應了詩人當下的情感思緒。第五例在情感的傳遞
上與第三例有相似之處，而表現得較為明朗；以「有恨」寫寒螿所以
啼叫，故而以「微火解相溫」帶來慰藉，聯繫下兩句：「末路真無策，
孤忠敢自言」，則明白寒螿之恨正象徵著詩人英雄失路的無盡感慨，
而微火之溫則又是那內心僅存不滅的「孤忠」之具體形象；在擬人化
的意象中，具體而生動地傳達了詩人的內在心境。

　　陸游在蜀中的現實際遇，致使他的心境顯得低迷，表現在詩歌創
作上，自然大多流露出悲憤激切的情緒。但是一如前文所述，意象其

〔註102〕《詩稿校注》，冊二，卷九〈即席〉，頁767。
〔註103〕《詩稿校注》，冊二，卷九〈夜意〉，頁713。
〔註104〕此例說解乃用蕭瑞峰先生之意。參見氏著〈論陸游詩的意象〉。同
　　　　註94，頁88～89。

實是一種選擇，對應著詩人複雜的心理結構，因此同樣以擬人的藝術
手法塑造出的意象，也有傳達閒適心情的，如：

> 靜涵青蘋舞藻荇，閒立白鷺浮鴛鴦。芙蕖雖瘦亦瀰漫，照
> 眼翠蓋遮紅妝。水紋珍簞欲卷卻，團團素扇嬾復將。天風
> 忽送塔鈴語，喚覺清夢遊瀟湘。〔註105〕
> 月似有情迎馬見，鶯如相識向人鳴。〔註106〕

詩人運用擬人化的手法，遂使眼前自然萬物一片蔥蘢、靈動自如，並
透過作者的感性加以點染，使之成為人間有情的相伴對象，從中流露
出詩人閒適愜意的心情。

再就擬物的手法來看，如：

> 亦知此老憤未平，萬竅爭號泄悲怒。〔註107〕
> 心如老驥常千里，身似春蠶已再眠。〔註108〕
> 只知閒味如茶永，不放羈愁似草長。〔註109〕
> 亦知百歲等朝露，便恐一歡成覆水。〔註110〕
> 閒愁如飛雪，入酒即消融。〔註111〕
> 形槁寒巖木，心凝古澗泉。〔註112〕

相關的詩句還有許多，可見陸游十分善用此種藝術手法，化抽象的
思想情感為具體的物象，生動地展示於讀者的面前。第一例是陸游
拜謁少陵祠堂時所作，將杜甫悲憤難平的心情宣洩，喻為山谷乃至
於整個自然界的無數孔竅齊聲爭鳴、奮怒呼號的樣子，形象地傳達
了胸臆不平之氣噴薄而出的狀態；不僅使得全詩的意象靈活生動，
讀者在掌握詩歌意涵時亦有可供尋繹的具體圖像，更易產生共鳴的

〔註105〕《詩稿校注》，冊一，卷五〈怡齋〉，頁 418。
〔註106〕《詩稿校注》，冊二，卷八〈城東馬上作〉，頁 635。
〔註107〕《詩稿校注》，冊一，卷三〈遊錦屏山謁少陵祠堂〉，頁 249。
〔註108〕《詩稿校注》，冊一，卷三〈赴成都泛舟自三泉至益昌謀以明年下
　　　　三峽〉，頁 262。
〔註109〕《詩稿校注》，冊二，卷七〈閒中偶題〉（其一），頁 576。
〔註110〕《詩稿校注》，冊二，卷九〈暮冬夜宴〉，頁 740。
〔註111〕《詩稿校注》，冊二，卷七〈對酒〉，頁 561。
〔註112〕《詩稿校注》，冊二，卷九〈道室晨起〉，頁 753。

基礎。第二例則通過擬物的手法,對比外在形象與內在心理的狀態;詩人的內心是「老驥伏櫪,志在千里」〔註113〕,其身卻已如「春蠶再眠」,形象化地突顯了當中存在的矛盾與掙扎。第三例亦經由具體的物象比擬難以名狀的「閑味」與「羈愁」;其中「茶永」著眼於味覺的怡然深長,「草長」則訴諸視覺的綿延不絕,相應於所比擬的抽象情感,不僅描寫生動且十分貼切,牽引讀者張開感官的運作,深切體會箇中滋味。第四例將年華百歲比擬爲「朝露」一般地短暫,因此害怕歡情如傾覆之水、一去不回的恐懼,便易於讀者接受理解。第五例則通過「飛雪」的意象,聯繫起「閑愁」與「酒」的關係,使得「酒能銷愁」這樣的道理,經由飛雪入酒即消融無跡的形象化展示而更爲生動。第六例亦寫外在形象與內在心理;通過「寒巖木」與「古澗泉」的意象,呈現出「形槁」與「心凝」的具體狀態。類似的表現手法,如寫宦情與鄉思時云:「宦情薄似秋蟬翼,鄉思多於春繭絲」〔註114〕;寫豪飲則曰:「飲如長鯨海可竭」〔註115〕;狀愁緒有謂:「愁若鷹在紲」〔註116〕,凡此皆形象地傳達了詩人的思想傾向與情感意涵。以「愁若鷹在紲」一句來看,詩人以「鷹」自喻,則象徵著內心的壯志奔騰,惟「鷹在紲」則知壯志必無施展之處,故自然生「愁」。

　　通過上述詩句的解析,可知意象的組合是詩人精心選擇、提煉而成的藝術表現,使它們產生對比、襯托、聯想、暗示等作用,多層次多角度地展現主觀情感和客觀事象,強化詩歌的內涵;並賦予抽象情感具體可視、可觸、可感的形象,呈現一幅靈動鮮活的圖像畫面,提供讀者尋繹象外之致的想像基礎,也建立起共鳴感通之可能性。

〔註113〕曹操〈步出夏門行‧神龜雖壽〉詩語。
〔註114〕《詩稿校注》,冊一,卷三〈宿武連縣驛〉,頁272。
〔註115〕《詩稿校注》,冊一,卷四〈池上醉歌〉,頁394。
〔註116〕《詩稿校注》,冊一,卷五〈月下作〉,頁399。

第二節　修辭之技巧

陸游詩歌所展現的修辭技巧，無論在音律美感、視覺美化或渲染效果上，皆有其用心經營的具體成效。以下擇列足以造就上述三種審美效應的修辭技巧，分爲疊字重出、彩色字詞、夸飾手法予以分析。

一、疊字、重出的音律美感

杜松柏先生論及作詩時用字的重要性，曾強調詩歌的韻律繫之乎字詞的選擇〔註 117〕。基於此，本文此處提列陸游蜀中詩作中，足以展現詩歌音樂特性的運字方法，分爲疊字與重出兩點論述之。

（一）疊　字

所謂「疊字」，乃疊用相同的兩字而意義不變者；在使用上，不外乎擬聲或狀態。早在《詩經》中，已常見此種用字之法〔註 118〕。看似簡單，實則不然，故楊升庵《升庵詩話》有云：「詩中疊字最難下，唯少陵用之獨工。」並舉杜詩七律爲例，以爲有「用之句首者」、「用之句尾者」、「用之上腰者」、「用之下腰者」，最後得出：「聲諧義恰，句句帶仙靈之氣，眞不可及矣」的創作勝境。〔註 119〕楊氏的這一段話，除了拈出疊字在詩中的位置與重要性，「聲諧」的效果，似乎已經注意到疊字在詩歌音律上所能產生的積極作用。關於這一點，黃永武先生有更進一步的闡發：「疊字在音響上有極微妙的功用，既可以使語氣完足、意義完整，又可使聲調動聽。疊字如用得靈妙，可以達到『摹景入神』、『天籟自鳴』的妙境。」〔註 120〕

〔註 117〕　參見杜松柏《詩與詩學》（台北：五南圖書公司，民國 87 年 9 月修訂初版一刷），頁 191。
〔註 118〕　《文心雕龍・物色》篇中曾以《詩經》中的疊字舉例而言：「故灼灼狀桃花之鮮，依依盡楊柳之貌，杲杲爲出日之容，瀌瀌擬雨雪之狀，喈喈逐黃鳥之聲，喓喓學草蟲之韻；皎日嘒星，一言窮理，參差沃若，兩字窮形：並以少總多，情貌無遺矣。」同註 3，頁 845。
〔註 119〕　參見黃永武《字句鍛鍊法》書中所引及說明。（台北：洪範書店，民國 84 年 6 月），頁 180。
〔註 120〕　同註 65，頁 191。

　　陸游承繼著前代詩人在疊字表現上的藝術效果，亦善用此種得以
豁顯詩歌音響妙處的用字之法；僅就蜀中詩作而言，使用疊字的竟達
百十餘首，而用以形成對偶者，亦有四十多首，足見其用心之處。正
因爲運用頻繁，其形式上與杜詩一樣，不論在句首、句尾或句中都曾
出現。在這些以疊字形成對偶的詩句中，除了形式匀稱外，亦具有音
樂性和旋律美；在整齊有序的語言結構中，創造出新奇的變化，成就
和諧而不板滯的美妙意境。

　　以下依疊字出現的位置分類，並舉詩句以明之：

1. 用於句首者

　　疊字運用於句首的詩句，如：

　　漫漫晚花吹隴岸，離離春草上宮垣。〔註121〕
　　渺渺長江下估船，亭亭孤塔隱蒼煙。〔註122〕
　　迢迢似伴明河出，慘慘如隨落照來。〔註123〕
　　炯炯寒日清無光，單單終日行羊腸。〔註124〕
　　昏昏殺氣秋登隴，颯颯飛霜夜出師。〔註125〕
　　摵摵敗葉飛，黯黯寒雲低。〔註126〕

以上詩句，皆因疊字的使用而增加音響的美感。更進一步分析，則聲
情與意涵亦有相互映證、啓發之作用，如第一例中的「漫漫」屬唇音
明母字，帶有寬泛不明、迷濛散漫的意涵；「離離」是支韻字，有綿
密鋪陳的感覺。用於詩句上，則與「晚花」散溢、「春草」蔓延的意
象相符；兩者雖皆有擴散滲透的意涵，然一強調迷濛，一強調綿密，
通過疊字語音的表現，呈現出疏密相間的美感。又如第六例中，以尖
細的齒音「摵摵」擬葉落之聲，使得摵摵的細碎聲響與紛飛的敗葉相

〔註121〕《詩稿校注》，冊一，卷二〈試院春晚〉，頁187。
〔註122〕《詩稿校注》，冊一，卷四〈曉出城東〉，頁351。
〔註123〕《詩稿校注》，冊一，卷五〈秋色〉，頁448。
〔註124〕《詩稿校注》，冊二，卷六〈入榮州境〉，頁497。
〔註125〕《詩稿校注》，冊二，卷八〈歲暮感懷〉，頁621。
〔註126〕《詩稿校注》，冊二，卷九〈訪客至西郊〉，頁715。

互呼應，下句則以深厚的喉音「黯黯」，爲寒雲塗抹上陰鬱幽暗的色
彩；於是兩句經由疊字所形成的音響與色彩效果，突顯眼前一片淒涼
衰颯的景象，令人觸目驚心。〔註127〕

2. 用於句尾者

疊字運用於句尾的詩句，如：

古佛負牆塵漠漠，孤燈照殿雨昏昏。〔註128〕
重阜護城高歷歷，千夫在野築登登。〔註129〕
半掩店門燈煜煜，橫穿村市馬蕭蕭。〔註130〕
病酒閉門常兀兀，哦詩袖手久惜惜。〔註131〕
綠徑風斜花片片，畫廊人靜雨絲絲。〔註132〕
雞鳴猶喔喔，鴉起已翩翩。〔註133〕

疊字出現在句尾，通常透顯出綿延不絕的傳遞效果。如第五例中，那
「片片」的花瓣像是飄散不盡地，而「絲絲」細雨，除了音響上帶來
細微的聽覺感受，更展現出連綿不絕的姿態，深化了周遭環境的清幽
景象。誠然疊字在詩句中的使用，除了音韻美感外，尚有修飾深化詩
歌意境之作用，因此第一例中同樣寫「雨」，用「昏昏」加以修飾，
所呈現的意境與感受又全然不同，其中展現的是一種化解不開的濃重
氛圍，昏暗而深厚。

3. 用於句中者

疊字運用於句中的詩句，如：

身如巢燕年年客，心羨游僧處處家。〔註134〕
冷雲黯黯朝橫棧，紅葉蕭蕭葉滿船。〔註135〕

〔註127〕 以上聲情的說解，乃參照黃永武先生說解方式。同註65，頁174〜195。
〔註128〕 《詩稿校注》，冊一，卷二〈山寺〉，頁184。
〔註129〕 《詩稿校注》，冊一，卷四〈出城至呂公亭按視修堤〉，頁355。
〔註130〕 《詩稿校注》，冊一，卷五〈過綠楊橋〉，頁465。
〔註131〕 《詩稿校注》，冊二，卷七〈書歎〉，頁560。
〔註132〕 《詩稿校注》，冊二，卷七〈小疾謝客〉，頁568。
〔註133〕 《詩稿校注》，冊二，卷九〈道室晨起〉，頁753。
〔註134〕 《詩稿校注》，冊一，卷二〈寒食〉，頁185。

淺碧鱗鱗人度彴，長空杳杳鳥衝煙。〔註136〕

刺水離離茭葉短，連村漠漠豆花香。〔註137〕

池魚潑潑隨溝出，梁燕翩翩接翅歸。〔註138〕

殘歲堂堂去，新春鼎鼎來。〔註139〕

上引詩例，可知詩中所用疊字，有用於上腰者，如第一例，「年年」是時間的長遠，「處處」則是空間的遼闊，經由疊字的對應，拓展了詩中的時空感受，顯得思緒綿邈，繚繞不盡；有用於下腰者，如第五例用了摹聲的「潑潑」，與狀貌的「翩翩」，將池魚跳躍游水與梁燕輕快飛翔的情貌，很傳神地描繪出來，予人如聞其聲，如見其貌，具有真實之感；此外，第六例寫殘歲「堂堂」去，而新春接著「鼎鼎」來，不僅開出了氣勢，也產生緊湊密集的效果。

以上所舉皆兩字相疊的形式，另外，尚有一句疊四字者，如：「淒淒復淒淒。」〔註140〕保有古詩風貌，連用兩疊字，加重了淒涼衰颯的氛圍，也預示了其後慘淡的意境。有一句用兩個不同的疊字，如：「秋雲漠漠雨疏疏。」〔註141〕通過「漠漠」與「疏疏」兩疊字相間使用，將秋雲瀰漫、細雨疏疏的景象，錯落有致地呈顯出來。又如：「朱朱白白池臺間」〔註142〕一句，更以疊字手法，表現池臺邊紅白相間、一片花海的妍麗美景，很有情味。還有將此種表現手法拓展為兩句，形成對偶者，如：「高高下下天成景，密密疏疏自在花。」〔註143〕不僅對仗工巧，且在自然的語言中，通過疊字的運用，呈露出眼前景色的層次感，傳遞詩人閒適的心情。在工巧的形式中，運用平易

〔註135〕《詩稿校注》，冊一，卷三〈簡章德茂〉，頁244。

〔註136〕《詩稿校注》，冊二，卷六〈布金院〉，頁488。

〔註137〕《詩稿校注》，冊二，卷七〈馬上偶成〉，頁547。

〔註138〕《詩稿校注》，冊二，卷七〈雨〉，頁550。

〔註139〕《詩稿校注》，冊一，卷四〈歲晚書懷〉，頁380。

〔註140〕《詩稿校注》，冊一，卷三〈太息 宿青山舖作〉（其二），頁248。

〔註141〕《詩稿校注》，冊一，卷三〈仙魚舖得仲高兄書〉，頁250。

〔註142〕《詩稿校注》，冊二，卷七〈遊合江園戲題〉，頁563。

〔註143〕《詩稿校注》，冊一，卷四〈西園〉，頁367。

自然的語言，是陸游歷經鍛鍊推敲的用字工夫，非率意出之。前人於此多有深刻體會，如清人陳訏云：「讀放翁詩，須深思其鍊字鍊句猛力鑪錘之妙，方得其眞面目。若以淺易求之，不啻去而萬里。」〔註144〕同時劉熙載也指出：「詩能於易處見工，便覺親切有味，白香山、陸放翁擅場在此。」〔註145〕皆道出了陸游運字表現，自然形見，雖不刻意求工卻能得其工的特色。

（二）重　出

　　一字或數字在詩句中被重複使用，稱爲「重出」。詩歌語言崇尚簡鍊，因此一般用字原則，本來應避免重出的現象，然而有時爲求適切地表情達意，似乎又無法完全避免，因此劉勰在《文心雕龍・練字》篇中提出了「權重出」的主張，以爲：「重出者，同字相犯者也；詩騷適會，而近世忌同。若兩字俱要，則寧在相犯。故善爲文者，富於萬篇，貧於一字，一字非少，相避爲難也。」〔註146〕

　　就字面表現而言，重出之字具有視覺重複的直觀性，作用於詩歌的聲調、節奏和意義上，反比雙聲、疊韻的音素重複，更易造成明顯而直接的積極影響。〔註147〕惟其如此，詩人若能巧妙運用重出字法，則反能以此見工；強化詩歌的旋律性，予人激盪不已、回環反覆的節奏美感。正如黃永武先生所言：「重出的句子有時能使節奏緊湊，給人以緊鑼密鼓的感受，也可以使詩句增加強度。」〔註148〕陸游顯然深諳此法，僅就蜀中詩作來看，運用重出字法者，達五十餘首，足以形成他在詩歌語言表現上的一種典型手法〔註149〕。

〔註144〕　（清）陳訏〈宋十五家詩選・劍南詩選題詞〉（上海：上海古籍出版社，2002 年，《續修四庫全書》），頁 461。
〔註145〕　（清）劉熙載《藝概》（台北：金楓出版社，1998 年 7 月革新一版），卷二，頁 99。
〔註146〕　同註 3，頁 722。
〔註147〕　同註 21，頁 409。
〔註148〕　同註 65，頁 128。
〔註149〕　當代學者李致洙，針對陸游的整體詩作進行研究時，亦提出：「陸

以下依運用的形式進行分類，有用於一句者，有用於二句者，亦有作用於四句之中，參差重複。今舉詩例以明之：

1. 用於一句之中者

有在當句之中以對偶形式出現者，如：

日月<u>苦</u>長身<u>苦</u>閑，萬事不理看湖水。〔註150〕

我是天公度外人，<u>看</u>山<u>看</u>水自由身。〔註151〕

<u>一</u>起<u>一</u>伏黃茅岡，崔嵬破丘狐兔藏。〔註152〕

<u>城南城北</u>紫遊韁，近日閑行看似忙。〔註153〕

付與後人評此老，<u>一</u>丘<u>一</u>壑過元規。〔註154〕

華山處士如容見，不覓仙<u>方</u>覓睡<u>方</u>。〔註155〕

客<u>中</u>常欠尊<u>中</u>酒，馬<u>上</u>時看檐<u>上</u>花。〔註156〕

廓然眼界三萬里，山<u>一</u>螘垤水<u>一</u>杯。〔註157〕

才疏志大不自量，西<u>家</u>東<u>家</u>笑我狂。〔註158〕

以上詩例，在當句對偶的形式下，以隔字重出的方式，強化詩行的節奏感，同時增加情感的表現力。如第一個例子，以「苦」字重出，兩方面寫「苦」，構成繚繞不盡的情感氛圍。又如第三例，通過「一」字的重出，形象化地呈現山巒層疊、連綿不絕之景。凡此皆顯出詩人造句的巧妙。

亦有同時運用頂真技巧者，如：

此身不<u>負負</u>嘉州。〔註159〕

游也深明此理，以多樣的形態運用重字，形成詩中一大特色。」是知此種用字之法，即使在晚年，仍為詩人所慣用。其說見於《陸游詩研究》（台北：文史哲出版社，民國80年9月初版），頁234。

〔註150〕《詩稿校注》，冊一，卷三〈遊漢州西湖〉，頁283。

〔註151〕《詩稿校注》，冊一，卷四〈獨遊城西諸僧舍〉，頁315。

〔註152〕《詩稿校注》，冊二，卷六〈入榮州境〉，頁497。

〔註153〕《詩稿校注》，冊二，卷七〈馬上偶成〉，頁547。

〔註154〕《詩稿校注》，冊二，卷七〈題直舍壁〉，頁562。

〔註155〕《詩稿校注》，冊二，卷七〈午夢〉，頁584。

〔註156〕《詩稿校注》，冊二，卷八〈和范舍人書懷〉，頁639。

〔註157〕《詩稿校注》，冊二，卷八〈和范舍人永康青城道中作〉，頁645。

〔註158〕《詩稿校注》，冊二，卷九〈大風登城〉，頁731。

　　江頭作<u>雪</u><u>雪</u>未成。〔註160〕

以上詩例，不僅運用重出的巧思，還同時將頂眞的格法濃縮在詩句中，造成遒勁的氣勢。以第一例而言，在「不負」與「負」的逆反中，通過彼此的對抗，產生了極爲強勁的力度，作用於讀者，自然有震盪的效果。

2. 用於二句之中者

　　用於二句之中的重出手法，在形式上較富於變化，如：

　　　　<u>滑</u>路<u>滑</u>如苔，<u>澀</u>路<u>澀</u>若梯。〔註161〕

　　　　<u>吐</u>出爲長虹，欲<u>吐</u>輒復吞。〔註162〕

　　　　<u>寒</u>風號有聲，<u>寒</u>日慘無暉。〔註163〕

　　　　外大瀛海環九<u>洲</u>，無有一<u>洲</u>無此愁。〔註164〕

　　　　<u>一</u>點不雜桃李春，<u>一</u>水隔斷車馬塵。〔註165〕

以上詩例有重現於相同位置者，在聲調上顯得和諧順暢，如第五例中，兩句首字同樣以「一」字重複，產生靈動跳躍的節奏感。此外，亦有參差出現者，如第四例中，兩句重出「洲」字，通過「無」的否定而生頓挫之感。

3. 用於四句之中者

　　用於四句之中的詩例如下：

　　　　鏡<u>雖</u>明，<u>不能使</u>醜者妍；酒<u>雖</u>美，<u>不能使</u>悲者樂。〔註166〕

　　　　<u>人</u>言<u>水</u>出奇，意使行<u>人</u><u>驚</u>。<u>人</u><u>驚</u>我何得，定非<u>水</u>之情。〔註167〕

〔註159〕　《詩稿校注》，冊一，卷三〈登荔枝樓〉，頁310。
〔註160〕　《詩稿校注》，冊二，卷九〈晚登子城〉，頁719。
〔註161〕　《詩稿校注》，冊一，卷三〈畏虎〉，頁213。
〔註162〕　《詩稿校注》，冊一，卷四〈醉歌〉，頁347。
〔註163〕　《詩稿校注》，冊一，卷四〈長門怨〉，頁369。
〔註164〕　《詩稿校注》，冊一，卷四〈春愁曲　客話成都，戲作〉，頁388。
〔註165〕　《詩稿校注》，冊二，卷九〈看梅歸馬上戲作〉（其三），頁748。
〔註166〕　《詩稿校注》，冊一，卷五〈對酒歎〉，頁415。
〔註167〕　《詩稿校注》，冊一，卷三〈蟠龍瀑布〉，頁214。

似閒有俸錢，似仕無簿書，似長免事任，似屬非走趨。〔註168〕

把酒不能飲，苦淚滴酒觴，醉酒蜀江中，和淚下荊揚。〔註169〕

客來勸我飛觥籌，我笑謂客君罷休。醉自醉倒愁自愁，愁與酒如風馬牛。〔註170〕

善泅不如穩乘舟，善騎不如謹持轡。妙於服食不如寡欲，工於揣摩不如省事。〔註171〕

從上引詩例可知，用於四句之中的重出字法，通常不只有一二字重現，而是運用參差重複的方式，呈露回環反覆、迭宕生姿的節奏效果，致使聲情並茂，更增詩趣。使讀者融入其中，形成回環重複的思維慣性，生發審美的效應。在句型上，多呈現排比句式，使文意突顯，並成就勁健奔騰的氣勢。不論是第一、六例中評論說理，或第三例中的自況表情，皆酣暢淋漓地展現了詩人的思想與情感。此外，亦有在參差句式中，錯落有致地表情達意，渲染動人的氛圍，如第二例中，通過重出與頂真格法的交互運用，人、水之間似乎難以分判，雜揉在詩人的情緒中。而四、五例更是將酒與淚、酒與愁，通過主觀意圖的刻意鎔鑄，交雜融合於詩句中，豁顯內心複雜的情感，形成聲情兼美的精妙效果。

　　歸納而言，疊字、重出的字法，乃陸游蜀中詩作所常見慣用者，不論在古體或近體詩的創作上，他顯然有意地善用此種足以造就詩歌音響節奏效果的鍊字方法。至於其運用上成功與否，若以杜松柏先生所標舉「疊字活句」、「重出顯意」〔註172〕的效果來看，通過上述的分析，則知其自有匠心獨運、興會神妙之處。惟需加說明的是，陸游

〔註168〕《詩稿校注》，冊一，卷五〈醉書〉，頁441。
〔註169〕《詩稿校注》，冊二，卷六〈江上對酒作〉，頁475。
〔註170〕《詩稿校注》，冊二，卷八〈春愁〉，頁620～621。
〔註171〕《詩稿校注》，冊一，卷三〈思歸引〉，頁266。
〔註172〕同註117，頁211～216。

的鍊字之法，最終仍歸於平易自然的語言特色，前文所徵引的詩例，皆足以映證此一說法。

二、彩色字詞的視覺美化

「以色貌色」〔註173〕、「隨類賦彩」〔註174〕等繪畫原則的提出，標誌著古代畫論於色彩運用的深刻體認。這種體認若作用於詩中，巧妙地以色彩勾取物象，使詩中意象醒人眼目，光彩熠熠，則必然能夠開出「詩中有畫」的意境。誠如黃永武先生所云：

> 詩與畫有一個最明顯的共通點，就是兩者都有塗敷色彩的習慣，而詩人想使「詩中有畫」，讓意象鮮活，色彩的調配，是努力雕飾時的重要環節。〔註175〕

綜觀陸游在蜀中的詩歌創作，於色彩的運用表現上，時常是藉著兩種色彩對應敷色，相互地調和對照，使寫景狀物更加傳神生動，形成詩中畫面流麗多彩的視覺美感。關於色彩調和所形成的美感效果，朱光潛先生於《文藝心理學》一書中曾經提及：

> 兩種顏色相配合時，它們本來的色調都要經過若干變化。……什麼顏色才宜於相配合呢？據一般科學家的研究，最宜於配合的是互為補色的兩種顏色。……任何兩種補色擺在一塊時，視神經可以受最大量的刺激而受極小量的疲倦，所以補色的配合容易引起快感。〔註176〕

就色彩學的觀點來看，補色有三組，其中紅綠兩色的搭配，為陸游詩中所慣用習見者，例如：

> 槐晚纖纖綠，榴殘續續紅。〔註177〕
> 空庭翠霧合，高樹紅日昇。〔註178〕

〔註173〕（南朝宋）宗炳〈畫山水序〉。
〔註174〕（南朝齊）謝赫《古畫品錄》（台北：藝文印書館，民國55年，《百部叢書集成》據明崇禎毛晉校刊津逮秘書本影印），頁1。
〔註175〕黃永武《詩與美》（台北：洪範書店，1997年4月），頁21。
〔註176〕朱光潛《文藝心理學》（台北：台灣開明書店，民國88年1月新排一版），頁354～355。
〔註177〕《詩稿校注》，冊一，卷二〈午興〉，頁189。

> 只應碧盎蒼鷹爪，可壓紅囊白雪芽。〔註179〕
> 青蘋葉動知魚過，朱閣簾開看燕歸。〔註180〕
> 芙渠雖瘦亦瀰漫，照眼翠蓋遮紅妝。〔註181〕
> 千縷未搖官柳綠，一稍初放海棠紅。〔註182〕
> 紅錦地衣舞霓裳，翠裙繡袂天寶妝。〔註183〕

以上詩例，皆通過紅與綠在色彩上所形成的鮮明對照，刺激讀者視覺上的快感。不論寫景或狀物，紅綠的點染，往往帶出生機活潑的明朗畫面，如第二例中的「翠霧」對「紅日」，是兩種互補的顏色，經由「合」與「昇」的動態表徵，使兩種顏色相互作用，極具感染力量。又如第五例中，「翠蓋」與「紅妝」的對照，點染鮮明的色彩，而「遮」字作用其中，使得「紅妝」夾雜於一片翠綠之間，忽隱若現，自然生動。就讀者興起的聯想畫面而言，色彩多寡的懸殊對比，反而有助於形成強烈動人的效果，如第六例以「綠」、「紅」的補色相對，「千」、「一」的數量懸殊，開出一幅生動鮮明的彩色圖畫。

除了以紅綠的補色敷彩摹境外，陸游亦好用白色與他色調和對照。試看以下詩句：

> 白塔映朱閣，間見青林間。〔註184〕
> 綠黛染晴嶂，白雲如玉城。〔註185〕
> 鏡湖四月正清和，白塔紅橋小艇過。〔註186〕
> 馬上遙看江上山，白雲紅樹畫圖間。〔註187〕

〔註178〕《詩稿校注》，冊二，卷八〈寺居鳳興〉，頁622。
〔註179〕《詩稿校注》，冊一，卷三〈過武連線北柳池安國院煮泉試日鑄顧渚茶院有二泉皆甘寒傳云唐僖宗幸蜀在道不豫至此飲泉而愈賜名報國靈泉云〉（其三），頁272。
〔註180〕《詩稿校注》，冊一，卷四〈秋日懷東湖〉，頁322。
〔註181〕《詩稿校注》，冊一，卷五〈怡齋〉，頁418。
〔註182〕《詩稿校注》，冊二，卷九〈初春探花有作〉，頁762。
〔註183〕《詩稿校注》，冊二，卷九〈觀花〉，頁764。
〔註184〕《詩稿校注》，冊二，卷八〈過修覺山不果登覽〉，頁654。
〔註185〕《詩稿校注》，冊二，卷八〈中溪〉，頁684。
〔註186〕《詩稿校注》，冊一，卷二〈初夏懷故山〉，頁191。
〔註187〕《詩稿校注》，冊一，卷四〈迓益帥馬上作〉，頁375。

　　朱朱白白池臺間，好風妍日開未殘。〔註188〕

　　雲作玉峰時特起，山如翠浪盡東傾。〔註189〕

上引詩例，或以紅白，或以綠白，彼此對應敷色。運用並列排比的手法塗敷顏色，在兩種色彩相互輝映下，呈現自然生動的美好畫面。有時則以白色作爲寬廣的背景，再於其上點染紅、綠等亮麗的色彩，形成強烈的對比，使得色澤映顯更爲鮮明突出。如：「白雲如玉城，翠嶺出其上」〔註190〕、「忽看青嶂白雲間」〔註191〕、「白浪花中插朱閣」〔註192〕等詩句的描寫，皆於視覺上造成聚焦的效果，其中「出」、「看」、「插」三個動詞的運用，更爲詩句帶來動態的美感。若直接以動詞與色彩詞連用，則蘊染的色澤，彷彿呈現出動態傳播的畫面，更具視覺渲染效果，如：「茂竹青入籞，幽花紅出草」、「綠動連村麥，香吹到處梅」等，其中「青入」、「紅出」、「綠動」的組合，皆爲畫面帶來色彩蔓延的視覺美感，而「綠動」與「香吹」的對應，除了視覺外，又引入味覺作用，在感官的交錯呼應下，於美感的刺激層面也就更爲拓展。

　　此外，由於蜀中詩歌多用白髮意象，與「白」髮相對應的，時常是「青」色的物象，如：「青楓搖落新秋令，白髮淒涼舊史官」〔註193〕、「白髮已侵殘夢境，綠苔應滿舊魚磯」〔註194〕等，通過青色與白色的對應，用以反襯光陰年華之易逝，並從中流露身世之感或時局之慨。

　　綜上所述，除了「白髮」的意義限定外，陸游在色彩的運用，仍傾向於紅綠補色的鮮明對照，或以白色調和他色；前者造成明朗鮮麗的生動畫面，後者則多予人清新流麗的怡然感受。

〔註188〕《詩稿校注》，冊二，卷七〈遊合江園戲題〉，頁563。

〔註189〕《詩稿校注》，冊二，卷八〈登上清小閣〉，頁647。

〔註190〕《詩稿校注》，冊二，卷六〈平羌道中望峨眉山慨然有作〉，頁496。

〔註191〕《詩稿校注》，冊二，卷八〈雨中山行至松風亭忽澄霽〉，頁686。

〔註192〕《詩稿校注》，冊二，卷九〈過筰橋道中龍祠小留〉，頁754。

〔註193〕《詩稿校注》，冊一，卷四〈晚登望雲〉（其二），頁320。

〔註194〕《詩稿校注》，冊一，卷四〈晴日西窗懷故山〉，頁321。

三、夸飾手法的渲染效果

所謂「夸飾」手法，即超過客觀事實的文字敘述，而所以產生的因素，依據黃慶萱先生的研究指出：「『夸飾』的主觀因素是作者要『出語驚人』；『夸飾』的客觀因素是讀者的『好奇心理』。」〔註195〕因此作者運用「出語驚人」的夸飾手法，興起並滿足讀者的「好奇心理」。更具體地說，詩中運用夸飾手法，往往可藉以抒發詩人更幽微深刻的情感，突出地描繪事物的形象，作用於讀者的心靈，則更易起到聳動震撼的渲染效果。如唐詩人李白的作品，便時常藉由夸飾手法，展現奇特浪漫的想像，「白髮三千丈」、「黃河之水天上來，奔流到海不復回」等詩句皆為吾人所熟知，是通過夸飾的修辭，刺激讀者感官，造成印象的深刻化。陸游素有「小李白」之稱，其詩作亦善於運用夸飾手法，增加詩句的感染力量。

針對蜀中詩作考察，夸飾手法的運用，多用以展現驅敵復國的豪情壯志，如：

> 騰空頃刻已千里，手決風雲驚鬼神。〔註196〕
> 十年學劍勇成癖，騰身一上三千尺。〔註197〕
> 配刀一刺山爲開，壯士大呼城爲摧。〔註198〕
> 一朝出塞君試看，旦發寶雞暮長安。〔註199〕
> 挈空爭死作雷吼，震動山林裂崖石。〔註200〕

上引詩例，或強調武藝之高超，或極言壯士之勇猛，或誇張收復之迅捷，皆運用夸飾手法爲之。其中第一、二例乃經由「千里」、「三千尺」的空間高度的誇張，營造武藝高超的劍客形象。三、五例則藉由自然現象的誇張映襯，突顯壯士銳不可當的氣勢。第四例主要強調恢復故

〔註195〕同註67，頁213。
〔註196〕《詩稿校注》，冊二，卷七〈劍客行〉，頁601。
〔註197〕《詩稿校注》，冊二，卷八〈融州寄松紋劍〉，頁616。
〔註198〕《詩稿校注》，冊二，卷八〈出塞曲〉，頁624。
〔註199〕《詩稿校注》，冊二，卷九〈秋興〉，頁698。
〔註200〕《詩稿校注》，冊二，卷九〈大雪歌〉，頁710。

土的迅捷，「旦」、「暮」僅在一日之間，而失地已盡收眼前，通過時間的夸飾，呈顯勝利在握的雄心壯志。

尤其陸游好酒，於狂飲縱醉中，更易馳騁超越現實的奇特幻想，如：

> 方我吸酒時，江山入胸中。肺肝生崔嵬，吐出爲長虹。〔註201〕
>
> 飲如長鯨渴赴海，詩成放筆千觴空。〔註202〕
>
> 飲如長鯨海可竭，玉山不倒高崔嵬。〔註203〕
>
> 酒爲旗鼓筆刀槊，勢從天落銀河傾。〔註204〕
>
> 引盃快似黃河瀉，落筆聲如白雨來。〔註205〕

詩人李白，亦以嗜酒聞名，其〈襄陽歌〉云：「百年三萬六千日，一日須傾三百杯。」〔註206〕誇張嗜酒之深，酒量之廣。陸游則更進一步說：「一飲五百年，一醉三千秋。」〔註207〕從時間長度的極度誇張，詩人耽溺其中的酒醉形象分外突顯。箇中原因，自然在借酒澆愁，因此說：「許愁亦當有許酒，吾酒釀盡銀河流。」〔註208〕而所愁之由來，則因於報國無門、英雄失路的悲慨，如〈秋興〉詩中所云：「堂上書生讀書罷，欲眠未眠偏斷腸。起行百匝幾歎息，一夕綠髮成秋霜。中原日月用胡曆，幽州老酋著柘黃。滎河溫洛底處所，可使長作旃裘鄉！」〔註209〕其中寫憂國之愁，竟使綠髮一夕成霜，可見感慨積鬱之深。若不運用夸飾手法，則其悲憤之情何以形象地盡現？換言之，陸游的雄心壯志與憂國之情，正通過夸飾手法的巧妙運用，帶給讀者

〔註201〕　《詩稿校注》，冊一，卷四〈醉歌〉，頁347。

〔註202〕　《詩稿校注》，冊一，卷四〈凌雲醉歸作〉，頁314。

〔註203〕　《詩稿校注》，冊一，卷四〈池上醉歌〉，頁394。

〔註204〕　《詩稿校注》，冊二，卷七〈題醉中所作草書卷後〉，頁566。

〔註205〕　《詩稿校注》，冊二，卷七〈合江夜宴歸馬上作〉，頁583。

〔註206〕　李白〈襄陽歌〉。同註29，卷一六六，頁1。

〔註207〕　《詩稿校注》，冊二，卷九〈江樓吹笛飲酒大醉中作〉，頁719。

〔註208〕　同前註。

〔註209〕　《詩稿校注》，冊二，卷九，頁698。

強烈的印象與感興，進而引發同情與共鳴。

第三節　對偶之形式

　　所謂「對偶」，是依照對稱原理所產生的一種具有審美效果的形式。其表現在要求「字數相等，句法相似，平仄相對」〔註 210〕。由於中國語言文字大部分是單音節的孤立語，容易形成音節或詞義的對偶；作用於詩歌創作，則可經由對偶的連結，使兩個以上的意象形成具有對比效果的視界或情境。早在劉勰《文心雕龍·麗辭》篇中，已進行過精闢的討論，並視之爲重要的藝術技巧：

　　　　造化賦形，支體必雙，神理爲用，事不孤立。夫心生文辭，

　　　　運裁百慮，高下相須，自然成對。……故麗辭之體，凡有

　　　　四對：言對爲易，事對爲難；反對爲優，正對爲劣。〔註 211〕

依劉勰，詩文形成對偶，是必然的趨勢與需求，而從其歸結指出四種對偶的類型與評價標準來看，顯然當時對偶的運用已經相當普遍。此外，對後世詩歌創作的形式要求亦帶來長遠的影響，發展到近體詩的格律中，更產生對仗的講究。詩人在創作的同時，莫不精心安排，著力於此。陸游在這方面的成就展現，更爲後世詩論家所津津樂道，如劉克莊云：「古人好對偶，被放翁用盡。」〔註 212〕吳師道也說：「世稱宋詩人……對偶工切，必曰陸放翁。」〔註 213〕清人趙翼更摘錄其五、七言中的律句，共二三九條，分爲使事、寫懷、寫景三點羅列之。〔註 214〕足見前人對陸游屬對精密的充分肯定。其中七言律詩的對仗

〔註 210〕同註 67，頁 447。

〔註 211〕同註 3，頁 661。

〔註 212〕（宋）劉克莊《後村詩話》（台北：廣文書局，民國 87 年 9 月，《古今詩話叢編》本），前集卷二，頁 9。

〔註 213〕（清）丁福保編《歷代詩話續編》（台北：木鐸出版社，1983 年），頁 593。

〔註 214〕（清）趙翼著；霍松林、胡主佑校點《甌北詩話》（北京：人民文學出版社，1998 年 5 月），卷六，頁 81～91。

工整，尤爲人所激賞，如清代沈德潛曰：「放翁七言律，對仗工整，使事熨貼，當時無以比　。」〔註 215〕總此而論，陸游在律詩創作上所展現的對仗技巧，乃於工穩貼切之中充分展現形式上的審美效果。

　　有鑑於前文論意象塑造的藝術構思時，已述及對比手法所產生的審美效應，故本節略去詩中意象內涵的經營過程，以避免討論上形成重複之嫌。以下專就蜀中詩作中，律句所運用的對仗技巧進行討論，強調形式美感的展現。

　　關於對仗的形式，根據王力的說法，可分爲工對、鄰對與寬對三類〔註 216〕。所謂工對，通常指用同一門類的詞形成對稱，例如以天文對天文、人倫對人倫等等；鄰對則如天文對時令、天文對地理等等之屬；寬對則是名詞對名詞、動詞對動詞等詞性相對的形式。首先看工對者，如：

> 雲埋廢苑呼鷹處，雪暗荒郊射虎天。〔註 217〕
> 宦情薄似秋蟬翼，相思多於春繭絲。〔註 218〕
> 金井梧桐生晝寂，綠池蘋藻弄風漪。〔註 219〕
> 千縷未搖官柳綠，一稍初放海棠紅。〔註 220〕

從上引詩例來看，第一例中「雲埋」「雪暗」是天文相對，「廢苑」、「荒郊」是地理，而「鷹」、「虎」又同屬鳥獸蟲魚門，形成精巧的對偶形式；第二例以「宦情」對「鄉思」、「薄似」對「多於」、「秋」對「春」、「蟬翼」對「繭絲」，可謂字字相對，工穩貼切；第三例中，「金」、「綠」是顏色對，「梧桐」、「蘋藻」則同屬草木花果門，亦見工整；第四例用「千」、「一」的數目相對，「紅」、「綠」的顏色相對，所營造意象

〔註215〕　（清）沈德潛《說詩晬語》（北京：人民文學出版社，1998 年 5 月），卷下，頁 234。
〔註216〕　參照王力《詩詞曲作法》（台北：宏業書局，民國 74 年 3 月出版），頁 166。
〔註217〕　《詩稿校注》，冊一，卷三〈書事〉，頁 259。
〔註218〕　《詩稿校注》，冊一，卷三〈宿武連縣驛〉，頁 272。
〔註219〕　《詩稿校注》，冊二，卷七〈水亭偶題〉，頁 588。
〔註220〕　《詩稿校注》，冊二，卷九〈初春探花有作〉，頁 762。

氛圍，十分鮮明。

此外，亦有鄰對者，如：

天上欃槍端可落，草間狐兔不須驚。〔註221〕

探春苑路花篸帽，看月江樓酒滿衫。〔註222〕

賣劍買牛衰可笑，壞裳爲褲老猶能。〔註223〕

上引詩例中，「天上」對「草間」是天文對地理；「春」與「月」是時令對天文；「劍」與「裳」是器物對衣飾，屬於王力分類中的鄰對，然而細究之，卻又顯得極工。以第三例來看，出句中的「賣」劍對「買」牛，壞「裳」對爲「褲」皆爲工巧的對偶，於是通過自對而又相對的技巧，自成天然工巧的對仗形式。至於第二例中，時令與天文在概念上本來相近，加以其他各字皆工，所營造出來的對稱效果，亦見功力。

至於寬對，如：

書生又是戎衣窄，山郡新添畫角雄。〔註224〕

老去嬾尋年少夢，春分不減社前寒。〔註225〕

名花未落如相待，佳客能來不費招。〔註226〕

青山是處可埋骨，白髮向人羞折腰。〔註227〕

未酬馬上功名願，已是人間老大身。〔註228〕

雖說是寬對，在概念上仍舊是相近的，並且具有聲勢連貫、一氣呵成的效果，展現陸游刻意提煉的用心。在工整的對仗中，力求豐富多彩的變化，並呈現自然圓轉的特色〔註229〕。或許孤立來看，不免有注重形式的傾向，然而就另一個角度而言，經由如此多樣的句法變化，適足以增加詩篇的感染力量，引起讀者在閱讀上的審美效應。

〔註221〕《詩稿校注》，冊二，卷九〈萬里橋江上習射〉，頁623。

〔註222〕《詩稿校注》，冊二，卷九〈簡譚德稱〉，頁711。

〔註223〕《詩稿校注》，冊二，卷九〈歎息〉，頁734。

〔註224〕《詩稿校注》，冊一，卷四〈八月二十二日嘉州大閱〉，頁339。

〔註225〕《詩稿校注》，冊二，卷七〈春寒連日不出〉，冊二，頁546。

〔註226〕《詩稿校注》，冊二，卷七〈自芳華樓過瑤林莊〉，頁556。

〔註227〕《詩稿校注》，冊二，卷九〈醉中出西門偶書〉，頁726。

〔註228〕《詩稿校注》，冊二，卷九〈倚樓〉，頁755。

〔註229〕同註149，頁270。

第六章　陸游蜀中詩歌之風格探究

　　所謂「風格」是「區別性特徵的總和」〔註1〕，表現在文學作品中，即含有獨創的特性〔註2〕。誠如張高評先生所說：

> 「變異」，爲文學語言的特質；「風格，是常規的變異」。因此，沒有變異，就沒有文學語言；沒有變異，就沒有作家風格，也就沒有時代特徵。〔註3〕

因此詩歌風格可視爲作品的思想內涵與藝術形式相互結合所形成的一貫獨具的創作風貌，故一家有一家之風貌，正所謂「各師成心，其異如面」〔註4〕。至於其形成的因素所牽涉的層面又相當之廣，歸納而言，有詩人本身的主觀因素，諸如：個性氣質、藝術修養、創作態度等；

〔註1〕　王希杰《修辭學通論》（南京：南京大學出版社，1996 年 6 月第 1 版第 1 次印刷），頁 497。

〔註2〕　劉勰首先將「風格」一詞引入文學評論，《文心雕龍・議對》篇中云：「然仲瑗博古，而銓貫有敘；長虞識治，而屬辭枝繁；及陸機論斷，亦有鋒穎，而諛辭弗翦，頗累文骨；亦各有美，風格存焉。」文中指出應劭、傅咸、陸機三人之作品，各自形成不同的風格，流傳後世。見周振甫注《文心雕龍注釋》（台北：里仁書局，民國 87 年 9 月 28 日初版三刷），頁 461～462。

〔註3〕　張高評《宋詩之新變與代雄》（台北：洪葉文化，1995 年 9 月初版一刷），頁 441。

〔註4〕　《文心雕龍・體性》篇中語。同註2，頁 535。惟須加說明的是，劉勰以爲作品的風格完全由作者的情性所決定，並以爲才氣和性是天生的，否認外在環境與後天教育的陶染，似過於偏限。

有社會環境的客觀因素，諸如：時代思潮、文學流派、民族特性與地域色彩等，通過各種層面，或隱或顯地影響作品風格之形成〔註5〕。

　　形成風格的因素既是如此多元，則作用於同一詩人的作品，亦有可能呈現出不同的面貌。是以陸游詩歌的風格，前人論之，或曰「敷腴」〔註6〕，或曰「悲壯」〔註7〕，或曰「閒雅」〔註8〕，或曰「雄健」〔註9〕，這自然與詩評家主觀的愛好與評賞的角度有關，因此同樣讚賞陸詩特出，或以爲「尖新峭別，自成一體，有宋詩人無出其右」〔註10〕，或強調「其逋峭沈鬱之概，求之有宋諸家，無可方比」〔註11〕。惟其說多流於隻字片語，或各執一端，難以從中得出具體概念，至清人趙翼提出陸詩「三變」說，始將數量龐大的陸游詩作置於整體創作歷程進行系統地歸納，分早、中、晚三期，並論述各期之創作趨向與風格特色，其說不僅影響有清一代〔註12〕，直至當代學者評論陸詩，亦多以「三變」之說爲論述基礎〔註13〕。

〔註 5〕 關於風格形成的主客觀因素，參見楊成鑒《中國詩詞風格研究》（台北：洪葉文化，1995 年 12 月初版一刷），頁 28～47。

〔註 6〕 （宋）楊萬里〈千巖摘稿序〉：「陸放翁之敷腴。」《誠齋集》卷八十一。引自孔凡禮、齊治平編《古典文學研究資料彙編·陸游卷》（北京：中華書局出版，1965 年 2 刷），頁 22。

〔註 7〕 （元）方回〈跋遂初尤先生尚書詩〉：「放翁善爲悲壯，然無一語不天成。」《桐江集》卷一。同上註，頁 78。

〔註 8〕 （清）陳瑚〈確庵日記一則〉：「或如陸放翁之閒雅。」《陳確庵先生遺書》卷六。同註 6，頁 138。

〔註 9〕 （清）徐乾學〈宋金元詩永序〉：「放翁之雄健。」《宋金元詩永》。同註 6，頁 158。

〔註 10〕 （清）費經虞〈雅倫一則〉語，見卷二《陸放翁體》。同註 6，頁 137。

〔註 11〕 （清）馮煦〈宋六十一家詞選例言〉。同註 6，頁 357。

〔註 12〕 如稍後的梁章鉅即云：「放翁詩派，初境本宗少陵，雖窮極工巧，而仍歸雅正。自從戎巴蜀，而後始臻閎肆。迨及晚年，又力歸平淡。」其說根本趙氏，如出一轍。故今人吳彩娥指出：「趙翼後至清末，清人於陸詩主題、技巧、風格大抵已具共識，不出趙翼及其之前所詮評之外。……凡此風格多變化、言恢復事則沈鬱頓挫、晚境自造平淡等，趙翼及其以前皆已詳論過。」詳見吳彩娥〈清代對陸游詩歌的批評研究〉，《輔仁國文學報》第八集，民國 81 年 6 月，頁 192。

〔註 13〕 如朱東潤依據「三變」說，又作了更細密的闡釋，並進一步詳細統

　　故本章首要闡述趙翼之「三變」說，以概括陸詩風格的轉變，並從中提舉蜀中詩歌於其風格轉變的關鍵地位，藉以明其愛國詩風之確立，最後歸結於對後世的影響。則蜀中詩作於其創作歷程之定位，以及在歷史發展中所起到的積極作用，皆足以經由以下論述一一拈出。

第一節　清人趙翼之「三變」說

　　清人趙翼首先將陸詩創作概括為三期，依其說：

> 放翁詩凡三變。宗派本出於杜，中年以後，則益自出機杼，盡其才而後止。觀其〈答宋都曹詩〉云：「古詩三千篇，刪去才十一。詩降為楚騷，猶足中六律。天未喪斯文，杜老乃獨出。陵遲至元白，固已可憤疾。」〈示子遹〉詩云：「我初學詩日，但欲工藻繪。中年始少悟，漸若窺宏大。……數仞李杜牆，常恨欠領會。元白纔倚門，溫李真自鄶」。此可見其宗尚之正。故雖措籠萬有，窮極工巧，而仍歸雅正，不落纖佻。此初境也。後又有自述一首云：「我昔學詩未有得，殘餘未免從人乞。力孱氣餒心自知，妄取虛名有慚色。四十從戎駐南鄭，酣宴軍中夜連日。打毬築場一千步，閱馬列廄三萬匹。華燈縱博生滿樓，寶釵豔舞光照席。琵琶弦急冰雹亂，羯鼓手勻風雨疾。詩家三昧忽見前，屈賈在眼元歷歷。天機雲錦用在我，剪裁妙處非刀尺。世間才傑固不乏，秋毫未合天地隔。放翁老死何足論，廣陵散絕還堪惜。」是放翁詩之宏肆，自從戎巴、蜀而境界又一變。及乎晚年，則又造平淡，並從前求工見好之意亦盡消除，所謂「詩到無人愛處工」者，劉後村謂其「皮毛落盡」矣。

<hr>

計各期詩作數量，詳參氏著《陸游研究》〈陸游作品的分期〉一文（北京：中華書局，1961 年 9 月），頁 112～125；劉維崇亦主此說，詳見氏著《陸游評傳》（台北：正中書局，民國 68 年 9 月台四版），頁 366～367；葉慶炳《中國文學史》（下冊）中論陸詩風格亦據趙氏之說（台北：台灣學生書局，1997 年 6 月六刷），頁 141～142。凡此皆顯示其說影響之深遠。

　　　　此又詩之一變也。〔註14〕

可見趙翼「三變」說的提出，乃依據陸游本人的創作體認作爲論證基礎。其所引〈答宋都曹詩〉寓含陸游之詩觀，而〈示子遹〉一詩則爲其具體創作的體會，趙氏依此二詩，而定其初境宗杜，足見「宗尚之正」。此外，詩作內容則「挫籠萬有」；創作技巧則「窮極工巧」；風格呈顯則「仍歸雅正，不落纖佻」。變境則引〈九月一日夜讀詩稿有感走筆作歌〉一詩爲證，定其「從戎巴蜀」後風格轉變爲宏肆奔放，表現「益自出機杼」；詩作內容多言恢復之事。至於晚境「則又造平淡」，其時罷歸鄉里，詩作內容多爲鄉村閒適生活與自然景物；技巧上則盡棄此前「求工見好」的巧思深意，所謂「皮毛落盡」是也，因此詩歌風格歸顯於平淡自然。

　　　依趙氏，「從戎巴蜀」乃早、中年詩風轉變之始；然而若實際從陸詩現存作品來看，則早、中年詩歌風貌與格調，卻有諸多相合之成分，由是入蜀後所形成的轉變之跡，實難具體窺見。何以如此？主要原因仍在於陸游本人的刪汰。觀陸游創作歷程，早年「自年十七、八學作詩」〔註15〕至年四十六入蜀，前後近三十年光景，存詩卻僅得百餘首，若併以入蜀途中詩作計算，則亦僅二百三十餘首作品，依其說：「此予丙戌以前詩二十分之一也。及在嚴州，再編，又去十之九，然此殘稿，終亦惜之，乃以付子聿。紹熙改元立夏日書。」〔註16〕足見其刪去作品數量之龐大。而去取的標準又在中年入蜀後，依據「詩家三昧忽見前」的創作體會作爲選擇基礎，於是所謂「工藻繪」、「殘餘未免從人乞」的創作傾向，似乎難以從中尋繹，故趙氏總結初境詩風時，稱頌其「仍歸雅正，不落纖佻」。而近人朱東潤先生更一步闡釋：「……從現存的詩看，他早年的作品，不代表他早年的主張而是代表

─────────────────

〔註14〕（清）趙翼；霍松林、胡主佑校點《甌北詩話》卷六（北京：人民文學出版社，1998 年 5 月），頁 78～79。

〔註15〕《詩稿校注》，冊六，卷四十九〈小飲梅花下作〉自注：「予自年十七、八學作詩。」頁 2972。

〔註16〕《文集》卷二十七〈跋詩稿〉，頁 167。

他中年的主張。倘使我們抹煞了這一點而要追求陸游早年作品的特點，那就會走入歧途而得不到著落的。」〔註17〕要知道詩風的轉變並非一無所傍、突然生發，而是有一定的演變軌跡，觀陸游早年〈夜讀兵書〉〔註18〕、〈聞武均州報已復西京〉〔註19〕、〈送七兄赴揚州帥幕〉〔註20〕、〈聞雨〉〔註21〕等作品，其中憂國念時、抗金恢復的情感主調已然存在；而寫自然壯景，如〈夜宿陽山磯將曉風甚勁俄傾行三百餘里逐抵雁翅浦〉〔註22〕一詩，又能充分突顯其剛健的生命氣質，可視爲入蜀後「但令身健能強飯，萬里只作遊山看」〔註23〕、「堪笑書生輕性命，每逢險處更徘徊」〔註24〕等詩句的萌發，展現詩人樂觀頑強的內在性格，從中亦明顯可見入蜀後沈雄壯麗的詩風特色，但是由於爲數不多，尚難以構成一種典型。加以入蜀前的陸游，尚存有若干個人打算，部分詩作甚至透露嚴重歎老嗟悲的思想傾向，如〈霜風〉〔註25〕一詩：

> 十月霜風吼屋邊，布裘未辦一銖綿。豈惟飢索鄰僧米，眞是寒無坐客氈。身老嘯歌悲永夜，家貧撐拄過凶年。丈夫經此寧非福，破涕燈前一粲然。

其中「飢」、「寒」、「老」、「貧」全用上了，難免帶著濃厚自哀自憐的傾向。朱東潤先生甚至認爲：「這樣的寫法，止是一種士大夫的習氣。」〔註26〕因此憂國念時的主調與宏肆奔放的詩風，仍有待於入蜀後與蜀地自然壯美的山水遇合，以及實際親臨前線的生活激發。當然這並不

〔註17〕朱東潤《陸游研究》（北京：中華書局，1961年9月），頁118。
〔註18〕《詩稿校注》，冊一，卷一，頁18。
〔註19〕《詩稿校注》，冊一，卷一，頁48。
〔註20〕《詩稿校注》，冊一，卷一，頁54。
〔註21〕《詩稿校注》，冊一，卷一，頁126。
〔註22〕《詩稿校注》，冊一，卷一，頁83。
〔註23〕《詩稿校注》，冊一，卷三〈飯三折舖舖在亂山中〉，頁211。
〔註24〕《詩稿校注》，冊一，卷三〈嘉川舖遇小雨景物尤奇〉，頁228。
〔註25〕《詩稿校注》，冊一，卷一，頁113。
〔註26〕同註17，頁137。

是說陸游在蜀中的詩作全然不存在歎老嗟悲的消極情感，而是此時的他，在詩歌創作上往往能將感慨注入時代氛圍，化個人牢騷爲家國情懷。試看作於乾道八年的〈即事〉〔註27〕一詩云：

> 渭水岐山不出兵，卻攜琴劍錦官城。醉來身外窮通小，老去人間毀譽輕。捫蝨雄豪空自許，屠龍工巧竟何成。雅聞嵋下多區芋，聊試寒爐玉糁羹。

同樣有「窮」、「老」等字眼，但因「渭水岐山不出兵」一句，遂將全詩帶入現實的時代感懷，是知「捫蝨雄豪空自許，屠龍工巧竟何成」的個人牢騷實來自於忠愛熱忱，感慨的基礎實與早年不同。清人金聖嘆曾形象地指出詩歌創作乃「詩人心中轟然一聲雷也」，而所以激發之來源，其實仍建立在生活的基礎上，是以陸游之愛國意識雖貫徹始終，然晚年歸耕鄉里的閒適生活，卻致使他在創作上轉而追求一種風格清新、語言簡樸、意境優美的詩格，這是生活境遇作用在他的內心所生發的影響。

於是通過入蜀的生命體驗，陸游才眞切地領悟，唯有改變早年專工「藻繪」的創作傾向，轉而追求宏肆奔放的風格表現，方足與其愛國熱情、宏偉抱負與狂放性格相適應，從而確立其愛國詩風的表現模式，並廣泛地依此適切反映整個時代的脈動，正如袁行霈先生所稱道：「一旦找到這種適合於自己的風格之後，他的創作就產生了質的飛躍。」〔註28〕由是奠定其「愛國詩人」的不朽地位。

第二節　蜀中愛國詩風之確立

陸游蜀中詩作大量且集中表現出高度的愛國情懷，已爲時人所關注，如葉紹翁《四朝聞見錄》即記載：「游宦劍南，作爲歌詩，皆寄意恢復。書肆流傳，或得之以御孝宗，上乙其處而韙之，旋除刪

〔註27〕《詩稿校注》，冊一，卷三，頁275。
〔註28〕袁行霈《中國文學史》（下冊）（台北：五南圖書公司，2002年），頁165。

定官。」〔註29〕至清人趙翼標舉「從戎巴蜀」爲詩風變境之始，並強調：「入蜀後在宣撫使王炎幕下，經臨南鄭，瞻望鄜、杜，志盛氣銳，眞有唾手燕、雲之意，其詩之言恢復者，十之五六。」〔註30〕視入蜀後的詩作內容，多數呈現憂國念時的情感基調，似已形成一種共識。故稍後的姚椿則更進一步題詩云：「一從判雲安，遂與老杜偶。飽餐戎州荔，細傾成都酒。冰堅潼河腹，月黑散關口。飛筆梁益間，戎馬落吟手。……旌麾堅梁壘，金鼓掃秦缶。盡鑄豪蕩詞，獨出作者右。他年鏡湖歸，空憶看花久。」〔註31〕以「豪蕩」的筆力抒發憂國壯志，創作寄意恢復的詩篇，是其所以與晚年詩風分判，而「獨出」之處。

　　突顯陸游蜀中詩作的特出風格，自然在於那些憂國傷時、寄寓壯志的詩篇上。其基本風貌，可以「雄豪悲鬱」四字概括得出，若細論之，則寓含雄奇壯闊、豪宕奔放、慷慨悲涼、沈鬱頓挫等諸多面貌，構成屬於陸游個人的典型詩風。

　　根據陸游自己的說法，「詩家三昧」乃得之於「四十從戎駐南鄭」〔註32〕的具體經歷。然而就現存詩作觀察，陸游於入蜀途中，過盡湍急險峻的長江三峽之際，已然經由歷史陳跡與壯闊景象的相互激盪，逐漸豁顯發揚內心潛存的英雄氣概與強烈的時代感懷，如〈入瞿唐登白帝廟〉〔註33〕一詩，即通過壯闊景象映顯先賢志節，在雄偉氣勢中盛讚英雄事蹟，彼此相得益彰。其中寫壯景則曰：「兩山對崔嵬，勢如塞乾坤，峭壁空仰視，欲上不可捫。」寫英雄則云：「力戰死社稷，

〔註29〕（宋）葉紹翁《四朝聞見錄》（台北：藝文印書館，《百部叢書集成》據清乾隆鮑廷博校刊知不足齋叢書本影印，民國 55 年），卷乙，頁 21。

〔註30〕同註 14，頁 91。

〔註31〕（宋）姚椿《通藝閣詩錄》卷一〈題杜陸兩家詩集〉。同註 6，頁 341。

〔註32〕《詩稿校注》，冊四，卷二十五〈九月一日夜讀詩稿有感走筆作歌〉，頁 1802。

〔註33〕《詩稿校注》，冊一，卷二，頁 177。

宜享廟貌尊；丈夫貴不撓，成敗何足論。」詩中呈露出豪邁壯闊的氣勢，並藉史抒懷，經由歷史境遇與時代感懷的密切結合，深刻地批判現實局勢，具有高度的概括性與強烈的抒情性，爲其後愛國詩風的確立奠定了基礎。

　　「概括性」與「抒情性」是陸游個人風格所以建立的重要手段。如〈三月十七日夜醉中作〉〔註34〕一詩即囊括了較長的歷史歲月，意境闊大而筆力雄健；藉由強烈的時空結構，形成今昔對比，情感迭宕且跳躍性大，展現其雄豪悲鬱的個性風貌。又如〈樓上醉書〉〔註35〕一詩，則將複雜矛盾的思想情感，全部濃縮在夢境與醉態中，其詩云：

　　丈夫不虛生世間，本意滅虜收河山。豈知蹭蹬不稱意，八年梁益凋朱顏。三更撫枕忽大叫，夢中奪得松亭關。中原機會嗟屢失，明日茵席留餘潸。益州官樓酒如海，我來解旗論日買。酒酣博簺爲歡娛，信手梟盧喝成采。牛背爛爛電目光，狂殺自謂元非狂。故都九廟臣敢忘？神宗神靈在帝旁。

此詩開頭以「丈夫」之復國壯志領起，「豈知」二句卻由壯志墮入報國無門的苦悶中，頓挫自顯；四句直抒胸臆，由豪情而失意，情感喟然表露。「三更」二句復將情緒帶向慷慨激昂，惟「夢中」點出虛象，故有其下「留餘潸」之悲涼心境。後四句筆鋒一轉，開出狂飲縱博的熱鬧繁盛之景，最後則收束在醉中清醒、似狂非狂的自我剖白當中。全詩通過豪宕奔放的筆調，傳達慷慨激昂的壯志與理想失落的哀感，在衝突的營造中，呈顯迭宕頓挫的情緒變化，故《唐宋詩醇》評曰：「縱筆直書，卻有沈鬱頓挫之妙。」〔註36〕道出陸詩雄豪悲鬱的典型風格。

　　夢境與幻想，是陸游在現實基礎上所構築的浪漫情調，從而使他的詩作形成了既沈鬱頓挫又豪宕奔放的獨特風貌。就抒情基調而言，

〔註34〕《詩稿校注》，冊一，卷三，頁299～300。
〔註35〕《詩稿校注》，冊二，卷八，頁629。
〔註36〕（清）愛新覺羅弘曆等《唐宋詩醇》評語。同註6，頁222。

寫家國之痛，抒時代之感，大抵呈露悲憤鬱結的情緒；就表現形式來
看，則追求宏肆奔放的氣勢，並出之以平易曉暢的語言敘述，在句式
整飭的章法結構中，表現波瀾迭宕的情感。如〈長歌行〉〔註37〕詩云：

> 人生不作安期生，醉入東海騎長鯨；猶當出作李西平，手
> 梟逆賊清舊京。金印煌煌未入手，白髮種種來無情。成都
> 古寺臥秋晚，落日偏傍僧窗明。豈其馬上破賊手，哦詩長
> 作寒螿鳴？興來買盡市橋酒，大車磊落堆長缾。哀絲豪竹
> 助劇飲，如鉅野受黃河傾。平時一滴不入口，意氣頓使千
> 人驚。國讎未報壯士老，匣中寶劍夜有聲。何當凱還宴將
> 士，三更雪壓飛狐城。

詩中運用大膽的想像與誇張的筆法，抒發狂放不羈的情感；而現實處
境的「白髮」、「古寺」、「秋晚」、「落日」、「僧窗」等，則層層加深詩
人英雄失路的悲慨。全詩同樣以豪健之筆抒寫宏偉抱負，在頓挫中突
顯悲憤情緒。一方面通過雄奇誇張的想像，開展出恢弘壯闊的氣勢；
另一方面則將波瀾起伏的思緒，置於整飭的句式中，形成層次井然的
情感結構，這種「看似奔放，實則嚴謹」〔註38〕的表現模式，正典型
地體現屬於陸游個人的獨特風格。故方東樹譽此詩為陸游的「壓卷」
〔註39〕之作，實有見地。

此外，如〈九月十六日夜夢駐軍河外遣使招降諸城覺而有作〉〔註
40〕、〈曉歎〉〔註41〕、〈秋聲〉〔註42〕等作品，都是結合現實與浪漫
的表現模式，淋漓盡致地呈顯憤慨殺敵的愛國情志。由於在情感的表
露上一瀉無餘，作用於讀者內心，遂特具有感染震撼的動人效果。這
與他個人豪放熱情的性格適足以相應，於是形成發揚蹈厲、氣勢橫絕
的陸詩本色。日人吉川幸次郎論陸游時就曾經強調：「他不但不壓抑

〔註37〕《詩稿校注》，冊一，卷五，頁467。
〔註38〕同註14，頁80。
〔註39〕方東樹《昭昧詹言》卷十二，頁52。
〔註40〕《詩稿校注》，冊一，卷四，頁344。
〔註41〕《詩稿校注》，冊一，卷五，頁397。
〔註42〕《詩稿校注》，冊一，卷五，頁422。

悲哀，反而露骨地加以表現出來。」〔註43〕「表現露骨」是陸詩所以「發揚蹈厲」之因，但相對於傳統論詩所強調詩貴「含蓄」、「不可說盡」的創作規律來看，陸游似乎正反其道而行，於是朱東潤先生指出：「陸游這一時期中的作品，特殊表現在那一瀉無餘的作法。……唐人的作品盡多『不著一字，盡得風流』的意境，到杜甫手裡，打破了這一關，要寫的放手便寫。這一傳統，陸游是發揮盡致了。」〔註44〕試舉〈松驥行〉〔註45〕一詩為例：

> 驥行千里亦何得，垂首伏櫪終自傷。松閱千年棄澗壑，不如殺身扶明堂。士生抱材願少試，試取燕趙歸君王。閉門高臥身欲老，聞雞相蹴涕數行。正令咿嚶死床簀，豈若橫身當戰場。半酣浩歌聲激烈，車輪百轉盤愁腸。

在這裡，陸游雖然一開始藉良馬垂首伏櫪、古松被棄澗壑來比喻自己的懷才不遇，但似乎托物象徵已無法暢達地抒發鬱結於詩人心中的情思，因此和其他詩篇一樣，陸游很快地就離開了「松驥」而直接表露橫身戰場、為國捐軀的決心，雖愁腸百轉，卻壯懷激烈。這種和盤托出、一瀉無餘的作法，在早年時期是不存在的，直到入蜀後，經由生活與環境的觸發，使他突破了含蓄蘊藉的詩歌傳統，傾向於明白直露地傳遞思想情感，因此清人姚範評其詩作云：「放翁興會飆舉，詞氣踔厲，使人讀之，發揚矜奮，起痿興痺矣。然蒼黯蘊蓄之風蓋微。」〔註46〕一方面讚許陸詩帶來「起痿興痺」的震撼效果，一方面又質疑其詩缺乏「蒼黯蘊蓄」的幽遠美感。持著這樣的說法來認識陸游的愛國詩篇自然是正確的，但是以兩種截然不同的美學模式來要求詩人同時體現，則似乎有苛求之嫌，既然要「興會飆舉」、振奮人心，也就必須在某種程度上捨棄寄興幽遠的表現形式

〔註43〕吉川幸次郎著、鄭清茂譯《宋詩概說》（台北：聯經出版社，民國66年4月初版），頁204。

〔註44〕同註17，頁120。

〔註45〕《詩稿校注》，冊二，卷七，頁571。

〔註46〕（清）姚範《援鶉堂筆記》，卷四十。同註6，頁211。

〔註47〕。這是在評賞陸游愛國詩作時應先建立起的觀念。

　　綜合上述說法，可知陸游的蜀中詩歌集中體現了時代之感與報國壯志，並依此抒情主調發爲「雄豪悲鬱」的個性風貌，確立其愛國詩篇的表現模式。當代學者李致洙於《陸游詩研究》一書中亦持此論：「陸游作品中抒發憂國壯志的，大致具有豪邁悲鬱的特色。這是與他的性格、思想、生活經歷，以及時代的影響等，莫不有關係。從整個陸游詩的風格發展上看，這種特色完成且成熟於中年在蜀時期。」〔註48〕就內容本質而言，是現實處境的時代感懷；就表現形式來看，則較多地運用虛幻夢境或瑰麗想像，以順遂其強烈渴望，形成現實與浪漫兩相結合的美學模式，造就個人風格。這些作品，大抵上直抒胸臆，極少含蓄婉轉，是以具有發揚蹈厲、振奮人心的氣勢效果。於是此種愛國詩風的基調一經確立，即使晚年歸耕鄉里，詩歌主題與風格皆有了明顯的轉變，然而其中凡是抒發憂國傷時、英雄失路的詩篇，卻仍舊保有「雄豪悲鬱」的基本風格，如〈枕上偶成〉、〈書志〉、〈書憤〉等皆體現了這種特色。由此可見蜀中詩歌主導著陸游詩集中愛國詩篇的藝術評價，也是後人所以體認陸游愛國精神的重要作品。是以清人紀昀曾大力標舉此種詩風：「後人選其詩者，但略其感激豪宕沈鬱深婉之作，惟取其流連光景，可以剽竊移掇者，轉相販鬻，放翁詩派，遂爲論者口實。」〔註49〕此外姚鼐亦云：「放翁激發忠憤，橫極才力，上法子美，下覽子瞻，裁制既富，變境亦多。」〔註50〕強調陸詩「激發忠憤」、「橫極才力」的一面，正是針對其愛國詩篇所體現的風貌特色而言，更有論者甚至明言：「詩莫盛於唐，而工詩者多幕府時作。陸務觀歸老鑑湖，其詩亦不

〔註47〕　參見胡明《南宋詩人論》（台北：台灣學生書局，民國79年6月初版），頁108～109。

〔註48〕　李致洙《陸游詩研究》（台北：文史哲出版社，民國80年9月初版），頁322。

〔註49〕　（清）紀昀《四庫全書總目提要》卷一百六十。同註6，頁271。

〔註50〕　（清）姚鼐《古詩選》附《今體詩鈔》序目。同註6，頁305。

如成都、南鄭時為極盛。」〔註51〕當中雖然帶著濃厚的主觀意識，但亦足以見出，陸游的蜀中詩歌是如何以其慷慨悲歌、忠愛詩魂形塑歷史定位。

〔註51〕（清）梅曾亮《柏梘山房文集》卷五〈沈邦鉁詩序〉。同註6，頁348。

第七章 結 論

　　陸游作爲南宋時期的代表詩人，其創作不論在思想內涵或藝術表
現上皆取得了傑出的成就，並且以其詩中傳遞堅貞不悔的憂國情懷而
爲後世所標舉，造就了愛國詩人的不朽定位。然而若就其創作歷程細
加分析，詩人對於創作的體會並非一成不變，是以詩風的展現也就有
了分判，從清人趙翼提出了陸詩「三變」之說，到朱東潤先生又作了
更細密的闡釋，並就具體詩作進行分期〔註1〕；這樣的一種看法，已
形成了目前普遍的共識。其中入蜀後豐富的生活閱歷，更是導引詩人
在創作道路上臻於成熟的關鍵時期，正是此時，陸游領略到「詩家三
昧」的創作精髓，退去早年專以「藻繪」爲工的詩風，轉而追求宏肆
奔放的風格，淋漓盡致地豁顯他的抱負與理想，反映整個時代的脈
動，發抒憂國傷時的情感。這說明了陸游詩中的主導風格是在巴山蜀
水之間奠定的，也因此他將自己的詩集題爲《劍南詩稿》，紀念著生
活與創作上的重大轉變。

　　巴山蜀水的自然壯美，投注在詩人的心靈，更形成了民族自豪與

〔註 1〕依朱東潤研究指出：陸詩三階段，其一從少時至乾道六年(1170)爲
　　　　止，存詩 230 首；其二從到達夔州至淳熙十六年（1189）爲止，存
　　　　詩 2340 首；從六十五歲罷歸山陰至嘉定二年（1209），存詩6470 首。
　　　　參見氏著《陸游研究》〈陸游作品的分期〉一文（北京：中華書局，
　　　　1961 年 9 月），頁 112～125。

文化認同的心理，於是在詩作中充分表露了對於蜀地山河的摯愛。不
論是四季節候、山川勝景或都市風貌，在詩人筆下宛如一幅幅鮮明生
動的圖畫。由於長期遷流輾轉的仕宦歷程，提供他從不同角度觀賞各
樣景色，並且於山水形象中揉合著自我形象，在蜀地的壯闊美景中激
勵樂觀向上的性格；在前代遺跡中抒千古之悲，融古今爲一體；在登
臨望遠的不同視角中抒發著豪情與歸思。通過創作，陸游爲蜀中的山
水風物貢獻了一己之心力，相對地，蜀地的山水人情也在相當程度上
激發詩人創作的才情，兩者交互影響下，更突顯蜀中詩歌的創作價值。

　　綜觀蜀中詩作，憂國傷時仍是詩中表現的主要情感基調，聯繫當
時的政治局勢，南渡之初，正直的士大夫多懷有抗金復國的理想，卻
由於上位者的心理因素，傾向於求和的立場，致使朝廷內部主和一派
始終居於領導地位，於是士人在表現上多漸趨於消極，惟陸游卻一秉
夙志，以堅毅的立場對抗時代趨勢，並大聲疾呼抗敵復國，反對投降
妥協，於是表現在詩中，時而流露時代感懷，時而傷悼英雄失路。通
過陸游在蜀地的仕宦經歷，更明白現實的困頓，使得詩人不得不藉由
狂飲縱醉或虛幻夢境來滿足浪漫的懷想，然而背後真正透顯的卻是無
比沈痛的悲哀心境。於是詩人處於壯志未酬、報國無門的現實窘境
下，不免思鄉悲老，甚至偶有消極遁世的思想生發，但是在含蘊深曲
的鄉愁之中，時常又寄寓著深刻的家國之感，因此也就與一般遊子思
鄉、志士不遇的篇什有所區隔，複雜而深刻的思想內涵也更開闊了詩
歌表現的境界。

　　就另一方面而言，詩人藉著詩歌描繪事物、表達心曲，並非直接
地將經驗當作「內容」傾注於「形式」中，而是經由語言的探索與技
巧的安排重現其經驗，形成藝術化的境界，於是蜀中詩歌的價值也必
須聯繫詩人作用於詩中的藝術構思。從詩中取象的類型來看，刀劍、
白髮、梅花的意象，正形塑了詩人永誌不渝的愛國精神，而善用對比
與擬人的藝術技巧，藉以充分表露情感的衝突與無以遏制的浪漫懷
想。並經由疊字與重出的交叉運用，創造詩歌流動的韻律，而對偶精

工又富於變化，更從而奠定了他在詩史上的地位。通過上述的藝術技巧，最終歸結於平易自然的語言特色，使其詩作自然形見，雖不刻意求工卻能得其工。也正是這種自然流動的筆調，才能適切地表達蜀中純樸親切的人情風物；結合其強烈的愛國精神，從而塑造了雄奇奔放、沈鬱悲壯的詩歌風格，這些特色都是從入蜀後逐漸展開的。

附錄一 陸游年表

【說明】本年表之製作，主要依據錢仲聯《劍南詩稿校注‧陸游年表》〔註1〕，並輔以郭光《陸游傳‧陸游年譜》〔註2〕、歐小牧《陸游年譜》〔註3〕、于北山《陸游年譜》〔註4〕與刁抱石《宋陸放翁先生游年譜》〔註5〕諸作所錄資料，彼此相互參校，增補刪訂而成。

年　代 （西元）	歲　數	簡　　歷	史　事　札　記
宋徽宗趙佶宣和七年乙巳 （1125）	一歲	陸游，字務觀，別號放翁。越州山陰（今浙江紹興）人。祖父佃，字農師，王安石弟子，官禮部侍郎、尚書右丞。父宰，字元鈞，官至京西路轉運副使。母唐氏，唐介女孫，晁沖之之女甥。 十月十七日，父宰由壽春赴京師（開封）途中，泊舟淮河岸，平旦，大風雨，游生。	二月，金滅遼。十二月，金大舉侵宋，徽宗傳位於太子趙桓，是為欽宗。 王安石卒已三十九年。宗澤六十七歲。曾幾四十二歲。李綱四十一歲。韓世忠三十七歲。岳飛二十三歲。虞允文十五歲。王炎十三歲。

〔註1〕錢仲聯校注《劍南詩稿校注》（上海：上海古籍出版社，1985年9月1版1刷），頁4608～4634。

〔註2〕郭光《陸游傳》（河南：中州書畫社，1982年5月），頁242～268。

〔註3〕歐小牧《陸游年譜》（台北：木鐸出版社，民國71年5月初版）。

〔註4〕于北山《陸游年譜》（增訂本）（上海：上海古籍出版社，1985年11月第1版）。

〔註5〕刁抱石《宋陸放翁先生游年譜》（台北：臺灣商務印書館，民國79年9月）。

宋欽宗趙桓靖康元年丙午（1126）	二歲	父宰以京西轉輸餉軍，留澤潞，家寓滎陽。四月，宰罷京西路轉運副使，由滎陽南遷壽春。	正月，以主戰派李綱爲東京留守，同知樞密院事。金兵度河南侵。大學生陳東等上書，請誅蔡京等六人。閏十一月，金兵破東京，欽宗往金營請降。是年范成大生。
靖康二年、宋高宗趙構建炎元年丁未（1127）	三歲	中原大亂，父宰舉家自淮渡江，歸山陰舊廬。 繼配王氏生。	三月，金立張邦昌爲楚帝。四月，金人擄徽、欽二帝及宋皇族北去，北宋亡。五月，遂康王趙構即帝位於南京（商丘），改元建炎，是爲高宗。十月，高宗赴東南。十一月，至揚州。十二月，金分三路侵宋。 楊萬里生。
建炎二年戊申（1128）	四歲	在山陰。	二月，金攻東京，爲東京留守宗澤所敗。宗澤上疏，請高宗還京，不聽。七月，宗澤憂憤而死，將歿，三呼渡河。十二月，黃潛善、汪伯彥爲左右相。
建炎三年己酉（1129）	五歲	在山陰。父宰爲南鄭掾，識張浚。	二月，高宗南奔杭州。金兵入揚州，焚掠而去。黃潛善、汪伯彥罷相。五月，高宗至建康。七月，以張浚爲川陜宣撫使。十月，金大舉南侵，高宗逃至越州。十一月，金兵渡江，破建康、撫州。十二月，破臨安、越州。高宗逃至明州，復航海逃溫州。
建炎四年庚戌（1130）	六歲	父宰奉祠歸里，舉家至東陽避亂，依地方武裝首領陳宗譽于山中。	金破定海、明州。金兵北撤。鍾相起義於鼎州。三月，鍾相敗死。金兵退至鎮江。四月宋敗金兵於江上，金兵北逃。高宗至越州。九月，金立劉豫爲齊帝。張浚大敗金兵於富平。〔註6〕十月，金縱秦檜南還。 朱熹生。

〔註6〕據歐小牧譜所記：「夏四月，丙申，韓世忠及兀朮再戰江中，敗績。……九月__癸亥，張浚統五路兵與金將婁室戰於富平縣，敗績。」同註3，頁30。此外于北山譜亦記載：「四月，韓世忠與完顏宗弼相持於長江黃天蕩，世忠先勝後敗。……九月，……張浚與金人戰於富平，敗績。」同註4，頁17。兩人所錄史事與錢氏年表明顯不同。

紹興元年 辛　亥 （1131）	七歲	寓居東陽。	二月，以秦檜參加政事。五月，吳玠敗金兵於和尚原。八月，秦檜爲相。十月，農民起義范汝爲入建州。吳玠再破金兵余和尚原。
紹興二年 壬　子 （1132）	八歲	寓居東陽。	正月，韓世忠攻陷建州，范汝爲犧牲。高宗由越州回臨安。八月，秦檜罷相。十月，湖南起義軍楊太領鍾相之眾擴洞庭。 陸九齡生。
紹興三年 癸　丑 （1133）	九歲	舉家由東陽歸山陰。	正月，金兵入興元府。四月，金兵自興元府北退。十二月，金將宗弼急圖入蜀，攻佔和尚原。
紹興四年 申　寅 （1134）	十歲	入鄉校，從韓有功及從父彥遠讀。彥遠篤守王安石之學。	三月，吳玠大敗金將宗弼於仙人關。九月，以趙鼎爲相。十一月，以張浚知樞密院事，視師江上。
紹興五年 乙　卯 （1135）	十一歲	在山陰。	正月，金太宗完顏晟卒。完顏亶立，是爲熙宗，仍用天會年號。二月，趙鼎、張浚爲左、右相。四月，宋徽宗死於金。六月，洞庭湖農民起義軍爲岳飛所攻陷，楊太犧牲。
紹興六年 丙　辰 （1136）	十二歲	本年已能詩文。以門蔭補登仕郎。	正月，太行山忠義社梁興等百餘人率眾來歸，投岳飛軍中。王彥率所部八字軍萬人赴臨安。
紹興七年 丁　巳 （1137）	十三歲	在山陰，常往來雲門山中，與鄉人胡杞共學。好讀陶淵明詩，至忘寢食。	正月，秦檜爲樞密使。三月，高宗至建康。九月，張浚罷，趙鼎爲相兼樞密使。十一月，金廢劉豫。十二月，金主詔改明年爲天眷元年。
紹興八年 戊　午 （1138）	十四歲	在山陰。始到禹祠、龍瑞遊。	二月，高宗回臨安。三月，秦檜復相。十一月，胡銓上疏反對和議，請斬秦檜等，被貶南方。十二月，以李光參知政事。始定都於杭。 本年金熙宗改元爲天眷元年。
紹興九年 己　未 （1139）	十五歲	在山陰。李光罷官歸山陰，常訪陸宰劇談，每言及秦檜誤國，慣切慷慨，形於辭色。其英慨之氣，感動少年陸游。	二月，李綱、張浚、趙鼎等主戰派人物，均被貶至遠方。三月，金以河南地歸宋，宋金交割地界。秋，河北起義軍雲集太行山。十月，太行義士王忠植取石州等十一郡。參知政事李光以不附和議罷官。 陸九淵生，吳玠卒。

紹興十年 庚　申 （1140）	十六歲	至臨安應試。 雖入都應試，而志意不在功名。且通過文學作品以反映愛國思想的創作傾向，亦尚有特考。	五月，金分道侵宋，取河南、陝西地。六月，劉錡大破金兵於順昌，吳璘破金兵於石壁寨，岳飛破金兵於京西，韓世忠破金兵於淮東。七月，岳飛軍克服西京，大敗金兵於朱仙鎮。高宗用秦檜議，詔命岳飛班師。河南州郡復陷於金。九月，宜章峒民路科起義，進攻桂陽、郴、道、連、賀諸州，宋廷遣軍前往鎮壓。 辛棄疾生，李綱卒。
紹興十一年辛酉 （1141）	十七歲	在山陰。 熟讀王維詩。 對民族英雄岳飛之被害，厥後屢於詩文中深致悼惜；對南宋王朝屈膝求和，猶感痛憤。此後，反對「和戎」之作，遂爲一生愛國詩篇之重要組成部分。	十一月，宋金和議成，以淮水爲界，向金納歲幣銀絹各二十五萬兩、疋，宋帝稱臣。十二月，岳飛被害。 本年，金熙宗改元爲皇統元年。
紹興十二年壬戌 （1142）	十八歲	始從愛國詩人曾幾游。《劍南詩稿》存詩始於本年。	四月，金冊封宋帝爲皇帝。八月，金人歸徽宗趙佶、鄭后、邢后之喪及趙構生母韋后。九月，加秦檜太師，封魏國公。十一月，張俊罷樞密使。
紹興十三年癸亥 （1143）	十九歲	至臨安應試。	四月，蒙古反金。六月，金人遣前使人洪皓、張邵、朱弁南還（建炎以來出使金國者幾三十人，生還者此三人而已）。陳亮生。
紹興十四年甲子 （1144）	二十歲	春，落第。夏秋間與唐琬結婚。琬爲游母所不喜，不久被迫離婚。	正月，金主以去年宋幣賜宗室。宋使王倫，留金六年，以不受僞命，爲金所殺。
紹興十五年乙丑 （1145）	二十一歲	在山陰。	十月，以秦檜子熺爲資政殿學士，提舉萬壽觀兼侍讀，恩數視執政。 呂本中卒。
紹興十六年丙寅 （1146）	二十二歲	在山陰。	七月，張浚貶連州居住，蓋因上疏慨論時事觸秦檜怒故也。八月，金兵討蒙古，不能克。九月，劉豫死於金。
紹興十七年丁卯 （1147）	二十三歲	在山陰。續娶王氏。	趙鼎卒。
紹興十八年戊辰 （1148）	二十四歲	在山陰。自剡縣往游天臺，蓋於此一時期。三月，長子子虡生。六月，父宰卒，年六十一。	十月，金都元帥越王宗弼卒。十一月，新州編管胡銓移吉陽軍。

紹興十九年己巳（1149）	二十五歲	在山陰。	十二月，金完顏亮殺金熙宗，自立爲皇帝，是爲海陵煬王，改元爲天德元年。
紹興二十年庚午（1150）	二十六歲	在山陰。正月，次子子龍生。	正月，殿前司軍士施全道刺秦檜不中，磔於市。四月，貴溪明教民起事，失敗。九月，建州民張大一等起義。 葉適生。
紹興二十一年辛未（1151）	二十七歲	在山陰。十月，三子子修生。此後數年間，每逢重陽，即與珠名士登高會集。	韓世忠卒。
紹興二十二年壬申（1152）	二十八歲	在山陰。 從兄升之由諸王宮大小學教授知大宗正丞。陸游不滿其因告訐得官，贈詩規之，升之不聽。	
紹興二十三年癸酉（1153）	二十九歲	赴鎖廳試，考官陳之茂置游第一，觸秦檜怒，幾得禍。	三月，金完顏亮遷都燕京，改元年爲貞元元年。
紹興二十四年甲戌（1154）	三十歲	赴禮部試，主考官置游前列，以論恢復語觸秦檜，爲秦檜所黜落。歸山陰後，居雲門山草堂兩年，讀兵書。	劉過生。
紹興二十五年乙亥（1155）	三十一歲	在山陰。春日游禹跡寺南沈氏園，與唐琬相遇。 秦檜於十月死去。陸游對其父子怙寵擅權、排擊善類以及主和誤國之罪惡，屢有詩文加以揭露。	十月，秦檜死。
紹興二十六年丙子（1156）	三十二歲	在山陰。七月，四子子坦生。	三月，高宗下詔禁止議論邊事。五月，秦檜黨沈該、万俟卨爲相，湯思退知樞密院事。六月，宋欽宗死於金。 本年金完顏亮改元爲正隆元年。
紹興二十七年丁丑（1157）	三十三歲	在山陰。	三月，万俟卨死。六月，湯思退爲相。
紹興二十八年戊寅（1158）	三十四歲	始出仕，爲福州寧德縣主簿。取道永嘉、瑞安、平陽前往。	四月，嚴州遂安民江大明等起義，兵敗犧牲。五月，完顏亮與大臣李通等謀，欲再修汴京而遷都之，漸有南侵之意。
紹興二十九年己卯（1159）	三十五歲	調官福州決曹。雷雨後曾航海。	九月，湯思退、陳康伯爲左右相。

紹興三十年 庚 辰（1160）	三十六歲	正月，自福州北歸，取道永嘉、括蒼、東陽。至臨安，任敕令所刪定官，居百官宅。與周必大寓居連牆，暇輒相從。	十月，金遣兵分別在河北、山東、中都，鎮壓反金義軍。十二月，湯思退罷相。
紹興三十一年辛巳（1161）	三十七歲	七月，以敕令所刪定官爲大理司直，兼宗正簿。八月，名所居室二楹曰煙艇。十月，以敕令所罷，返山陰一行。冬季，載入都爲史官，有〈代乞分兵取山東箚子〉	九月，金完顏亮大舉南侵。濟南辛棄疾聚義軍二千投農民起義軍首領耿京。十月，宋傳檄宣布金主罪惡。金後方立完顏褒（後改名爲 雍）爲帝，是爲金世宗，改元爲大定元年。完顏亮渡淮，破滁、廬、和、揚諸州。劉錡敗金兵於皂角林，以主力退江南。十一月，虞允文敗金兵於採石磯。亮爲部下殺死於揚州。金遣人與宋議和。十二月，高宗赴建康。
紹興三十二年壬午（1162）	三十八歲	九月，任樞密院編修官兼編類聖政所檢討官。同官有范成大、周必大等人。以史浩、黃祖舜薦，召見，賜進士出身。	正月，耿京遣辛棄疾等十一人至建康與南宋朝廷聯繫。耿京被叛徒殺害。辛棄疾回山東，殺叛徒張安國，南歸臨安。六月，高宗傳位太子趙昚，是爲孝宗。七月，昭雪岳飛。十一月，金遣將侵宋。劉錡卒。
宋孝宗趙昚隆興元年癸未（1163）	三十九歲	中書省與樞密院定議後，由陸游草代二府與夏國書，爭取協力圖金。游與張燾論龍大淵、曾覿結黨營私事，觸怒孝宗，五月，被出爲鎮江府通判，先返山陰。	正月，史浩爲相。張浚爲樞密使，赴建康，都督江淮軍馬，準備北代。三月，孝宗以潛邸寵信之龍大淵知閤門事，曾覿爲權知閤門事。四月，宋用張浚議，出師北伐。五月，敗金兵，連復靈壁、宿州，因諸將不協力，宋師大潰於符離。五月，史浩罷相，湯思退復相。八月，宋金復議和。十二月，陳康伯罷相，湯思退、張浚爲左右相，浚仍都督江淮軍馬。
隆興二年甲 申（1164）	四十歲	二月，到鎮江通判任。張浚過鎮江時，游以通家子往謁，與其子張栻及幕僚陳俊卿等過從甚密。十月初，知鎮江府事方滋邀同遊多景樓，游賦〈水調歌頭〉詞，愛國詩人張孝祥書以刊石。閏十一月，韓元吉來鎮江，游與踏雪登焦山，望長江戰艦，時烽火尙未息。	張浚都督江淮軍馬，往來建康、鎮江間。四月，張浚奉命還朝，八月卒。十月，金兵渡淮。十一月，宋遣使往金議和，湯思退罷相。十二月，宋金和議成金宋皇帝改稱叔姪，疆界不變。

乾道元年 乙　　酉 （1165）	四十一歲	七月，改任通判隆興軍事，取道建康赴任。	三月，湖南農民起義，入廣東。淮北紅巾起義。本年辛棄疾奏上〈美芹十論〉。
乾道二年 丙　　戌 （1166）	四十二歲	隆興通判任。正月，五子子約生。言官論游「交結台諫，鼓唱是非，力說張浚用兵」，罷歸。歸途經玉山，五月返至山陰。始定居三山。曾幾卒，年八十三。	金泰州民合住起義被殺。
乾道三年 丁　　亥 （1167）	四十三歲	在山陰。曾游上虞。自名書室曰可齋。	二月，出龍大淵爲浙東總管、曾覿爲福建副總管。以虞允文知樞密院事。五月，吳璘卒。六月，以虞允文代璘爲四川宣撫使。
乾道四年 戊　　子 （1168）	四十四歲	在山陰。	六月，龍大淵死。
乾道五年 己　　丑 （1169）	四十五歲	在山陰。十二月得報，以左奉議郎爲通判夔州軍州事。以久病，本年未啓程。	三月，召四川宣撫使虞允文還朝，以中大夫參知政事王炎爲四川宣撫使。八月，以陳俊卿、虞允文爲左右相。十二月，金冀州民張和等反金被殺。本年，陳亮向孝宗上〈中興五論〉，提出一系列革新圖強意見。
乾道六年 庚　　寅 （1170）	四十六歲	閏五月，自山陰啓程赴夔州通判任。取道臨安、秀州、蘇州、常州至鎮江，溯江西上，經建康、江州、黃州、武昌、荊州、巴東，十月至夔州。成《入蜀記》六卷。	六月，進曾覿爲浙東觀察使。辛棄疾作〈九議〉上虞允文。九月，范成大使金還，所請陵寢及更受書禮，俱不從。
乾道七年 辛　　卯 （1171）	四十七歲	在夔州通判任。四月，曾爲州考監試官。	四月，金歸德府民臧安兒起義被殺。七月，加王炎樞密使。
乾道八年 壬　　辰 （1172）	四十八歲	四川宣撫使王炎召游爲權四川宣撫使司幹辦公事兼檢法官。正月啓行，取道萬州、梁山軍、鄰水、岳池、果州、閬中、廣元、寧強、西縣，三月，抵南鄭王炎幕府任職。時王炎正準備收復長安，陸游積極參加備戰。半年中，在南鄭和抗金前線中間不斷往返，曾西北至兩當縣、鳳縣、黃花驛、金牛驛、大散關等地，參與渭水強渡及大散關遭遇戰。此時詩風漸變，在思想內容和藝術風格上均有重大突破。	二月，丞相虞允文兼樞密使。三月，金北京民曹貴等起義，被害。四月，金西北路納哈七斤謀反金，被殺。九月，虞允文再出爲四川宣撫使，王炎被召回朝。十月，金鄜州民李方等起義，被害。

		秋，因公至閬中。十月，回南鄭，王炎幕府已散。游被調爲成都府路安撫司參議官。十一月，自南鄭啓程，取道劍門關、武連、綿州、羅江、漢州，歲末，抵成都。	
乾道九年癸巳（1173）	四十九歲	春間，權通判蜀州事。夏，攝知嘉州事。所爲詩三十首，編爲《東樓集》，自爲序。刻岑參詩八十餘萬。	閏正月，金洛陽民起義，攻盧氏縣，殺縣令，歸宋。夏，以曾覿爲少保。九月，金大名府僧李智究等起義被殺。
淳熙元年甲午（1174）	五十歲	春，離嘉州，返蜀州任。冬，攝知榮州事。十一月，六子子布生。	二月，虞允文卒。七月，以成都府路安撫使薛良朋爲四川安撫制置使。
淳熙二年乙未（1175）	五十一歲	正月，離榮州任，赴成都，任成都府路安撫司參議官兼四川制置使司參議官。六月，有新都、漢州、金堂之行。	四月，茶民賴文政起義於湖北，轉入湖南、江西。六月，范成大來知成都府，權四川制置使。賴文政至廣東，閏九月敗死。
淳熙三年丙申（1176）	五十二歲	六月，免官，奉祠，主管台州桐柏山崇道觀。九月，有知嘉州新命，未到任，以臣僚言其代理知嘉州時燕飲頹放，罷新命，改爲主管台州桐柏山崇道觀，因自號放翁。	三月，湯邦彥充申議使，至金求陵寢地，四月，辱命歸。九月，李浩卒。
淳熙四年丁酉（1177）	五十三歲	在成都奉祠。六月，范成大還朝，游送之至眉州。八月，游邛州。九月，往滿州。冬，得都下八月書報，命知敘州，未到任。歲暮至廣都。	二月，以胡元質爲四川安撫制置使兼知成都府。
淳熙五年戊戌（1178）	五十四歲	正月，爲《天彭牡丹譜》。奉詔還朝。二月，離成都，取道眉州、青神、敘州，沿江東下，經瀘州、合江、涪州、酆都、忠州、萬州、歸州、荊州、武昌、黃州、九江、建康、常州，秋抵臨安。召對，除提舉福建常平茶鹽公事。暫歸山陰。冬季赴任，取道諸暨、衢州、江山、仙霞嶺、浦城，抵建安任所。本年幼子子遹生。	正月，陳亮上書孝宗論時政，爲投降派朝臣所抑。亮與辛棄疾縱談，極相得。三月，金獻州人殷小七等起義被殺。王炎卒。
淳熙六年己亥（1179）	五十五歲	秋，奉詔赴臨安，取道建陽、玉山、衢州，奏乞奉祠。至婺州，改提舉江南西路常平茶鹽公事。取道上饒、弋陽，十二月至撫州任所。	正月，郴州民陳峒起義，連破江華、藍山、臨武、陽山。四月，起義軍失敗，陳峒犧牲。六月，廣西民李接起義，破鬱林，圍化州，至十月失敗。七月，金密州民許通等抗金，被害。八月，濟南民劉溪忠等抗金，被害。

淳熙七年庚子（1180）	五十六歲	在撫州。冬季，有豐城、高安之行。十一月，返撫州。奉詔回臨安。自弋陽取道衢州，至壽昌縣界許免入奏。陸行至桐廬，泛江而東。爲給事中趙汝愚所劾，遂歸山陰。	五月，以周必大參知政事。陸九齡卒。曾覿死。
淳熙八年辛丑（1181）	五十七歲	在山陰。三月，有提舉淮南東路常平茶鹽公事，又爲臣僚以「不自檢飭，所爲多越於規矩」論罷。十二月，有詩寄朱熹，諷刺其不顧民災。	二月，黎州土丁張百祥等起事，兵敗被殺。三月，潮州民沈師起義。九月，金遼州民宋忠等、恩州民鄧明等以「亂言」被殺。本年秋，紹興府、徽州、嚴州大水災，八月，命朱熹提舉浙東常平茶鹽公事，辦理救災，熹滯留至十二月尚未到達。
淳熙九年壬寅（1182）	五十八歲	在山陰。五月奉祠，主管成都府玉局觀。	六月，周必大知樞密院事。七月，李彥穎參知政事。九月，以王淮、梁克家爲左右丞相。
淳熙十年癸卯（1183）	五十九歲	在山陰，奉祠。	二月，金潞州涉縣民陳圓以「亂言」被殺。六月，右丞相王淮諷吏部尚書鄭丙、監察御史陳賈上疏，謂道學者欺世盜名，不宜信用。
淳熙十一年甲辰（1184）	六十歲	在山陰，奉祠。春，曾至蕭山	三月，金世宗完顏雍往上京，命太子允恭留守中都，淮水南北因誤傳金內部有亂事。陳亮被誣下獄，朱熹致信攻擊。亮出獄後復以書，圍繞「義利王霸」問題，與朱熹展開論戰。六月，周必大爲樞密使。
淳熙十二年乙巳（1185）	六十一歲	在山陰。奉祠。	四月，宋邊諜誤傳西遼假道於西夏以伐金。六月，金太子允恭死。九月，金世宗返抵中都。
淳熙十三年丙午（1186）	六十二歲	春，有知嚴州之命。赴臨安，入見孝宗。孝宗謂：「嚴陵，山水勝處，職事之暇，可以賦詠自適。」意即告以莫談國政和抗金問題。暮春返山陰。有明州之行。七月，到嚴州任。初冬，得心腹痛疾，大下而愈，羸弱不支。本年生一女，明年而殤。生母楊氏，爲陸游在蜀時所娶之妾。	十一月，右丞相梁克家罷爲觀文殿大學士醴泉觀使兼侍讀。十二月，少師致仕陳俊卿卒。

淳熙十四年 丁未（1187）	六十三歲	在嚴州任所。冬，刻《劍南詩稿》二十卷成。	二月，周必大為右丞相。十月，宋高宗死。 本年，陳亮分函王淮、周必大，主張及時北伐。 劉克莊生。梁克家、韓元吉卒。
淳熙十五年 戊申（1188）	六十四歲	四月，上書乞祠，久之未報。嚴州任滿，七月，還山陰。冬，除軍器少監，至臨安，寓磚街巷。	四月，陳亮上書論恢復雪恥事，「在廷交怒，以為狂怪」，不納。是冬，陳亮、辛棄疾相會於鉛山之鵝湖，論時事。
淳熙十六年 己酉（1189）	六十五歲	正月，除禮部郎中。四月，兼膳部。七月，兼實錄院檢討官。十一月，被劾罷官返里。此後十三年，常在山陰家居。	正月，金世宗完顏雍死，孫璟即位，是為章宗。二月，宋孝宗傳位於趙惇，是為光宗。本月，朱熹《大學章句》成。三月，朱熹《中庸章句》成。五月，周必大罷相。
宋光宗趙惇紹熙元年 庚戌（1190）	六十六歲	在山陰。冬，奉祠，提舉建寧府武夷山沖佑觀。 本年五子子約卒。	本年，金章宗完顏璟改元為明昌元年。 元好問生。
紹熙二年 辛亥（1191）	六十七歲	在山陰，奉祠。	
紹熙三年 壬子（1192）	六十八歲	在山陰，奉祠。封山陰縣開國男。	七月，瀘州軍變，隨即平定。陸九淵卒。
紹熙四年 癸丑（1193）	六十九歲	在山陰，奉祠。	陳亮應禮部進士試，對策謂「天下大勢之所趨，天地鬼神不能易，而易之者人也」，擢第一。三月，趙汝愚同知樞密院事。十一月，金章宗完顏璟殺其叔父鄭王完顏允蹈。 范成大卒。
紹熙五年 甲寅（1194）	七十歲	在山陰，奉祠。	六月，宋孝宗死，光宗病，太皇太后命立趙擴為帝，是為寧宗。八月，以趙汝愚為右丞相。陳亮卒。
宋寧宗趙擴慶元元年 乙卯（1195）	七十一歲	在山陰，奉祠。名讀書室曰老學庵。	二月，趙汝愚罷相。自是韓侂冑當政。五月，阻卜叛金。金章宗完顏璟殺其伯父越王完顏允升。十一月，貶趙汝愚於永州。

慶元二年 丙　辰 （1196）	七十二歲	在山陰，奉祠。朱熹致書龔仲 至，不肯爲陸游作〈老學齋銘〉， 並謂游：「跡太近，能太高，或 爲有力者所牽挽，不得全此晚 節；計今決可免矣，此亦非細事 也。」	正月，趙汝愚行至衡州死。北邊 弘吉刺部敗金兵。七月，金大破 阻卜。八月，宋禁道學，稱之爲 僞學。十二月，罷朱熹官，貶朱 熹門人蔡定於道州。本年，金 章宗完顏璟改元爲承安元年。
慶元三年 丁　巳 （1197）	七十三歲	在山陰，奉祠。五月，妻王氏卒， 年七十一。	六月，廣東大溪山島民因不堪鹽 法苛擾，入海起事。八月，宋官 兵盡屠島民。十一月，宋置僞學 籍，計趙汝愚、留正、朱熹等五 十九人。
慶元四年 戊　午 （1198）	七十四歲	在山陰。十月，奉祠遂滿，不復 請。	五月，嚴申僞學之禁。
慶元五年 己　未 （1199）	七十五歲	在山陰。七月，致仕。爲文繫銜， 稱中大夫、直華文閣。	九月，封韓侂胄平原郡王。十二 月，以丞相京鏜等言，稍寬僞學 黨禁。
慶元六年 庚　申 （1200）	七十六歲	在山陰。	三月，朱熹卒。八月，光宗死。 十月，加韓侂胄太傅。
嘉泰元年 辛　酉 （1201）	七十七歲	在山陰。	二月，臨安大火，四日乃滅，焚 居民五萬三千餘家。 本年，金章宗完顏璟改元爲泰和 元年。
嘉泰二年 壬　戌 （1202）	七十八歲	春，在山陰。五月，寧宗宣召陸 游以原官提舉佑神觀兼實錄院 同修撰兼同修國史。六月，至臨 安。十二月，除祕書監。	二月，解除僞學僞黨之禁。十二 月，加韓侂胄太師，起用辛棄 疾、葉適諸人。
嘉泰三年 癸　亥 （1203）	七十九歲	正月，任寶謨閣待制。四月，修 史成，請致仕。除提舉江州太平 興國宮。五月，歸山陰。	正月，右丞相謝深甫罷。參知政 事張巖罷，以陳自強參知政事。 以袁說友參知政事。五月，陳自 強爲右丞相，許及之知樞密院 事。九月參知政事袁說友罷。十 月，詔呂祖泰任便居住。以費士 寅參知政事。
嘉泰四年 甲　子 （1204）	八十歲	在山陰。本年爲文繫銜，稱太中 大夫，充寶謨閣待制、致仕、山 陰縣開國子。領半俸。	五月，宋將伐金，追封岳飛爲鄂 王。越人盛歌〈鐵彈子白塔湖 曲〉，多，有金十一號鐵彈子， 起義於會稽。兵敗，被執於諸 暨，就義。 周必大卒。

開禧元年 乙　　丑 （1205）	八十一歲	在山陰。以還娶名室。	七月，詔諸軍密爲行軍之計，準備北伐。以韓侂胄爲平章軍國事，位丞相上。
開禧二年 丙　　寅 （1206）	八十二歲	在山陰。封渭南縣開國伯。幼子子遹編《劍南詩續稿》成，共四十八卷。	三月，程松爲四川宣撫使，吳曦爲宣撫副使。四月，削秦檜申王封號，謚繆醜。吳曦兼陝西河東路招撫使。郭倪爲山東京洛招撫使。五月，宋下詔伐金。丘崈爲兩淮宣撫使。十月，金兵分九道南侵。十一月，丘崈簽書樞密院事，督視江淮軍馬。宋軍戰失利。十二月，吳曦降金。 本年蒙古諸部長尊鐵木眞爲成吉思汗。 劉過卒。楊萬里卒。
開禧三年 丁　　卯 （1207）	八十三歲	在山陰。	正月，丘崈罷。吳曦以階、成、和、鳳四州予金，僭號蜀王。逾月，楊巨源、安丙、李好義等誅曦，宋復取階、成等州。四月，宋遣使往金求和。十一月，投降派殺害韓侂胄。 本年，辛棄疾卒。
嘉定元年 戊　　辰 （1208）	八十四歲	在山陰。二月，寶謨閣待制半俸被剝奪。本年爲文，都無繫銜，蓋已被劾落職。	三月，宋金和議成，改叔姪爲伯姪之稱。十月，投降派錢象祖爲左丞相，史彌遠爲右丞相。十一月，金章宗完顏璟死，叔衛王允濟嗣位。史彌遠以母喪去位。十二月，錢象祖罷相。
嘉定二年 己　　巳 （1209）	八十五歲	在山陰。立秋以後，得膈上疾，近寒露，始稍愈。十月底，又病倒。十二月二十九日逝世。葬會稽五雲鄉盧家嶴。 陸游卒後十一年（寧宗嘉定十三年，西元 1220 年），十一月，幼子子遹刊《渭南文集》五十卷於溧陽。十二月，長子子虡刊《劍南詩稿》八十五卷於江州官舍。 陸游卒後二十五年（理宗瑞平元年，西元 1234 年），金王朝爲蒙古族元太宗（窩闊台）所滅。 陸游卒後七十年（元世祖至元十六年，西元 1279 年），元將張弘範攻陷崖山，南宋王朝滅亡。	五月，史彌遠復爲右丞相。十一月，郴州黑風峒民首領李元礪率眾起義，連破江西、湖南、廣東諸屬縣。 本年，金完顏允濟改元大安元年。

附錄二　南宋、金、西夏分界圖

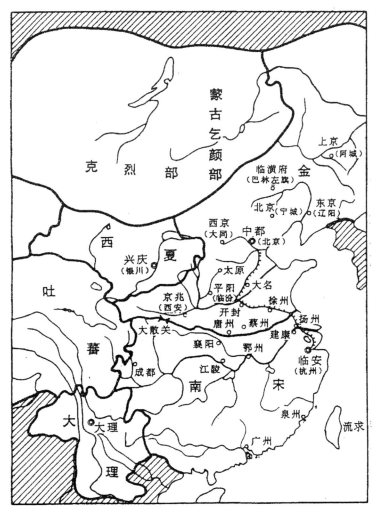

【說明】採自何忠禮、徐吉軍《南宋史稿》（政治軍事和文化編）
（杭州：杭州大學出版社，1994 年 4 月第 1 版），頁 198。

附錄三 「紹興和議」劃定的宋、金分界線

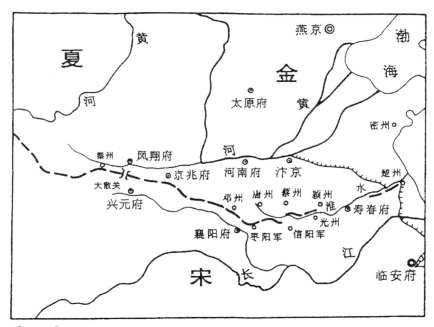

【說明】採自何忠禮、徐吉軍《南宋史稿》（政治軍事和文化編）（杭州：杭州大學出版社，1994 年 4 月第 1 版），頁 133。圖中興元府即漢中治所，緊鄰大散關，地處宋、金交界，於當時具有關鍵的戰略地位。〔註 1〕

〔註 1〕關於漢中之戰略地位，詳參梁中效〈漢中安康在南宋時期的戰略地位〉一文，《漢中師範學院學報》，社會科學第 14 卷（1996）第 1 期（總第 45 期）。

參考文獻

【專書、論文編排體例說明】

　　以下參考文獻編排體例，首先分專書與論文兩大類，專書部分按與陸游相關研究、詩學研究、史地方志、詩詞格律與修辭等四種研究面向進行分類，其下又細分。凡羅列古人著述，則依時代先後定其順序，而近世研究書目，一律依出版年份排列次序。論文部分，分期刊與學位論文兩類，皆依出版年代編排。

壹、專　書

一、陸游研究專書

（一）全集、選集、評注

1. 《陸放翁全集》，楊家駱主編（台北：世界書局，民國 79 年 11 月）。
2. 《評註劍南詩鈔》，顧佛影評註（台中：曾文出版社，民國 64 年）。
3. 《劍南詩稿校注》，錢仲聯校注（上海：上海古籍出版社，1985 年 9 月）。
4. 《陸放翁詩詞選》，疾風選注（台北：華正書局，民國 63 年 10 月）。
5. 《陸游詩》，黃逸之選註（台北：台灣商務印書館，1983 年 9 月）。
6. 《陸游選集》，朱東潤選注（上海：上海古籍出版社，1988 年 10 月）。
7. 《陸游名篇賞析》，康錦屏、陳剛、劉揚體（北京：北京十月文藝出版社，1989 年 4 月）。
8. 《陸游詩詞選譯》，張永鑫、劉桂秋譯注（成都：巴蜀書社，1991

年 1 月）。

9. 《陸游詩詞精華》，于民雄編（貴陽：貴州人民出版社，1993 年 4
月）。

10. 《陸游詩詞欣賞》，周淑媚註釋（台南：漢風出版社，民國 84 年 9
月）。

11. 《陸游詩文選注》，孔鏡清選注（台北：建宏出版社，1996 年 1 月）。

12. 《陸游詩集導讀》，嚴修（成都：巴蜀書社，1996 年 10 月）。

13. 《陸游詠蜀詩選》，吳明賢、蔣羅選注（成都：四川文藝出版社，1997
年 4 月）。

14. 《中國古代十大詩人精品全集・陸游卷》，冷成金選注（大連：大連
出版社，1998 年 1 月）。

15. 《陸游詩選》，陸應南選注（台北：遠流出版事業，2000 年 6 月 1 日）。

（二）年　譜

1. 《陸游年譜》，歐小牧（台北：木鐸出版社，民國 71 年 5 月）。

2. 《陸游年譜（增訂本）》，于北山（上海：上海古籍出版社，1985 年
11 月）。

3. 《宋陸放翁先生游年譜》，习抱石（台北：臺灣商務印書館，民國 79
年 9 月）。

（三）傳　記

1. 《陸游評傳，劉維崇（台北：正中書局，民國 68 年 9 月）。

2. 《陸游傳，郭光，河南：中州書畫社，1982 年 5 月》。

3. 《陸游，村上哲見著：譚繼山譯（台北：萬盛出版社，民國 72 年 12
月）。

4. 《陸游傳》，朱東潤（台北：華世出版社，民國 73 年 2 月）。

5. 《陸游》，張健（台北：國家出版社，民國 75 年 8 月）。

6. 《陸游》，齊治平（台北：萬卷樓圖書公司，民國 82 年 1 月）。

7. 《陸游傳》，歐小牧（成都：成都出版社，1994 年 10 月）。

8. 《愛國詩人——陸游》，門冀華編著（台北：昭文社，1997 年 4 月）。

9. 《愛國詩人陸游》，趙大民（台南：紅樹林出版社，1998 年 4 月）。

10. 《陸游評傳》，邱鳴皋，南京：南京大學出版社，2002 年 2 月）。

（四）其　他

1. 《陸游研究，朱東潤（北京：中華書局，1961 年 9 月）。

2. 《古典文學研究資料彙編‧陸游卷》，孔凡禮、齊治平編（北京：中華書局出版，1965 年）。

3. 《陸游論集》，俞慈韻編輯（長春：吉林文史出版社，1987 年 11 月）。

4. 《白樂天陸放翁兩家較析》，梁厚建（高雄：復文圖書出版社，民國 77 年 3 月》。

5. 《陸游詩研究》，李致洙（台北：文史哲出版社，民國 80 年 9 月）。

6. 《陸游邊塞詩研究》，莊桂英（台南：宏大出版社，民國 86 年 10 月）。

二、詩學研究專書

（一）詩文集

1. 《文選，梁‧蕭統編選》，唐‧李善注（台北：華正書局，民國 75 年）。

2. 《王昌齡集編年校注》，唐‧王昌齡著；胡問濤、羅琴校注（成都：巴蜀書社，2000 年 10 月）。

3. 《新刊元微之文集》，唐‧元稹（上海：上海古籍出版社，1994 年）。

4. 《韓愈全集校注》，唐‧韓愈，四川：四川大學出版社，1996 年 7 月）。

5. 《歐陽文忠公文集》，宋‧歐陽修（台北：台灣商務印書館）。

6. 《蘇軾詩集》，宋‧蘇軾（台北：世界書局，1964 年 2 月）。

7. 《演山集》，宋‧黃裳（台北：台灣商務印書館，民國 58 年）。

8. 《文忠集》，宋‧周必大（台北：台灣商務印書館，民國 60 年，王雲五主編四庫全書珍本）。

9. 《誠齋詩集》，宋‧楊萬里（上海：中華書局，民國 25 年，聚珍仿宋本）。

10. 《范石湖集》，宋‧范成大（台北：河洛圖書出版社，民國 64 年 9 月）。

11. 《南澗甲乙槁》，宋‧韓元吉（台北：藝文出版社，《百部叢書集成》據清乾隆敕刊聚珍版叢書本影印）。

12. 《梅溪王先生文集》，宋‧王十朋（台北：台灣商務印書館，民國 54 年）。

13. 《水心集》，宋‧葉適（台北：中華書局，民國 54 年）。

14. 《御定全唐詩》，清‧聖祖御定（台北：台灣商務印書館，民國 75 年 7 月《景印文淵閣四庫全書》本）。

15. 《唐詩別裁》，清‧沈德潛（台北：台灣商務印書館）。

16. 《宋詩鈔》，清・吳之振（北京：中華書局，1996 年 2 月）。

17. 《宋詩精華錄譯注》，清・陳衍編選；蔡義江、李夢生撰（上海：上海古籍出版社 1999 年 12 月）。

18. 《宋詩選註》，錢鍾書（台北：書林出版有限公司，民國 79 年 9 月）。

（二）詩文評

1. 《文心雕龍注釋》，梁・劉勰著；周振甫注（台北：里仁書局，民國 87 年 9 月）。

2. 《詩品》，梁・鍾嶸著；廖棟梁撰述（台北：金楓出版社，1999 年 4 月）。

3. 《二十四詩品》，唐・司空圖（台北：金楓出版社，1997 年 6 月）。

4. 《後山居士詩話》，宋・陳師道（台北：藝文印書館，《百部叢書集成》據百川學海本影印）。

5. 《對床夜話》，宋・范晞文（台北：藝文出版社，《百部叢書集成》據知不足齋叢書本影印）。

6. 《苕溪漁隱叢話》，宋・胡仔（台北：廣文書局，民國 56 年 6 月初版）。

7. 《藝概》，清・劉熙載（台北：漢京文化，民國 74 年 9 月 15 日）。

8. 《甌北詩話》，清・趙翼著；霍松林、胡主佑校點（北京：人民文學出版社，1998 年 5 月）。

9. 《唐詩別裁》，清・沈德潛（台北：台灣商務印書館）。

10. 《古今詩話叢編》，清・丁福保編（台北：廣文書局，民國 69 年 9 月）。

11. 《歷代詩話續編》，清・丁福保編（台北：木鐸出版社，1983 年）。

12. 《清詩話訪佚初編（台北：新文豐，民國 76 年）。

（三）宋代文學史、宋詩流變、宋詩理論相關研究

1. 《宋詩概說》，吉川幸次郎著；鄭清茂譯（台北：聯經出版公司，民國 66 年 4 月）。

2. 《宋詩之傳承與開拓》，張高評（台北：文史哲出版社，民國 79 年 5 月）。

3. 《南宋詩人論》，胡明（台北：台灣學生書局，民國 79 年 6 月）。

4. 《南宋四大家詠花詩研究》，蕭翠霞（台北：文津出版社，民國 83 年 5 月）。

5. 《宋代文學思想史》，張毅（北京：中華書局，1995 年 4 月）。

6. 《宋詩之新變與代雄》，張高評（台北：洪葉文化事業，1995 年 9 月）。

7. 《宋代詩學通論》，周裕鍇（成都：巴蜀書社，1997 年 1 月）。

8. 《中國文學通覽‧崇文盛世──宋代卷》，劉揚忠，香港：香港書林出版社，民國 86 年 6 月）。

9. 《宋代詩文縱談》，黃啓方（台北：臺灣商務印書館，1997 年 8 月）。

10. 《南宋詠史詩研究》，李明華（台北：文津出版社，1997 年 11 月）。

11. 《宋詩流變》，木齋（北京：京華出版社，1999 年 10 月）。

12. 《北宋詩文革新研究》，程杰，內蒙古教育出版社，2000 年 2 月）。

13. 《宋代文學史（上、下）》，孫望、常國武主編（北京：人民文學出版社，2001 年 12 月）。

14. 《宋代文學研究（上、下）》，張毅主編（北京：北京出版社，2001 年 12 月）。

15. 《宋詩：融通與開拓》，張宏生（上海：上海古籍出版社，2001 年 12 月）。

16. 《宋詩鑑賞辭典》，繆鉞等撰（上海：上海辭書出版社，2002 年 9 月）。

（四）詩歌流變史、文學史、文學批評史

1. 《中國詩歌史》，張建業（台北：文津出版社，民國 84 年 6 月）。

2. 《詩史》，李維（北京：東方出版社，1996 年 3 月）。

3. 《中國詩學思想史》，蕭華榮（上海：華東師範大學出版社，1996 年 4 月）。

4. 《中國詩學通論》，袁行霈、孟二冬、丁放著（合肥：安徽教育出版社，1996 年 9 月）。

5. 《中國詩史》，吉川幸次郎著；章培恒等譯（上海：復旦大學出版社，2001 年 12 月）。

6. 《中國文學批評史》，郭紹虞（台北：文史哲，民國 79 年）。

7. 《中國文學批評史》，羅根澤（台北：學海出版社，民國 79 年）。

8. 《中國文學批評史》，王運熙、顧易生主編（台北：五南圖書出版公司，1991 年）。

9. 《中國文學批評小史》，周勛初（高雄：麗文文化事業，1994 年 7 月）。

10. 《中國古代文學批評史》，蔡鎮楚（湖南：岳麓書社，2001 年 1 月）。

11. 《中國文學史》，袁行霈（台北：五南圖書公司，2002 年）。

（五）詩學理論、美學理論、藝術鑑賞論

1. 《月是故鄉明——中國古典詩歌中的鄉愁》，顏崑陽（台北：故鄉出版社，民國 70 年 1 月）。

2. 《美學》，康德著；朱孟實譯（台北：里仁書局，民國 70 年 5 月 18日）。

3. 《管錐編》，錢鍾書（北京：中華書局，1986 年）。

4. 《詩歌分類學》，古清遠（高雄：復文圖書出版社，民國 80 年 9 月）。

5. 《中國詩歌原理》，松浦久友著；孫昌武、鄭天剛譯（台北：洪葉文化事業，1993 年 5 月）。

6. 《詩與酒》，劉揚忠（台北：文津出版社，民國 83 年 1 月）。

7. 《詩聖杜甫對後世詩人的影響》，胡傳安（台北：幼獅文化事業，民國 83 年 5 月）。

8. 《詩詞例話——風格·文藝論》，周振甫（台北：五南圖書公司，民國 83 年 5 月）。

9. 《中國古代文學十大主題》，王立（台北：文史哲出版社，民國 83年 7 月）。

10. 《文學與美學》，龔鵬程（台北：業強出版社，1995 年元月）。

11. 《比興物色與情景交融》，蔡英俊（台北：大安出版社，民國 84 年 3月）。

12. 《中國詩學通論》，范況（台北：台灣商務印書館，1995 年 5 月）。

13. 《文學理論》，RENE & WELLEK 著；梁伯傑譯（台北：水牛出版社，民國 84 年 11 月 10 日）。

14. 《中國詩詞風格研究》，楊成鑒（台北：洪葉文化事業，1995 年 12月）。

15. 《意象探源》，汪裕雄（合肥：安徽教育出版社，1996 年 4 月）。

16. 《杜詩學通論》，許總（桃園：聖環圖書公司，民國 86 年 2 月）。

17. 《詩與美》，黃永武（台北：洪範書店，1997 年 4 月）。

18. 《唐代登臨詩研究》，王隆升（台北：文津出版社，1998 年 4 月）。

19. 《詩與詩學》，杜松柏（台北：五南圖書公司，民國 87 年 9 月）。

20. 《中國詩學體系論》，陳良運（北京：中國社會科學出版社，1998 年9 月）。

21. 《文藝心理學》，朱光潛（台北：台灣開明書店，民國 88 年 1 月新排一版）。

22. 《心靈的圖景——文學意象的主題史研究》，王立（上海：學林出版社，1999 年 2 月）。

23. 《中國詩學》，錢鋼、周鋒、張寅彭編著（上海：東方出版中心，1999年 4 月）。

24. 《中國詩歌藝術研究》，袁行霈（台北：五南圖書出版有限公司，民國 88 年 5 月）。

25. 《中國詩學——設計篇》，黃永武（台北：巨流圖書公司，1999 年 9月）。

26. 《中國文學的美感》，柯慶明（台北：麥田出版公司，2000 年 1 月 1日）。

27. 《唐詩風貌》，余恕誠，合肥：安徽大學出版社，2000 年 3 月）。

28. 《迦陵說詩講稿》，葉嘉瑩（台北：桂冠圖書公司，2000 年 6 月）。

29. 《固著與超越：中國審美文化論》，王克謙（合肥：安徽文藝出版社，2000 年 8 月）。

30. 《中國抒情詩的世界》，蔡瑜（台北：台灣書店，民國 89 年 12 月）。

31. 《中國傳統文人審美生活方式之研究》，羅中峰（台北：紅葉文化事業有限公司，2001 年 2 月）。

32. 《李杜詩學》，楊義（北京：北京出版社，2001 年 3 月）。

33. 《唐詩風格論》，王明居（合肥：安徽大學出版社，2001 年 7 月）。

34. 《意與境——中國古典詩詞美學三昧》，陳銘（浙江：浙江大學出版社，2002 年 6 月）。

三、史地方志

（一）史書、史評

1. 《史記會注考證》，漢‧司馬遷著；瀧川龜太郎會注（台北：文史哲出版社，民國 86 年 10 月）。

2. 《漢書》，漢‧班固（台北：洪氏出版社）。

3. 《三朝北盟會編》，宋‧徐夢莘（台北：台灣商務印書館，民國 65年）。

4. 《建炎以來繫年要錄》，宋‧李心傳（台北：藝文印書館，民國 60年）。

5. 《建炎以來朝野雜記》，宋‧李心傳（台北：藝文印書館，民國 58年）。

6. 《資治通鑑》，宋‧司馬光（台北：明倫出版社，民國 61 年）。

7. 《皇宋中興兩朝聖政》，趙鐵寒編（台北：文海出版社，民國 56 年）。

8. 《東都事略》，宋・王偁（台北：文海出版社）。

9. 《宋史紀事本末》，明・馮琦原編；陳邦瞻增輯（台北：台灣商務印書館）。

10. 《宋史》，元・脫脫等撰（台北：洪氏出版社，民國 64 年）。

11. 《宋史紀事本末》，明・馮琦原著；陳邦瞻增輯；張溥論正（台北：台灣商務印書館民國 54 年 5 月）。

12. 《續資治通鑑》，清・畢沅（台北：文光出版社，民國 64 年 10 月）。

13. 《宋會要輯本》，清・徐松輯；楊家駱主編（台北：世界書局，民國 53 年 6 月）。

14. 《宋論》，清・王夫之（台北：洪氏出版社，1975 年 10 月）。

（二）地理、方志

1. 《華陽國志》，晉・常璩（台北：藝文印書館，《百部叢書集成》據函海本影印）。

2. 《太平寰宇記》，宋・樂史（台北：文海出版社）。

3. 《益部方物記略》，宋・宋祁（台北：藝文出版社，《百部叢書集成》據秘冊彙函影印，民國 55 年）。

4. 《元豐九域志》，宋・王存（台北：文海出版社）。

5. 《輿地紀勝》，宋・王象之（上海：上海古籍出版社，1995 年，《續修四庫全書》）。

6. 《蜀中名勝記》，明・曹學佺（台北：藝文印書館，《百部叢書集成》，據清咸豐伍崇校刊本影印）。

7. 《蜀中廣記》，明・曹學佺（台北：台灣商務印書館，民國 58 年，王雲五主編四庫全書珍本）。

8. 《樂山縣志》，清・黃鎔等纂修（台北：學生書局，1967 年 10 月）。

9. 《讀史方輿紀要》，清・顧祖禹（台北：樂天出版社，民國 62 年）。

（三）歷史論著、文化研究

1. 《南宋的農村經濟》，梁庚堯（台北：聯經出版事業公司，民國 73 年 5 月）。

2. 《兩宋文史論叢》，黃啓方（台北：學海出版社，民國 74 年 10 月）。

3. 《四川簡史》，陳世松主編（四川：四川省社會科學院出版社，1986 年 12 月）。

4. 《四川歷史研究文集》，張力、吳金鍾編輯（四川：四川省社會科學

院出版社，1987 年 11 月）。

5. 《南宋軍政與文獻探索》，黃寬重（台北：新文豐出版公司，民國 79 年 7 月）。

6. 《南宋史稿（政治軍事和文化編）》，何忠禮、徐吉軍（杭州：杭州大學出版社，1994 年 4 月）。

7. 《現代四川文學的巴蜀文化闡釋》，李怡（湖南：湖南教育出版社，1995 年 8 月）。

8. 《宋代人物與風氣》，禚夢庵（台北：台灣商務印書館，1996 年 8 月）。

9. 《中國地域文化（上、下冊）》，蔣寶德、李鑫生主編（濟南：山東美術出版社，1997 年 3 月）。

10. 《中國軍事通史》，韓志遠（北京：軍事科學出版社，1998 年）。

11. 《宋遼夏金元文化志》，葉坦、蔣松岩（上海：上海人民出版社，1998 年 10 月）。

12. 《巴蜀文化志》，袁庭棟（上海：上海人民出版社，1998 年 10 月）。

13. 《宋代歷史文化研究》，張其凡、陸勇強主編（北京：人民出版社，2001 年 4 月）。

14. 《濯錦清江萬里流──巴蜀文化的歷程》，譚洛非、段渝（成都：四川人民出版社，2001 年 8 月）。

15. 《劍南山水盡清暉──巴蜀名勝與旅遊》，劉和椿、劉嵐（成都：四川人民出版社，2001 年 8 月）。

16. 《舉著醉杯思吾蜀──巴蜀飲食文化縱橫》，熊四智、杜莉（成都：四川人民出版社，2001 年 8 月）。

17. 《中國歷史文化名城叢書‧成都》，張斯炳、王煜長編著（北京：旅遊教育出版社，2001 年 9 月）。

18. 《宋代地域經濟》，程民生（台北：雲龍出版社，2002 年 3 月）。

19. 《宋代文化與文學研究》，張海鷗（北京：中國社會科學出版社，2002 年 4 月）。

20. 《宋代文史考論》，諸葛憶兵（北京：中華書局，2002 年 11 月）。

（四）其 他

1. 《吳船錄》，宋‧范成大（台北：藝文印書館，民國 55 年，《百部叢書集成》據知不足齋叢書）。

2. 《海棠譜》，宋‧陳思（台北：台灣商務印書館，民國 75 年 7 月，《景印文淵閣四庫全書》本）。

3. 《糖霜譜》，宋・王灼（台北：藝文出版社，《百部叢書集成》據清嘉慶張海鵬輯刊學津討原本影印）。

4. 《四朝聞見錄》，宋・葉紹翁（台北：台灣商務印書館，民國 75 年 7 月，《景印文淵閣四庫全書》本）。

5. 《楊公筆錄》，宋・楊彥齡（台北：藝文印書館，《百部叢書集成》據清曹溶輯陶越曾訂學海類編本影印））。

6. 《詞林紀事補正》，清・張宗橚著、楊寶霖補正（上海：上海古籍出版社，1998 年 11 月）。

7. 《蜀故》，清・彭遵泗（北京：北京出版社，《四庫未收書輯刊》）。

四、詩詞格律、修辭研究

（一）詩詞格律

1. 《詩詞曲作法》，王力（台北：宏業書局，民國 74 年 3 月）。

2. 《讀詩常識》，吳丈蜀（台北：萬卷樓圖書公司，民國 82 年 7 月）。

3. 《古典詩的形式結構》，張夢機（台北：駱駝出版社，1997 年 7 月）。

4. 《中國詩律學》，葉桂桐（台北：文津出版社，1998 年 1 月）。

5. 《詩文聲律論稿》，啓功（北京：中華書局，2000 年 4 月）。

6. 《漢語詩體學》，楊仲義、梁葆莉（北京：學苑出版社，2000 年 12 月）。

7. 《詩詞格律概要》，王力（北京：北京出版社，2002 年 5 月）。

8. 《中國古代詩歌句法理論的發展》，王德明（桂林：廣西師範大學出版社，2000 年 12 月）。

（二）語法修辭

1. 《修辭學》，黃慶萱（台北：三民書局，民國 81 年 9 月）。

2. 《字句鍛鍊法》，黃永武（台北：洪範書店，民國 84 年 6 月）。

3. 《修辭學通論》，王希杰（南京：南京大學出版社，1996 年 6 月）。

4. 《詩歌修辭學》，古清遠、孫光萱（台北：五南圖書公司，民國 86 年 6 月）。

貳、論　文

一、期刊論文（按出版年月順序）

（一）陸游相關研究

1. 〈陸游詩評〉，張用寰（《中華詩學》，第四卷第六期，民國 60 年 5

月）。

2. 〈放翁晚年愛國詩歌的昇華〉，祥夢庵（《中華詩學》，第四卷第六期，民國 60 年 5 月）。

3. 〈陸游詩文及年譜研究〉，費海璣（《新中國評論》，第四十二卷第三期，民國 61 年 3 月）。

4. 〈愛國詩人陸游〉，默竹（《今日中國》，第十三期，民國 61 年 5 月）。

5. 〈愛國詩人陸放翁〉，李日剛（《中華文化復興月刊》，第六卷第九期，民國 62 年 9 月 1 日）。

6. 〈愛國詩人陸放翁〉，祥夢庵（《中國詩季刊》，民國 64 年 3 月）。

7. 〈陸游的文學觀〉，胡傳安（《人文學報》，第一期，民國 64 年 7 月）。

8. 〈陸放翁的愛國詩〉，王令宓（《幼獅文藝》，第四十五卷第四期，民國 66 年 4 月）。

9. 〈陸游的文學理論研究〉，張健（《國立編譯館館刊》，第八卷第一期，民國 68 年 6 月）。

10. 〈陸游、辛棄疾成名的時代背景與心理因素（一）、（二）、（三）〉，郭有遹（《中山學術文化集刊》，第二十六、二十七、二十八集，民國 69 年、70 年、71 年）。

11. 〈文字交的典型──陸游與范成大〉，楊允元（《古今談》，第 187 期，民國 69 年 12 月）。

12. 〈陸游詩的特性〉，蕭家惠（《嘉義農專學報》，第七期，民國 70 年 5 月）。

13. 〈愛國詩人陸游〉，鄧秀屏（《建設》，第十三卷第六期，民國 70 年 11〈月）。

14. 〈但悲不見九州同──陸游生命裡飽和的愛國情緒〉，李瑞騰（《文藝月刊》，第 157 期，民國 71 年 7 月）。

15. 〈愛國詩人陸放翁〉，安瀾（《書和人》，第 491 期，民國 73 年 4 月 28 日）。

16. 〈陸游《入蜀記》思想藝術初探〉，朱國才（《杭州大學學報》，第 14 卷第 4 期，1984 年 12 月）。

17. 〈陸游的詩論〉，周志文（《淡江學報》，第 22 期，民國 74 年 3 月）。

18. 〈論陸游詩的意象〉，蕭瑞峰（《文學遺產》，1988 年第 1 期）。

19. 〈清代對於陸游詩歌的批評研究〉，吳彩娥（《輔仁國文學報》，第八集，民國 81 年 6 月）。

20. 〈詩人的夢和夢中的詩人──陸游紀夢詩解析〉，黃益元（《國文天

地》，第 8 卷第 10 期，民國 82 年 3 月）。

21. 〈論陸游英雄主義詩歌的幻想性質〉，許文軍（《陝西師大學報》（哲學社會科學版）第 23 卷第 1 期，1994 年 3 月）。

22. 〈試論陸游的蜀中詩〉，胡蓉蓉（《社會科學研究》，1994 年 4 月）。

23. 〈感情宣洩與陸游的愛國詩章，王立群（《河南大學學報》（社會科學版），第 24 卷第 5 期，1994 年 9 月）。

24. 〈論陸游的蜀中詩〉，胡蓉蓉（《四川師範大學學報》（社會科學版），第 21 卷第 4 期，1994 年 10 月）。

25. 〈論陸游詩〉，蒙傳銘，華梵學報，第三卷第一期，民國 84 年）。

26. 〈陸游與王炎的漢中交游〉，傅璇琮、孔凡禮（《杭州師範學院學報》，1995 年 9 月第 5 期）。

27. 〈試論陸游的詠梅詩詞〉，榮斌，天府新論，1996 年第 1 期）。

28. 〈陸游研究的新收穫〉，孔凡禮（《陰山學刊》（社會科學版），1996 年第 3 期）。

29. 〈陸游愛國詩章的雷同現象〉，王立群（《河南大學學報》（社會科學版），第 36 卷第 3 期，1996 年 5 月）。

30. 〈陸游山水詩中的人文主義精神〉，曾明（《西南民族學院學報》（哲學社會科學版），總 18 卷第 1 期，1997 年 2 月）。

31. 〈論陸游蜀中詩的尚武精神〉，高利華（《紹興文理學院學報》，第 17 卷第 1 期，1997 年 3 月）。

32. 〈陸游南鄭從軍生活與詩歌創作〉，楊吉榮（《漢中師範學院學報》（社會科學），1997 年第 3 期）。

33. 〈陸游詩的自省意識〉，夏春豪（《淮陰師專學報》，第 19 卷第 3 期，1997 年）。

34. 〈陸游山水詩的藝術精神〉，曾明（《西南民族學院學報》（哲學社會科學版），總 18 卷第 6 期，1997 年 12 月）。

35. 〈悲歌與笑柄——錢鍾書先生筆下的兩個陸游〉，李廷華（《唐都學刊》，第 14 卷，1998 年第 1 期）。

36. 〈陸游醉夢謫居詩的愛國情思〉，呂立琢（《鹽城師專學報》（哲學社會科學版），1998 年第 2 期）。

37. 〈「不惜歌者苦，但傷知音稀」——論陸游的政治悲劇與愛國情感〉，李金清（《桂海論叢》，1998 年第 3 期）。

38. 〈陸游詩作中自我形象的塑造，王樹溥（《遼寧師範大學學報》（社科版），1999 年第 2 期）。

39. 〈從陸游蜀中詞看其在川九年的心境〉，朱明秋（《桂林市教育學院學報》，第 13 卷第 2 期，1999 年）。

40. 〈拳拳報國心，盈盈赤子情——陸游愛國思想新探〉，蕭曉燕（《集寧師專學報》，1999 年第 3 期）。

41. 〈試論陸游「寫夢詩」的思想價值與藝術特色〉，車永強（《廣東社會科學》，1999 年第 3 期）。

42. 〈陸游〈書憤〉詩新探——兼談陸游愛國詩歌的抒情特色〉，黃儒敏（《佳木斯大學社會科學學報》，1999 年第 3 期）。

43. 〈陸游的詩歌理論和創作，孔瑞明（《山西教育學院學報》，第 3 卷第 3 期，2000 年 9 月）。

44. 〈好詩傳萬世，美名耀千秋——陸游詩歌愛國主義思想內容及其創作簡析〉，唐琦斯（《廣西廣播電視大學學報》，第 11 卷第 3 期，2000 年 9 月）。

45. 〈陸游遊記散文的美學價值〉，葉嬌（《語文學刊》，2001 年第 1 期）。

46. 〈陸游宦蜀期間佛道傾向的變化及其原因探微〉，趙萬宏（《漢中師範學院學報》（社會科學），2001 年第 2 期）。

47. 〈娛悲舒憂：陸游文學思想之核心〉，姚大勇（《新疆大學學報》（社會科學版）第 29 卷第 1 期，2001 年 3 月）。

48. 〈只有香如故——也談陸游詞的愛國精神〉，樊英（《楚雄師專學報》，第十六卷第二期，2001 年 4 月）。

49. 〈陸游南鄭從軍詩失傳探秘——兼論南宋抗金大將王炎的悲劇命運〉，傅璇琮、孔凡禮（《文學遺產》，2001 年第 4 期）。

50. 〈論陸游的「詩訓」教化及其特色〉，陳廷斌（《徐州教育學院學報》，第 16 卷第 2 期，2001 年 6 月）。

51. 〈論陸游在南鄭〉，許文軍（《陝西師範大學學報》（哲學社會科學版），第 31 卷，2002 年 11 月）。

（二）宋史與蜀地相關研究

1. 〈試論南宋封建法制的敗壞及原因〉，唐自斌（《湖南師範大學社會科學學報》，1994 年第 4 期）。

2. 〈漢中安康在南宋時期的戰略地位〉，梁中效（《漢中師範學院學報》（社會科學），第 14 卷第 1 期，1996 年）。

3. 〈南宋的和戰之論與「規模」說〉，黃山松（《浙江學刊》，1996 年第 4 期）。

4. 〈「紹興和議」簽訂以後的南宋政治〉，何忠禮（《杭州大學學報》，

第 27〈卷第 3 期，1997 年 9 月）。

5. 〈巴蜀民俗文化略論〉，李萬斌（《四川師範學院學報》（哲學社會科學版），第 5 期，1998 年 9 月）。

6. 〈南宋時期漢中的屯田與水利〉，雷震（《漢中師範學院學報》（社會科學），1999 年第 2 期）。

7. 〈淺議巴蜀文化的地域差異〉，王元林（《陝西師範大學學報》（哲學社會科學版），第 29 卷第 4 期，2000 年 12 月）。

8. 〈南宋與金的邊疆經略〉，林榮貴（《中國邊疆史地研究》，第 10 卷第 2 期，2001 年 6 月）。

（三）詩歌理論相關研究

1. 〈詩窮而後工說之探究〉，張健（《幼獅學誌》，第十五卷第一期，民國 67 年 6 月）。

2. 〈風流仗劍・慷慨賦詩——古典詩詞中的游俠與英雄〉，呂正惠（《國文天地》，第 5 卷第 12 期，1990 年 5 月）。

3. 〈淺析詩歌意象的運用手法〉，宴小平（《理論探索》，1993 年 12 月）。

4. 〈詩歌意象的模糊性〉，許燕（《寧夏大學學報》（社會科學版），第 16 卷第 4 期，1994 年）。

5. 〈中國古典詩歌意象形態小議〉，王力堅（《學術論壇》，1994 年 3 月）。

6. 〈詩歌意象結構的審美組合〉，董小玉（《甘肅社會科學》，1995 年第 1 期）。

7. 〈試論詩歌意象的幾種特殊的類型結構〉，李傳德（《江蘇廣播電視大學學報》，1995 年第 3 期）。

8. 〈詩歌意象的構建與傳意作用〉，關山（《青海師範大學學報》（社會科學版），19995 年第 4 期）。

9. 〈抒情詩的意象結構和意象組合〉，許霆（《鎮江師專學報》（社會科學版），1996 年第 1 期）。

10. 〈李賀詩歌意象論〉，李軍（《江蘇廣播電視大學學報》，1996 年第 3 期）。

11. 〈玉梅謝後陽和至，散與群芳自在春——宋代詠梅詩管窺〉，王琛（《南都學壇》（哲學社會科學版），第 17 卷，1997 年第 1 期）。

12. 〈熱旱情境中的詩歌意象與詩人心態——論杜甫的苦熱詩〉，李貴（《杜甫研究學刊》，1997 年第 1 期）。

13. 〈簡談詩歌的意象組合〉，李沅和（《懷化師專學報》，第 16 卷第 3 期，1997 年 8 月）。

14. 〈論詩歌意象的審美特徵〉，鄔建軍（《三峽學刊》（四川三峽學院社會科學學報），第 14 卷第 1 期，1998 年）。

15. 〈試論詩歌意象的結構方式〉，鄔建軍（《華中理工大學學報》（社會科學版），1998 年第 4 期）。

16. 〈中國古代詩歌意象論〉，王友勝（《遼寧師專學報》，第 18 卷第 4 期，1998 年 11 月）。

17. 〈詩歌意象的形態特徵〉，徐秋明（《玉林師專學報》（哲學社會科學），第 20 卷第 1 期，1999 年）。

18. 〈宋人詠梅詩的三種境界〉，邱占勇（《寧夏工程技術大學學報》（社會科學版），第 1 卷第 1 期，1999 年 3 月）。

19. 〈「美人」與「高士」──兩個詠梅擬象的遞變〉，程杰（《南京師大學報》（社會科學版），1999 年 11 月第 6 期）。

20. 〈詩歌意象：文化心態及其審美取向〉，劉保安（《山東師大外國語學院學報》，2000 年第 4 期）。

21. 〈論岑參邊塞詩的愛國精神〉，高金定（《益陽師專學報，第 22 卷第 1 期，2001 年 1 月）。

22. 〈論岑參邊塞詩七言古體的結構特徵〉，謝建忠（《江西教育學院學報》（社會科學），第 22 卷第 2 期，2001 年 4 月）。

23. 〈林逋詠梅在梅花審美認識史上的意義〉，程杰（《學術研究》，2001 年第 7 期）。

24. 〈中國古典詩歌意象論〉，屈光（《中國社會科學》，2002 年第 3 期）。

二、學位論文（按出版年月順序）

1. 〈南宋中興四鎮〉，石文濟撰，蔣復聰、宋晞指導（私立文化大學歷史研究所博士論文，民國 63 年 6 月）。

2. 〈杜甫夔州詩研究〉，許應華撰，汪中指導（國立台灣師範大學國文研究所碩士論文，民國 71 年 6 月）。

3. 〈杜甫成都期詩歌研究〉，林瑛瑛撰，包根弟指導（私立輔仁大學中國文學研究所碩士論文，民國 80 年 2 月）。

4. 〈《清真集》文體風格暨詞彙風格之研究──以構詞法為基本架構之詞彙研究〉，楊晉綺撰，陳良吉、曹淑娟指導（國立政治大學中國文學研究所碩士論文，民國 86 年 6 月）。

5. 〈陸游紀遊詩研究〉，康育英撰，李立信指導（私立逢甲大學中國文

學研究所碩士論文，民國 88 年 6 月）。

6. 〈陸游詩歌研究〉，宋邦珍撰，何淑貞指導（國立高雄師範大學國文學研究所博士論文，民國 89 年 6 月）。

7. 〈宋室南渡前後詩詞衍變研究〉，李淑芳撰，王忠林指導（國立高雄師範大學國文研究所博士論文，民國 90 年 3 月）。